Fataal bewijs

MEG O'BRIEN

FATAAL BEWIJS

MIRA BOOKS AMSTERDAM

© 2001 Meg O'Brien
Oorspronkelijke titel: Gathering Lies
Originele uitgave: Mira Books, Canada
© Nederlandse uitgave: Mira Books, Amsterdam
Vertaling: Aleid van Eekelen
Eerder verschenen onder het imprint IBS
Omslagontwerp: Véronique Batenburg, Catch
© Illustraties: Mark E. Nelson/Photonica (huis);
Graeme Norways/Getty Images (zee)
Opmaak binnenwerk: Mat-Zet, Soest

Eerste druk, februari 2005

ISBN 90 8550 017 6
NUR 332

www.mirabooks.nl

Proloog

Angel
7 april

De vrouw zat van haar schouders tot haar ellebogen vastgebonden op een stoel. Niet langer probeerde ze los te komen; ze wist dat het zinloos was.

'Snap je het dan niet?' vroeg de man weer terwijl hij van de ene naar de andere kant liep. Hij klonk verontrust, bezorgd. 'Je komt hier nooit meer weg als je me niet vertelt wat ik wil weten.'

'Over mijn lijk, rotzak,' wist de vrouw ondanks haar droge gebarsten lippen uit te brengen.

'Het begint erop te lijken dat het inderdaad zover moet komen,' zei hij.

Maar zijn stem trilde, waardoor ze wist dat ook hij het niet lang meer zou volhouden. Ze boog haar hoofd en sloot haar ogen. Haar nek deed pijn doordat ze hem zo gespannen had gehouden van angst, en haar ogen brandden van de veel te felle lamp waar ze al meer dan zeven uur onder zat. Ze wist niet hoeveel ze nog zou kunnen verdragen voor het onvermijdelijke gebeurde, voor de woorden tegen haar wil over haar lippen zouden komen – woorden waarvan ze had gezworen ze nooit tegen hem te zeggen. In geen honderd jaar.

'Maak er nou maar een eind aan,' zei ze dof. 'Alsjeblieft. Doe het nou maar.' Haar ogen waren rood en gezwollen van de tranen, en haar stem klonk smekend. 'Als we ooit iets voor elkaar hebben betekend...'

De man knielde voor haar neer en fluisterde iets in haar oor, ondertussen zachtjes haar knie en vervolgens haar dij strelend, waar een blauwe plek zichtbaar donkerder werd. 'Ik hoop echt dat ik je geen pijn hoef te doen, Angel. Je bent zo'n mooie vrouw. Vertel het nou maar. Dan laat ik je gaan, dat beloof ik.'

'Laat je me gaan?' vroeg ze nauwelijks hoorbaar. 'Echt waar?'

'Dat zeg ik toch? Je denkt toch niet dat ík dit leuk vind? Ik vind het afschuwelijk! En het kan zó voorbij zijn. Dan kun je naar huis, veilig en wel. Het enige wat je hoeft te doen, is het me vertellen.'

'En dan laat je me gaan?' vroeg ze weer, hem recht in zijn ogen kijkend. Ooit had ze hem verteld dat ze nog nooit een man had gekend met zulke mooie ogen als hij.

'Ja,' fluisterde hij. Hij wreef nu wat verleidelijker over haar dij, liet zijn hand naar de zachte, vertrouwde huid onder die donkere V dwalen en aaide haar daar alsof ze een schoothondje was. Er ging een rilling door hem heen toen tot hem doordrong dat ze geen slipje aanhad. Zo vol vertrouwen was ze hiernaartoe gekomen. 'Ja,' zei hij hees, 'dat beloof ik. Dan laat ik je gaan. Als je het vertelt.'

In één vloeiende beweging trok de vrouw haar rechtervoet naar achteren en zwaaide hem toen met volle kracht naar voren. Haar puntige hooggehakte schoen raakte de man vol in zijn kruis.

Met een schreeuw viel hij achterover.

'Loop naar de hel!' gilde ze met een verwrongen gezicht. 'Loop naar de hel, verdomme!'

In een automatische reactie op de verzengende pijn haalde de man naar haar uit. Zijn vuist raakte haar zo hard tegen de zijkant van haar hoofd, dat de stoel waarop ze vastgebonden zat achterover helde. Even bleef hij vervaarlijk staan wankelen, toen viel hij tegen de gietijzeren houtkachel. Het hoofd van de vrouw kwam met een luide klap tegen de scherpe hoek van de kachel. Bloed stroomde uit haar schedel, en haar ogen werden leeg.

De man boog zich over haar heen, met zijn hand tegen zijn kruis, waar die ondraaglijke pijn bleef branden. 'Nee!' schreeuwde hij. 'Verdomme, nee!' Hij knielde bij haar neer en controleerde haar pols. Een paar onregelmatige slagen, en toen niets meer. Hij hield zijn oor boven haar mond, maar het enige wat hij hoorde, was haar laatste ademtocht. 'Nee,' zei hij kreunend. 'Kom nou, dit kun je me niet aandoen.' Hij verbeeldde zich een vermoeide glimlach om haar lippen te zien.

Een hele poos bleef hij naast haar op de vloer zitten. 'Je was ook zo verdomde koppig,' zei hij zacht. 'Waarom kon je niet gewoon doen wat ik wilde?' Hij zou haar missen. Maar een klein beetje maar. En nu zou hij moeten uitleggen waarom hij had gefaald.

Moeizaam kwam hij overeind, zonder zijn hand van zijn pijnlijke kruis te halen. Een beetje licht in het hoofd strompelde hij naar een telefoon aan de muur. Hij pakte de hoorn en toetste een nummer in.

'Ze is er niet meer,' zei hij somber zodra er was opgenomen. Een korte stilte.

'Nee, ik bedoel dat ze er niet meer is. Dood.'

Van de andere kant van de lijn kwamen kwade geluiden.

'Nee, ze heeft niet – Hoor eens, ik kon er ook niks –' Hij duwde zijn vuist tegen zijn voorhoofd. 'Ja, dat weet ik. Ja. Nu meteen.' Hij legde de hoorn weer op de haak.

'Verdomme, Angel!' riep hij met een blik op haar levenloze lichaam. 'Je had het me alleen maar hoeven te vertellen. Dan had ik je laten gaan.'

Maar hij wist zelf dat dat niet waar was. Hij zou haar uiteindelijk toch hebben moeten doden.

Nu moest hij bij die andere zien te komen. Uit háár zou hij het geheim los moeten krijgen dat deze vrouw mee het graf in had genomen. Anders zou hij zelf een meter onder de grond komen te liggen, net als die hoop nutteloos vlees daar op de vloer.

De pijn in zijn kruis nam af, maar zijn woede niet. Hij was bepaald niet zachtzinnig toen hij het lichaam van de vrouw optilde en het in een grote hutkoffer perste die hij in de kast had staan. Ze was te groot voor de koffer, en terwijl hij duwde en propte, hoorde hij haar botten breken. Het slot stelde niet veel voor en ging niet goed dicht, maar waar de koffer deze keer heen reisde, had hij geen slot nodig.

De man liep naar de keuken en pakte een handdoek, die hij in koud water dompelde. Daarmee veegde hij het bloed van het kleed en van zijn handen.

Terwijl hij de kleine hut rondkeek, vroeg hij zich af of hij nu met de koffer naar buiten zou gaan om hem te begraven, of dat hij hem binnen zou laten staan tot zijn werk erop zat. Als hij niet uitkeek, kwam hij nog met een massagraf te zitten voor alles achter de rug was.

Nee, hij kon het beter nu doen. Er kon wel worden ingebroken terwijl hij weg was.

Hij sleepte de koffer naar buiten, de veranda op, en keek om zich heen of de kust vrij was, al wist hij zelfs zonder te kijken dat hij alleen was. Dat was een van de dingen die hem zo aanstonden aan deze hut. Op dit moment was het een goede schuilplaats, en later kon het een plek zijn waar hij zich kon terugtrekken als hij eens rustig wilde nadenken. Ja, het was een plek waar hij weekenden en vakanties zou kunnen doorbrengen, op de veranda, met een boek.

Als alles tenminste niet volledig in het honderd liep.

Toen hij op de koffer neerkeek, vervulde de gedachte aan de vrouw daarin hem een ogenblik lang met schuldgevoel en wroeging. Zijn leven hoorde niet zo te verlopen. En het hare ook niet.

Maar daar kon hij niets aan doen. Als zij hem alles meteen had verteld, was dit allemaal niet gebeurd.

Toen hij de koffer het trapje af sleurde, merkte hij dat de hemel een vreemde tint geel had, de lucht vreemd stil was. Heet, voor april. Maar ja, dat had je in het noordwesten. De ene week sneeuw, en de volgende een hittegolf. Hij vroeg zich af of ze onweer zouden krijgen en wist dat hij de koffer diep zou moeten begraven om te voorkomen dat de laag aarde zou wegspoelen.

Hij haalde een schop uit het gereedschapsschuurtje, liep terug naar de plek waar hij de koffer had achtergelaten en begon te graven. Het was warm, vermoeiend werk, en hij stond nog steeds niet erg vast op zijn benen, doordat alles zo anders was gegaan dan hij had verwacht. Hij had echter jaren van training achter de rug en was blij dat zijn spieren sterk genoeg waren om dit aan te kunnen.

Toen hij ongeveer een meter diep was, klom hij uit de kuil. Met zijn laatste restje kracht schoof hij de koffer naar het gat en duwde hem erin. Terwijl hij in het provisorische graf keek, wankelde hij op zijn benen. Hij veegde zijn voorhoofd af en dacht: wat ben ik duizelig. Dat zal wel van de honger komen. Of van dat idiote weer. Toen begonnen zijn voeten te bewegen. Helemaal vanzelf stommelden ze naar voren. Met wilde armbewegingen probeerde de man zijn evenwicht te bewaren, als een kip die met zijn vleugels klapperde. Niets kon echter zijn voorwaartse val stoppen, en hij begon te schreeuwen. Zijn laarzen gleden over de afbrokkelende rand van het graf. Afschuw vervulde hem toen de grond schudde en de koffer heen en weer wiegde. Het ondeugdelijke slot sprong open, en het deksel vloog omhoog, waardoor het bloederige, gebroken lichaam van de vrouw zichtbaar werd. De man viel boven op haar, met zijn gezicht recht in de smurrie uit haar schedel.

Aarde regende op hen beiden neer, en de grond bleef rommelen en schudden, alsof God zijn woede wilde tonen. Er viel aarde in zijn ogen en in zijn mond, waardoor zijn keel dicht kwam te zitten. Hij probeerde een luchtgat te graven, zodat hij kon ademen tot er hulp zou komen.

Tegelijkertijd wist hij dat die hulp niet zou komen. Hij was te ver weg, te ver van de bewoonde wereld.

Het volgende ogenblik verscheen er een tunnel van licht vóór hem. Eerst dacht hij dat hij doodging, en hij verwachtte al zijn moeder en al zijn andere gestorven familieleden te zien, zoals ze in al die talkshows altijd beweerden dat het ging. Paniek overviel hem. Hij had genoeg over bijnadoodervaringen gelezen om te weten dat er niet altijd sprake was van geluk en licht. Je kon ook in de hel belanden.

Toen barstten plotseling de zijkanten van de tunnel open, en licht stroomde naar binnen. Het duurde even voor de man begreep dat het echt licht was, daglicht, een gat in het graf. De aarde had zo hevig bewogen, dat er een tunnel was vrijgekomen – een tunnel die hij kon volgen, als het hem tenminste zou lukken een arm vrij te krijgen en te graven.

Graven, man, schreeuwde hij in zichzelf. Als een dol geworden leeuw klauwde hij met zijn vingers in de grond. Graven! Hij moest overleven. Hij had een tweede kans gekregen, en die moest hij grijpen.

Er was nu nog maar één persoon die wist waar dat bewijsmateriaal was. Sarah Lansing. Hij zou haar vinden, haar dwingen hem te vertellen waar het was. En daarna zou hij haar doden. Dat zou nu gemakkelijker zijn.

1

Sarah Lansing
Seattle, WA
5 mei

Woorden.

Mijn wereld bestaat de laatste tijd uit woorden. Ze zijn zo ongeveer het enige wat ik nu nog heb, de enige troost die me rest. Ik zit hier aan mijn vaders bureau, in het huis waar ik ben opgegroeid, mijn verhaal te vertellen aan een computerscherm. Ik schrijf nu alleen maar voor mijn eigen ogen. Niets van wat ik heb geschreven bewaar ik, uit angst dat mijn werk door de politie in beslag wordt genomen. Overdag zweven mijn vingers boven het toetsenbord, voortdurend klaar om de delete-toets in te drukken als dat wat voor de wet doorgaat opeens op de stoep staat.

En intussen verzamel ik mijn gedachten en breng ze onder woorden.

Verzamelen. Verzameling. Verzameld.

Ik ben altijd al gek geweest op dat woord. Het kan zo veel betekenissen hebben, zoals in 'moed verzamelen', of 'een menigte gelovigen verzameld in gebed'. Je zegt dat een moeder haar kinderen om zich heen 'verzamelt'. Je kunt je gedachten verzamelen, je krachten verzamelen. Mensen verzamelen postzegels, en eekhoorns verzamelen noten.

Of je kunt – zoals op Thornberry het geval was – spreken van een verzameling leugens.

We logen dat voorjaar allemaal wel ergens over. Toen we daar samen waren, toen we ons daar hadden verzameld om redenen die we geen van allen echt goed begrepen, hebben we onszelf en elkaar daar kwaad mee gedaan, op een manier waarvan we vooraf geen enkel idee hadden.

Maar dit kan ik je wel vertellen: we deden stuk voor stuk wat we moesten doen. Daar ben ik van overtuigd, nog steeds. We zagen een pad voor ons opdoemen, en zijn dat ingeslagen, zonder er zelfs maar bij stil te staan waarheen het zou kunnen leiden.

Dat het ons regelrecht naar de hel zou leiden, hadden we nooit kunnen vermoeden.

2

Het was het voorjaar van de Grote Aardbeving van Seattle, en het leven was al zwaar genoeg zonder dat de aarde onder onze voeten openbarstte. Maar zo gaat dat. Het leven gaat gewoon zijn eigen gang, stuurt alles in het honderd, en het heeft totaal geen zin je daartegen te verzetten – net zomin als het zin heeft je te verzetten als een man je laat zitten, je verraadt of je teleurstelt.

Eerst vraag je je af: lag het aan mij? Heb ik de verkeerde kleren aangetrokken, heeft mijn haar niet de goede kleur? Moet ik een jonger, pittiger tintje nemen? Een flesje Clairol Midnight Brown kopen?

Ik weet nog dat Ian me een keer vertelde dat hij op zijn twintigste verliefd was op een Italiaans meisje met golvend donkerbruin haar, dat tot op haar middel viel. Zijn koosnaampje voor haar was Sophia geweest, naar Sophia Loren. Zijn eerste liefde, zei hij. De enige echte grote liefde in zijn leven.

Dat zei hij op de dag dat hij het met mij uitmaakte, en sindsdien vraag ik me af of hij zichzelf dat soms maar wijsmaakte, als excuus voor het feit dat hij in al die jaren daarna geen langdurige relatie meer had gehad.

Of misschien lag het toch aan mij. Ben ik echt te blond? Te meegaand? Of juist te strijdlustig?

Het leven heeft ook de gewoonte je te overladen met vragen

waar geen antwoord op is – althans, geen antwoord dat je wilt horen. Dat was de reden dat er, ongeacht het feit dat ik heb gestudeerd en als een betrekkelijk intelligente vrouw word gezien, met een carrière achter me waar ik trots op kan zijn, de reden dus dat er van die gekmakende gedachten door mijn hoofd buitelden op de dag van de Grote Aardbeving.

Het gebeurde terwijl we op Thornberry waren – de andere vrouwen en ik. Ik kende op dat moment nog niet de werkelijke reden waarom ik naar Thornberry was gelokt, want dat bleek uiteindelijk het geval: ik was erheen gelokt. En eigenlijk wist ik ook niet precies waarom ik de uitnodiging had aangenomen. Ik wist alleen maar dat ik weg wilde: van een gebroken hart, ontslag en een leven dat volkomen overhoop lag.

De uitnodiging om naar Thornberry te komen – een schrijverskolonie op een klein privé-eiland voor de kust van Seattle – bereikte me via een vriend in de Mystery Bookshop in Seattle, in de buurt van het bescheiden appartement waar ik al jaren woonde. Toen Bill Farley me vertelde dat de uitnodiging van Timothea Walsh afkomstig was, wist ik niet hoe snel ik ze moest aannemen.

'Ik ken Timothea,' vertelde ik hem. 'Als tiener heb ik een paar zomers op Esme doorgebracht. Dan logeerde ik met mijn ouders in haar pension.'

'Ze heeft er inmiddels een schrijverskolonie van gemaakt,' zei Bill. 'Ik heb gehoord dat ze graag beginnende schrijvers helpt. Meestal moeten ze solliciteren voor een plaatsje. Dit is iets nieuws, waar ze nu mee begint. Eén maand per jaar nodigt ze uitsluitend vrouwen uit. Het maakt niet uit of ze al iets gepubliceerd hebben of niet. Alles wordt betaald: logies en maaltijden. Je hoeft er alleen maar naartoe te gaan.'

'Maar ze kan toch niet speciaal om mij hebben gevraagd?' vroeg ik verbaasd. 'Hoe weet ze dat ik met een boek bezig ben?'

'Misschien heeft ze dat ergens gelezen.' Bill trok een wenkbrauw op. 'In de krant misschien?'

Goed gezien, Bill. Ik was een vooraanstaand pro-Deoadvocaat geweest tot ik in januari was gearresteerd wegens bezit van verdovende middelen. De plaatselijke media waren er meteen bovenop gesprongen, hadden het verhaal breed uitgemeten in de kranten en op tv – wat niet zo vreemd was, omdat ik als verdediging aanvoerde dat ik erin was geluisd door een stel corrupte agenten uit Seattle. En te midden van die mediagekte had iemand laten uitlekken dat ik wraak wilde nemen door een boek te schrijven waarin ik het hele rechtsstelsel op de korrel nam, en dan met name de politie van Seattle.

Ik wist bijna zeker dat die 'iemand' mijn literair agent was, Jeannie Wyatt, al zou ze dat in geen honderd jaar toegeven. Kort daarna was het ene aanbod na het andere binnengekomen, en vanaf dat moment was mijn lot als schrijfster bezegeld – althans, voor een jaar of wat, tot ik slechts een eendagsvlieg zou blijken te zijn. De oorlog van loven en bieden was begonnen, om achtenveertig uur later in een getal van zeven cijfers te eindigen.

Ik was van de ene dag op de andere beroemd geworden, de reddende engel voor een New Yorkse uitgever die een bankroet boven zijn hoofd zag hangen en niet voorbereid was op de komst van e-books. De paranoia had al behoorlijk toegeslagen, het merendeel van hun matig succesvolle auteurs hadden ze al gedumpt, en nu hadden ze alles gezet op een veelbelovend nieuw kassucces.

Mijn boek, zo had iemand aan de top besloten, zou zo'n succes worden, dat het binnen de kortste keren op de bestsellerlijst van de New York Times zou prijken.

En ik had nog geen letter op papier staan.

Wat Timothea betrof, het verbaasde me niet dat ze van haar pension een schrijverskolonie had gemaakt. Zij was het geweest die mij tot schrijven had aangezet, toen ik in dat grote witte huis bij haar aan de kersenhouten eettafel zat terwijl de anderen allemaal op het strand lagen of over het eiland zwierven.

Het eiland Esme is piepklein en ligt nogal afgelegen. Er was dan ook nooit veel anders te doen dan zwemmen en wandelen. Ik bleef vaak achter, met mijn neus in een boek, en op een dag zette Timmy – zoals ik haar op haar verzoek noemde – me met een schrijfblok en een potlood aan tafel en droeg me op te schrijven. Zij zag toen iets in me, iets wat ik zelf niet kon zien doordat ik te veel opging in mijn leven als tiener.

Pas later, toen ik tijdens mijn rechtenstudie een cursus juridisch schrijven volgde, kreeg ik vaag het gevoel dat ik misschien talent in die richting had. Het duurde echter tot na mijn arrestatie afgelopen januari voor ik er serieus over dacht mijn brood te verdienen met schrijven.

Een bespottelijke gedachte, iets waar het gros van al die ploeterende schrijvers alleen maar van kan dromen: je brood verdienen met schrijven. Maar na een veroordeling wegens bezit van verdovende middelen – als het proces daarop uitdraaide – was de kans gering dat ik ooit nog als jurist zou werken.

Op sommige dagen, tenminste wanneer de zon schijnt, zit ik hier in de erker van het huis van mijn ouders naar de schepen te kijken die over de Puget Sound voorbijvaren. Voor me zie ik de Space Needle, wat hoge appartementencomplexen, glinsterend blauw water en eilandjes met weelderige groene wouden. Een vredig tafereel. Een tafereel waar ik van hield toen ik hier opgroeide; ik hoopte er ooit deel van te gaan uitmaken, iets voor te gaan betekenen.

Hoe kan alles toch zo verkeerd zijn gegaan?

Toen ik vijftien jaar geleden net afgestudeerd was, vijfentwintig jaar oud, had ik nog wat van die wilde, heroïsche ideeën om de wereld te redden, net als de meeste rechtenstudenten. In mijn jeugd had ik mijn vader, die bij Sloan & Barber werkte, frauduleuze beurshandelaren en belastingontduikers zien verdedigen. Van mij werd niet anders verwacht dan dat ik in zijn voetsporen zou treden. Maar ik had, zoals kinderen dat wel vaker doen, ervoor gekozen mijn mooie, pas verworven graad voor iets heel anders te gebruiken en pro-Deoadvocaat te worden.

Dat deed ik echt niet alleen om mijn vader te pesten, die had gehoopt dat ik op een dag partner bij Sloan & Barber zou worden, een dochter met wie hij op de country club kon pronken, omdat hij nu eenmaal geen zoon had. Ik dacht een poosje serieus over S&B na, maar al tijdens mijn studie hoorde ik af en toe over onschuldige mensen die in de gevangenis zaten voor misdaden die ze niet hadden begaan. Vaak bleven ze tien, twintig jaar opgesloten zitten, terwijl het leven buiten de gevangenismuren aan hen voorbijging. Hun kinderen groeiden op, hun partners leefden zonder hen verder. Dat was iets waar ik zo triest van kon worden, iets wat me zelfs beangstigde.

Bij de gedachte dat iemand die niets verkeerds had gedaan, van een misdaad beschuldigd kon worden en voor jaren – of zelfs de rest van zijn of haar leven – achter de tralies verdween, liepen de rillingen over mijn rug. Dat deed aan nazisme denken, onschuldige mensen die in het duister werden meegesleurd. Ik denk dat het me bang maakte omdat ik wist dat wat één mens kon overkomen, ons allemaal kon overkomen.

Mijn angst was toen nog theoretisch van aard. Ik kon niet weten dat het op een dag mijzelf zou overkomen. Tenzij het natuurlijk klopt dat we ons leven beginnen met een bepaalde 'kennis' over hoe dat leven eruit zal gaan zien – wat voor sommige mensen een verklaring vormt voor de keuzes die we maken.

Het was de komst van DNA als identificatiemiddel bij misdaadonderzoek, die me ten slotte enigszins van die angsten bevrijdde. DNA is in 1870 ontdekt door Friederich Miescher, een scheikundestudent, maar destijds besefte nog niemand ten volle welke mogelijkheden het bood. Pas in de jaren '50 ontdekte men dat desoxyribonucleïnezuur erfelijk materiaal van de ene generatie op de volgende overdraagt. Tegenwoordig weet iedereen die het proces tegen O.J. Simpson heeft gevolgd dat het in strafrechtzaken vaak wordt gebruikt om iemands schuld of onschuld aan te tonen, net zoiets als vingerafdrukken. Om DNA te verkrijgen is alleen maar wat slijm van de binnenkant van de wang nodig, of wat haren.

Iedereen die ten onrechte in de cel zit, kan wel een lok haar missen. Maar wat zo iemand meestal niet kan missen, is het geld voor een advocaat die voor hem opkomt. Iémand moet dat nieuwe proces in gang zetten. Er moeten onderzoeken worden gedaan, en er moeten DNA-experts worden overgehaald om te getuigen – zonder dat ze daarvoor betaald worden. Soms dragen instellingen als de American Civil Liberties Union bij in de kosten. Hoe dan ook, er moet worden bewezen dat het DNA van de moordenaar of verkrachter – dat op of in de buurt van het slachtoffer is aangetroffen – beslist niet overeenkomt met dat van de cliënt: degene die ten onrechte van de misdaad wordt beschuldigd. De verdediging van die ten onrechte beschuldigden werd een soort morele kruistocht voor me. In mijn laatste studiejaar nam ik het besluit de astronomische bedragen die ik volgens mijn vader binnen een paar jaar bij Sloan & Barber zou kunnen vragen, de rug toe te keren. In plaats daarvan, zo kondigde ik met jeugdige bravoure aan, zou ik de armen en onderdrukten gaan verdedigen.

Wist ik veel dat ik binnen vijftien jaar zelf een van de armen en onderdrukten van Seattle zou zijn.

Nu overdrijf ik natuurlijk. Daar voel ik nogal eens de neiging toe op dagen als deze, wanneer ik alles zo somber inzie. Aan de andere kant, toen ik vijf maanden geleden in staat van beschuldiging werd gesteld, raakte ik mijn baan kwijt, en een poosje zag het ernaar uit dat ik net als mijn cliënten op straat zou komen te staan. Als mijn vader niet aan een hartaanval was gestorven, waarbij hij me een bescheiden erfenis naliet, en als mijn moeder niet naar Florida was vertrokken, waarbij ze een leeg huis achterliet, had dat inderdaad kunnen gebeuren.

Dat is weer een van die gemene trucjes van het leven: het pakt je de mensen die je lief zijn af en geeft je er bezittingen voor in de plaats. En wat doe je dan? Zeg je: ga weg, leven, ik wil je vuile gewin niet? Nee, hoor. Althans, niet als de meteropnemer voor de deur staat.

Dus trok ik kort na mijn arrestatie in het huis van mijn ouders. Vandaar vertrok ik vorige maand, op borgtocht vrij, naar Thornberry, samen met vijf andere vrouwen die daar, net als ik, waren uitgenodigd. We waren allemaal auteurs in de dop, al hadden we nog nooit iets gepubliceerd, en van het begin af aan vermoedde ik al dat de anderen stuk voor stuk ergens voor op de vlucht waren – net als ik.

Dat zei natuurlijk niemand hardop. Niet meteen. Er was een aardbeving voor nodig om ons zover te krijgen dat we elkaar genoeg vertrouwden om onze verhalen te vertellen. Maar toen was het al te laat, veel te laat.

De chronologische volgorde van de twee gebeurtenissen die het afgelopen jaar mijn leven overhoop gooiden, kan nogal verwarrend werken. Daarom schrijf ik hier alles op alsof ik aantekeningen maak voor een proces, voor mijn eigen naderende proces om precies te zijn.

Het is nu begin mei. Afgelopen januari had ik de zaak op me genomen van een vrouw die was gearresteerd wegens prostitutie. Ze was van middelbare leeftijd, zwart, niet bijzonder aantrekkelijk – met andere woorden: steekvlees, meer niet, in de ogen van die vijf beesten van agenten die die avond dienst hadden bij de cellen.

Toen de ochtendploeg het overnam, werd de vrouw vrijgelaten. Vijf agenten van de nachtploeg volgden haar een steegje in, waar ze haar met zijn allen meer dan een uur lang verkrachtten. Daarbij gebruikten ze alles: politieknuppels, revolvers, zichzelf. Toen het voorbij was, had Lonnie Mae Brown nog net genoeg kracht om het ziekenhuis te bereiken. Daar viel ze bewusteloos neer.

Toen ze bijkwam, weigerde ze van het voorval aangifte te doen bij de politie. Ze weigerde ook alle onderzoeken. Ze was bang voor represailles, en daar kon ik haar geen ongelijk in geven.

Verkrachting van vrouwen in de gevangenis komt de laatste tijd vaak voor, net als afstraffing van iemand die zijn mond opendoet. Hoewel de verkrachting van Lonnie Mae buiten in een steegje plaatsvond, was publieke verontwaardiging over afvallige agenten iets wat in een tijd van politiehervormingen voorkomen diende te worden. Er stond veel op het spel voor de politie. Alleen daarom al probeerden ze de indruk te wekken dat het slachtoffer de schuldige was.

Een jonge zwarte arts die ik kende, schatte de ernst van de situatie juist in en belde mij, omdat hij dacht dat ik als jurist Lonnie Mae misschien zou kunnen vertellen welke mogelijkheden ze had.

Niet dat dat er veel waren, voorzover ik kon zien. Ik was bij haar in het ziekenhuis toen ze wakker werd nadat het kalmeringsmiddel uitgewerkt was, en het eerste wat ze deed, was rechtovereind schieten. Haar ogen vlogen open, op zoek naar haar aanranders, en ze sloeg met haar handen naar onzichtbare geesten.

Ik kon niet meer voor haar doen dan eerlijk zijn, aangezien ze de onderzoeken in verband met de verkrachting nu eenmaal weigerde. Ik vertelde haar zo vriendelijk mogelijk dat er zonder die onderzoeken voor de openbare aanklager onvoldoende bewijsmateriaal was om iemand in staat van beschuldiging te stellen. Ik zei ook dat ze me mocht bellen als ze behoefte had om te praten.

Ik verwachtte dat ik nooit meer iets van haar zou horen, maar drie dagen later gebeurde dat toch. Ze had besloten een klacht in te dienen, zei ze. Wilde ik met haar meegaan naar het bureau?

Ik was verbaasd, en ik dacht niet dat het haar iets zou opleveren. Toch stemde ik toe. Ik haalde Lonnie Mae op en stond naast haar toen de agent die haar klacht opnam een beetje schamper lachte om haar verhaal. Het was duidelijk dat hij er geen woord van geloofde. En ook dat het hem niet aanstond dat ik erbij was.

'Moet u horen, mevrouw de advocaat,' zei hij sarcastisch, 'als dit echt gebeurd is, waarom is uw cliënte dan niet in het ziekenhuis onderzocht?'

'Ze is mijn cliënte niet,' zei ik scherp. 'Ze is mijn vriendin. Zorgt u er nou maar voor dat die klacht op het juiste bureau terechtkomt.'

Laaiend over zijn houding, bracht ik Lonnie Mae naar huis en bleef nog een poosje bij haar zitten. Terwijl de tranen over haar wangen liepen en ze haar handen geen moment stilhield, zei ze steeds weer opnieuw dat ze had gedacht dat het geen zin had die onderzoeken te laten doen.

Persoonlijk dacht ik dat ze in het ziekenhuis nog te zeer in shocktoestand was geweest om zo'n beslissing te nemen. Nu was het helaas te laat, en het enige wat ik kon doen, was proberen haar te troosten. Ze scheen behoefte aan mijn steun te hebben, al kende ze me nauwelijks. Ik voelde met haar mee en vond het vervelend dat ik niet meer voor haar kon doen. Daarom bleef ik nog even bij haar.

Lonnie Maes flat bestond uit twee kamers – een armzalig woninkje in het slechtste deel van de stad. Op de gangen wemelde het van de zwervers, verslaafden, pooiers en ratten.

In de woonkamer lagen op een krat die als salontafel diende, een paar verkreukelde, niet ingelijste foto's van drie kinderen. Ze was in de loop der jaren het contact met hen kwijtgeraakt, vertelde ze mat. 'De kinderbescherming heeft ze al lang geleden weggehaald, en daarna heb ik ze nooit meer gezien. Ik heb de papieren ondertekend, voor adoptie. Dat leek me het beste. Dat zou geen leven voor ze zijn, als ze bij mij zouden wonen.'

Ik was het in stilte met haar eens, maar het was niet aan mij te bepalen of ze een goede moeder was. Iets in de verslagen toon waarop ze sprak, wakkerde mijn woede weer aan, en tegelijkertijd schoot me iets te binnen waar ik stom genoeg niet eerder bij had stilgestaan.

'Waar zijn de kleren die je aanhad, die nacht dat je verkracht werd, Lonnie Mae?' vroeg ik.

'O, die liggen in de kast, daarzo,' antwoordde ze vermoeid. 'Die hebben ze in het ziekenhuis in een zak gestopt.'

'Mag ik ze eens bekijken?'

Ze knikte, en ik liep naar de kast. Toen ik hem opende, dreef een wolk goedkoop zwaar parfum mijn neus in, een verstikkende geur. Daaronder hing de geur van zweet; vermoedelijk een overblijfsel van lange nachten op straat, van klanten lokken in auto's en armetierige hotels.

Maar er lag goud in die kast. Toen Lonnie Mae was opgepakt voor prostitutie en was verkracht, droeg ze een jasje van nepbont, een rode rok van kunstleer en een paarse netpanty. Dat was intussen drie dagen geleden, waardoor ze eventuele spermaresten die als bewijs hadden kunnen dienen, al lang weg had gedoucht. Maar de kleren die ze tijdens de verkrachting aan had gehad, lagen nog op precies dezelfde plek als waar ze ze had neergegooid toen ze uit het ziekenhuis was thuisgekomen. Ze had ze niet uit de zak gehaald of gewassen... en ze zaten vol sperma.

De agenten hadden niet eens de moeite genomen haar die netpanty uit te trekken, die nacht in het steegje. Ze hadden hem alleen maar opengescheurd, waardoor de flarden om haar benen waren blijven hangen. Ze waren zo opgegaan in hun machofeestje, dat ze slordig waren geworden en DNA in het rond hadden gespoten als vloeibare confetti.

Ik vroeg Lonnie Mae of ik de panty mocht meenemen. Wat ik ermee wilde doen, wist ik nog niet precies, maar ik zei dat ik ervan overtuigd was dat we er iets aan zouden hebben. Ze vond het best, en toen ik die dag bij haar wegging, legde ik hem in de kofferbak van mijn auto.

Later die avond brandde het gebouw waarin Lonnie Mae woonde tot de grond toe af. Aan de hand van gebitsgegevens werd haar lichaam geïdentificeerd, dat onherkenbaar verbrand was. Men vermoedde dat de brand per ongeluk was ontstaan; hij zou veroorzaakt zijn door een elektrisch kacheltje in een van de andere flats dat was omgevallen. Er waren nog vier andere mensen bij om het leven gekomen.

Misschien was het inderdaad een ongeluk. De experts die de brand hadden onderzocht, kon ik in elk geval niets verwijten. Hun taak was al moeilijk genoeg.

Maar diep in mijn hart kon ik de gedachte niet van me afzetten dat die vijf agenten – of mensen die voor hen werkten – er de hand in hadden gehad. Ze hadden vast wel gehoord dat Lonnie Mae een klacht tegen hen had ingediend. Ze zouden ondervraagd zijn, zelfs al zou de klacht niet worden geloofd. Als er een arrestatie en daarna een proces uit zouden zijn voortgekomen, zou Lonnie Maes beschuldiging hen kapot hebben kunnen maken. In hun ogen zou het wel eens een logische volgende stap kunnen zijn om zich van hun slachtoffer te ontdoen. Geen slachtoffer, geen arrestatie. Geen arrestatie, geen getuigenis. Geen getuigenis, geen proces. Misschien dachten ze ook wel dat de moord op een prostituee in een grote stad als Seattle onopgemerkt zou blijven. En misschien dachten ze dat ze door Lonnie Mae te vermoorden, mij iets duidelijk konden maken: bemoei je er niet mee, anders rekenen we ook met jou af.

Als dat zo was, hadden ze toch echt beter moeten weten. Gedreven door zowel woede als een aanzienlijk schuldgevoel omdat ik Lonnie Mae niet had weten te beschermen, sprak ik met een openbare aanklager die ik al jaren kende. Ik stelde haar een hypothetische vraag: als iemand een bewijsstuk vond waarmee een paar criminele agenten voor jaren achter de tralies konden worden gezet, wat kon hij daar dan het beste mee doen?

Ze kwam natuurlijk met het officiële verhaal: als ik die 'iemand' was, zou ik me als advocaat schuldig maken aan belemmering van de rechtsgang als ik dat bewijsstuk niet zou inleveren.

'Ik heb niet gezegd dat ik het was,' zei ik. 'Wat als die persoon de autoriteiten niet vertrouwt? Of niet gelooft dat het bewijsmateriaal veilig opgeslagen wordt?'

Ze heette Ivy, wat klinkt alsof ze een doetje was, maar Ivy O'Day was niet gek. Ze had meteen door dat ik het niet over een hypothetisch geval had.

'Dit is strikt vertrouwelijk, Sarah,' liet ze me weten. 'Ik denk dat ik wel weet over welke agenten je het hebt. We werken al een hele tijd samen met Interne Zaken om een zaak tegen ze op te bouwen. Tot nog toe hebben we voornamelijk indirecte bewijzen tegen ze verzameld. Eén goed, degelijk, concreet bewijs dat ze werkelijk een misdaad hebben begaan, kan ons een heel stuk verder helpen. Als jij dergelijk bewijs in handen hebt, ben je verplicht dat aan ons te geven. Als je je zorgen maakt over de veiligheid van de bewijskluizen, kun je het aan mij geven. Dan zorg ik dat het veilig wordt bewaard.'

'Nog steeds hypothetisch gesproken, Ivy, als ik zulk bewijs zou kunnen vinden en dat vandaag aan jou zou geven, zou je er dan iets mee doen? Nu meteen?'

Ze aarzelde en leek niet op haar gemak. 'Niet onmiddellijk. We zijn onze zaak nog aan het opbouwen.'

'Wanneer zouden jullie dan iemand in staat van beschuldiging stellen?' hield ik aan.

Ivy keek op haar handen neer. Het duurde even voor ze antwoord gaf. 'Over een week misschien, of een maand... Maar Sarah, als jij bewijzen hebt –'

'Ik heb niet gezegd dat ik die heb, Ivy. Het is maar hypothetisch, dat zei ik toch?'

Ik vroeg haar me op de hoogte te houden van hoe hun zaak zich ontwikkelde en beloofde het haar te laten weten als ik dergelijk bewijs zou tegenkomen.

Tijdens ons gesprek waren mijn nekharen overeind gaan staan. Ik was er niet meer zo zeker van dat ik met de juiste persoon had gepraat. Het bureau van de openbare aanklager werkte te nauw samen met de politie. Wat als iemand van dat bureau – of zelfs Ivy zelf – niet te vertrouwen was? Waarom had ze niet gewoon gezegd: 'Natuurlijk, Sarah, als jij concrete bewijzen hebt dat ze een misdaad hebben begaan, pakken we ze vandaag nog op'?

Het feit dat ze dat niet had gezegd, boezemde me geen vertrouwen in. Daarom hield ik Lonnie Maes panty bij me, want die was het enige wat ik na de brand nog had.

Ik had hem in het geheim in een particulier laboratorium in het oosten laten onderzoeken. Daarna had ik een bevriende DNA-deskundige de uitslagen laten lezen, vertrouwelijk en zonder betaling. Er waren zes verschillende soorten DNA aanwezig, zei hij, sommige in minuscule hoeveelheden, maar in ieder geval meer dan voldoende om voor de rechtbank de doorslag te geven. Vijf ervan moesten van de agenten zijn, wist ik. Het zesde zou van Lonnie Mae zijn.

Toen mijn deskundige vroeg waar hij zijn rapport heen moest sturen, vroeg ik hem het voorlopig bij zich te houden. Het enige wat ik nu nog kon doen, was wachten tot Ivy zichzelf zou bewijzen door die aanklachten in te dienen. Dan zou ik met het bewijsmateriaal komen, maar niet eerder.

Belemmering van de rechtsgang? Jammer dan. Ik zou er wel een mouw aan passen.

Het belangrijkste was dat ik nu wist dat ik die vijf agenten ooit voor verkrachting kon laten veroordelen – en met een beetje geluk ook nog voor brandstichting en moord. Ik neem ze wel voor je te pakken, Lonnie Mae, beloofde ik. Jij mag er dan niet meer zijn, maar ik zweer dat ze je naam nooit zullen vergeten.

Zo had het moeten gaan. En zo zou het ook zijn gegaan als ik me maar gedeisd had gehouden met dat bewijsmateriaal.

Maar ik verknalde het.

De volgende avond had ik met een vriendin, J.P. Blakely, bij haar op kantoor afgesproken. J.P., een privé-detective, had me bij verschillende zaken geholpen. Ik vertelde haar alles over Lonnie Mae en de agenten. Nadat we er minstens een uur over hadden zitten praten en hadden overlegd hoe het nu verder moest, waren we allebei aan een borrel toe. We gingen naar McCoy's, een café waar veel agenten na hun werk een borrel dronken, en niet echt een tent waar we gewoonlijk naartoe gingen. Het was echter de dichtstbijzijnde kroeg, en we renden door de dichte regen vanuit J.P.'s kantoor de straat over.

Het was er vrijwel leeg, en we gingen uit het zicht van de bar aan een tafeltje zitten. Even later kwamen vier van de vijf agenten binnen die Lonnie Mae hadden verkracht. Ik wist inmiddels wie ze waren, doordat hun foto's die dag breeduit op de voorpagina van de Seattle Times hadden gestaan. Er was een klacht tegen hen ingediend wegens verkrachting, meldde de kop. In het artikel eronder stond dat de agenten een persverklaring hadden laten uitgaan waarin ze alle schuld ontkenden en beweerden dat de prostituee in kwestie op wraak uit was omdat ze haar hadden gearresteerd.

Ik voelde een klein beetje voldoening dat ik degene was die het verhaal aan de Times had doorgespeeld. Iedereen wist er nu tenminste van. En misschien zou Ivy hierdoor tot actie overgaan. De kranten hadden de agenten al 'de Vijf van Seattle' genoemd, en de andere media leken dat over te nemen. Het schandaal zou een eigen leven gaan leiden. Het zou niet vanzelf overwaaien.

De vier agenten zagen ons niet, waardoor we kans kregen

hen af te luisteren. Eerst hielden ze zich betrekkelijk rustig – even omschakelen na een dag hard werken, leek het. Toen de drank bleef vloeien, werden ze echter overmoedig. Ze werden steeds luidruchtiger, en ik hoorde Mike Murty – de vermoedelijke aanvoerder van de Vijf – pochen dat er waarschijnlijk niet eens een proces zou komen nu 'die zwarte hoer' dood was.

In diezelfde trant praatten ze verder, terwijl J.P. en ik elkaar aan zaten te staren en steeds kwader werden. Hoewel we het hen niet met zoveel woorden hoorden zeggen, kwam er een moment waarop we er allebei zeker van waren dat de Vijf die brand hadden aangestoken en Lonnie Mae hadden vermoord – om nog maar te zwijgen van de mensen die tegelijk met haar gestorven waren.

Dat was het moment waarop we als één vrouw opstonden en om het wandje heen liepen dat ons van de bar scheidde. De barkeeper zag ons komen en deed een stapje achteruit alsof hij problemen verwachtte. Er waren op dat ogenblik geen andere klanten in McCoy's, en als ik even had nagedacht, zou ik misschien bang zijn geworden. Maar ik was niet veel alcohol gewend, en ik had twee glazen wijn op.

Ik greep Mike Murty bij zijn arm en draaide hem rond. 'Klootzak die je bent!' zei ik. 'Walgelijke klootzak!'

Hij liet zich van zijn kruk glijden en ging dreigend tegenover me staan, met zijn volle één meter tachtig. Hij stond met zijn duimen in zijn riem gehaakt en zijn voeten wijd uit elkaar, en hij lachte. De andere drie kwamen er ook bij staan, om Murty en mij heen.

'Wegwezen, meid,' zei een van hen. Het was Al Garben, een gluiperige vent met een snor die zijn gemene mond niet helemaal verborg.

J.P. drong zich tussen de mannen en mij in. Hoewel ze maar één meter zestig was, ging ze vlak voor hen staan, met van woede fonkelende ogen. 'Ze heeft gelijk. Jullie zijn altijd al een stelletje rotzakken geweest.'

Jake Suder lachte. 'Mag je ons niet, J.P.?' Hij stak zijn hand uit, die rood en ruw was, en streek J.P. onder haar kin.

Ze sloeg hem weg, vlak voordat me te binnen schoot wat

Lonnie Mae me over die hand had verteld, en over wat die met haar had gedaan.

'Geniet maar van je borrel,' zei ik kwaad. 'Waar jullie naartoe gaan, zul je die niet meer krijgen.'

Murty lachte weer. 'Wij gaan nergens heen, trut. Of nodig je ons soms bij jou thuis uit?' Ze lachten allemaal en kwamen naar voren, waarbij ze ons nog verder insloten.

'Goed idee,' zei Al. 'Misschien komen we binnenkort wel een avondje langs. Routinecontrole, weet je wel, om te zien of alles in orde is met je.'

Tad Sanders, de jongste, grinnikte. 'Misschien komen we er dan wel achter dat ze prima in orde is. Dat ze heel, heel goed is zelfs.'

Hij leunde zo dicht naar me toe, dat ik het bier in zijn adem kon ruiken en het rossige dons op zijn kin kon zien. Niet veel ouder dan tweeëntwintig, maar hij had nu al zo'n roofdierblik in zijn ogen.

J.P. legde haar handpalm tegen zijn borst alsof ze een klaarover was. 'Achteruit, eikel. Jullie allemaal, achteruit.'

'En jij denkt dat je iemand bang kunt maken?' tartte Al Garben. 'Zo'n klein geelharig onderkruipseltje als jij?'

'Ik zou maar bang worden als ik jullie was,' zei ik zonder nadenken. Ik had een losse tong van de wijn, en de woorden rolden zo mijn mond uit. 'Ik heb genoeg bewijs om jullie allemaal voorgoed op te bergen.'

'Dus jij hebt bewijs, hè?' Murty lachte. 'Dat mocht je willen, trut.'

'Ik zou het maar wel geloven, als ik jou was,' zei ik. 'Lonnie Mae heeft me voor ze stierf alles gegeven wat ik nodig had. En jullie zullen boeten, voor die verkrachting en voor de moord op haar.'

J.P. keek me waarschuwend aan. Ik zag haar blik, net voor ik de dreiging in Mike Murty's ogen zag. Ze greep me bij mijn arm en trok me mee.

'Kom op, we gaan,' zei ze. 'Kom nou, Sarah. Je hebt te veel gedronken. We gaan.'

'Je hebt gelijk,' gaf ik toe, mijn woorden half inslikkend. 'Ik heb geen idee waar ik het eigenlijk over heb. En ik moet trouwens nodig douchen, om het vuil weg te wassen.'

We moesten onze jassen nog pakken, en toen we weer om het tussenwandje liepen op weg naar de buitendeur, zag ik dat de agenten ernstig in conclaaf bijeenzaten aan de bar. Ze lachten niet meer.

Ik had een gevoel van triomf moeten hebben, maar zelfs zonder J.P.'s waarschuwing besefte ik dat ik veel te veel had losgelaten.

Later die avond probeerde ik een beschermwal om me heen op te trekken door Mike Murty thuis op te bellen. Ik vertelde hem dat ik echt kon bewijzen dat hij en de anderen Lonnie Mae hadden verkracht. Ik zei dat dat bewijs veilig was ondergebracht bij iemand die hij niet kende en dat het rechtstreeks naar de autoriteiten zou gaan als mij iets overkwam. Ik vertelde hem dat die persoon ervoor zou zorgen dat ze zich zouden moeten verantwoorden voor de verkrachting en de moord op Lonnie Mae, en ook voor mijn dood. Tot slot zei ik dat de Vijf er verstandig aan zouden doen zich aan de genade van het gerecht over te leveren – en dat ze er maar beter voor konden zorgen dat ik lang genoeg bleef leven om ze daar te zien.

Ik dacht dat ik hen daarmee kon tegenhouden. Op zijn minst hoopte ik zo wat tijd te winnen.

Maar vanaf dat moment zaten de Vijf achter mij aan.

Voor alle duidelijkheid: de meeste agenten in Seattle zijn goede mensen die werk doen waar ze van houden en waar ze trots op zijn. Ik had echter al vroeg in mijn loopbaan zelfs onder de goeden een bepaalde reputatie opgebouwd. Op zijn vriendelijkst uitgedrukt: ze hadden de pest aan me. Ik was degene die mensen vrij wist te krijgen nadat zij zich uit de naad hadden gewerkt om hen op te sporen, op te pakken, processen-verbaal op te maken en voor de rechtbank te getuigen. Ik vond het niet zo erg dat ze zich over me beklaagden. Daardoor kwam ik 's avonds op het journaal, en als ik daarmee misschien een cliënt kon helpen, vond ik dat prima. Ik trok chique kleren aan als ik naar de rechtbank moest, en om nog meer aandacht te trekken droeg ik mijn dikke blonde haar doelbewust los en golvend, omdat ze me hadden verteld dat dat sexy stond.

Eigenlijk is Ian de enige die me ooit heeft verteld dat mijn haar sexy was. Hij vond het zelfs zo sexy, dat hij het in ons voorspel gebruikte. We lagen een keer op Onafhankelijkheidsdag naakt op mijn bed – ik en een van de hoogste politiefunctionarissen van Seattle – en keken door mijn raam naar het vuurwerk dat vanaf de Space Needle werd afgestoken. Bijna afwezig streelde Ian zichzelf met mijn haar, steeds en steeds weer, tot hij klaarkwam op hetzelfde ogenblik dat de laatste vuurwerkexplosie uit Seattles bekendste fallussymbool kwam. Ik herinner me dat ik me door hem liet meeslepen, al heb ik hem nooit verteld, toen of later, hoe ongemakkelijk die houding was. In die tijd zou ik alles voor Ian hebben gedaan en was ik bereid ongemak, of zelfs gevaar, op de koop toe te nemen. Ik hield van hem met bijna heel mijn hart, waardoor er geen plaats overbleef voor iets anders, behalve dan voor het recht.

En ironisch genoeg was het juist het recht dat tussen ons kwam. Ian was een toegewijde politieman, die dagenlang bezig was de bewijzen te verzamelen die mijn cliënten voor de rechter brachten. Hij kon maar moeilijk verkroppen dat ook ik mijn werk moest doen en dat ik trots was op dat werk.

Het maakte het er niet beter op dat niet alle mensen die ik vrij wist te krijgen, onschuldig waren. Dat is het probleem met DNA: als je maar weet hoe je het voor de rechter moet presenteren, kun je het ook gebruiken om schuldigen vrij te krijgen. En het is nu eenmaal de taak van een advocaat om zijn cliënt te verdedigen, of hij onschuldig is of niet. Het recht doet een zware aanslag op je onkreukbaarheid, merkte ik.

Ian en ik maakten vaak ruzie over mijn werk, en in het begin was dat wel leuk – het maakte deel uit van ons voorspel, het wond ons op – maar later werd het iets waar ik als een berg tegen opzag.

'Als de jury niks van DNA snapt wanneer de aanklager het ze door de strot duwt, urenlang, steeds weer opnieuw, tot ze helemaal suf gekletst zijn, dan kan ik daar niks aan doen!' voerde ik dan met trillende stem aan, omdat ik niets liever wilde dan het bijleggen en weer een met hem worden.

'Jíj blijft er maar over doorgaan!' schreeuwde hij dan terug. 'Jij weet precies wat je doet, en als de juryleden zich beginnen te vervelen en niet meer luisteren, is dat jóúw schuld, niet die van de aanklager. Jij plant het zo. Je haalt de ingewikkeldste goocheltrucs uit in de rechtszaal, trucs die niemand kan doorzien.'

Eén keer ging hij zelfs zo ver dat hij zei dat ik als ik van hem hield, een ander vak moest kiezen – verkoopster of zo. Ik kon niet geloven dat hij dat meende, en misschien was dat ook wel niet zo. Ian, met zijn rode haar en Ierse temperament, liet zich nogal eens gaan en zei dan dingen die hij niet meende. Achteraf verontschuldigde hij zich en werd alles weer zoals eerst, tot de volgende keer.

Afgelopen januari echter – twee dagen nadat ik Mike Murty had gebeld en hem had bedreigd met Lonnie Maes bewijsmateriaal – kwam Ian 's avonds niet opdagen voor het avondeten. Toen ik hem die avond laat eindelijk te pakken kreeg, zei hij dat hij het te druk had gehad. Hij wist niet wanneer hij weer tijd voor me zou hebben.

De dag daarop deden drie geüniformeerde agenten een inval in mijn appartement terwijl ik er niet was. Een rechter die ik nauwelijks kende, had hun een bevel tot huiszoeking gegeven, op grond van een vage tip die ze beweerden te hebben gekregen. Ze 'vonden' crack en allerlei drugsspullen in mijn slaapkamerkast.

Ik gebruik geen drugs, en dat heb ik nooit gedaan ook.

Ik werd gearresteerd toen ik een rechtszaal uit kwam – een moment dat ik nooit zal vergeten, al word ik zo oud als Methusalem. De aanklacht luidde: bezit van illegale verdovende middelen met het doel te verkopen. Een ernstig misdrijf, en na de gebruikelijke vertragingen en continuaties verwachtte ik niet dat mijn proces voor begin december van start zou gaan. Al die procedures onderging ik als een zombie, vol angst en ongeloof.

De volgende dag kwam ik op borgtocht vrij, maar verloor ik mijn baan, en korte tijd verkeerde ik in een depressie. Mijn enige troost was dat ze Lonnie Maes bewijs niet hadden gevonden toen ze die drugs hadden verstopt. Toen we bij McCoy's vandaan kwamen, had ik het uit mijn hutkoffer gehaald en aan J.P. gegeven om ergens veilig op te bergen. Ik was nu te bang om het aan wie dan ook te overhandigen, zelfs aan Ivy O'Day. Het was tenslotte het bureau van de openbare aanklager dat voor de tenlastelegging tegen mij had gezorgd. Had Ivy iemand over mijn bezoek aan haar verteld? Had ze het aan de verkeerde persoon verteld? Waren die agenten eigenlijk op zoek geweest naar het bewijs toen ze die drugs bij mij thuis hadden verstopt?

Mijn depressie vermengde zich met angst, tot ik op een dag woedend wakker werd. Vanaf die ochtend kon ik aan niets anders meer denken dan aan de vraag hoe ik de Vijf van Seattle het best te gronde kon richten.

De dag daarop liep ik naar de Mystery Bookshop. Terwijl ik met Bill Farley praatte en de boeken op de planken inkeek, vormde zich in mijn hoofd het plan om een boek te schrijven waarmee ik het rechtsstelsel in het algemeen en corrupte agenten in het bijzonder aan de kaak zou stellen.

Bill vond het een prachtidee. 'Dat wordt beslist een bestseller,' zei hij. Zijn witte haar glansde onder de lampen in de winkel. 'Vooral omdat je zelf advocaat bent. Daar kom je mee in talkshows, misschien zelfs wel in Larry King Live. Zo kun je je verhaal aan iedereen vertellen.'

Ik wilde dat iedereen mijn verhaal zou horen – niet alleen voor mezelf, maar ook voor Lonnie Mae Brown. Ik had nog steeds niets van Ivy O'Day gehoord, en de Vijf van Seattle waren nog niet in staat van beschuldiging gesteld. Lonnie Maes panty lag nog steeds in een plastic zak in een safe in het kantoor van J.P.'s accountant, waar ze hem meteen die avond dat ik hem aan haar had gegeven, had opgeborgen. Na de confrontatie met de Vijf bij McCoy's was ze bang dat ze haar kantoor zouden doorzoeken. Daarom had ze de panty in een bruine envelop met oude belastingformulieren gestopt, die ze bij haar accountant in bewaring had gegeven.

Wat mij betreft: naarmate de weken voorbijgingen, werd ik steeds gefrustreerder en steeds minder bereid erop te vertrouwen dat het recht zijn loop zou krijgen. Lonnie Mae was misschien nog wel in leven geweest als het systeem monsters als die agenten achter tralies zette, in plaats van de klachten tegen hen te negeren of hen op borgtocht vrij te laten. Het geval van Lonnie Mae stond beslist niet op zichzelf. In de loop der jaren had ik het keer op keer zien gebeuren: verkrachters, moordenaars en mensen die kinderen molesteerden, kwamen er met een lichte straf vanaf, om na hun vrijlating weer opnieuw te moorden, te verkrachten en te molesteren.

Dat ik enkelen van hen had verdedigd, werd een punt dat me in verwarring bracht, waardoor ik 's nachts wakker lag en maar bleef piekeren. Van mijn geloof in het recht was inmiddels bijna niets meer over – een gemoedstoestand die in ieder geval gedeeltelijk verantwoordelijk was voor wat er later, op Thornberry, gebeurde.

Ik kocht een nieuwe laserprinter en pakken papier. Inmiddels woonde ik al hier, in het huis van mijn ouders, en op een ochtend liep ik met een kop hete sterke koffie naar mijn vaders bureau, ging aan mijn computer zitten en begon. Na vele moeizame pogingen, waarbij honderden vellen zich ophoopten in de prullenbak, was ik eindelijk zover dat ik twaalf, veertien, zelfs achttien uur per dag aan mijn eerste boek, Just Rewards, bezig was. Het werd belangrijker voor me dan alles wat ik ooit had gedaan, en de verbetenheid en energie die me door mijn rechtenstudie hadden geholpen, brachten me nu in de nieuwe wereld van het schrijven, met die gedrevenheid waar schrijvers het vaak over hebben.

Toen kwam begin maart, zes weken na mijn arrestatie, Timothea's uitnodiging om de maand april op Thornberry door te brengen. Ik hapte meteen toe. Behalve haar verhaal in mijn boek vertellen leek er op dat moment niets meer te zijn wat ik voor Lonnie Mae kon doen. Het schandaal in de kranten over de Vijf was, tegen al mijn hoop in, weggestorven tot af en toe een kort stukje, en ik raakte er steeds minder van overtuigd dat de openbare aanklager hen ooit in staat van beschuldiging zou stellen. Eén telefoontje naar Ivy had die mening bevestigd. Ze was zakelijk, onpersoonlijk geweest. Je hoeft mij niet te bellen, ik bel jou wel: daar kwam het op neer.

Ik was dus niemand verantwoording schuldig, had niemand om voor thuis te blijven. Ian had al afscheid van me genomen, en ik had sindsdien niets meer van hem gehoord. Behalve dat hij me dat verhaal over Sophia en de ware liefde had verteld, had hij ook gezegd dat hij alleen al door nu met me om te gaan zijn carrière bij de politie schade kon toebrengen. Zou ik hem een plezier willen doen en iedereen die we kenden laten weten dat we het hadden uitgemaakt?

Ja hoor, zei ik. Met alle genoegen. Geen probleem. En loop jij ook maar naar de hel.

Die avond had ik in mijn badkamer een stel kaarsen in alle vormen en maten aangestoken. Ik was met een scherpe schaar voor de spiegel gaan staan en had plechtig mijn haar afgeknipt. Ik kortte het in tot een centimeter of vijf van de wortel – net Sharon Stone, zei een vriendin later – en met iedere knip bande ik Ian verder uit mijn leven.

Het is mei, nu ik deze aantekeningen in mijn dagboek maak. In de paar korte maanden sinds dat alles is gebeurd, heb ik wel eens het gevoel gekregen dat ik zo'n vrouw word over wie ik soms in boeken lees, die plotseling ouder is dan ze ooit had gedacht te worden, en misschien niet meer zo aantrekkelijk voor mannen als voorheen. Ze kijkt graag naar romantische films en leest sexy romannetjes over jonge mensen, ook al weet ze dat liefde voor haarzelf waarschijnlijk niet meer is weggelegd. Haar lichaam wordt ouder, en daarmee neemt haar waarde af. En hoe droevig dat misschien ook is, ze beseft tegelijkertijd dat het nu veel makkelijker is over een minnaar te dromen dan er daadwerkelijk een te hebben.

Ik sta van mijn computer op en strek mijn benen. Terwijl ik aan die tijd terugdenk, zet ik een pot thee. Ik zet er de theemuts overheen, net zoals mijn moeder dat altijd deed. Haar theemuts, haar huis, haar pot, haar thee. Soms lijkt het wel of ik niets meer van mezelf overheb. Niet dat ik ondankbaar ben. Er zijn ergere dingen dan een oud, historisch huis hebben om in te wonen, en genoeg geld op de bank om van te leven – als dat tenminste niet allemaal opgaat aan mijn verdediging.

Als dat geen gemene zet van het lot is: een advocaat die zich zorgen moet maken over de rekening van haar verdediging.

En dan is het boek er nog, als ik dat tenminste ooit afmaak. Hoe kan ik nu nog onthullen wat er is gebeurd? Nu we allemaal hebben gezworen onze mond te houden, blijf ik zitten met alleen een begin en een midden, maar geen slot.

Daarom zit ik hier aan mijn vaders bureau en vertel ik mijn verhaal aan mezelf, al is het maar om alles op een rijtje te houden. Mijn hersenen willen de dingen die gebeurd zijn op allerlei manieren veranderen en verdraaien. Ze willen het gebeurde heel anders laten aflopen.

Magisch denken zouden sommige mensen dat noemen. Maar wat ik ook doe, welk beter scenario ik ook verzin, het is onmogelijk de dingen te veranderen – toen of wanneer dan ook.

Ik sta nu onder huisarrest, terwijl de anderen – althans voorlopig – vrij zijn. De openbare aanklager van San Juan County had geen bewijs dat ik verantwoordelijk was voor dat afschuwelijke drama op Thornberry, en toch kon hij gezien de omstandigheden niet veel anders doen dan me laten oppakken. De sheriff sloot me op, en eerst dacht ik dat ik maanden in die gevangenis zou doorbrengen. Er werd echter bijna meteen door iemand – ik weet niet wie – aan de juiste touwtjes getrokken om me naar Seattle te laten overbrengen.

Ik heb daar niet om gevraagd, wilde het eigenlijk niet eens. Net zomin als ik die enkelband wil die zwaar tegen mijn huid drukt en me er voortdurend aan herinnert dat ik het huis niet uit mag, zelfs niet om aan mijn eigen zaak te werken. Eén stapje buiten de deur, en meteen gaat er bij justitie een alarm af. Ik mag niet eens naar de supermarkt.

In plaats daarvan wacht ik mijn lot af in het huis waarin mijn ouders me hebben grootgebracht, omringd door foto's van mezelf als ernstig maar onschuldig jong meisje, met mijn vaders arm om me heen, en met zijn liefde als steun bij alle kleine verschrikkingen die de kindertijd meebrengt.

Gek. Ik dacht dat hij altijd hier zou zijn.

Er hangt vitrage voor de ramen, en er wellen tranen op in mijn ogen als ik me herinner hoe mijn moeder die haar leven lang elke zaterdagochtend waste en streek. Wolken stoom stegen op als zij haar strijkijzer heen en weer en heen en weer bewoog, terwijl de frisse, schone geur van stijfsel zich verspreidde.

Als mijn moeder niet aan het schoonmaken was, was ze aan het bakken, en er waren avonden dat ze van geen ophouden wist. Wanneer ik dan de volgende ochtend wakker werd, stond de keuken vol taarten, pasteien en bakblikken met koekjes: een feestmaal. Pas toen ik wat ouder was, begreep ik waarom ze dat deed: om niet met mijn vader te hoeven slapen.

Mijn vader was een workaholic. Een grote rustige man die zich van 's ochtends negen tot 's avonds zes uit de naad werkte om witteboordencriminelen uit de gevangenis te houden. Leugens, dekmantels, dealtjes, fraude: het hoorde allemaal bij het werk dat hij deed voor Sloan & Barber, een van de meest elitaire, meest gerespecteerde advocatenkantoren van Seattle. De avonden waarop het hem lukte op tijd thuis te zijn voor het eten, sloot hij zich daarna in zijn studeerkamer op. Dan stortte hij zich opnieuw op het werk, in een dwaze poging de zonden die hij die dag had begaan te vergeten.

Nu is hij er niet meer, en eigenlijk heb ik het gevoel dat mijn moeder mij daarvoor verantwoordelijk houdt. Voor ze naar Florida vertrok, riep ze: 'Alle hoop, alle verwachtingen die we voor jou hadden – allemaal in één klap weggevaagd!'

Daarna spraken we elkaar nauwelijks nog. Ik wist alleen dat ik in haar huis mocht gaan wonen toen er een koerier bij me op de stoep stond met de sleutel.

Dat is zo'n beetje de achtergrond waarmee ik naar Thornberry vertrok – een achtergrond die niet zoveel verschilde van die van de andere vrouwen, maar die toch ook niet bepaald hetzelfde was, zoals later bleek. Elk van ons bracht sterke en zwakke punten mee, vaardigheden en kennis. Dat bleek een zegen, aangezien we dat alles nodig zouden hebben om erdoor te komen.

Maar het bleek ook een vloek.

3

Op die dag in april, toen de Grote Aardbeving plaatsvond, kon geen van ons op Thornberry er ook maar enig idee van hebben wat ons te wachten stond, of hoe die aardschok al onze levens zou beïnvloeden. Toen ik die middag uit mijn huisje kwam, treuzelde ik even om van het uitzicht te genieten. Ik bleef een paar tellen op de veranda staan en keek over de dennen en ceders naar de hemel boven de zee-engte San Juan de Fuca.

Op de San Juan Eilanden, ongeveer honderdvijfentwintig kilometer ten noorden van Seattle, blijft het wat langer licht dan in de stad. Toch had ik om een uur of vijf 's middags niet zo'n vreemd gele hemel verwacht. Net zomin als ik had verwacht dat het in april al zo warm zou zijn. Volgens sommige mensen was het dan ook de vroegste lente sinds mensenheugenis. Het was in elk geval de eerste keer dat ik zo'n hemel zag. De hele week hadden er wolken boven de eilanden gehangen – althans, op de dagen dat het niet had gemist.

Ik bleef even naar de bomen kijken en snoof hun zoete bosgeur op. Er groeiden al sleutelbloemen tussen de rotsen langs het pad dat van de boerderij naar mijn huisje leidde – dat Annie Rose heette, naar Timothea's overleden dochter. Annie was aan longontsteking gestorven toen ze zes was, en Timothea had een vergunning weten te krijgen om haar op eigen terrein te begraven. Een klein kruisje op een heuvel markeerde de plek waar ze lag, onzichtbaar vanaf de boerderij, maar met uitzicht over zee.

Er stonden maar vier huizen op het eiland Esme, dat min of meer rechthoekig is en van noord naar zuid circa vierenhalve kilometer meet. Ransford, het huis van de familie Ford op het noordelijke deel, was veel grootser dan Thornberry, aan de zuidkust. De andere twee huizen waren blokhutten, gebouwd in de jaren '50. Ze stonden er al toen Timothea en de Fords het eiland kochten en er gingen bouwen. Ze lagen ten westen van Thornberry, aan de kust, en werden door de oorspronkelijke eigenaars alleen maar als zomerverblijf gebruikt.

Dat betekende dat Timothea heel geïsoleerd zat tijdens de lange wintermaanden, en ik stelde me zo voor dat ze om die reden een schrijverskolonie was begonnen toen haar pension dicht was gegaan. Op die manier had ze toch het hele jaar door gasten.

Zo te zien had ze het wel hanteerbaar gehouden. Er waren maar zes gastenverblijven op Thornberry – elk met een andere naam en elk prachtig gebouwd van kersen-, vuren- en cederhout, met gebrandschilderde ramen op de slaapzolder. Ze lagen verspreid in een paar hectaren bos om het hoofdgebouw, waarin Timothea jaren eerder haar pension was begonnen. Wat nu simpelweg 'de boerderij' werd genoemd, was een wit gebouw van drie verdiepingen in dezelfde stijl als zoveel van die prachtige oude huizen in Brits-Columbia.

'Wat een romantisch huis,' zei mijn moeder die eerste zomer dat we er kwamen enthousiast. 'Misschien komen we hier onze ware liefde wel tegen.'

Ze zei het met dat luchtige lachje dat me elke keer dat ik het hoorde weer verbaasde, omdat ze meestal juist vrij somber was. Ik was destijds nog te jong om me te verwonderen over het feit dat mijn moeder – die al jaren met mijn vader getrouwd was – het nog over het vinden van haar ware liefde had.

De boerderij diende nu als kantoorruimte en keuken, en 's avonds als trefpunt voor de schrijvers die er verbleven. Timothea woonde in de kamers op de eerste verdieping, en twee secretaresses hadden elk een eigen kamer op de tweede verdieping, waar ze door de week sliepen.

De gastenverblijven lagen allemaal zo, dat ze vanuit de andere huisjes niet te zien waren. Zodra je je had geïnstalleerd, was een sliertje rook dat zo nu en dan van de houtkachel van een van de andere gasten opsteeg, het enige waaruit bleek dat er nog meer mensen in de buurt waren.

Vóór vier uur 's middags mochten we niet met elkaar praten of elkaar op enige wijze storen. Dat was om ervoor te zorgen dat we allemaal volop gelegenheid hadden om te schrijven, legde Timmy uit.

Toen ik in april op Thornberry aankwam, was ik op borgtocht vrij en was bepaald dat mijn proces op drie augustus zou beginnen. De aanklager had om een vroegere datum gevraagd, maar mijn advocaat had net zo dringend om een later tijdstip verzocht, op grond van een volle agenda. Wat ze feitelijk had gedaan, was mij de tijd geven om mijn boek af te maken. Ik wist dat we ook nog met de gebruikelijke vertragingen te maken zouden krijgen, en daarom verwachtte ik niet dat mijn proces voor december zou beginnen, op zijn vroegst.

Mijn uitgever vond het prima. Hoewel ik het manuscript pas in oktober zou inleveren, waren ze van plan Just Rewards in minder dan geen tijd te zetten en te drukken en mikten ze op één december als verschijningsdatum. In de ogen van de uitgever was het die ongewone inspanning wel waard, omdat het proces ertoe zou bijdragen dat het een bestseller werd. En in de ogen van mijn advocaat kon het zo op het voor mij gunstigste moment aandacht in de media krijgen. Corrupte politiemensen waren de laatste tijd niet bepaald populair bij de pers, en aangezien corruptie bij de politie mijn beste – en enige – verdediging vormde, zei ik: goed hoor, op volle kracht vooruit. Ik was inmiddels zover dat ik bereid was alles in mijn voordeel om te buigen en zo nodig om het hele rechtsstelsel heen te laveren.

Het weerzien met Timmy na al die jaren riep verschillende gevoelens in me op. Het was twintig jaar geleden dat ik voor het laatst op Thornberry was geweest, en we waren allebei veranderd. Timmy leek ongewoon gespannen.

Daar zei ik iets over tegen Dana, een van de andere gasten,

toen we samen naar de boerderij liepen voor het avondeten. Ik was haar al eerder tegengekomen wanneer ze van haar huisje kwam, en we hadden gemerkt dat we goed met elkaar konden opschieten. Meestal hadden we het over de andere gasten en wat we van hen vonden. Geroddel, zou je kunnen zeggen – iets waar ik me eigenlijk zelden mee bezighield. Maar op Thornberry hadden we na die eerste paar dagen van eenzaamheid overdag nog niet echt hoogte van elkaar.

Die avond begon ik over Timothea. 'Ik heb haar vroeger gekend,' zei ik, 'en toen leek ze altijd heel opgewekt, iemand die precies wist wat ze met haar leven wilde. Ik dacht dat ze er voldoening in vond.'

'Nou, het zal anders wel moeilijk zijn om een maandlang met vijf verschillende schrijvers te maken te hebben,' zei Dana. 'Elke avond met ons aan tafel te moeten zitten en ons geklets te moeten aanhoren. Heb je ooit zo'n stelletje...' Ze aarzelde.

Ik wist welk woord op haar lippen lag en reikte haar een iets vriendelijker term aan. '...heksen gezien?'

Ze lachte. 'Behalve Jane dan. Die lijkt me wel aardig. Al heb ik wel medelijden met haar. Grace laat haar geen moment met rust.'

Jane was een welgestelde jonge huismoeder uit Bellevue, en Grace Lopez een botte New Yorkse met een grote mond. Grace was mager en pezig, met kort zwart haar, een olijfkleurige huid en een temperament dat regelrecht uit de Bronx kwam. Tot dusverre had Jane zich tegenover haar niet goed staande weten te houden. Jane was aan een liefdesroman bezig, en als er iets was waar Grace niets vanaf scheen te weten, was het wel romantiek.

Ik had al gauw genoeg gekregen van de spanningen die elke avond tijdens het eten ontstonden. Behalve Jane en Grace was er Amelia, een tweeënzeventigjarige zuurpruim en bekroond dichteres. Meestal zaten Grace en zij elkaar in de haren en kwam Jane tussenbeide om de boel te sussen, met als gevolg dat ze zelf het mikpunt werd.

Een lid van ons groepje over wie ik me nog geen mening had kunnen vormen was Kim Stratton, een Hollywood-actrice die zich na één kassucces opeens tot de sterren mocht rekenen. Ze zeiden dat haar volgende films meer hadden opgebracht dan de complete staatsschuld, en toch was ze naar Thornberry gekomen om haar memoires te schrijven, zoals ze iedereen had verteld op die ene avond toen ze voor de koffie was verschenen. Het grootste deel van de tijd bleef ze in haar eentje in haar huisje, wat haar bij de andere vrouwen een reputatie van afstandelijkheid had opgeleverd.

Wat voor herinneringen die kastanjebruine schoonheid al op haar dertigste op papier wilde zetten, kon ik me niet voorstellen. Ze stond bekend als 'America's Sweetheart' – tenminste, bij degenen die niet oud genoeg waren om zich te herinneren dat Mary Pickford ooit die titel had bezeten. Blijkbaar waren een hoop mensen zo nieuwsgierig, dat ze alles over Kim Stratton wilden lezen wat ze maar te pakken konden krijgen.

'Dus jij denkt dat Timothea ons gewoon allemaal zat is?' vroeg ik aan Dana terwijl we in de richting van de boerderij liepen.

Ze haalde haar schouders op, waardoor het zilver-met-turquoizen kettinkje om haar hals glinsterde in het gele licht.

Dana werd door Grace voor helderziende uitgemaakt. Ik wist niet veel van haar leven, doordat ze daar maar zelden over sprak. Ze kwam uit Santa Fe en was getrouwd, maar wat voor iemand haar echtgenoot was of wat hij voor de kost deed, wist niemand.

'Jij kent haar het beste van ons allemaal,' antwoordde Dana. 'Wat denk jij?'

Dat wist ik niet goed. Ik had het gevoel dat ik mijn oude vriendin niet meer kende en kon dat alleen maar wijten aan het verstrijken van de tijd. Mensen veranderen. Ik was volwassen geworden, en Timothea Walsh had inmiddels een respectabele leeftijd bereikt. Ik had geen idee wat er in haar leven was voorgevallen en welke krachten het gestuurd en gevormd hadden tot wat het nu was, maar wist inmiddels uit ervaring dat je leven zomaar ineens een andere wending kan nemen.

We gingen een bocht om, en ik merkte dat ik huiverde.

'Voel jij het ook?' vroeg Dana. Haar donkere pony bewoog in dunne sliertjes over haar voorhoofd toen ze haar hoofd van de ene kant naar de andere bracht, alsof ze de lucht opsnoof.

'Ook?'

'Deze plek,' zei ze. Ze trok haar sjaal wat strakker om zich heen. 'Het voelt hier heel vreemd.'

Ze had gelijk. De lucht was heel warm voor de tijd van het jaar, en de hemel had nog steeds die vreemde diepe amberkleur. En er was nog iets met deze plek. Telkens wanneer ik erlangs kwam, werd ik slap in mijn benen, alsof ik me haast niet meer kon bewegen. Het leek wel of ik tot aan mijn knieën door de modder waadde. Dat bleef een paar meter zo, en daarna was het over.

'Oud indiaans gebied,' zei Dana. 'Ik heb erover gelezen in de bibliotheek hier. Zulke krachten blijven vaak hangen.'

Op zo'n manier van denken had mijn rechtenstudie me niet voorbereid, maar ik kon niet ontkennen dat de plek iets bovennatuurlijks had.

'Er kunnen hier zelfs wel massamoorden hebben plaatsgevonden,' ging Dana zacht verder, 'toen noordelijke stammen hier binnenvielen en de mannen vermoordden en de vrouwen en slaven mee terug namen.'

Haar woorden deden me aan iets van vroeger denken, maar waaraan? Waar had ik dit eerder gehoord?

Het duurde even, maar toen we doorliepen, gingen mijn gedachten terug naar het jaar waarin ik achttien was geworden. En naar Luke.

Luke Fords ouders waren eigenaar van Ransford, het grootste huis op Esme in die tijd, en tijdens de zomers die ik hier had doorgebracht, was er een pad door het bos ontstaan, doordat we elkaar zo vaak over en weer hadden opgezocht. Luke had meer dan eens een opmerking gemaakt over de vreemde krachten in de bossen hier. Hoe had ik dat kunnen vergeten?

Luke was mijn eerste liefde, en hij was totaal anders dan Ian. Ian was een en al zakelijkheid, met kortgeknipt rood haar en bloedserieus in zijn optreden. Luke daarentegen maakte grapjes, plaagde, flirtte onbeschaamd en genoot ten volle van het leven. Hij was eerder opvallend dan knap. Hij droeg zijn dikke, bijna kroezige donkere haar in een paardenstaart, die tot halverwege zijn rug hing. Wanneer hij het niet had samengebonden en het langs zijn gezicht viel, verzachtte het zijn scherpe en hoekige trekken enigszins.

Die laatste zomer die ik op Esme doorbracht, was ik zeventien, en ik kon geen genoeg van hem krijgen. Nadat we de drie voorgaande zomers al flirtend waren doorgekomen, elkaar af en toe voorzichtig aanrakend, om ons dan weer terug te trekken alsof we ons hadden gebrand, waren we dat jaar helemaal opgeladen. We begonnen die eerste dag met ongemakkelijke glimlachjes naar elkaar, waarna we haastig onze blikken afwendden, want als onze blikken elkaar kruisten, lieten ze te veel van onze gevoelens zien.

Op een dag was ik in het bos aan het wandelen, op zoek naar een rustige plek om te schrijven. Luke bleek zich in een boom te hebben verstopt en joeg me de stuipen op het lijf toen hij zich opeens vlak voor me op de grond liet vallen. Met een uitgelaten kreet trok hij me in zijn armen. 'Sarah! O, wat heb ik je gemist dit jaar!'

Lachend vielen we samen op de grond, en vanaf dat moment was ik helemaal van hem. Met zijn tong duwde hij mijn lippen uiteen, terwijl zijn hand tussen mijn benen kwam om ook daar een doorgang te zoeken.

Toen het voorbij was, zat mijn rug onder de schrammen van de dennennaalden op de bosgrond, maar dat ongemak nam ik graag voor lief. Het was mijn eerste keer geweest, en ik werd dagenlang geplaagd door herinneringen aan Luke, die me over mijn hele lichaam streelde tot ik helemaal trilde en volkomen aan hem overgeleverd was. Steeds weer zocht ik hem op, zocht ik dat gevoel opnieuw. De bossen werden onze ontmoetingsplaats, waar ik Guinevere werd en hij Lancelot, die achter de rug van koning Arthur om een verboden verhouding hadden.

Al was er natuurlijk geen koning die werd bedrogen. Alleen onze ouders, die dachten dat we nog steeds 'gewoon vrienden' waren en zoals elke zomer van elkaars gezelschap genoten, op dat eenzame eiland met nauwelijks bewoners, geen tv, geen bioscoop en eigenlijk niets te doen. Als ze hadden geweten wat we uitspookten, zouden we er flink van langs hebben gekregen. Zowel mijn ouders als de zijne waren ouderwets – zijn moeder bijna puriteins. Dat verboden aspect maakte ons gevoel van gevaar, en daarmee onze begeerte, echter alleen maar groter. We experimenteerden op manieren die voor ons allebei volkomen nieuw waren, en toen we aan het einde van die zomer afscheid namen, was het – althans voor mij – met het gevoel dat ik van mijn ziel werd losgerukt.

Het duurde daarna heel lang – jaren van studie, werk en doelloze afspraakjes – voor ik weer verliefd werd. Hoe Ian degene kon zijn die mijn hart veroverde, is me nu een raadsel. Bij hem gaf ik mezelf nooit helemaal, en het kwam vaak genoeg voor dat ik herinneringen aan die zomer met Luke moest oproepen om Ian ervan te overtuigen dat hij me bevredigde, dat ik alles had gevoeld wat ik hoorde te voelen.

Na die zomer zag ik Luke niet meer, al hoorde ik wel af en toe iets over hem via mijn moeder, die nog een tijdje kerstkaarten uitwisselde met zijn ouders. Luke had na zijn studie door Europa gereisd, schreef Mrs. Ford, en was toen in New York City gaan werken. Ze zei nooit precies hoe hij zijn brood verdiende, en ik weet nog dat ik dacht dat hij met zijn levendige karakter alles zou kunnen doen, van acteren tot zomaar wat rondhangen en afwachten wat het lot voor hem in petto had. Voorzover ik wist, was hij nooit getrouwd.

Ik vroeg me af of hij nog wel eens naar het eiland kwam, en of ik hem daar zou zien. Weinig kans, na al die jaren. Toch wekte die gedachte een sprankje opwinding op – iets wat ik meteen afdeed als een diepgeworteld restant van mijn puberteit, meer niet.

'Waar ben jij naartoe verdwenen?' Met die vraag haalde Dana me uit mijn dagdromen.

'Hm? O, sorry. Ik liep te denken.'

'Vreemd weer is het, hè?'

We naderden de boerderij met haar tuinen, die afliepen naar het rotsachtige strand.

Met gefronste wenkbrauwen tuurde Dana de horizon af. 'Het water heeft een heel korte golfslag vandaag, lijkt het. Raar, omdat het zo warm is.'

'Dat dacht ik ook net.'

Dana lachte, al klonk het een beetje hol. 'Ik heb ooit in L.A. gewoond, en daar noemden we dit aardbevingenweer.'

'Tja, ze waarschuwen wel steeds dat de Grote Aardbeving er aankomt,' zei ik.

De heerlijke geur van gegrild varkensvlees en vers gekookte groenten kwam vanuit de boerderij onze kant op drijven.

We gingen wat sneller lopen, en in de keuken zochten we een plekje op de houten banken aan de lange tafel, bij de andere schrijfsters en Timothea.

Op de dag van mijn aankomst hadden Timmy en ik een poos met elkaar gepraat, maar sindsdien niet meer, afgezien van een groet wanneer we elkaar tegenkwamen. Ze had me gevraagd hoe het met mijn moeder was, en ik had haar verteld dat die bij haar zus in Florida zat en het goed maakte.

'Ik vond het zo erg toen ik het van je vader hoorde,' had Timmy in dat gesprek gezegd. 'Maar ik moet zeggen...' Ze had even gezwegen, toen haar hoofd geschud en haar lippen op elkaar geklemd.

'Je denkt dat ze zo beter af is?' had ik aangedrongen.

Ze had haar magere witte hand naar haar borst gebracht. 'Ach, Sarah, het is niet aan mij om dat te zeggen... maar je moeder heeft geen gemakkelijk leven gehad.'

Omdat ik had gedacht dat ze doelde op mijn vaders neiging zulke lange uren te maken, had ik alleen maar even geknikt, waarna we van onderwerp waren veranderd.

Nu keek ik over de tafel in Timmy's richting en voelde ik twijfel. Ze bleef maar mijn kant op kijken wanneer ze dacht dat ik het niet merkte. Ik voelde haar ogen op me gericht, maar als ik opkeek om haar blik te beantwoorden, wendde ze zich snel af.

Lucy, de kokkin, stond bij het fornuis eten op te scheppen.

De secretaresses waren al met de vrijdagavondboot naar huis, naar Whidbey vertrokken. De veerboot, die van een particulier bedrijf was en maar twee keer per week Esme aandeed, zou hen maandagochtend terugbrengen. We hadden geen enkele andere mogelijkheid om van het eiland af te komen, al had ons leven ervan afgehangen.

Wat al snel het geval zou zijn.

Het gesprek tijdens het eten sleepte zich eindeloos voort. Weer zo'n lange avond, dacht ik terwijl ik met het laatste stukje vlees op mijn bord speelde. Avondeten, gevolgd door koffie in de woonkamer. Mensen die elkaar voorlezen uit het werk waarmee ze bezig zijn, elkaar bekritiseren, soms met zorgvuldig en voorzichtig commentaar en soms bikkelhard.

Hoewel, nu ik erover nadacht, alleen Amelia en Dana hadden voorgelezen in die vijf dagen dat we er nu waren. En Amelia was meestal de enige die onverbloemd kritiek leverde. Zelfs Grace was meestal stil wanneer een van beide vrouwen voorlas, alsof ze dan niet goed wist wat ze moest zeggen.

Het kwam ineens in me op dat Grace weleens helemaal geen schrijfster zou kunnen zijn. Bijna onmiddellijk zette ik dat van me af als een idiote gedachte. Ik had de laatste tijd te veel in mijn eigen hoofd geleefd en zag donkere schaduwen in elke hoek.

Toch had ik verwacht dat ik me op Esme veiliger zou voelen dan ik me nu voelde. Er waren zelfs ogenblikken dat ik ervan overtuigd was dat ik in de gaten gehouden werd.

'Wat is dat warme weer toch heerlijk!' merkte Jane op, die tegenover me zat.

Jane was klein, met kort bruin haar en vol zelfkritiek. Ik vroeg me af of haar lengte – niet meer dan één meter vijfenvijftig – haar het gevoel gaf dat ze nooit in staat zou zijn haar stempel op de wereld te drukken.

'Deze winter dacht ik dat het nooit meer zou ophouden met regenen,' vervolgde ze. 'Op een gegeven moment dacht ik zelfs dat ik gek zou worden als ik nog één kind nog één dag langer in laarzen en regenjas moest hijsen.'

'Hoeveel kinderen heb je?' vroeg Timmy.

'Maar twee, maar soms lijkt het wel een heel leger.' Jane glimlachte onzeker. 'Daarom is het juist zo fijn om hier te zijn. Mijn man heeft me deze twee weken vakantie voor mijn verjaardag gegeven. Hij werkt thuis terwijl ik weg ben, zodat hij op de kinderen kan passen.'

46

'Ben je hier maar voor twee weken?' vroeg ik nieuwsgierig. 'Ik had begrepen dat we allemaal voor een maand waren uitgenodigd.'

Janes gezicht was half glimlach, half frons. 'Dat was ook zo, maar ik dacht niet dat ik zo lang van huis zou kunnen blijven. Ik heb nu al een week lang in de keuken gestaan voor ik hierheen kwam, om het lievelingseten van mijn man te maken en dat in te vriezen. Hij kan niet koken.'

'Mooie vakantie,' mompelde Grace. Ze fronste haar voorhoofd, schudde haar korte zwarte haar naar achteren en sloeg toen haar armen over elkaar.

Grace' naam paste helemaal niet bij haar, want ze bezat totaal geen gratie. Ik had haar nog nooit ook maar één positief woord over iemand horen zeggen.

Het leek wel of Jane nog meer in haar schulp kroop. Ze reageerde niet.

Amelia vroeg aan Timmy waar Kim Stratton was.

'Ze eet in haar huisje,' antwoordde Timmy. 'Maar ze zei dat ze misschien later nog zou komen om koffie met ons te drinken.'

Amelia maakte een spottend geluidje en begon toen met Timmy over Thornberry te praten, terwijl Jane, Grace, Dana en ik luisterden.

Timmy zat elke avond aan het hoofd van de tafel, maar – zoals ik al tegen Dana had opgemerkt – leek zich daar niet bijzonder op haar gemak te voelen. Ze nam eigenlijk alleen aan ons gesprek deel als haar een directe vraag werd gesteld, en ik herinnerde me dat ze toen ik nog jonger was ook al de indruk had gewekt een beetje verlegen te zijn. In stilte vroeg ik me af of ze soms liever in haar eentje at dan samen met een groep prikkelbare schrijfsters.

'Met het pension ben ik al jaren geleden gestopt,' zei ze nu tegen Dana. Toen ze even met haar hand aan haar gladde grijze haar voelde, weerkaatste haar grote diamanten ring het licht van de kaarsen. 'Het was veel te veel werk,' vervolgde ze. 'Niet dat dit niet veel werk is, maar omdat jullie allemaal jullie eigen was doen en jullie huisje zelf bijhouden, is het een stuk makkelijker.'

Iemand van het personeel – soms Lucy en soms een van de

twee secretaresses – bracht elke middag om twaalf uur de lunch naar de huisjes. Die werd op de veranda neergezet. Er werd niet aangeklopt, en de schrijfsters werden op geen enkele manier gestoord. De lunch bestond uit een stevige soep of stoofschotel met zelfgebakken brood en muffins. Bij het avondeten nam iedereen haar eigen mandje mee naar de boerderij om het daar te vullen met wat ze de volgende ochtend voor haar ontbijt wilde: eieren, spek, muffins of fruit. Elk huisje had zijn eigen keukentje, en de gasten zorgden voor hun eigen ontbijt. Voor niets van dit alles hoefde betaald te worden.

Thornberry, had Bill Farley me verteld, was op dit moment een van de meest luxueuze schrijverskolonies in het land.

Timothea had zich vroeger in Seattle ook al voor de kunst ingezet. Ze was nu eenmaal een vrouw die andere vrouwen altijd wilde helpen hun plaats te vinden in de schrijverswereld. Toen ze mij al die jaren geleden voor het eerst met een schrijfblok en een potlood bij haar in de eetkamer aan tafel had gezet, wist ik daar allemaal niets van. Ik dacht dat ze gewoon aardig was tegen een eenzaam kind dat de hele dag met haar neus in de boeken zat. Nu pas begreep ik de oprechte vriendelijkheid die achter deze nieuwste gedaante van Thornberry school. Er was geen 'paginapolitie', er was geen toezicht op je werk. Het enige wat Timothea verlangde, was dat de vrouwen die hierheen kwamen, groeiden op een manier die hun talent ten goede kwam. Hoe ze dat deden, was hun eigen zaak. Ze konden in de bossen gaan wandelen, een dagboek bijhouden, bij de biologische landbouw meehelpen of zelfs – als ze wilden – alleen maar de twee geiten voeren die bij de boerderij hoorden.

Het gesprek, zoals gewoonlijk gedomineerd door Grace, kwam deze avond op politiek. Omdat mijn leven in Seattle een en al lastige politiek was geweest, kostte het me moeite eraan deel te nemen. Maar Grace was jong en overmoedig. Ze hield ervan te oreren louter om het oreren, en ze deed me denken aan sommige tieners die ik in de loop der jaren had verdedigd, al was Grace duidelijk een stuk ouder: midden of achter in de twintig.

'We moeten ze gewoon platbombarderen,' zei ze nu vol overtuiging. 'Dat is de enige manier.'

Die uitspraak haalde me lang genoeg uit mijn gepeins om me af te vragen waar ze het over had. Iran? De maïsvelden in Iowa? Alles kon door deze vrouw tot vijand worden gemaakt, had ik gemerkt.

Dana kwam ertussen, duidelijk met de bedoeling van onderwerp te veranderen. 'Ik vind het zo lekker zoals jij kruiden gebruikt bij het koken, Lucy!' riep ze naar de kokkin, die koekjes in de oven schoof voor het dessert.

'Dank je,' zei Lucy. 'Jij schrijft toch over kruiden? We moeten het er binnenkort maar eens uitvoerig over hebben.'

'Dolgraag,' zei Dana. 'Het gaat niet alleen over kruiden, maar wel voor een groot deel. Het gaat over hoe we wat de natuur ons geeft kunnen gebruiken om ziektes te genezen. Zelfs artsen beginnen daarin te geloven.'

'Artsen!' zei Amelia, de dichteres, schamper. 'Ik ben nog nooit in mijn leven bij een dokter geweest zonder er zieker vandaan te komen dan ik al was. En om het nog erger te maken brengen ze je ook nog tot de bedelstaf.'

Dana glimlachte. 'Dat is precies hoe ik met mijn boek ben begonnen. Ik was ziek, en als schrijfster kon ik me geen verzekering permitteren. Daarom ben ik begonnen kruiden te bestuderen, en wat je ermee kunt doen.'

'In kruiden zie ik ook niet veel heil,' mopperde Amelia. Ze tikte tegen haar voorhoofd, waardoor haar korte witte krullen op en neer deinden. 'Het zit allemaal in je hoofd. Maakt niet uit wat je slikt, het zit in je hoofd.'

'O...' zei Jane onzeker, 'je bedoelt dat je medicijnen op doktersrecept of kruiden kunt nemen, en afhankelijk van waar je in gelooft –'

'Knollen!' snauwde Amelia. 'Al nam je knollen, mens! Het maakt niet uit wat je slikt, het zit allemaal in je hóófd.'

Grace wierp hun allebei een blik vol verachting toe en boog zich weer over haar varkensvlees.

Dana, die geen vlees at, speelde wat met haar groenten.

Een ongemakkelijke stilte vulde de keuken.

Jane verbrak deze door over weer iets anders te beginnen. Ze legde haar vork neer, rekte zich uit, zuchtte en zei: 'Wat een heerlijk maal! Weet je, ik kan nog steeds niet geloven dat ik hier ben. Steeds maar die oudercommissie, die eeuwige was, het carpoolen... Dit is echt een paradijs.'

'Je wilt me toch niet vertellen dat je geen huis vol personeel hebt,' zei Grace honend.

'Nee. Nee, dat heb ik niet,' antwoordde Jane langzaam. 'Ik heb één keer in de week hulp, meer niet.'

'Maar toch wel een huis dat groot genoeg is voor een heel leger, wil ik wedden,' zei Grace om haar in het nauw te drijven. 'Mensen als jullie, met jullie grote huizen, grote auto's, grote alles, jullie verpesten de wereld.'

'Grace,' zei Dana zacht, 'je kunt maar niet zomaar iedereen –'

'Hou toch op!' viel Grace haar in de rede. 'Het is de waarheid. De rijken zijn verantwoordelijk voor het merendeel van de ecologische problemen in de wereld. Dat weet iedereen.'

'Maar daar hoeven we het nu niet over te hebben,' zei Dana vriendelijk, met een meevoelende blik op Jane. 'Kunnen we niet voor één keer gewoon gezellig met elkaar eten?'

'En wanneer had je het dan willen hebben over de manier waarop de rijken de wereld verpesten?' hield Grace aan. 'Welk gezellig etentje wou je liever bederven?'

Jane werd vuurrood. Ze stond op en bracht haar bord naar de gootsteen. 'Ik denk dat ik er maar eens vroeg in kruip,' zei ze.

Ik had medelijden met haar. En met mezelf ook. Er waren momenten waarop ik het gevoel had dat ik niet nog een maaltijd met deze vrouwen aankon. Altijd maar ruziën, discussiëren, elkaar in de haren zitten.

Allemaal behalve Jane, die haar best deed, maar niet sterk genoeg was om voortdurend voor zichzelf op te komen. En Dana, die haar best deed om de vrede te bewaren.

De rest – Timmy incluis – deed me denken aan een stel kinderen. Vrouwen van in de twintig, dertig, veertig, zeventig zelfs, die zich gedroegen als vijfjarigen. Zet een stel vrouwen bij elkaar op een afgelegen eiland, en kijk dan eens wat er gebeurt.

Later hield ik me voor dat ik misschien zou hebben geprobeerd van mijn 'laatste maal' te genieten als ik had geweten hoeveel erger het nog kon worden.

Jane zou hetzelfde denken. 'Had ik het maar geweten...' zou ze keer op keer verslagen verzuchten, hoewel zelfs zij wist dat je dat zo niet in een roman hoorde te zetten.

We waren in de woonkamer van de boerderij toen het gebeurde: Grace, Amelia, Dana en ik. Jane was terug naar haar huisje, en Kim Stratton was helemaal niet komen opdagen. Timothea en Lucy waren in de keuken aan het opruimen. Zoals gewoonlijk na het avondeten zaten we in gemakkelijke stoelen en banken om de grote stenen haard. In plaats van houtblokken stond er een groot boeket verse bloemen in de haardopening – een concessie aan het overmatig warme weer dat de San Juan Eilanden die dag had overvallen. Alle vier waren we in een ander stadium van ons schrijversleven. Dana werkte aan haar boek over natuurlijke geneeswijzen, Amelia aan een nieuwe dichtbundel, en Grace... Grace vertelde nooit waar ze mee bezig was. Het enige wat ik op dit punt wist, was dat ze een heel goede reden moest hebben gehad om naar dit afgelegen eiland te komen, waar zo weinig inwoners waren en waar het contact met de buitenwereld tot een minimum gereduceerd was.

Esme was het eigendom van Timmy en twee van de andere huiseigenaren op het eiland. De elektriciteit werd door generatoren opgewekt, en het water kwam uit putten. Er was één radio op batterijen in het kantoortje van Thornberry en één mobiele telefoon die via een toren op Orcas werkte. Er was ons gevraagd onze mobiele telefoon thuis te laten, en Timmy was van mening dat zij en het personeel net zo eenvoudig moesten leven als de gasten.

Wat het weer betrof, zelfs in het voorjaar kon het er op het eiland heftig aan toe gaan, met harde regen en niet-aflatende stormen. Niemand kwam zonder goede reden naar Esme.

De avond was heel rustig begonnen. Door de openslaande deuren konden we de zon zien ondergaan. Een hertenfamilie was op het gazon aan het grazen.

Dana glimlachte en zei: 'Jane had gelijk. Dit is echt een paradijs.'

Amelia snoof. 'Een paradijs, zei je? Oké, als je God tegenkomt, vraag hem dan even hoe hij veronderstelt dat wij die rottige houtkacheltjes in de huisjes brandend houden. Ik zou wel graag een keer een heel gedicht van tien regels willen schrijven voor dat stomme ding weer uitgaat.'

Dana grijnsde in mijn richting, en ik wendde me tot Amelia. 'Je klinkt of je het hier niet erg naar je zin hebt.'

Ze sloeg haar armen over elkaar voor haar imposante boezem. 'Dat heb ik niet gezegd, of wel soms?'

Ik glimlachte. 'Nee, dat heb je niet gezegd.'

'Nou, leg me dan ook geen woorden in de mond.' Amelia staarde in de haard alsof er vlammen in flakkerden.

Misschien had Dana gelijk, dacht ik: en hing hier iets akeligs in de lucht. Waarom zouden anders zo veel mensen hier een slecht humeur krijgen?

Het was deze avond nog erger dan anders. Er broeide iets, iets wat iedereen beïnvloedde. Kim Stratton weet heel goed wat ze doet, dacht ik, door zich 's avonds te verstoppen. Van nu af aan doe ik dat ook, nam ik me heilig voor.

'Nou, dan zal ik maar eens beginnen,' zei Amelia. Ze haalde een dunne bundel papier uit een geborduurde map.

Ik onderdrukte een zucht. Daar gaan we weer. Weer nieuwe afgesneden borsten en bloed dat uit vagina's op door mannen gedomineerde grond stroomt. De hemel behoede me voor politiek geëngageerde dichteressen.

Amelia's nieuwste product was inderdaad weer op de politiek geïnspireerd en zou – eerlijk is eerlijk – wel weer een of andere prijs winnen. Ik sloot mijn ogen en probeerde te doen of ik luisterde terwijl ik in werkelijkheid met mijn gedachten bij mijn eigen boek was.

Ineens voelde ik een schok, en mijn ogen vlogen open.

'Voelden jullie dat ook?' vroeg Grace.

Amelia keek met gefronste wenkbrauwen op van haar papier. 'Wat?'

Grace wreef over de achterkant van haar nek. 'Ik weet niet... Ik dacht dat ik iets voelde.'

'Dat klopt,' zei ik. 'Ik voelde het ook.'

'Het zal wel een windvlaag zijn geweest,' zei Dana. 'Uit de keuken. Lucy heeft de achterdeur open.'

Amelia wilde verder lezen.

'Hé! Daar was het weer!' Grace sprong overeind.

De woorden waren haar mond nog niet uit, of de kamer begon hevig heen en weer te schudden.

'Een aardbeving!' schreeuwde Dana. Ze greep de zijkanten van haar zware leunstoel vast, die als een poppenhuisstoeltje over de hardhouten vloer gleed, de haard raakte en haar tegen de harde stenen mantel smeet.

Grace wankelde en viel een meter of wat de kamer door. Ze raakte met haar knieën een salontafeltje en belandde tegen een boekenkast aan. Het bloed spoot uit haar neus. De boekenkast kiepte voorover en viel over haar heen.

Ik kwam overeind, trachtend mijn evenwicht te bewaren, en greep Amelia beet, die zo bleek zag, dat ik bang was dat ze zou flauwvallen.

Maar we konden nergens heen. We konden ons nergens verstoppen.

Overal om ons heen sprongen de ruiten. Het regende glas. De kleine ruitjes van de openslaande deuren veranderden in scherpe splinters. Ik voelde iets in mijn wang prikken, toen de beeldjes als projectielen van de schoorsteenmantel en de planken vlogen. Jaloezieën ratelden en braken, en vielen kletterend op de vloer. Het schudden ging maar door en door; er leek geen eind aan te komen. Het doordringende gillen van het huisalarm vulde de avondlucht.

Toen het voorbij was, bevonden we ons allemaal in verschillende houdingen op de vloer. Dana lag tegen de haard, met een bloedende arm. Grace, die nog onder de boekenkast lag, kreunde, maar duwde het zware gewicht omhoog en kroop eronderuit. Haar neus bloedde. Amelia zat versuft naast me. Haar mond hing open.

Ik probeerde overeind te komen en hield me vast aan een bijzettafeltje. Toen ik door de kamer naar Dana liep, voelde ik bloed warm over mijn wang druppelen.

De woonkamer lag vol puin. Er was pleister van het plafond gevallen, en onder mijn voeten kraakte glas toen ik voorzichtig een zware balk wegschoof die van het plafond was gevallen. Toen ik de volgende probeerde weg te halen, gleed ik uit over een stapel boeken die midden op de vloer waren beland. Ik viel op een knie en schreeuwde het uit toen een glassplinter in mijn huid sneed. Mijn kakibroek kleurde rood.

Nadat ik behoedzaam bij Dana was neergeknield, onderzocht ik haar gewonde arm. De snee was tien centimeter lang en zat onder het kalkstof. Dat hielp wel om het bloeden te stelpen, maar het vuil en stof van jaren dat ook mee omlaag was gekomen, was minder gunstig.

'Het ziet er niet al te ernstig uit,' zei Dana beverig. Ze kromp in elkaar toen ik haar voorzichtig aanraakte. 'Volgens mij hebben we geluk gehad. Je hebt een snee in je gezicht, Sarah.'

'We kunnen niet hierbinnen blijven,' zei Grace achter ons. Ze klonk scherp. 'Er komen nog naschokken.'

'Dana's arm moet worden schoongemaakt,' zei ik terwijl ik haar overeind hielp. Toen nog een keer: 'Hij moet worden schoongemaakt.'

Ik handelde automatisch, in shocktoestand, terwijl ik mijn hersens afpijnigde om me te herinneren wat me was verteld tijdens al die bijeenkomsten in de rechtbank, ter voorbereiding op aardbevingen. Ik wist dat we het huis uit moesten, maar het enige wat me op dat moment zinnig leek, was het schoonmaken van Dana's wond. Het feit dat mijn eigen gezicht bloedde, deed me helemaal niets.

'Jij ook, Grace,' zei ik. 'Je neus bloedt.' Ik pakte Dana bij haar goede arm vast en liep voorzichtig met haar over de glassplinters in de richting van de badkamer op de benedenverdieping.

De grond begon weer te bewegen.

'Verdomme, zo meteen worden we hier levend begraven!' gilde Grace. Ze greep Amelia beet en rende naar de voordeur.

Dana en ik kwamen ook die kant op, maar we haalden het geen van allen. De naschok voelde nog heftiger dan de eerste beving, en deze keer werden we ter plekke op de vloer gesmeten. Een plank met spijkers erin vloog rakelings langs mijn kin.

Dana schreeuwde, en haar gezicht vertrok van pijn. Uit de keuken klonk gegil.

'Timmy!' riep Amelia. 'Ze is gewond!'

De trap die van de hal naar de eerste verdieping leidde, kwam met donderend geraas omlaag. De spijlen van de leuning schoten los en vlogen alle kanten op, als mikadostokjes die door een boos kind door de kamer werden gesmeten.

Amelia was bijna hysterisch. 'Timmy! Ik kom al!' Ze probeerde in de richting van de ingestorte trap te kruipen – een hoge berg die tot halverwege de eerste verdieping reikte.

'Nee!' schreeuwde Grace, die haar nog net op tijd terugtrok om haar te behoeden voor een rondvliegende trede vol spijkers. 'Daar kun je niet langs!' Ze gaf Amelia een harde zet door de voordeur, die nog aan één scharnier hing. De oudere vrouw belandde op haar knieën in het gras en gilde.

Dana en ik kwamen overeind en volgden haar naar buiten.

Grace kwam als laatste, met een blik achterom naar de geblokkeerde keuken, voor ze door de deuropening naar buiten struikelde. Ze draaide zich om en keek omhoog, haar gezicht een en al ontzetting.

Toen ik haar blik volgde, zag ik de twee bovenverdiepingen van de boerderij als de bovenste lagen van een bruidstaart op ons af glijden.

We draaiden ons allemaal om en zetten het op een lopen. Van een veilige afstand keken we vol ongeloof toe terwijl die hele massa donderend in elkaar stortte.

Toen het stof was gaan liggen, wankelden we als verdoofd naar de puinhoop en keken ernaar: planken, buizen, pleister, meubels, kleren en wasbakken. De enorme schoorsteen was omgevallen, en hoewel er nog stukken van de woonkamermuren overeind stonden, was er geen plafond en geen dak meer. Er was niets anders over dan een berg puin en stenen.

Dana wees ons erop dat de grond niet meer schokte. 'Voelen jullie het? Het is gestopt.'

Met een mengeling van opluchting en angst op onze gezichten staarden we elkaar aan.

'Het komt weer terug,' zei Grace. 'Bij zo'n grote aardbeving zijn er honderden naschokken.'

'Ze heeft gelijk,' zei ik.

Ik wilde niet toegeven hoe bang ik was. De autoriteiten waarschuwden al jaren dat de Grote Aardbeving er aankwam, en als dit ze was, zouden er honderden, misschien wel duizenden naschokken komen, en mogelijk zelfs vloedgolven – de gevreesde tsunami's. Ik vroeg me af hoe dicht we bij het epicentrum zaten. Mijn blik ging naar de keukenvleugel, die nieuw was en uit één verdieping bestond. Hij stond nog overeind, al waren de ramen naar buiten gevlogen en delen van het dak ingestort. 'Stil eens,' zei ik.

Grace volgde mijn blik en vroeg scherp: 'Wat is er?'

'Het is te stil daarbinnen.'

Iedereen keek die kant op.

'O, lieve hemel, Timmy!' riep Amelia. Ze draaide zich om naar Grace. 'Je had me naar haar toe moeten laten gaan!'

'Ik heb je hachje gered, ouwe dame,' wierp Grace tegen, met haar handen op haar heupen. 'Jij had daar bij hen onder het puin kunnen liggen.'

Amelia werd rood, en haar handen trilden. 'Ik weet niet wie jij denkt dat je bent –'

Ik kwam tussenbeide. 'Ophouden, jullie allebei! Kom op, zeg!'

'Zo erg ziet het er niet uit,' zei Dana zacht. 'Misschien is er niks met ze aan de hand. Maar hoe zou het met Jane en Kim zijn?'

Er sloeg een golf van angst door me heen. Hadden zij... Hadden de anderen het overleefd?

'Dat kan niet, dat er niks met Timmy aan de hand is,' zei Amelia op klagerige toon. 'Anders zou ze nu wel hier zijn om te kijken hoe het met ons is. Er is iets met haar gebeurd, anders was ze nu wel hier!'

Omdat we niet meer door de voordeur naar binnen konden, gingen we op een holletje langs de zijkant van het huis, naar de keukendeur. Toen we die naderden, minderden we vaart.

Dana hield haar arm vast om het bloeden te stelpen, dat opnieuw was begonnen, en Grace wreef met haar vinger onder haar neus, waardoor het bloed dat daar al begon te stollen alleen maar werd uitgesmeerd. Mijn benen trilden, en ik kon zien dat Amelia ook niet erg vast ter been was. Ik pakte haar bij haar arm en zei dat ze op mij moest leunen.

De keukendeur klemde, maar het lukte ons hem open te krijgen ondanks alles wat ertegenaan was gevallen.

Zodra we binnenkwamen, bleven we als aan de grond genageld staan door wat we er te zien kregen. Hoewel het dak op sommige plekken inderdaad onbeschadigd was, zaten er ook grote gapende gaten in. Het hele plafond was omlaag gekomen, net als het dakraam. Overal lag glas: op kastjes, tafels, in de gootsteen, op de vloer. Koperen potten, die daarstraks nog glimmend aan de wand hadden gehangen, lagen in een berg op de grond. Borden waren uit de kastjes gevlogen en lagen in scherven door de hele keuken verspreid. De grote roestvrijstalen koelkast was weggegleden en lag nu op zijn zijkant, een heel stuk van de plaats waar hij jarenlang had gestaan. De deur hing open, en potjes zelfgemaakte jam waren naar buiten gerold en gebroken. Roodpaarse bosbessen- en frambozenjam stroomde als bloed over de vloer.

Die jam trok het eerst mijn aandacht. Ik dacht dat het bloed was, rende erheen en merkte toen dat ik me vergiste. Op hetzelfde moment hoorde ik gekreun.

'Stil!' schreeuwde ik tegen Grace, die bevelen stond uit te delen aan Amelia en Dana om tussen het puin te zoeken. 'Hier ligt iemand.'

Samen tilden we de zware koelkast op, met ons vieren aan een uiteinde, en duwden hem opzij.

Lucy lag eronder, en toen we zagen hoe ze eraan toe was, begon Amelia te huilen. 'Lucy... O, arme Lucy.'

Ik voelde haar pols, al was dat niet nodig. Lucy's nek was gebroken, en haar hoofd lag in een vreemde hoek ten opzichte van haar lichaam. 'Ze is dood,' zei ik zacht.

'Arme, arme meid,' fluisterde Amelia. Ze wiegde op haar knieën heen en weer en streelde het gezicht van de dode vrouw alsof ze haar zo weer tot leven wilde brengen.

'Goeie hemel, mens!' riep Grace uit. 'Als ze nou je beste vriendin was geweest!'

Er kwam een snik uit Amelia's keel. Panisch keek ze om zich heen. 'Timmy? Waar is Timmy?'

'Ik hoorde iemand kreunen,' zei ik. 'Als dat Lucy niet was...'

We begonnen puin opzij te gooien, en in een hoek vonden we Timmy ten slotte, half bewusteloos en met haar ogen dicht. Voorzichtig raakte Amelia haar gezicht aan. 'Het komt wel goed, het komt wel goed,' fluisterde ze steeds weer opnieuw.

Ik streek het grijze haar van Timmy's voorhoofd, dat onder het bloed zat.

Dana liep naar de gootsteen voor een nat doekje. Toen ze de kraan opendraaide, kwam er echter niets uit. 'Nee, hè!' Ze rommelde onder de gootsteen op zoek naar flessen water, en toen in de openstaande kastjes. Eindelijk vond ze een fles in de ravage op de vloer.

'Niet te veel,' waarschuwde ik toen ze het doekje natmaakte.

Ze keek me vragend aan.

'We weten niet hoelang we zonder zullen zitten of hoeveel we nog zullen vinden,' zei ik. 'We kunnen maar beter zuinig doen.'

Ze knikte en draaide de deksel weer op de waterfles. De vochtige doek gaf ze aan mij.

Toen ik het bloed van Timmy's voorhoofd veegde, opende ze haar ogen. Eerst was er schrik in te lezen, daarna begrip en toen bezorgdheid.

'Is iedereen in orde?' Haar stem klonk beverig, maar haar greep om mijn arm was sterk.

'Van Kim en Jane weten we het nog niet,' antwoordde ik. 'De rest van ons is in orde. Hoe voel jij je?'

'Beurs. Alles voelt beurs.' Ze probeerde te gaan zitten. 'En Lucy? Die was daar...'

Ik duwde haar voorzichtig terug. 'Doe nou maar rustig aan, Timmy.'

'Maar Lucy...'

Ik schudde mijn hoofd. 'Het spijt me. We kunnen niets meer voor haar doen.'

Aan Timmy's gezicht was te zien dat ze het begreep. 'O, nee! O, nee! O, lieve hemel...' Er welden tranen op in haar lichtblauwe ogen.

'We weten nog niet hoe de huisjes eraan toe zijn,' zei ik, 'maar de hele bovenverdieping en delen van de woonkamer zijn ingestort. Het spijt me.'

Timmy kneep haar ogen even dicht en knikte toen. 'Met mij gaat het wel, echt waar. Help me overeind, wil je?'

'Ik weet niet of –'

'Help me nou maar overeind!' zei ze kwaad. Haar mond trilde, net als de rest van haar lichaam. 'Ik moet de zaak weer op orde brengen!' Ze legde haar hand op mijn schouder om zich overeind te trekken tot ze zat.

Met tegenzin hielp ik haar te gaan staan, waarna ik tegen Dana en Amelia zei: 'Willen jullie haar mee naar buiten nemen? En bij haar blijven?' Tegen Grace zei ik: 'Kom mee, dan gaan we naar de huisjes om te kijken hoe het met Jane en Kim is.'

Twee uur later zaten we met ons zevenen in het donker op het grasveld, in dekens gewikkeld, en met kussens die we hadden weten te redden en flessen water naast ons.

Die middag waren we nog met tien vrouwen op Thornberry geweest. We konden er niet achter komen hoe het afgelopen was met de twee secretaresses die naar Whidbey waren vertrokken, maar hier op Esme was een van ons nu dood.

We hadden Lucy's lichaam in een deken gewikkeld die we uit het puin hadden gehaald, en haar tijdelijk te rusten gelegd onder wat volgens Timmy haar lievelingsboom was. We wisten niet hoelang dat 'tijdelijk' zou duren. Er was geen politie of reddingsdienst op het eiland, en de buren uit de drie andere huizen op Esme kwamen gewoonlijk pas 's zomers.

De kleine radio op batterijen, die we tussen het puin in het kantoortje hadden gevonden, had maar een paar minuten gewerkt. Nieuwe batterijen waren er niet, aangezien Timmy had vergeten die te kopen.

Die paar minuten waren echter lang genoeg geweest om te horen dat we inderdaad de langverwachte Grote Aardbeving hadden beleefd. In Seattle was het een chaos, net als in de omringende steden, van Olympia in het zuiden tot Victoria in het noorden. De beving was, in meer of mindere mate, in het zuiden tot in San Francisco en in het noorden tot in Alaska te voelen geweest.

Uit rapporten van de geologische dienst was gebleken dat de San Juan Eilanden ook waren getroffen, had de nieuwslezer gezegd. De helikopters die normaal gesproken de schade in die afgelegen gebieden zouden opnemen, waren nu echter in gebruik voor het vervoer van de vele doden en gewonden in de steden.

En wat de reddingsteams betrof: die konden haast niets uitrichten. Reddingswerkers die thuis waren, waren niet in staat hun werkplek te bereiken. Bovendien hadden ze hun handen al vol aan de zorg voor hun eigen familieleden, van wie er velen vermist werden of omgekomen waren.

Gebouwen en snelwegen waren als harmonica's in elkaar geschoven, zoals ook bij de aardbeving van 1995 in Kobe in Japan was gebeurd.

Wie had gedacht dat Seattle op zo'n ramp was voorbereid, was nu in shock. Niemand had een beving als deze verwacht, met een kracht van 9.1 – en dat kon nog hoger worden wanneer alle rapporten eenmaal binnen waren.

Het laatste wat we hoorden voor de batterijen het opgaven, was dat er tsunami-waarschuwingen voor de hele westkust waren uitgegaan, van de San Juan Eilanden tot het zuiden.

Ik dook weg in mijn fleecejack en keek om me heen naar de andere vrouwen.

We hadden Kim en Jane versuft aangetroffen bij hun huisjes, die volledig weggevaagd waren. Hoe groot de ravage bij de boerderij ook was, ze leek het beter te hebben overleefd dan de andere bouwwerken van Thornberry. Zelfs van het geitenhok was niets meer over. De geiten waren ervandoor.

Zodra de naschokken ophielden, of in elk geval afnamen, zouden we naar binnen gaan en met opruimen beginnen. Daarna zouden we met ons allen in de keuken moeten slapen en wonen tot er hulp kwam. We moesten maar bidden dat het niet ging regenen.

Jane zat te snikken, doodsbang voor haar kinderen en haar man in Seattle. Ze had haar knieën opgetrokken tot in foetushouding en weigerde de anderen aan te kijken.

Grace was een stukje bij ons vandaan gaan zitten, en Dana zat stil en met haar ogen dicht. Ze praatte niet over haar man, die ze in Santa Fe had achtergelaten. Amelia zat als versteend, net zo erg in shock als wij allemaal, maar niet bereid dat toe te geven.

Ik vroeg me af waarom ze al die tijd had gedaan of ze gewoon een van ons was: een gast die was uitgenodigd, maar niemand hier kende. Het was duidelijk dat ze Timmy, en Lucy, heel wat beter kende dan ze had laten merken. Een vreemde oude vrouw, hard vanbuiten maar met verrassend diepe gevoelens aan de binnenkant.

Kim Stratton had blijk gegeven van heel wat meer vindingrijkheid en altruïsme dan wie ook had verwacht. Hoewel alles wat ze bij zich had onder de puinhopen van haar huisje begraven lag, had ze Jane geholpen het weinige dat van haar bezittingen gered was naar de boerderij te dragen. Nu zat ze zwijgend bij ons, met haar lange kastanjebruine haar in een paardenstaart bijeengebonden en met een gezicht dat vuil was van het stof en het zweet.

Ik maakte me zorgen dat ik misschien geen thuis meer had om naar terug te keren, en ik maakte me zorgen dat mijn moeder in paniek zou raken omdat ze niets van me hoorde. Maar dat was alles. Na mijn arrestatie had ik het contact met de meeste vrienden en collega's verbroken. Of zij hadden het contact met mij verbroken.

En dan was Ian er natuurlijk nog. Had hij de aardbeving overleefd? En als dat zo was, maakte hij zich dan druk om mij? Weinig kans. Eerlijk gezegd kon het me ook niet veel schelen. Ian had altijd iets gehad wat me niet aanstond, zelfs toen we voortdurend met seks bezig waren geweest en al maanden samen waren. Als ik in bed in zijn ogen had gekeken – ogen die ik altijd zo mooi had gevonden, vrouwelijk bijna – met lange wimpers en ijsblauw van kleur, dan had ik me wel eens afgevraagd wat voor geheimen ze verborgen. Toen hij me had verraden, had ik maar een lichte schok van verrassing gevoeld.

Dus het was voorbij. Afgelopen. Zelfs het proces dat me boven het hoofd hing, verbleekte in vergelijking met wat er nu was gebeurd. Het enige wat er nog toedeed, was hier levend uitkomen.

Terwijl ik dat dacht, begon de grond weer te rommelen.

Jane drukte haar gezicht tegen haar knieën en snikte.

De anderen – en ik ook – bleven somber in onze dekens zitten. Ik meende te weten wat ze dachten. Hetzelfde als wat ik had zitten denken: was het einde van de wereld eindelijk daar?

4

De ochtend na de aardbeving kwam de zon bloedrood op boven de Sound en kleurde de besneeuwde toppen van de Cascade Range roze. We hadden een akelige en angstige nacht achter de rug op het grasveld bij de boerderij. Nog afgezien van de kou en de vochtigheid waren er naschokken geweest, sommige bijna net zo sterk als de oorspronkelijke beving.

We kwamen in beweging en gingen overeind zitten.

'Ik dacht dat het nooit meer licht zou worden,' zei Dana. Ze wreef krachtig over haar armen om warm te worden. 'Dit was de langste nacht van mijn leven.'

Ik kon niet anders dan het met haar eens zijn. Een paar keer was ik weggedoezeld, om meteen in nachtmerries te belanden over de grond die onder me begon te schudden – nachtmerries die elke keer als ik wakker werd maar al te echt bleken.

Ik ging staan, liet de deken van me af glijden en kamde met mijn vingers door mijn haar, in een armzalige poging het een beetje in model te krijgen. Sinds ik het had afgeknipt, was het een paar centimeter gegroeid, en doordat het van nature krulde, werd ik 's ochtends altijd wakker met een kapsel dat alle kanten uit stond.

Ik zou mijn rechterarm geven voor een douche, dacht ik. Of om mijn gezicht te kunnen wassen. Maar hoewel de gootsteen er als door een wonder nog stond, was de buis naar het reservoir van de put gesprongen, en de pomp werkte niet meer. Ook het enige toilet in de boerderij dat nog overeind stond, konden we niet gebruiken. Als bivakkerende soldaten hadden we een meter of vijftig het bos in gaten in de grond gegraven. Dat was een idee van Grace geweest, die ook een groot deel van het graafwerk op zich had genomen.

'Eén ding kan ik jullie wel vertellen: ik ga niet meer terug naar binnen,' zei Jane. 'Niet in de boerderij of waar dan ook.' Ze trok haar deken strak om zich heen toen er weer een naschok kwam. We hielden onze adem in tot hij voorbij was.

Na afloop ging Jane verder, met een stem die duidelijk minder vast was. 'Horen die dingen na verloop van tijd niet steeds minder sterk te worden?'

'Ja, en mensen horen er beter op voorbereid te zijn,' zei Grace veelbetekenend tegen Timmy. 'Waarom heb je in vredesnaam niet ergens op een veilige plek water en voedselrantsoenen opgeslagen voor noodgevallen? Om nog maar te zwijgen van draagbare radio's, batterijen, lucifers, kampeerstelletjes, propaanlampen...' Ze vloekte. 'Waar heb jij verdomme met je gedachten gezeten? Eén mobiele telefoon voor dit hele gebied? En die ligt nu onder het puin!'

Timmy werd bleek, maar gaf geen antwoord. Ik meende haar lippen te zien trillen, maar het was nog niet erg licht, dus wist ik het niet zeker. Ik stond op het punt Grace' tirade te onderbreken, maar Amelia was me voor.

'Timmy heeft haar best gedaan,' zei ze verdedigend. 'Ze kon niet...'

'Wat kon ze niet?'

'Sst, Amelia,' zei Timmy. 'Ze heeft gelijk. En trouwens, ze zou het toch niet begrijpen.'

Amelia wierp een verachtelijke blik op Grace en keek toen een andere kant op.

Grace schudde haar hoofd. 'Reken maar dat ik het niet zou begrijpen. Ja hoor, er staan blikken voedsel in de keuken, maar daar kunnen we niets mee omdat de leiding naar de brandstoftank kapot is. Het fornuis is elektrisch, en de generator werkt niet zonder brandstof. En wat in de koelkast lag, zal intussen wel bedorven zijn. Of kan elk moment bederven.'

'Maar er zijn tenminste volop blikken voedsel,' zei Dana met een verbazend kwade stem. 'We kunnen die dingen toch zeker wel koud eten! Bovendien barst het hier van de oesters. Die zijn heel goed rauw te eten.'

Grace huiverde. 'En hoe wilde je aan water komen?' Ze hield een klein flesje mineraalwater omhoog. 'Als dit alles was wat we gisteravond konden vinden, betwijfel ik of er nog veel meer van zijn. Goeie hemel, Amelia, als Timmy niet zoveel geld aan luxe had besteed –'

'In je eigen huis heb je die dingen zeker ook allemaal klaarliggen?' vroeg Amelia kwaad. 'Jij bent zeker op alles voorbereid, wat er ook gebeurt?'

'Ja, inderdaad, dat ben ik zeker. Je kunt toch niet zeggen dat we de afgelopen jaren niet genoeg waarschuwingen hebben gehad, tot in New York toe. Niet alleen maar aardbevingen, maar ook sneeuwstormen, tornado's, overstromingen. En als jij een goede vriendin voor Timothea was geweest – en een vriendin van haar schijn je wel te zijn – of als je ook maar enig verantwoordelijkheidsbesef had gehad, zou je erop hebben toegezien dat ze noodvoorraden aanlegde –'

'Houden jullie tweeën nou alsjeblieft op!' riep Jane, die opstond en haar deken op de grond smeet. Ze balde haar handen tot vuisten, en de tranen liepen over haar gezicht. 'Mijn kinderen kunnen wel dood zijn! Hebben jullie dat wel door? Terwijl jullie tweeën daar staan te bekvechten, kunnen mijn kinderen wel dood zijn!'

'Oké, zo is het wel genoeg!' zei ik terwijl ik ook ging staan. 'In de eerste plaats heb ik nou wel schoon genoeg van je, Grace. Misschien heb je gelijk en had Timmy voorbereidingen moeten treffen, maar we komen er geen steek verder mee als jullie hier een beetje tegen elkaar staan te tieren.' Ik keek Jane aan en legde mijn handen op haar schouders. 'Moet je horen, ik weet dat het afschuwelijk voor je is, maar we moeten nu in de eerste plaats proberen een manier te vinden om in contact met het vasteland te komen, Jane. Hoe eerder we dat doen, hoe eerder we misschien je man en kinderen kunnen bereiken. Een draagbare radio zou ons aan het laatste nieuws kunnen helpen. Dan zouden we kunnen horen hoe het daarginds gaat.'

Jane werd stil, en Dana vroeg: 'Wat bedoel je?'

'Ik heb er de hele nacht over nagedacht. Er staan nog drie andere huizen op het eiland. Als ik me goed herinner, zijn twee daarvan blokhutten. Klopt dat, Timmy?'

Ze knikte. 'Ze zijn in de loop der jaren een paar keer verkocht, maar allebei hebben ze behoorlijk lang leeggestaan.'

'En het huis van de Fords?'

'Dat staat er ook nog natuurlijk. De zoon is nu de eigenaar, maar die komt hier alleen 's zomers naartoe.'

'Luke, bedoel je?'

Weer knikte ze.

Dus hij was er nog...

'Enige kans dat hij nu hier is?' vroeg ik. 'Het is bijna zomer.'

'Ik heb nog nooit meegemaakt dat hij er zo vroeg al was,' zei Timmy. 'En ik weet zeker dat hij het me wel zou hebben laten weten als hij er al was.'

'Dus tenzij er toevallig iemand in een van die twee blokhutten logeert, zijn wij de enige mensen op het eiland? Wat we dan moeten doen, is die hutten controleren, en Lukes huis ook, om te zien of ze inderdaad leeg zijn en of ze de aardbeving hebben overleefd. Als dat zo is, zouden er wel eens spullen in kunnen liggen die wij kunnen gebruiken tot er hulp komt.' Ik keek Timmy aan. 'Twee mensen moeten hier blijven voor het geval er een reddingsploeg langskomt, al is die kans nog zo klein. Wil jij dat doen, samen met Amelia?'

'Laat die twee oude dames maar hier blijven, bedoel je?' vroeg Amelia fel. 'Had je gedacht. Laat Jane maar hier. Ik ben net zo sterk als zij.'

'Dat geloof ik graag,' antwoordde ik, al betwijfelde ik dat. Het was niet Amelia's leeftijd die tegen haar pleitte, want er waren heel wat vrouwen van in de zeventig die nog heel goed konden lopen, maar ik had haar zien beven wanneer ze dacht dat er niemand keek. De afgelopen twaalf uur waren zwaar geweest, en Amelia had rust nodig – niet de inspanning van een zware wandeling door de bossen. En wat Timmy betrof: die had te veel verliezen geleden. Volgens mij stond ze op instorten.

'Ik dacht dat Timmy en jij misschien het terrein hier zouden kunnen controleren,' zei ik. 'Kijken wat er nog voor groenten in de tuinen te vinden zijn, bijvoorbeeld nog wat wortels die vorige herfst in de grond zijn blijven zitten. Vind je dat goed?'

Amelia aarzelde. Ze keek naar Timmy, die er opeens heel breekbaar uitzag. 'Ja,' antwoordde ze toen. 'Natuurlijk.'

'Oké, laten we dan maar gaan,' zei Dana. 'Hoe eerder, hoe beter.'

We keken elkaar allemaal aan om te zien of iedereen het ermee eens was.

Kim, die tot dan toe had gezwegen, vroeg: 'Nog één ding. Heeft iemand hier een wapen?'

Jane lachte onzeker. 'Goeie hemel, nee. Wie zou er nou ooit hebben gedacht dat we dat hier nodig hebben?'

Dana schudde haar hoofd, en Amelia trok haar witte wenkbrauwen op en zei: 'Dat is een vreemde vraag.'

'Niet als je al eens een aardbeving hebt meegemaakt,' zei Kim. 'En dat heb ik.'

'In L.A., bedoel je?'

Ze knikte. 'De Northridge-aardbeving. De mensen werden echt gek.'

'Maar dat was heel anders,' zei ik. 'L.A. is een grote stad. Hier op het eiland is verder niemand. Alleen wij.'

Kim keek me ernstig aan en richtte haar ogen toen even op Grace.

Iedereen volgde haar blik.

Grace werd rood en zei: 'Kom nou, zeg! Ik ben dan misschien wel niet de geduldigste mens op aarde, maar ik ga heus niet iemand vermoorden of zo, hoor.'

Niemand zei iets.

Kim Stratton en ik liepen langs de kustlijn naar het oosten, terwijl Dana, Jane en Grace in westelijke richting liepen om de twee blokhutten te controleren. Het plan was dat we elkaar bij het huis van de Fords weer zouden treffen. Dat lag ongeveer in het midden van het eiland, aan de noordkust.

Het kortere pad dwars over het eiland, dat Luke en ik al die jaren geleden hadden gebaand, was dichtgegroeid, en ik had het vanaf Thornberry niet meer kunnen vinden. Onze tocht zou wat meer tijd kosten dan wanneer we die directe route van vijf kilometer hadden kunnen nemen, maar we dachten dat we er in minder dan vier uur konden zijn als we stevig doorliepen.

Het strand bestond uit grijze steentjes, in plaats van zand, en werd begrensd door dennen en ceders. Af en toe moesten we om grote boomstammen heen lopen die tijdens een storm waren aangespoeld. Op andere plaatsen werd de kustlijn plotseling onderbroken door grote rotsblokken, waar we overheen moesten klimmen om het volgende stuk strand te bereiken.

Ik was blij dat ik de vorige avond voor het eten mijn wandelschoenen, spijkerbroek, een warme sweater en mijn fleecejack had aangetrokken. Een vluchtige inspectie van mijn huisje die ochtend had uitgewezen dat het merendeel van mijn bezittingen onder het puin begraven lag. Ik had nog geen tijd gehad om te kijken wat er te redden viel, en geen zin ook. Ik was op van de zenuwen, en bekaf na zo weinig slaap.

Honger had ik niet. Timmy en Amelia hadden een ontbijt samengesteld van fruit en muffins die ze hadden gevonden. Ik had een muffin in een servet gevouwen en in mijn jaszak gestopt voor later. Kim en ik hadden allebei een fles water bij ons.

Het andere groepje en wij hadden allebei een toeter bij ons, die we in de provisiekast bij de keuken hadden gevonden, bijna begraven onder de zakken bloem. Dat was tenminste íéts wat Timmy voor noodgevallen had klaargelegd. Niet dat ze op iets als dit had gerekend, dacht ik. Eerder op ziekte, of een inbrekende beer.

Zíjn er hier eigenlijk beren, vroeg ik me opeens af. Zenuwachtig tuurde ik naar een dichte groep dennenbomen. Grizzlyberen konden een mens met één klap doden, en het bewijs opeten voor iemand iets in de gaten had.

Hou op, zei ik streng tegen mezelf. Maak je maar liever zorgen over die rottige naschokken. Houden die dan nooit op?

Toen er weer een kwam, lukte het me niet overeind te blijven. Ik liet me op mijn knieën vallen en vandaar plat op de grond.

Kim viel voorover naast me.

'Die voelde sterker dan de andere,' zei ze terwijl ze de aarde vastklampte. 'De hemel beware ons als die eerste alleen maar een voorschok was.'

'Daar moet je toch niet aan denken!'

Eerst had ik gedacht dat ik, voor ik hierheen kwam, in Seattle al door de hel was gegaan, maar die hele toestand leek nu eerder het vagevuur: die plek waar je zoals de katholieken geloven weer weg kunt komen als je maar hard genoeg bidt. Dit, dit niet-weten wat je het volgende moment te wachten stond, was de hel.

Tenminste, dat dacht ik toen, toen ik nog niet wist hoeveel erger het nog zou worden.

Ik kwam overeind en veegde het scherpe grind van mijn knieën en handpalmen. Terwijl ik dat deed, had ik zin om te schreeuwen, om het bos in te rennen en op de grond te stampen. Het enige wat me daarvan weerhield, was het gevoel dat ik de moed erin moest houden – zo niet voor mezelf, dan toch voor Kim. Al had ze mij daar waarschijnlijk helemaal niet voor nodig.

Bij onze eerste ontmoeting had Kim verwend en weinig toeschietelijk geleken. De twee keer dat ze na het avondeten voor de koffie was komen opdagen, had ze ons op roddelachtige toon eindeloos uitgehoord over onze privé-levens. Ik had maar aangenomen dat dat in Hollywood voor een gesprek doorging.

Nu moest ik toegeven dat Kim had laten zien dat ze moed had, al vanaf het ogenblik dat we haar gisteren naast haar huisje hadden aangetroffen. Ze had eerder kwaad geleken dan bang.

Toen we verder liepen, zei ik tegen haar: 'Ik sta er versteld van hoe je dit alles opneemt.'

'Omdat ik een "ster" ben, bedoel je?' Ze klonk geamuseerd.

'Eh, nee...' Toch was dat precies wat ik had bedoeld. 'Je lijkt gewoon niet het type, geloof ik...' Ik stopte even. 'Sorry.'

'Ach kom, dat geeft niks. Jij kon toch ook niet weten wat ik in nog geen twee jaar in L.A. heb meegemaakt? Branden, overstromingen, relletjes en de ergste aardbevingsramp die ze in Californië in jaren hebben gehad. Ik was in de Valley aan het filmen toen de Northridge-beving plaatsvond. We konden allemaal dagenlang ons huis niet bereiken, en het ergste was nog dat sommigen van ons, toen we eenmaal thuiskwamen, niet eens hun voortuin meer konden terugvinden onder het puin. En toen begon het te regenen.' Ze lachte zacht. 'O, wat was dat afschuwelijk. Het eerste huis dat ik met mijn eigen geld had gekocht, en dat raakte ik kwijt toen het een heuvel af gleed, de Pacific Coast Highway op.'

'Wat rot voor je.'

'Dank je. Het was niet makkelijk. Dus ik kan eigenlijk wel zeggen dat dit geschommel tot nu toe niet veel voorstelt.'

Ik glimlachte. 'Ik ben blij dat er tenminste iemand zo over denkt. Toch heb ik me wat jou betreft te snel een oordeel gevormd, en dat is niet mijn gewoonte.'

Ze wreef een vuile veeg van haar gezicht. 'Mocht het schelen: je bent niet de eerste. Kom op, dan gaan we verder.'

Deze keer liep ik achter, met uitzicht op die roodbruine paardenstaart die voor me heen en weer zwaaide. Het was een kille dag, met af en toe regendruppels. Kim had alleen maar de spijkerbroek, sweater met lange mouwen en sportschoenen aan die ze had gedragen toen de aardbeving de vorige dag was begonnen. Ze waren doorweekt.

Ik ging naast haar lopen. 'Hoor eens, ik heb niet goed nagedacht toen ik je vroeg om mee te gaan. We hadden meer tijd moeten nemen om warme kleren voor je te zoeken.'

Ze glimlachte. 'Dan ben je zeker nog nooit op locatie geweest?'

'Nee. Is dat afzien?'

'Probeer maar eens in een kreek in Yellowstone te zwemmen als het rond het vriespunt is en begint te sneeuwen.'

'Jasses. Toch moet je wel van je werk houden, want anders zou je niet zo veel succes hebben. Er wordt altijd gezegd dat we het beste zijn in het soort werk waar we van houden.'

'Dat klopt wel, denk ik, voor sommige mensen tenminste. Voor mij is het een lange zware weg geweest om te komen waar ik nu ben. Sommige dingen wil ik me niet eens meer herinneren.' Haar gezicht betrok. 'Hoe zit dat bij jou?'

Ik wilde net antwoorden toen we weer een bocht op het strand om gingen, en het zoveelste stuk onbewoonde kustlijn voor ons zagen liggen.

'Verdorie,' zei ik. 'Waar blijft dat huis toch? In mijn herinnering lag het dichterbij.'

'Wil je even rusten?' vroeg Kim.

Ik schudde mijn hoofd. 'Maar ik moet wel iets eten.' Ik haalde de maanzaadmuffin uit mijn zak, trok hem doormidden en bood Kim de helft aan.

'Dank je wel. Hoor eens, laten we even gaan zitten, zodat ik mijn sokken kan uittrekken. Er zit zo veel van dat grind in geklonterd, dat mijn tenen er pijn van doen.' Met het stuk muffin tussen haar tanden maakte ze haar schoenen los en trok haar sokken uit. Ze stopte ze in haar zak, en we bleven even zwijgend zitten eten.

'Jij bent toch advocaat, hè?' vroeg ze toen het laatste hapje muffin verdwenen was. Ze veegde de kruimels van haar broek.

'Pro-Deoadvocaat?'

'Dat was ik.'

'Was? Wat is er dan gebeurd? Of kan ik dat beter niet vragen?'

Ik haalde mijn schouders op. 'Het ziet ernaar uit dat we nog wel een poosje op dit rottige eiland vastzitten, dus vraag maar rustig. Ik was pro-Deoadvocaat in Seattle, maar ik ben mijn baan kwijtgeraakt.'

'Bezuinigingen?'

'Nee. Ik ben ontslagen.'

Oplettend keek ze me aan. 'Ik kan me niet voorstellen dat jij iets zou doen wat erg genoeg was om ontslagen te worden.'

'Echt niet? Maar we kennen elkaar nauwelijks.'

'Ja, dat is waar,' gaf ze toe. 'En dat is mijn schuld. Of je me gelooft of niet, hoe ongedwongen ik voor de camera ook kan zijn, ik voel me niet op mijn gemak in een groep vrouwen. Ik heb niet veel met ze gemeen, en ik weet nooit wat ik moet zeggen. Maar zoals jij gisteren de leiding nam toen die aardbeving begon, en niet overstuur raakte of zo... Ik denk dat ik me jou toen voorstelde als iemand met een verantwoordelijke baan, iemand die nooit iets verkeerds doet.'

Ik moest bijna lachen. 'Nou, voor een deel heb je wel gelijk. Ik had een verantwoordelijke baan en ik heb niks verkeerds gedaan. Iemand heeft valse bewijzen geleverd, zodat ik werd gearresteerd voor bezit van verdovende middelen met de bedoeling ze te verkopen, en nu hangt me een proces boven het hoofd.'

'Ga weg!'

'Nee, echt.'

'Maar, Sarah, je bent advocaat. Dan heb je toch meer mogelijkheden dan een ander om jezelf vrij te pleiten? Jij kunt een jury er toch wel van overtuigen dat je onschuldig bent? En dan kun je weer aan het werk.'

'Ja hoor, en daar zit hem nou net de kneep: een jury van mijn onschuld overtuigen.'

Kim knikte en zuchtte. 'Ik heb eens zo'n soort rol aangeboden gekregen: een onschuldige vrouw achter de tralies. Ik heb hem geweigerd omdat mijn agent niet wilde dat ik een gevangene speelde.' Ze rolde met haar ogen. 'Alsof de mensen tegenwoordig het verschil niet kennen tussen het echte leven en acteren. Laura West, die de rol wel accepteerde... Ken je haar?'

'Natuurlijk,' antwoordde ik. 'De nieuwste concurrente van Julia Roberts, toch? Dat zeggen ze tenminste. Persoonlijk vind ik dat ze niet aan Roberts kan tippen.'

'Dat ben ik met je eens, maar ze heeft wel een Oscar gewonnen voor de rol van die gevangene. En ik mag erop terugkijken als de weg die ik niet heb gekozen.'

'Frost,' zei ik. '"Twee wegen liepen in het bos uiteen, en ik" –'

'– "koos de minst begane",' maakte Kim glimlachend af. 'Middelbare school. En kijk maar niet zo verbaasd. Ik heb een geheugen als een olifant.'

'Daar zul je wel veel aan hebben als je een script moet leren.'

Ze knikte. 'Het heeft me aardig wat rollen opgeleverd toen ik net begon en in lowbudgetproducties werkte. Maar pro-Deoadvocaten, die verdienen niet veel, hè?'

'Nee, maar daarvoor ben ik het ook niet gaan doen.'

'Ja, ik weet wat je bedoelt. Ik heb eens een directrice van een parfumfabriek gespeeld. Ze hield er op haar veertigste mee op om missionaris te worden.' Ze lachte, luid en ontspannen, wat me verbaasde uit haar mond en onder deze omstandigheden. 'Een ontzettend slechte film. Heb je hem gezien? Heavenly Scent heette hij.'

Ik glimlachte om de titel. 'Heavenly Scent? Nee, sorry. Ik heb de laatste jaren niet veel tijd gehad voor films. 's Avonds en in het weekend zit ik meestal dossiers te bestuderen.'

'Ik ook. Ik bedoel, als ik niet aan het filmen ben, blijf ik meestal thuis om bij te komen en voor de tv te hangen. Al kijk ik natuurlijk meestal films op tv. Volgens mij is iedereen geneigd zich te ontspannen met hetzelfde soort dingen als waar hij in zijn werk mee bezig is.'

'Dat geloof ik ook.'

'Maar die aanklacht tegen jou... Is er niet een manier om je onschuld te bewijzen? Ik bedoel, als advocaat hoor jij toch te weten hoe je dat moet doen, of niet?'

Ik aarzelde. Die aardbeving had mijn tong wat losser gemaakt, maar toch kon ik er nog niet toe komen Kim te vertellen hoe ik van plan was mijn onschuld te bewijzen. 'Hopelijk weet ik nog wat een advocaat allemaal doet als we hieruit komen,' zei ik uiteindelijk maar. 'Zullen we eens doorlopen? Het ziet ernaar uit dat het een lange dag wordt.'

Ze wriemelde haar voeten in haar vochtige schoenen.

Toen we verder liepen, kwam er mist opzetten boven het eiland.

Ik moest denken aan die tsunami-waarschuwing die we op de radio hadden gehoord, aan de mogelijkheid dat een vloedgolf van enkele verdiepingen hoog de kust hier raakte en ons allemaal bedolf. Die van 1964 in Alaska had een hoogte van vijfenzeventig meter bereikt – ongeveer zo hoog als een gebouw van vijfentwintig verdiepingen – en was helemaal tot in Crescent City in Californië gekomen, waarbij hij grote delen van die stad had vernietigd. Zou een tsunami die was ontstaan bij een epicentrum in Seattle onze kant opkomen, zoals de radioverslaggever had gesuggereerd? Of zou hij naar het zuiden gaan?

Dat kon ik me niet herinneren uit die bijeenkomsten ter voorbereiding op aardbevingen. We konden alleen maar hopen dat we nog een draagbare radio zouden vinden in het huis van de Fords – misschien zelfs een mobiele telefoon. Al wist ik niet of we daar iets aan zouden hebben, aangezien de batterijen wel leeg zouden zijn. Zou het mobiele telefoonnet eigenlijk wel wer-

ken? Waren de torens nog intact of waren die ook ingestort?
Ik wilde er niet over nadenken. De ongerustheid alleen al putte mijn krachten uit.

'Om antwoord te geven op je vraag,' zei ik terwijl we de opkomende golfjes op het strand ontweken, 'ik was een werkende vrouw aan het helpen, een prostituee. Ze was door agenten verkracht, en ze vermoordden haar om te voorkomen dat ze zou getuigen. Daarna kwamen ze achter mij aan. Twee moorden zou een beetje te veel zijn opgevallen, neem ik aan, en daarom regelden ze een beschuldiging wegens drugsbezit om me in diskrediet te brengen. Bovendien hoopten ze me zo bang te maken, dat ik mijn mond zou houden over wat ze hadden gedaan. En ja, nu het slachtoffer dood is, had het misschien zo kunnen gaan. Het verhaal heeft in alle kranten gestaan, en het is ook op het journaal geweest dat Sarah Lansing – die al jarenlang zo "briljant" misdadigers verdedigde – er nu zelf een bleek te zijn.'

Ik zweeg even om de rij bomen langs te turen, maar zag niets wat op een dak leek en ging verder. 'Ik had al de naam dat ik als verdediger de ergste misdadigers vrij wist te krijgen. Dat is mijn werk: mijn cliënten verdedigen, of ze nu onschuldig zijn of niet, hoe onaangenaam dat soms ook is. Maar om die reden hadden ze bij de politie natuurlijk de pest aan me.'

'Ze waren bang voor je,' zei Kim resoluut.

Heel even voelde ik een schok, alsof ze op de een of andere manier al wist wat er was gebeurd.

Toen zei ze: 'Als dit een film was en jij zou achter ze aan gaan – en het klinkt of je dat van plan was – dan zou jij een geduchte vijand zijn. Ze zouden je het zwijgen moeten opleggen. Mee eens?'

Ik was even stil en bukte om een lang stuk drijfhout op te rapen, dat ik als staf gebruikte om even op te leunen. Het gesprek kostte me, net als de wandeling, meer inspanning dan ik had verwacht. Mijn knieën knikten.

'Wat jij dus zou moeten hebben, Sarah,' vervolgde Kim, 'is een of ander bewijsstuk dat die agenten niet te pakken konden krijgen. Iets waarmee je ze in je macht zou hebben.'

Ik keek haar onderzoekend aan. 'Hoe kom je daar nou op?'

Ze grinnikte. 'Dat heb ik in een film gezien. Ik geloof dat Brian Dennehy de goede agent speelde en James Woods de slechte, maar het kan zijn dat ik nu twee films door elkaar haal.' Haar toon werd serieus. 'Het enige wat ik kan zeggen, Sarah, is dat je maar het beste heel voorzichtig kunt zijn. Het klinkt niet of die agenten er tevreden mee zullen zijn als jij alleen maar een proces krijgt. Er zijn te veel dingen die aan het licht zouden kunnen komen, denk je ook niet? Dingen die hen verdacht maken. Als ik hen was, Sarah, zou ik proberen jou de mond te snoeren voor het zover was, en dat zou ik doen op een manier die aansluit bij die beschuldiging van drugsbezit. Jou een overdosis laten nemen of zoiets. Het zou heel goed kunnen dat die aanklacht alleen maar een eerste stap is in een veel groter plan.'

Ik staarde haar aan.

Seconden gingen voorbij.

Ten slotte lachte ze een beetje ongemakkelijk. 'Sorry. Soms gaat mijn fantasie met me op de loop.'

'Dat is nog zwak uitgedrukt,' zei ik. Ik keek haar recht in de ogen, en ze wendde haar blik niet af. Ze knipperde zelfs niet.

'Je laat ze hier niet mee wegkomen, hè, Sarah?'

'Ik... Nee,' zei ik. 'Beslist niet.'

'Heb je een plan?'

Op dat moment drong tot me door dat ik al veel te veel had losgelaten. Ik had me laten overvallen door het verschijnsel dat je een nauwe band krijgt met iemand met wie je samen een ramp hebt doorgemaakt. Maar wie wist welke motieven Kim Stratton had?

'Sarah?'

'Hm? Sorry.'

'Ik vroeg of je over bewijzen beschikt dat je erin geluisd bent?'

Ik maakte een wijde boog met mijn wandelstok en gooide hem ver over het water. Ik keek hem na toen het tij hem meevoerde en stelde me voor dat al mijn zorgen ook zo meegevoerd werden en in het niets verdwenen. Wat zou het heerlijk zijn om alles wat je dwarszit 's avonds in een grote papieren zak naast je bed te zetten, zodat je kon gaan slapen zonder ervan wakker te liggen.

'Zal ik je eens wat zeggen?' vroeg ik. 'Ik ben het zo zat over dat alles na te denken. En ik weet bijna zeker dat ik de schoorsteen van het huis van de Fords zie, daarginds, tussen die bomen.'

'Je hebt gelijk,' zei Kim, die ook die kant opkeek.

Het moment van spanning was voorbij.

'Gelukkig! Ik heb er schoon genoeg van over dit ellendige eiland rond te banjeren. Trouwens, als dit een film was, zou er ten minste een goede afloop zijn, maar ik ben er nog niet zo zeker van dat wij die krijgen.'

'Ik ben bang dat je gelijk hebt,' zei ik toen Lukes huis in zicht kwam. Het zag er niet best uit.

5

Het huis van de familie Ford – Ransford, zoals het was genoemd, naar de voornaam, Randell, en de achternaam, Ford, van
Lukes grootvader – was ooit nog mooier dan Thornberry geweest. In de afgelopen twaalf uur had het echter een zware klap
te verwerken gekregen. Aan de ene kant zag het eruit of er een
reus was langsgekomen, die het onder zijn voet had verpletterd.
De andere kant leek vreemd ongeschonden, als iemand die op
onverklaarbare wijze ongedeerd uit een neergestort vliegtuig is
gekomen en zich bijna schuldig voelt dat hij nog leeft.
De vroeger zo brede witte zuilengang die de voorkant van het
huis had gevormd, was nu alleen nog maar een berg puin. De
voordeur was in zijn geheel uit zijn scharnieren gevallen. De
hoge ramen ernaast waren aan scherven, die in glinsterende
hoopjes op de grond lagen.
Kim en ik zochten ons een weg over een pad van klinkers die
alle kanten op waren gevlogen. Toen we bij het kapotte glas kwamen, baande ik me een weg naar de deur door met mijn wandelschoenen de scherven opzij te schoppen. Kim, op haar sportschoenen van canvas, kwam achter me aan.
Binnen was het pleisterwerk vergruizeld, en overal lagen stoelen, banken en tafeltjes. Het geheel deed denken aan een uitdra-
gerij of, dacht ik, aan Homestead in Florida, na de orkaan An-
drew. Een wanordelijke berg brokstukken.

'Wat een puinhoop,' zei Kim.

'Zeg dat wel.' Ik zuchtte. Als tiener had ik hier heel wat gelukkige uren doorgebracht. Als Luke er niet was geweest, had ik gedaan of ik zat te lezen, en intussen had ik geluisterd terwijl zijn en mijn vader een juridische boom hadden opgezet. Lukes vader was rechter in Seattle, maar ik had gehoord dat hij inmiddels met pensioen was. Ik vroeg me af hoe hij zich zou voelen als hij deze ravage kon zien.

Charles Randell Ford was erg trots geweest op zijn huis, net als Lukes moeder, Priscilla. Ze stonden hoog op de maatschappelijke ladder en gaven hier 's zomers vaak feesten. Dan lieten ze hun gasten naar het eiland brengen door particuliere veerboten, die aanlegden bij een steiger die versierd was met kleine gekleurde lichtjes en lampions. De muziek kwam van live bands, die tot helemaal op Thornberry te horen waren, en ik was heel wat avonden stiekem uit mijn slaapkamerraam op Thornberry gekropen en door het bos naar Ransford gelopen. Daar was ik dan uit het zicht onder een boom gaan zitten kijken naar de mensen die op het podium op het gazon aan het dansen waren. Een van die zomers had ik The Great Gatsby gelezen, en de Fords waren mijn Gatsby geworden: een maatstaf voor een elegante leefwijze.

Af en toe had ik zelfs een glimp van Luke opgevangen, hoewel hij dan meestal aan het dansen was met een meisje dat ik niet kende. En dat had me dan zo uit mijn humeur gebracht, dat ik maar naar huis terug was gegaan.

Tot die laatste zomer, de zomer waarin we elkaar vonden, heb ik nooit geweten of Luke met mij zou hebben gedanst op de feestjes van zijn ouders. De enige keer dat ik door zijn ouders werd uitgenodigd, weigerden mijn ouders me te laten gaan. Ik was nog te jong, zeiden ze.

'Maar Luke is niet te jong, en die is net zo oud als ik,' protesteerde ik.

Zulke discussies won ik nooit, en zo leerde ik begrijpen hoe moeilijk het voor een tiener is om een advocaat als vader te hebben.

'De trap lijkt nog heel,' zei ik terwijl ik de brede ronde trap bekeek die naar de eerste verdieping leidde. Hij zat echter wel onder het puin – voornamelijk pleister en hout van de wanden. Wonderbaarlijk genoeg zat het plafond nog op zijn plek. 'Als we eens beneden begonnen,' stelde ik voor. 'Eens kijken of we een mobiele telefoon of een radio kunnen vinden.'

We begonnen met onze handen tussen de rommel te graven, maar toen we daar onze vingers aan openhaalden, kwamen we op het idee korte stukken hout te gebruiken om dingen mee opzij te duwen. In de keuken, waar de koelkast was omgekiept en de borden in scherven op de vloer lagen, vonden we tot onze blijdschap een blik, al was het zonder de bijbehorende stoffer. Dat gebruikten we om puin opzij te scheppen terwijl we het doorzochten, op zoek naar dingen waar we nog iets aan hadden.

Tot onze verrassing waren hier heel wat borden heel gebleven, evenals een heel stel glazen. Vreemd, dacht ik, welke dingen een aardbeving overleven en welke niet. Net als na een tornado, wanneer het ene huis onbeschadigd overeind is blijven staan terwijl van het huis ernaast niets meer over is.

Helaas was er weinig eetbaars te vinden. Ik had verwacht dat de Fords beter op een ramp voorbereid zouden zijn, met dat ruige weer op het eiland. Er waren wat spullen in blik: varkensvlees en bonen, kip en rijstsoep, maïspuree en diverse andere groenten. Achttien blikken in totaal. Maar geen radio en geen mobiele telefoon, tenzij die hopeloos verstopt lagen onder puin dat te zwaar was om op te tillen of weg te schuiven.

Ik vroeg me af waar Grace, Jane en Dana uithingen en waar ze zo lang bleven. We hadden hun hulp goed kunnen gebruiken toen we de trap naar de eerste verdieping gingen ontruimen.

Uitgeput stonden we met onze handen op onze heupen om ons heen te kijken, ontmoedigd onze hoofden schuddend.

'Het doet me aan die oude mop denken,' zei ik.

'Wat voor mop?'

'Een vrouw komt met een nieuwe vriendin haar flat binnen, en het is er een zootje. Laden staan open, kleren, boeken, platen, eten, alles ligt door elkaar. De vriendin schrikt zich rot en zegt: "Lieve help, je hebt inbrekers gehad!" Zegt die vrouw: "Nee hoor, ik heb alleen niet schoongemaakt vandaag".'

Kim lachte. 'Zo ben ik ook.'

We besloten nog één keer alles door te lopen, met het idee dat we iets over het hoofd zouden kunnen hebben gezien omdat we ons zo op die telefoon en die radio hadden geconcentreerd.

Na nog eens twintig minuten zoeken door de keuken en het woongedeelte had onze inspanning maar weinig opgeleverd: de blikken voedsel, een paar suède tuinhandschoenen, een schroevendraaier en een enorm badlaken met een afbeelding van Tweety erop.

'Jammer dat we geen rugzakken bij ons hebben voor deze spullen,' zei ik terwijl ik het resultaat van onze rooftocht bekeek. 'Ik had er twee, maar die liggen begraven onder het puin van mijn huisje.'

'Ik ben bang dat ik er geen seconde bij heb stilgestaan dat ik hier wel eens een rugzak nodig zou kunnen hebben,' zei Kim. 'Echt een groentje, hè?'

Ik maakte een knapzak van het badlaken door de punten aan elkaar te knopen en legde onze buit erin.

Op mijn aandringen had Kim de handschoenen aangetrokken. 'Wanneer we hier uit komen,' had ik aangevoerd, 'kun jij geen films meer maken als je handen onder de littekens zitten. En ik? Als ik hier ooit uit kom, ga ik misschien een paar mensen in elkaar slaan. Dan komt een beetje eelt me goed van pas.'

Ik pakte de knapzak en zette hem naast de keukendeur, omdat ik dacht dat we voor we vertrokken even naar de steiger konden lopen om daar rond te kijken.

'Ik denk dat we maar gewoon met de eerste verdieping moeten beginnen terwijl we op de anderen wachten,' zei ik.

Kim stond bij de deur, die, doordat Ransford op een klein schiereilandje gebouwd was, uitkeek op de kustlijn tegenover die waar wij langs waren gekomen. De afgelopen minuten hadden zich donkere stormwolken samengepakt, en er stak een stevige wind op. Gespannen tuurde Kim de horizon af. 'Wat krijgen we nu, denk je?' vroeg ze. 'Een orkaan? Een overstroming? De pest?'

'Orkanen hebben we hier niet,' antwoordde ik. Toen kreeg ik Grace in het oog, die met de anderen op het strand was, en ik voegde eraan toe: 'De pest misschien wel.'

Kim lachte.

We liepen de heuvel af om hen tegemoet te gaan, maar toen we dichterbij kwamen, rende Grace opeens in de richting van de steiger van Ransford, die vandaar te zien was.

Dana en Jane begonnen ook te rennen, en ik rekte mijn nek uit om te zien waar ze op af gingen.

De steiger was doormidden gebroken, en het ene eind was in het water gestort. Een paar meter voor de kust lag een boot half onder water. Mijn blik ging terug naar de steiger en bleef toen gericht op een gestalte die daar lag.

'Het is een man!' zei Kim achter me. 'Daar ligt een man.'

Ik kon het nog steeds niet goed zien, maar iets in me vertelde me wie het was. Achteraf gezien zou ik waarschijnlijk kunnen zeggen dat de wens de vader van de gedachte was, maar op dat ogenblik vroeg ik me echt af of ik hem te voorschijn had getoverd. Ik begon te rennen, en toen ik bij Luke kwam, duwde ik Grace opzij. 'Luke? Luke!' riep ik terwijl ik zijn gezicht tussen mijn handen nam. 'Allemachtig!'

Bloed stroomde uit een snee in zijn slaap, en even dacht ik dat hij dood was. Toen kreunde hij en ging er een golf van opluchting door me heen. Zijn witte overhemd en zijn spijkerbroek waren doorweekt, en zijn schoenen ook. De wind joeg de golven op, die tot op de steiger spetterden en ons allemaal natmaakten.

Ik zei zijn naam voor de derde keer, wat luider ditmaal, en hij bewoog. Zijn ogen gingen een stukje open, zagen mij en werden groter.

'Sarah?'

Ik pakte zijn beide handen vast en warmde ze tussen de mijne. 'Hoi. Ja, ik ben het. Hoe voel je je?'

Hij keek naar de vijf andere gezichten die op hem neerkeken. 'Ik... Mijn boot. Harde wind. Hij is gezonken.' Hij wreef over zijn hoofd en wilde gaan zitten. 'Ik moet iets geraakt hebben toen ik overboord sloeg.'

'Help eens hem op het droge te krijgen,' zei ik.

Meerdere handen ondersteunden zijn armen en grepen hem om zijn middel. We droegen hem zo'n beetje naar het strand, waar hij ging zitten om bij te komen.

Tussen de golven opluchting door nam ik hem eens goed op. Zijn haar was nog net zo kroezig als vroeger, maar korter, tot op zijn boord, en langs de randen vermengd met grijs. Er zaten diepe lijnen in zijn gezicht, alsof hij veel tijd in de zon had doorgebracht, maar verder leek hij niet veel veranderd sinds de laatste keer dat ik hem had gezien, tweeëntwintig jaar geleden.

'Hemel, wat zie jij er goed uit, Sarah,' zei hij. Ik kreeg een rood hoofd toen de anderen ons beiden nieuwsgierig opnamen. 'Ik logeer op Thornberry,' zei ik. 'Wij allemaal.' Ik stelde Dana aan hem voor, toen Kim, Grace en Jane. 'Luke en ik zijn oude vrienden, van vroeger,' vertelde ik. Toen vroeg ik aan hem: 'Wat doe jij hier?'

'Ik was op Orcas toen die aardbeving kwam. Daar ben ik vanochtend vroeg in de boot van een vriend vertrokken om te zien welke schade het huis heeft opgelopen. Maar het is zo stormachtig als wat, daar op het water. Toen ik hierheen probeerde te komen om aan te leggen, bleef ik steken op een zandbank.' Hij keek om naar de kapotte boot en schudde zijn hoofd. 'Het enige wat ik me herinner is een pijnscheut, en het volgende moment lag ik op de steiger.' Zijn blik ging naar het huis. 'O, hemel. Sarah? Ben je al daarboven geweest?'

Ik knikte. 'Het ziet er niet best uit.'

'Verdomme. Ik durfde al niet te hopen dat het meeviel, maar –' Hij kromp in elkaar toen er kennelijk een pijnscheut door zijn hoofd ging.

'Maak je maar geen zorgen,' zei ik. Het begon te regenen. 'Laten we eerst maar eens proberen jou daar te krijgen. We moeten droge kleren voor je vinden en die snee verzorgen.'

We vormden een miezerig, nat stelletje, zoals we daar met ons allen Ransford binnen gingen. Dana en Jane maakten passende geluiden van medeleven, terwijl Luke in de woonkamer om zich heen stond te kijken. Grace ging wijdbeens staan met haar armen over elkaar en nam met een uitdrukking van afkeer op haar gezicht de toestand van het huis in ogenschouw.

'Zeg nou maar niks,' mompelde ik, want ik wist zeker dat ze

weer op het punt stond een tirade te houden over mensen die er niet voor zorgden dat hun huis op alles voorbereid was.

Ze draaide zich om, liep weg en bleef door de open voordeur naar de neerstromende regen staan kijken.

'Eén ding zit tenminste nog mee,' zei ik tegen Luke. Ik liep naar hem toe en ging naast hem staan. 'Je hebt nog een dak. Thornberry is bijna helemaal verwoest.'

Hij fronste zijn voorhoofd. 'Wat afschuwelijk. Hoe is het met Timmy? Is die ongedeerd?'

'Ja, met haar is alles goed, maar Lucy, de kokkin...' Ik maakte mijn zin niet af, en hij wreef vermoeid over zijn gezicht, waardoor er een veeg bloed uit de snee aan zijn slaap kwam. Ik stak mijn hand in mijn zak en haalde er een prop schone, maar vochtige tissues uit. Toen ik de snee had gedept, gaf ik Luke opdracht de tissue er een paar minuten tegenaan te drukken.

Dat deed hij, een gezicht trekkend toen het papier het bloed opnam.

'O, wat een ellendige toestand, Sarah. Ik kende Lucy niet, ben ik bang. Ik ben de laatste tijd niet vaak op Thornberry geweest.'

Ik wilde hem vragen waar hij dan wel was geweest en wat hij al die jaren had uitgevoerd, maar daar was het nu beslist niet het juiste moment voor.

'We zijn nog niet boven geweest,' zei ik. 'Kim en ik waren hier het eerst, en we hebben alleen nog maar de benedenverdieping gecontroleerd. We konden geen mobiele telefoon of radio op batterijen vinden, en we dachten dat er misschien een in een van de slaapkamers zou liggen.'

Luke liep naar de trap. 'Het moet wel te doen zijn dit op te ruimen, maar ik betwijfel of we iets zullen vinden. Mijn ouders zijn er al lang geleden mee opgehouden zaken als telefoons of radio's 's winters hier te laten, omdat de batterijen altijd leeg raken.' Hij schudde zijn hoofd. 'Ik ben bang dat ik altijd hetzelfde doe, uit gewoonte. Als ik hier wegga, neem ik alles mee.'

'En in de boot?' vroeg Grace scherp.

Luke keek haar aan. 'Wat is daarmee?' vroeg hij, bijna net zo scherp.

'Je wilt toch niet beweren dat je na een zware aardbeving hiernaartoe bent gekomen zonder een mobiele telefoon of een radio?'

'Oké, dan beweer ik dat niet,' zei Luke pissig. Zijn mond werd strak. Toen vroeg hij wat zachter aan mij: 'Wat mankeert haar?'

'Mij mankeert niks,' antwoordde Grace, die hem blijkbaar had gehoord. 'Ik heb alleen een beetje genoeg van mensen die niet vooruitdenken.'

Nijdig keek hij haar aan. 'En waarom zou ík me daar dan druk om moeten maken?'

Grace fronste haar wenkbrauwen en ging verder met door de voordeur naar buiten kijken.

Ik keek Luke aan en rolde even met mijn ogen. Laat maar, zei ik geluidloos.

'Ik zou toch de slaapkamers wel willen controleren,' zei Jane. 'Je kunt nooit weten of je niet iets vergeten bent wat daar nog ligt.'

'Daar voel ik ook wel voor,' zei Dana. 'En je hebt ook droge kleren nodig. Die zouden we trouwens allemaal wel kunnen gebruiken. Als je soms toevallig nog iets boven hebt liggen wat wij aan kunnen? Oude spullen of zo, kleren die je na de zomer hier achterlaat?'

Luke aarzelde, zo te zien niet erg happig.

Ik hield het er maar op dat hij zich nog niet erg vast ter been voelde na zijn schipbreuk.

'Wij kunnen met elkaar de trap wel ontruimen,' zei ik, 'als jij –'

'Nee, het is in orde,' zei hij. 'Het is alleen dat ik zeker weet dat jullie daarboven niets zullen vinden waar jullie iets aan hebben. Maar, oké, laten we maar eens met die trap beginnen.'

Ik wierp een blik op Grace, die nog steeds de andere kant op keek. Toch kon ik aan haar profiel zien dat ze nog steeds haar wenkbrauwen gefronst had.

En wat heeft dat nou in vredesnaam weer te betekenen, vroeg ik me af.

In het portaal boven hingen originele schilderijen, en er stonden fraaie beelden. Eén standbeeld was omgevallen en doormidden gebroken, twee schilderijen lagen op de vloer. Vreemd genoeg was de schade boven minder groot dan beneden – alleen gevallen pleister, zoals overal, en kroonluchters die nog maar aan één enkel draadje hingen en eruitzagen of ze elk moment omlaag konden komen. Een vluchtige blik in de eerste twee slaapkamers leerde ons dat ook hier enige schade was, maar niet zoveel als we hadden verwacht.

Luke ging voorop. Hij opende deuren en vertelde dat dit logeerkamers waren die de laatste jaren zelden waren gebruikt. Er zaten hoezen om de meubels, en er hing die muffe geur die kamers krijgen als ze te lang dicht hebben gezeten.

Toen Luke op een gegeven moment een stukje voor ons uit liep en uit het zicht om een hoek verdween, hield Grace ons tegen. 'We zouden hier in kunnen trekken,' zei ze. 'In plaats van in de boerderij. Het is droog, en zoals Sarah al zei: er zit nog een dak op. Hier zouden we beter af zijn.'

'Ik ben het met je eens,' zei Dana. 'We kunnen naar de boerderij teruggaan om Amelia en Timmy te halen en dan weer hierheen komen. Als Luke het tenminste goedvindt.' Ze keek mij aan. 'Wat denk je?'

'Ik zou niet weten waarom niet,' zei ik na slechts een moment van aarzeling. 'Ik vraag me alleen af of we hier echt beter af zijn. Dit huis ligt aan de noordzijde van het eiland, en als we een flinke storm krijgen, komt die hier veel harder aan dan op Thornberry.'

'Maar dan nog,' zei Kim. 'Als het stormt, dan stormt het. Op Thornberry is het vast niet beter dan hier, als je nagaat hoe het eraan toe is. Ik zou zeggen: laten we het aan je vriend vragen, en als hij het goedvindt, gaan we terug om Timmy en Amelia te halen.'

'Nee!' kwam Jane met hoge bevende stem tussenbeide. Ze stond een stukje bij ons vandaan en was tot op dit moment ongewoon stil geweest.

We keken allemaal om, verbaasd over haar uitbarsting.

'Ze komen ons op Thornberry zoeken,' zei ze op klagerige toon. 'We moeten op Thornberry blijven.'

'En wie komen er dan wel naar ons zoeken, denk je?' vroeg Grace ongeduldig.

'De reddingsteams, Grace! Gebruik je hersens toch eens! Als we daar niet zijn, weten ze niet waar ze ons moeten zoeken!'

'Denk jij echt dat er binnen afzienbare tijd al reddingsteams komen?' vroeg Grace. 'En trouwens, we kunnen een briefje voor ze achterlaten.'

'Maar misschien vinden ze dat niet! Stel dat ze dat niet vinden!' Janes stem ging hysterisch omhoog.

Ik sloeg een arm om haar schouders en zei: 'Waarom zouden ze dat niet vinden, Jane?'

'Dat weet ik niet. Dat weet ik niet. Ik weet alleen maar dat ze dat vast niet vinden.'

Grace maakte een geïrriteerd geluid en stak haar handen in de lucht. 'We spijkeren het wel aan een boom vast, verdomme!'

'Hoor eens, Jane, het spijt me,' zei Dana, 'maar deze keer ben ik het met Grace eens. Het zou dom zijn om op Thornberry te blijven als we hier beter beschut zitten.'

Janes mond trilde, en er rolde een traan over haar wangen. 'Dan moeten we een telefoon vinden!' riep ze, zich van me losmakend. 'Er moet er hier een zijn!' Ze rende de gang door, een hoek om, langs Luke, die net weer onze kant op kwam.

'Wat gaat zij doen?' riep hij uit. 'Hé! Kom terug! Er is daar verder niks!'

Toen ze niet luisterde, ging hij haar achterna.

Wij volgden hem.

Voor een deur aan het eind van de gang bleef hij plotseling staan. De deur stond open, en vanbinnen klonken Janes zachte kreten. 'Verdomme,' zei Luke zacht. Zijn gezicht stond strak, en hij had zijn kaken op elkaar geklemd.

Wij kwamen naast hem staan en keken een kamer in die bijna zo groot was als een balzaal. Er stond een hemelbed dat in witte voile gehuld was. Een enorm erkerraam bood uitzicht op de Sound, en het behang van rood-met-gouden roosjes werd onderbroken door kamerhoge spiegels in vergulde lijsten. Verscheidene spiegels waren gebarsten, en er waren parfumflesjes van de toilettafel gerold. Poeder uit een Coty-doosje lag als een laagje stof op de grond. Een grote vierkante jacuzzi stond in het midden van de kamer. Eén kant ervan was als een grote gapende wond opengescheurd.

Jane zat op de rand van het hemelbed op de toetsen van een

mobiele telefoon te drukken. Telkens wanneer haar vingers de toetsen raakten, werd haar gesnik luider, haar stem schriller. 'Jenny, Peter, waar zijn jullie? O lieve hemel, waar zijn jullie? Neem nou op! Neem nou op, toe nou! Ik heb toch gezegd dat jullie moeten opnemen als ik bel!' Ze schudde de telefoon heen en weer, luisterde en schudde nog een keer.

Ik liep naar haar toe, maakte het toestel met moeite uit haar hand los en hield het tegen mijn oor. De lijn was volkomen dood. Ik drukte een paar keer op de aan-uitknop, zonder resultaat.

'Wat is het er voor een?' vroeg Kim. Ze kwam achter me staan.

'Misschien ligt hier nog ergens een batterij.'

Ik schudde mijn hoofd. 'Dat betwijfel ik. Het is een vrij oud model, zo eentje waar een grote nicad in moet. Die zijn tegenwoordig niet meer zo makkelijk te krijgen. Luke?'

We keken om ons heen, maar hij was er niet meer.

'Heeft iemand gezien waar Luke heen is?'

'Hij zei iets over droge kleren zoeken voor zichzelf,' zei Dana.

'Ik ga wel op zoek naar een batterij,' bood Kim aan. 'Misschien in de keuken, bij de koelkast. Sommige mensen bewaren ze daarin.'

'Kijk dan ook of je Sarahs "vriend" soms ziet!' riep Grace haar na. 'Volgens mij is die ertussenuit geknepen.'

In de slaapkamer troffen we een inloopkast vol dameskleren aan.

Terwijl Grace het liefst had gezien dat we pakten wat we wilden en dat ter plekke aantrokken, stond ik erop dat we eerst Luke om toestemming vroegen.

'Nou, ik niet,' zei Grace. Ze trok haar spijkerjasje uit en trok een groen sweatshirt aan dat betere tijden had gekend. 'Stel dat hij nooit meer komt opdagen.'

'Doe niet zo raar,' zei ik, hoewel ik haar voorbeeld toch maar volgde en Dana een witte visserstrui in kabelsteek toewierp. 'Misschien heeft hij wel bedacht dat er nog ergens een telefoon ligt.'

'En misschien ben jij een beetje naïef,' zei Grace minachtend.

'Als je het mij vraagt, is er iets ergs gebeurd in deze kamer. Hij heeft er nog geen voet over de drempel gezet. Wie weet, misschien spookt het er wel.'

Dana maakte een geïrriteerd geluid. 'Ach, kom nou, Grace. Wat ben jij eigenlijk, een thrillerauteur? Jij weet ook overal een verhaal van te maken.' Maar ze sloeg huiverend haar armen om zich heen, en Grace lachte.

'Dit was vroeger de kamer van Lukes moeder,' zei ik toen ik een zomerjurk tegenkwam die ik Priscilla Ford vroeger wel eens had zien dragen. 'Ze is een paar jaar geleden gestorven. Misschien kon hij er niet goed tegen aan haar herinnerd te worden.'

Grace schaterde het uit. 'Meer kans dat het nu de kamer van zijn vrouw is en dat ze hem heeft laten zitten, waardoor de kamer hem aan dingen doet denken die hij liever vergeet.'

Hoewel ik dat niet aan Grace liet merken, moest ik toegeven dat ze gelijk zou kunnen hebben. Mijn gedachten gingen al minutenlang in een kringetje rond. Waar was Luke? En waarom was hij zo van streek geweest toen Jane deze kamer had gevonden? Was hij inderdaad getrouwd? Riep deze kamer inderdaad nare herinneringen bij hem op? Of – die gedachte kwam plotseling bij me op – had hij niet gewild dat Jane de telefoon vond? Hij kon tenslotte niet zeker hebben geweten dat die niet meer werkte.

Nu gedraag je je echt als een idioot, Sarah, dacht ik. Luke maakt heus geen deel uit van een of andere samenzwering om ons te beletten in contact te komen met het vasteland.

Dana was naar een nachtkastje gelopen. Opeens riep ze uit: 'Hebbes! Kijk hier!'

We liepen de kamer door en zagen wat ze omhooghield: een klein, maar daarom niet minder echt draagbaar radiootje. Ze drukte op de knop.

Niets.

'Kijk eens of er batterijen in zitten,' zei ik.

Ze keerde het apparaat om en maakte het vak aan de onderkant open. Er waren vier lege plekken waar AA-batterijen hoorden te zitten.

'Hoe kon het ook anders?' mopperde Grace.

'De mensen halen ze er vaak uit als ze het apparaat een tijd niet denken te gebruiken,' zei ik.

Kim, die nog steeds de keuken aan het doorzoeken was, riep: 'Ik heb batterijen, maar niet voor de telefoon!'

Dana en ik keken elkaar aan.

'Welke maat?' riep ik.

'c's en AA's. Van allebei vier.'

'Goeie genade, zou er dan eindelijk eens iets meezitten?' Grace stak haar handen in de lucht. 'Ik ga wel naar beneden om ze te halen.'

'Nee,' zei ik. 'Laten we allemaal maar naar beneden gaan. Hierboven kunnen we op het moment toch niets meer doen.' Ik trok nog een dikke droge sweater uit de kast voor Kim en wilde de kamer uit lopen. Toen pas drong tot me door dat Jane nog steeds roerloos op het bed zat, met haar ogen op de onbruikbare telefoon gericht. Ze had al die tijd geen woord gezegd.

Nu keek ze me echter aan en zei half fluisterend: 'Zij zijn ook dood, hè? Jenny en Peter.' Haar stem ging omhoog. Met een heftige beweging smeet ze de telefoon op de vloer. 'Ze zijn net zo dood als die rottelefoon!'

We kregen Jane mee naar beneden met de belofte dat er misschien nieuws op de radio zou zijn, en troffen Luke bij Kim in de keuken aan. Hij was naar zijn eigen kamer op de tweede verdieping gegaan, zei hij, om een paar droge schoenen te halen die hij daar nog had, en ook een droge broek en een overhemd. Verder had hij verband voor de snee op zijn slaap gevonden.

Het was Kim die de batterijen in de vriezer had gevonden.

'Die was ik totaal vergeten,' zei Luke, die bij de ontbijtbar stond. 'Zelfs die radio was ik vergeten.' Hij stopte de batterijen in de radio en drukte op de knop. Muziek schalde door de keuken: Barbra Streisand die Stormy Weather zong.

Dana keek me aan, wierp een blik op de ramen – waarlangs de regen omlaag stroomde – en schoot in de lach. 'Beseffen jullie wel wat dit betekent?' vroeg ze opgewonden. 'Als dit een station in Seattle is, kan het daar niet zo erg zijn als we dachten.'

'Misschien is de situatie in de eerste rapportages te ernstig voorgesteld,' zei Kim. 'Dat doen ze wel eens.'

'Of dit komt uit Canada,' zei Luke.

De woorden waren zijn mond nog niet uit, of Barbra was uit-gezongen en er kwam een presentator. 'U luistert naar CKNW in Vancouver, Brits-Columbia.'

De teleurstelling was haast tastbaar – vooral bij Jane, die heel even enige tekenen van voorzichtige hoop was gaan vertonen.

Het radiostation was net aan zijn onderbreking op het hele uur toe, en het nieuws begon. We stonden met ons allen om de ontbijtbar naar de nieuwslezer te luisteren, die ons vertelde van de 'meest vernietigende aardbeving die ooit in Seattle is geregistreerd, tenminste in de recente geschiedenis. De meest vernietigende in de hele Verenigde Staten zelfs'.

Met haar kracht van 9.1 was ze zelfs zwaarder dan die van 1906 in San Francisco, vertelde hij, zwaarder dan die van 1989 in San Francisco en dan de Northridge-aardschok in L.A. Ze was zelfs nog heviger dan de beving die op Goede Vrijdag in maart '64 de Prince William Sound in Alaska had getroffen, met een kracht tussen 8.3 en 8.6. Die had een tsunami veroorzaakt die honderden kilometers in zuidelijke richting was gestroomd, tot aan Crescent City in Californië, en dat kuststadje bijna totaal had verwoest. 'Het lijkt erop,' vervolgde de Canadese nieuwslezer met een gespannen trilling in zijn stem, 'dat dit de langverwachte Grote Aardbeving is.'

Reddingsteams van overal ter wereld stonden al uren stand-by om naar Seattle te vliegen, meldde hij, maar de schade op Sea-Tac en op de kleinere vliegvelden in de omgeving was zo groot, dat ze nog geduld moesten hebben. Bovendien waren de trein-rails ontzet, waren treinen ontspoord en autowegen beschadigd, in het zuiden tot aan Portland en in het oosten tot aan Idaho. Het leek niet eenvoudig Seattle of de omringende steden te bereiken, behalve per boot. En aangezien de opritten voor de veerboten en de havens beschadigd waren, zou het nog wel een tijdje duren voor die gebruikt konden worden.

Er werd volop geplunderd, vervolgde de nieuwslezer, en in de loop van de nacht waren er mensen neergeschoten voor voedsel of water. Er werd gezegd dat de National Guard een poging zou doen op de kade van Seattle te landen, met amfibievoertuigen, maar dat was alleen maar een gerucht. De nieuwslezer wees erop dat er weinig bijzonderheden bekend waren, doordat de gebruikelijke communicatielijnen van en naar Seattle platlagen. In sommige gebieden waren zelfs mobiele telefoons onbruikbaar, doordat de torens waren ingestort. Zendamateurs bemanden hun radiozenders vanuit hun eigen huis – als ze tenminste nog een huis hadden – en gaven informatie zo snel mogelijk door. De informatie van CBC kwam van amateurzenders in Seattle, van particulieren en van het onderzoekscentrum voor aardbevingen in de stad.

'Vreemd genoeg,' vervolgde de nieuwslezer, 'hebben we hier op het vasteland in Vancouver relatief weinig van de aardbeving gemerkt. De stad Victoria heeft echter aanzienlijke schade opgelopen.' Hij beschreef de schade in Victoria, dat op Vancouver Eiland lag: 'Victoria ligt op een schiereiland dat in zuidelijke richting naar de Puget Sound loopt, en geologen denken dat het daardoor zo bijzonder zwaar getroffen is.'

Hij besloot met: 'Het hevigst schijnt deze aardbeving – die nu al de Grote Aardbeving van Seattle wordt genoemd – te zijn geweest in Washington State, Victoria, B.C., en meer naar het zuiden, terwijl het vasteland van Canada er relatief ongeschonden vanaf is gekomen.'

Geen woord over de San Juan Eilanden.

'Het kan niet gunstig voor ons zijn dat Victoria is getroffen,' zei ik toen de uitzending afgelopen was. 'Dat is de dichtstbijzijnde stad, maar ze zullen het wel druk hebben met hun eigen reddingswerk. Het zal wel een poosje duren voor ze reddingsteams naar de San Juans kunnen sturen – als het al zover komt.'

'Maar ze zúllen toch wel reddingsteams sturen, hè?' vroeg Dana. 'Ik bedoel, ik weet wel dat Victoria in Canada ligt en niet in de Verenigde Staten, maar ze zitten zo dichtbij. En ze hebben veerboten die regelmatig hierheen varen.'

'Met toeristen,' zei Grace, 'en naar de grotere eilanden, niet naar de kleintjes, die privé-bezit zijn. En wat die reddingsteams betreft, die zouden meer dan honderdzeventig eilanden langs moeten.' Ze haalde haar schouders op, en Jane maakte een geluid van wanhoop.

'Aan de andere kant,' voegde ik er vlug aan toe, 'kunnen we misschien iets verwachten vanuit Vancouver.'

Grace schudde haar hoofd. 'Die sturen hun mensen eerder naar Victoria.'

'Nou,' zei Luke kortaf terwijl hij de radio uitzette, 'dan zullen we moeten samenwerken en onszelf moeten zien te redden.'

'Betekent dat dat jij ook hier blijft?' vroeg Grace.

'Ik kan hier moeilijk weg,' antwoordde hij geërgerd.

Het was wel duidelijk dat het niet bepaald klikte tussen Grace en hem.

Dana sloeg haar arm om Jane heen, die nu droge ogen had, maar nog wel beverig was. 'Het valt allemaal wel mee nu,' fluisterde ze sussend. 'We hebben dit huis, en dus een dak boven ons hoofd...' Vragend keek ze naar Luke. 'Het is toch wel goed als we hier blijven, hè? Omdat Thornberry er zo slecht aan toe is, bedoel ik...'

Luke knikte. 'Natuurlijk. Ik zal eens gaan kijken of ik wat regenkleding kan vinden die we aan kunnen als we naar Thornberry teruggaan. Ik heb altijd wat in de bijkeuken hangen.' Hij liep de achterdeur uit en trok die stevig achter zich dicht voordat een windvlaag hem uit zijn hand kon rukken.

'Zie je wel, Jane?' ging Dana verder. 'Vannacht hebben we het tenminste lekker warm. We nemen alle voorraden die we op Thornberry kunnen vinden mee hiernaartoe, en dan weet ik zeker dat we het best redden tot er hulp komt.'

'Maar –'

'Geen gemaar. We moeten geloven dat je kinderen ook eten en een dak boven hun hoofd hebben. Daar moeten we van overtuigd zijn. Begrijp je me?'

Jane reageerde niet.

Dana keek op en zuchtte. 'Verder moet ik het wel met Sarah eens zijn, Grace. Jouw vervelende opmerkingen en gevloek maken alles alleen maar erger. Ik wou echt dat je je mond eens hield.'

'Best.' Grace mond vormde een dunne harde lijn. Ze zette haar handen uitdagend op haar heupen en keek Kim aan. 'Ik neem aan dat jíj ook nog wel iets op je lever hebt wat je graag wilt laten horen?'

'Alleen maar dat ik tegenspelers heb gehad die bíjna net zo erg waren als jij,' zei Kim. 'Maar niet zó erg.'

Grace draaide zich om en beende weg in de richting van de woonkamer. 'Loop naar de hel, jullie allemaal.'

Voor ze uit het zicht verdween, kwam er weer een naschok.

Dana, Kim, Jane en ik waren inmiddels zulke oude rotten, dat we ons meteen op de vloer lieten vallen. We bevonden ons op een open stuk in de keuken, waar alles wat van de planken kon vallen, al gevallen was. De vloer lag echter onder het puin, en mijn knie, die ik eerder op Thornberry al aan een stuk glas had gesneden, raakte iets scherps. Ik onderdrukte een kreet.

Grace, die in de deuropening was blijven staan, zette zich aan weerszijden schrap tegen de deurposten.

Toen de naschok voorbij was, stonden we weer op.

Kim veegde haar handen af en zei behulpzaam: 'In een deuropening staan is niet altijd het beste, Grace. Daar zijn we bij de Northridge achter gekomen. Als die muur niet goed verankerd was, zou hij met deurpost en al boven op je gestort zijn.'

'Maar dat heeft hij niet gedaan,' zei Grace bits. 'Wat jammer nou, hè? Ik had nu dood kunnen zijn, en dan waren jullie vast heel blij geweest.'

Ik negeerde haar en kromp in elkaar van de pijn in mijn knie. Mijn eigen zenuwen hadden het al zo zwaar, en ik moest er niet aan denken wat al die naschokken voor effect hadden op Thornberry. 'Ik vraag me af hoe het met Timmy en Amelia is,' zei ik. 'Ik heb pas rust als we ze hierheen hebben gehaald.'

'Nog één ding,' zei Kim waarschuwend. 'Deze keer hebben we geluk gehad, maar soms kan door de naschokken een huis instorten dat bij de eerste beving onbeschadigd is gebleven, of schijnbaar onbeschadigd.'

'Tjonge jonge, hier is de expert aan het woord,' hoonde Grace. Ze sloeg haar armen over elkaar. 'En waar heb jij wel niet op aardbevingsles gezeten?'

'In L.A.,' snauwde Kim. 'En als jij en ik de enige mensen hier waren, zou ik nog niet eens moeite doen jou te redden, kreng!'

Zulke duidelijke taal had Kim nog tegen niemand van ons laten horen, en Grace' mond viel dan ook open.

Zodra ze bekomen was, zei ze: 'Haal het maar niet in je hoofd het tegen mij op te nemen, dame.'

Kim snoof en schudde haar hoofd. 'Ik zou jou plat op de grond hebben voor je het zelf in de gaten had. Als ik zou willen, maar dat doe ik niet.'

'Genoeg!' zei ik kreunend. 'Willen jullie daar alsjeblíéft mee ophouden? Ik stel voor dat we vertrekken, hoe eerder, hoe beter. En laten we als we hier terug zijn in de woonkamer wat meubels bij elkaar schuiven. Daar kunnen we dan onder duiken als de muren omlaag mochten komen.'

Jane stak haar kin in de lucht. 'Als jullie dan per se hier willen blijven, ga ik niet helemaal naar Thornberry terug lopen. Niet in deze storm en met al die omvallende bomen.'

Dana's arm was weer gaan bloeden. Ze hield hem dicht tegen haar borst en zei vriendelijk: 'Hoe weet je dat er bomen omvallen, Jane? Daar hebben we niets van gezien. En kijk eens, het regent al bijna niet meer.'

'Nee, maar het begint vast weer opnieuw, en het waait nu harder dan daarstraks,' hield Jane vol. Haar stem ging steeds paniekeriger klinken. 'Luister maar! Wanneer de aarde zo onstabiel is en het zo hard waait, dan gebeuren zulke dingen. Vooral als het geregend heeft. Dan komen er bomen naar beneden.'

Grace scheen op het punt te staan een hatelijke opmerking te maken, maar ze keek naar mij en Kim en bedacht zich toen blijkbaar. 'Ik ga eens kijken waar Sarahs "vriend" blijft,' zei ze, 'als hij tenminste echt regenkleding voor ons aan het halen is en er niet gewoon vandoor is. En dan ben ik hier weg. Wie wil, kan meekomen, maar ik ga.'

Kim, Dana en ik waren het erover eens dat we maar van het betere weer – hoe gering het verschil ook was – moesten profiteren en onmiddellijk naar Thornberry moesten vertrekken. Hoewel de stortbui was opgehouden en er nu alleen nog een aanhoudende lichte regen viel, wisten we allemaal dat het weer erger kon worden.

Maar wat we ook zeiden, we konden Jane er niet toe overhalen mee te komen. Ze was er duidelijk zo slecht aan toe, dat we haar niet verder onder druk wilden zetten, dus ten slotte hielpen we haar zich in de woonkamer te installeren met dekens uit de kasten boven, een zaklamp en een fles water.

Even later kwam Luke binnen met twee pakjes crackers die hij in de bijkeuken had gevonden, en een kleine kerosinelamp gevuld met olie. 'Er ligt nog het een en ander,' zei hij. 'Meel, koekjes, dat soort dingen, maar daar hebben de ratten aan gezeten. Dat is ook waarom we zijn opgehouden spullen hier te bewaren.'

Grace kwam achter hem aan. 'Ratten zo groot als katten,' zei ze met een onkarakteristieke huivering. 'We werden er bijna door eentje aangevallen.'

Ik kon een glimlach niet onderdrukken. 'Hou je niet van ratten?'

Zonder antwoord te geven gooide ze me een gele regenjas toe.

'Ik heb de generator achter gecontroleerd,' zei Luke terwijl hij nog een laatste blik om zich heen wierp. 'Maar ik wist bijna zeker dat ik voor mijn vertrek afgelopen najaar alle brandstof had opgebruikt, en ik ben bang dat ik gelijk had.'

Hij had wel genoeg regenjassen en waterdichte jacks gevonden voor ons allemaal. We trokken ze aan, namen afscheid van Jane en lieten de radio bij haar achter. Ze stemde erin toe hem niet meer dan eens per uur, op het hele uur, aan te zetten, om het nieuws te horen. We moesten maar hopen dat ze zich aan die afspraak zou houden. Wanneer de batterijen in die radio op waren, hadden we geen enkel contact meer met de buitenwereld.

'Als er iets gebeurt,' zei ik, 'al is het maar een hele kleine beving, dan pak je de radio en kruip je onder die tafel daar. Oké?' Ik wees naar een lange, hoge tafel die achter een bank stond. Beide meubels waren de hele kamer door geschoven naar het eetgedeelte.

Er kwam geen antwoord.

'Jane... dat doe je toch, hè?'

Een bijna onmerkbaar knikje. Ze zat in kleermakerszit midden tussen de rommel op het ivoorkleurige tapijt en zag er eenzaam uit. Naast haar stond de lamp die Luke in de bijkeuken had gevonden. Die zou het donker weghouden tot wij terugkwamen.

Ik keek de anderen aan, schudde mijn hoofd en haalde mijn

schouders op. We lieten Jane in haar eentje achter, al vond niemand dat een prettig idee.

'Het is waarschijnlijk veiliger voor Jane om daar te blijven,' zei Kim toen wij vijven de kustlijn bereikten, 'maar ik maak me wel zorgen om haar gemoedstoestand. Na de Northridge-aardbeving heb ik hetzelfde gezien: die geschokte, verdoofde blik, die angst ergens anders heen te gaan, waarheen dan ook. Het is zorgwekkend.'

'Zorgwekkend?' herhaalde Grace. 'Let op mijn woorden, als je zo iemand haar gang laat gaan, vormt ze een gevaar voor iedereen.'

' "Zo iemand"?' vroeg ik.

'Ze is gek, Sarah! Volkomen gestoord. Zag je dat niet?'

'Ik zag dat ze in paniek was om haar kinderen. Dat zouden de meeste moeders zijn.'

'Jij hebt er zeker geen,' zei Dana tegen Grace.

'Geen wat?'

'Kinderen,' zei Dana.

'Nee,' antwoordde Grace. 'Die zogenaamd geweldige ervaring heb ik nog niet gehad.'

'Zo, hebben die kinderen even geluk,' merkte Dana bits op, 'dat ze niet bij jou hoeven te wonen.'

Het was haast niet te geloven, maar Grace hield haar mond, en daar was ik blij om. Als zelfs Dana haar geduld en haar vredelievendheid verloor, mocht de hemel weten hoe we er morgen aan toe zouden zijn.

We naderden Thornberry uit een andere richting dan Kim en ik ervan vertrokken waren. Via deze route was het iets korter, had Luke ons verteld. Dana, Grace en Jane hadden er alleen maar langer over gedaan doordat ze onderweg waren gestopt om de twee blokhutten te controleren.

Toen we langs die hutten kwamen, drong tot me door dat er zo veel was gebeurd, dat we nog geen kans hadden gehad hun te vragen wat ze er hadden gevonden.

'Niet veel,' antwoordde Dana. 'Zoals Timmy al zei, zijn het duidelijk vakantiehuisjes. Meer dan wat meubels stond er eigenlijk niet in. We kunnen nog eens teruggaan om te kijken, als je wilt. Er zou iets kunnen liggen wat we kunnen gebruiken.'

'Ze waren er geen van beide goed aan toe,' vulde Grace aan. 'Kapotte ruiten, neergestorte balken. Net als Thornberry en Ransford hadden ze allebei een generator, maar volgens de brandstofmeters was de ene leeg en de andere voor nog geen kwart vol. Bovendien waren bij allebei de leidingen gebroken, net als op Thornberry.'

'Tegen het eind van de zomer,' zei Luke, 'bestellen de meesten van ons nog maar net genoeg brandstof om mee toe te kunnen tot we vertrekken. We zijn het er van oudsher over eens dat het het beste is niet te veel brandstof op het eiland te hebben als we er niet zijn. Zo ontmoedig je krakers, want zonder verwarming kan het hier 's winters zeer onaangenaam zijn.'

'Hoe komt de brandstof hier?' vroeg ik.

'Die wordt door een particulier bedrijf bezorgd, in tanks van tweehonderd liter. We bestellen ze als we ze nodig hebben. Meestal komen ze een paar keer per jaar. Weinig kans dat ze nu hierheen komen, ben ik bang.'

'Eigenlijk had ik toch wel verwacht dat de twintigste eeuw ook tot Esme doorgedrongen zou zijn,' zei ik. 'Ik had moeten beseffen dat er geen elektriciteitsleidingen waren, laat staan telefoons, maar die gedachte is geen moment bij me opgekomen.'

'Tja,' zei Luke, 'het heeft zijn voordelen om onafhankelijk te zijn. In de steden is het meteen een puinhoop als de stroom uitvalt. Hier zijn we tenminste niet van moderne voorzieningen afhankelijk. We redden ons aardig.'

'Tenzij er toevallig een 9.1 langskomt,' mompelde Grace.

'Ja. Tenzij er een 9.1 langskomt.'

Luke ging weer voorop lopen, en de rest van de weg naar Thornberry zwegen we allemaal.

Nu ik tijd had om na te denken, vroeg ik me onwillekeurig af wat er in Luke omging. Toen hij net bij bewustzijn was gekomen, had het geleken of hij blij was mij te zien. Sindsdien was hij beleefd, maar afstandelijk geweest – totaal niet wat ik verwacht zou hebben van iemand met wie ik ooit een zomer lang wilde, hartstochtelijke seks had beleefd, ook al was dat tweeëntwintig jaar geleden. Wat was er tussen ons gekomen sinds dat moment waarop we elkaar op de steiger terug hadden gezien?

We kwamen net voor het donker aan op de boerderij, waar Dana en Kim Luke meteen meenamen naar de woonkamer om de schade daar te bekijken. Grace en ik ontdekten dat Timmy en Amelia erin waren geslaagd het grootste deel van het puin uit de keuken weg te ruimen. Ze hadden zelfs de lange houten tafel weten op te graven, en de lange banken stonden weer aan weerszijden daarvan. Midden op de tafel stond een bosje narcissen uit de tuin, vrolijk en aandoenlijk, om ons voor te houden dat niet alles vernietigd was. Er stonden kaarsen omheen.

'We hebben de generator ook uit het puin gehaald,' vertelde Timmy ons. Ze was duidelijk trots op wat ze tijdens onze afwezigheid voor elkaar hadden gekregen.

'Maar we hebben hem niet aan de gang gekregen,' voegde Amelia eraan toe. 'Volgens ons zit hij vol brandstof, dus er moet iets beschadigd zijn.' Ze duwde haar grijze haar, dat aan haar voorhoofd plakte van het zweet, naar achteren. Haar armen waren zwart van het roet.

Beide vrouwen zagen er stoffig en slordig uit, maar tegelijkertijd leken ze vol energie door de dag hard werken.

'We dachten dat we dan tenminste de brandstof zouden kunnen gebruiken,' vervolgde Amelia, 'maar we kunnen die er niet uit krijgen. Er zit een of ander antidiefstalslot op.'

'Is jullie brandstof beveiligd tegen diefstal?' vroeg Grace hoofdschuddend aan Timmy. 'Híér? Op dit eiland?'

Timothea deed haar mond al open, maar Amelia antwoordde defensief: 'Ze wist niet eens dat dat slot erop zat! Ze heeft er echt niet om gevraagd, hoor.'

'Maar waarom heeft ze dat stomme ding er dan niet af laten halen?' Grace stak haar handen in de lucht. 'Ach, laat ook maar. Niks hier is goed georganiseerd.'

'Niet iedereen heeft zoveel geld als jij schijnt te hebben om personeel in te huren,' zei Amelia.

'Sst!' zei Timmy. 'Dat gaat haar niets aan.'

'Gelijk heb je, dame,' zei Grace, waarop ze de keuken uit beende.

'Timmy?' Ik keek haar aan. 'Je zit toch niet in moeilijkheden of zo?'

Amelia, zij en ik waren op dat moment de enigen die nog in de keuken waren. Grace was naar Dana, en Kim en Luke waren de woonkamer in gegaan. Mijn vraag aan Timmy kwam alleen maar voort uit bezorgdheid om een vriendin; het was niet mijn bedoeling mijn neus in haar zaken te steken.

Ze klemde haar lippen op elkaar en liep weg.

Ik keek naar Amelia, die aan tafel zat en met een vermoeid gebaar over haar ogen wreef. Sinds de aardbeving was haar scherpe tong wat zachter geworden. Eigenlijk was bij ons allemaal – behalve bij Grace – die irritatie die we in het begin tegenover elkaar hadden gevoeld, wat weggeëbd. We hadden nu veel te veel andere dingen om ons druk over te maken.

'Wat is er aan de hand?' vroeg ik.

'Timmy is bijna blut,' antwoordde Amelia somber. 'Ze zal het me wel kwalijk nemen dat ik je dat vertel, maar het is de waarheid, en het wordt tijd dat ze die onder ogen ziet.'

'Dat begrijp ik niet,' zei ik terwijl ik tegenover haar ging zitten.

'Deze onderneming maakt al jaren geen winst meer. Een tijdlang heeft ze het gered met haar spaargeld, en daarna kwam het verzekeringsgeld toen John overleed. Maar dat was op een gegeven moment ook op.' Amelia knipperde haar tranen weg. 'Je hebt er geen idee van wat ze allemaal heeft moeten doen, hoe ze heeft moeten leven.'

'Dat zou ik nooit hebben gedacht,' zei ik. 'Zoals ze zich kleedt, haar diamanten ringen...'

'Haar kleren zijn tijdloos, die raken nooit uit de mode. En die ringen... Nep. Al haar sieraden heeft ze al maanden geleden verkocht.'

'Maar alles hier, gratis logies en maaltijden, al die luxueuze extraatjes...'

Een van de grootste verbeteringen sinds ik in mijn tienertijd hier was geweest, was het badhuis, dat verscholen lag in het bos.

Het was gebouwd van ceder- en vurenhout, met gebrandschilderde ramen en zeeblauwe tegels. Hoewel we allemaal een wastafel en een toilet in ons huisje hadden, mochten we ook gebruikmaken van het badhuis met zijn douches en badkuipen op klauwenpoten. Het was er nu een bende – net als in de gastenverblijven – maar vóór de aardbeving hadden we midden tussen de bomen, vogels en zelfs herten kunnen douchen. Kosten noch moeite waren gespaard om ervoor te zorgen dat de gasten op Thornberry zich welkom en op hun gemak voelden.

'Tot nu toe was het nog niet helemaal gratis,' zei Amelia. 'Gewoonlijk betalen de gasten een bepaald tarief, maar van die inkomsten kan niet alles betaald worden, en ik help Timmy af en toe een beetje met de onkosten.' Ze schudde haar hoofd. 'Begrijp me niet verkeerd, dat doe ik graag. Timmy en ik zijn al eeuwen bevriend. Maar ook bij mij komt de bodem in zicht. Het komt erop neer dat ze zal moeten sluiten, en dat wil ze niet onder ogen zien.'

'Wat afschuwelijk. Daar had ik geen idee van.'

'Tja, als ze er zelf niet eens aan wil! Ik dacht dat ik haar vorige maand had overgehaald te sluiten. En dan nodigt ze opeens links en rechts mensen uit, en daar wordt ze helemaal opgewonden van, alsof er niks aan de hand is en ook nooit iets aan de hand is geweest.'

'Ze nodigde mensen uit. Ons, bedoel je?'

'Eh... ja. Ik bedoel het niet onaardig, maar hoe ze de rekeningen van alle onkosten van deze maand wil betalen, is me een raadsel. Ik heb haar al verteld dat ik haar deze keer niet kan helpen, maar toen zei ze dat het in orde was, dat ze een geldschieter had gevonden.'

'Een geldschieter? Wie dan?'

Amelia schudde haar hoofd. 'Daar ben ik nu juist zo ongerust over. Ze vertelt me niets meer de laatste tijd, neemt me niet meer zoveel in vertrouwen.'

'Ik moet maar eens met haar praten,' zei ik. 'Misschien kan ik helpen, op wat voor manier dan ook. Weet je ook hoe het zover heeft kunnen komen?'

'Ze heeft te veel uitgegeven, net als iedereen,' antwoordde

Amelia. 'Timmy heeft een te groot hart. Ze vindt het heerlijk de boel hier te runnen en jonge schrijvers te helpen.'
'Dat weet ik, zo is ze altijd geweest. Maar kan ze niet wat bezuinigen of meer geld vragen voor de huisjes en het eten? Ze hoeft het toch niet allemaal in haar eentje te doen?'
'Dat is het 'm juist,' zei Amelia. 'Timmy denkt van wel. Ze sterft nog liever dan dat ze toegeeft dat ze het niet in haar eentje redt.'
'Maar ze doet het niet alleen. Niet als ze hulp van jou aanneemt.'
Amelia haalde haar schouders op. 'Dat ligt anders. Timmy en ik zijn al zo lang vriendinnen, en ik ben waarschijnlijk de enige die ze nog vertrouwt – al vraag ik me soms af of ze dat nog steeds doet.'

Luke, Dana, Grace en Kim kwamen de keuken in, een paar minuten later gevolgd door Timmy.
Amelia en zij waren allebei opgelucht te horen dat we Ransford hadden aangetroffen met het dak nog intact, en Timmy was vooral blij Luke te zien. Ze praatten een paar minuten onder vier ogen, een stukje bij ons vandaan.
We waren met ons allen om de tafel gaan zitten, en Amelia veegde haar handen af aan het schort dat ze uit de rommel had opgediept.
'Eigenlijk had ik jullie allemaal met een warme maaltijd willen verrassen,' zei ze verontschuldigend. 'Ik vond het zo'n naar idee dat jullie daarbuiten in die storm rondliepen en dan bij terugkomst alleen maar erwtjes uit blik en rauwe wortels zouden krijgen. Dat is het enige wat we tot nog toe hebben gevonden.'
Ze zette borden koude groenten voor ons neer. De 'borden' waren servetten waar ze het stof af had geschud. De echte borden waren allemaal gebroken, vertelde ze. Alleen een paar stevige bekers hadden het overleefd. 'Ik had nooit gedacht dat we in zo'n rotzooi zouden komen te zitten. Porselein en aardewerk, het beste en het oudste: alles in duigen.'
'Geeft niet,' zei ik. 'Zodra we zijn bijgekomen, gaan we met ons allen terug naar Ransford. We zullen wat we hier hebben ge-

red daarheen moeten dragen, maar dat gaat wel. En Luke is er ook om te helpen.' Ik keek hem aan, en hij knikte.

'Laat me ook maar even naar die generator kijken,' zei hij. 'Misschien kan ik uitpuzzelen hoe we dat antidiefstalslot eraf kunnen krijgen en kunnen we wat brandstof aftappen om in de generator in mijn huis te gebruiken.'

'Ik help wel,' bood Dana aan. 'Ik ben wel een beetje technisch. Ik heb thuis mijn broodrooster ook al eens gerepareerd.'

'En ik kan de bougies in een vw vervangen,' zei Kim. 'Jammer genoeg is dat het enige wat ik kan, en onze auto's staan waar we ze hebben achtergelaten, bij de aanlegsteiger van de veerboot in Seattle. Die zullen nu ook wel helemaal bedolven zijn.'

'Alsof jij je daar druk om hoeft te maken,' zei Grace kregelig, zoals we van haar gewend waren. 'Ze sturen vast wel een helikopter om jou op te pikken.'

'En denk maar niet dat ik jóú een lift geef als dat gebeurt,' kaatste Kim de bal terug.

Amelia keek me aan. 'Gaat dat de hele dag al zo?'

'Als een Siamese tweeling,' antwoordde ik.

'Daar zeg je zowat, waar is Jane eigenlijk?' vroeg Timmy, om zich heen kijkend. 'Ik snap niet waar ik met mijn hoofd ben. Het dringt nu pas tot me door dat ze er niet bij is.'

'We hebben haar op Ransford moeten achterlaten,' zei ik. 'Ze durfde niet terug te lopen, met al die naschokken en die storm.'

'Hoe is het met haar?'

'Ze is doodongerust over haar kinderen. Ik denk dat het beter met haar zal gaan als we bericht krijgen dat die veilig zijn.'

Timmy keek bedenkelijk. 'Als dat bericht ooit komt. Ik moet er niet aan denken –' Ze stopte toen ze onze gezichten zag. 'Sorry. We moeten ons best doen de moed erin te houden, wat er ook gebeurt.' Toen lachte ze – een kort nerveus lachje – terwijl ze met haar hand haar kroezende grijze haar platstreek. De diamanten ring fonkelde en schitterde, net of hij echt was.

We waren om zes uur klaar met eten, en omdat de regen was afgenomen, besloten we het resterende daglicht te gebruiken om nog één keer onze huisjes te doorzoeken. We hoopten nog steeds spullen van onszelf terug te vinden – vooral tandenborstels, warme kleren en stevige schoenen.

We spraken af dat we elkaar na een uur bij de boerderij zouden treffen en dan samen naar Ransford zouden vertrekken. Als na dat uur nog niet iedereen terug was, zou Amelia de ontbrekende personen een sein geven met een van de toeters die we hadden gevonden. Zo zouden we allemaal samen vertrekken, tegelijk. In de tussentijd zou Luke in zijn eentje aan de generator werken. Hij bedankte Dana en Kim voor de aangeboden hulp, maar zei er glimlachend bij dat hij er vrij zeker van was geen broodroosters of bougies te zullen aantreffen.

Terwijl wij naar Ransford waren, hadden Timmy en Amelia nog een moeilijke taak op zich genomen: ze hadden Lucy begraven. Niemand zei iets over de kleine heuvel op het erf, hoewel hij goed zichtbaar was door het gat in de muur waar vroeger het keukenraam had gezeten.

'We konden niet erg diep graven,' had Timmy verontschuldigend gezegd. 'Daar waren we gewoon niet sterk genoeg voor.'

Amelia had een hand op haar arm gelegd. 'Voorlopig ligt ze goed zo,' had ze haar verzekerd.

De twee vrouwen hadden in het bos een paar vroege wilde bloemen gevonden en die op Lucy's graf gelegd. Ook had Timmy uit takken een klein kruis gemaakt. 'Lucy was wel niet bijzonder godsdienstig,' zei ze met tranen in haar ogen, 'maar ze had een goed hart. Ik denk dat een kruis en een gebedje geen kwaad kunnen.'

Daar was ik het mee eens, en op weg naar mijn huisje bleef ik even bij de berg aarde staan voor een kort gebed.

Dana en Kim, die achter me liepen, kwamen naast me staan.

Grace stond op een paar meter afstand naar ons te kijken, maar zonder haar gebruikelijke bitse opmerkingen.

Ik was blij toen we allemaal onze eigen weg gingen, naar onze huisjes. Sinds het avondeten de vorige dag had ik geen moment voor mezelf gehad, en ik was bekaf. Terwijl ik haastig over het pad naar mijn huisje liep, probeerde ik niet te denken aan Dana's theorie dat de geesten van dode indianen het terrein van Thornberry bewoonden.

Ik had trouwens wel andere dingen aan mijn hoofd dan geesten. Het voornaamste was dat ik het smalle metalen blikje vond dat ik bij me had gehad toen ik naar Thornberry kwam. Het was niet meer dan twaalf bij twintig centimeter groot en tweeënhalve centimeter dik, en het leek wel een beetje op een extra grote poederdoos. Onderweg hierheen had ik het in mijn handtas gehad, en na aankomst had ik het met plakband tegen de onderkant van een bureaula bevestigd.

Toen ik het die ochtend niet had kunnen vinden, was ik in paniek geraakt. Het was alsof ik naar een naald in een hooiberg moest zoeken, daar tussen al het puin.

Het moet hier ergens zijn, hield ik me nu voor. Het moet er afgevallen zijn, en het ligt nu vast begraven onder die zware spullen die ik vanochtend niet opgetild kreeg.

Deze keer lukte het me wel om ze op te tillen, gestimuleerd door dezelfde adrenaline die een moeder kracht geeft als haar kind onder een auto beklemd zit. Ik smeet dik beklede stoelen en bijzettafeltjes opzij alsof het veertjes waren en groef tussen de rommel in mijn huisje, me haastend om het naderende duister voor te zijn.

Die afgelopen drie maanden konden toch niet voor niets zijn geweest? Als ik dat bewijs zou verliezen, was ik ook verloren.

In dat blikje zat Lonnie Maes panty. Eerst had ik hem aan mijn vriendin J.P. gegeven. Daarna had ik J.P. – Judith Patrice, een naam die ze vreselijk vond en nooit gebruikte – ingehuurd om de achtergrond van de Vijf van Seattle te onderzoeken, om te zien of er iets was wat voor de rechter tegen hen gebruikt kon worden. Andere verkrachtingen misschien, alles wat hun reputatie kon bezoedelen.

Mijn redenering was als volgt: tenzij de experts die de brand in Lonnie Maes flatgebouw onderzochten iets verdachts ontdekten – iets wat erop wees dat de Vijf van Seattle de moordenaars waren van Lonnie Mae en van de anderen die bij die brand waren omgekomen – had ik weinig kans om te bewijzen dat de agenten meer dan alleen die verkrachting op hun geweten hadden. En omdat ik wist wat een lichte straf ze zouden krijgen voor de verkrachting van een zwarte vrouw – vooral een die niet meer zelf haar verhaal kon doen, doordat ze niet meer leefde – wilde ik kunnen bewijzen dat ze meer op hun kerfstok hadden. Ik wilde dat die rotzakken kapotgemaakt werden, weggevaagd, voor altijd uitgeschakeld.

Daarom had ik J.P. ingehuurd. Om ervoor te zorgen dat de panty veilig was, had ze hem verstopt tussen haar belastingpapieren die bij haar accountant op kantoor lagen. De Vijf van Seattle zouden er nooit van hun leven op komen daar te gaan zoeken, hadden we gehoopt.

Zo'n belangrijk bewijsstuk uit handen van de rechtbank houden was beslist niet de juiste handelwijze, en wanneer alles achter de rug was, zou ik het nog zwaar te verduren krijgen. Daar stond tegenover dat ik met een beetje geluk tenminste niet dood zou zijn.

Een paar dagen voor mijn vertrek naar Thornberry had ik een onopvallende bruine envelop tussen mijn post aangetroffen, waar de panty in bleek te zitten. Er stond geen afzender op, en er zat geen toelichting bij. Ik had J.P. proberen te bereiken, maar het enige resultaat van de telefoontjes naar haar kantoor was de informatie dat ze 'afwezig' was. Ik had boodschappen achtergelaten, maar ze had niet teruggebeld.

J.P. was niet het type om een cliënt, of een vriendin, zonder enige verklaring te negeren. Ik was me zorgen gaan maken, al had ik geprobeerd mezelf gerust te stellen dat ze alleen maar ergens naartoe was, iets op het spoor was. Ze had gewoon geen tijd gehad om me een briefje te schrijven, en me de panty toegestuurd omdat ze dacht dat ik die wel eens nodig zou kunnen hebben voor ze terug was. Ik had immers beslist niet zomaar het kantoor van haar accountant kunnen binnen wandelen om erom te vragen, dus dat was niet zo'n gekke gedachte.

Uiteindelijk had ik besloten gewoon maar af te wachten. Als ik op dat moment iets aan de politie zou vertellen, zou ik het voor haar misschien alleen maar moeilijker maken. J.P. was slim. Ze kon heus wel voor zichzelf zorgen.

Niet dat iemand dat aan haar zou zien. Met haar één meter zestig, haar lange honingblonde haar en haar hemelsblauwe ogen leek J.P. net een engel. Ze werd door vrienden en collega's dan ook vaak Angel genoemd.

Ik had haar vier jaar geleden leren kennen, toen ze werkte aan de zaak van iemand die ik verdedigde. Er is maar weinig geld om de vermeende misdaden te onderzoeken van mensen die een pro-Deoadvocaat nodig hebben, maar J.P. had haar tijd gratis beschikbaar gesteld – iets wat ze geregeld deed. Haar moeder was ooit veroordeeld wegens winkeldiefstal, en voor negentig dagen de cel in gegaan omdat ze geen geld had om haar onschuld te bewijzen. J.P. was op dat moment twaalf geweest, en ze had gezworen later, als ze volwassen was, een baan te kiezen waarin ze onschuldigen als haar moeder zou kunnen helpen.

Angel, een vrouw die inderdaad een soort engel was.

Daarom wist ik ook dat ze niet zomaar, zonder een goede reden, zou zijn weggegaan.

Toch had ik me toen ze me die panty toestuurde een ogenblik beroerd gevoeld. Iets had me gezegd dat ik hem ergens moest wegstoppen waar niemand hem kon vinden – en snel ook. Het blikje had ik in mijn vaders kantoortje gevonden. Hij had het altijd gebruikt om een paar sigaren in mee te nemen wanneer hij op reis ging, en het lag nog op de plek waar hij het altijd bewaarde: in zijn bureaula. Massief zilver, met één woord in goud in het deksel gegraveerd: Allegra. Toen ik hem jaren geleden eens had gevraagd wat dat betekende, had hij gezegd dat hij dat niet wist. Hij had het blikje in een antiekwinkel gevonden. Dat er niets van de voorgeschiedenis bekend was, intrigeerde me. Ik vond het mysterieus en had het sindsdien altijd het Allegra-blikje genoemd, terwijl ik stilletjes allerlei verhalen verzon waarin het vroeger van de maîtresse van een schatrijke man was geweest, of van de courtisane van een koning.

Die dag had ik de panty erin gepropt, met plastic zakje en al. Daarna had ik het Allegra-blikje onder een hoek van de losliggende vloerbedekking in mijn vaders studeerkamer geduwd en die vastgespijkerd. Dat zou ik meteen in het begin al hebben gedaan, als ik niet bang was geweest dat mij iets zou overkomen, ondanks mijn dreigement aan het adres van Mike Murty. Als ik vermoord werd of bij een 'ongeluk' om het leven kwam, zou het hele huis door de autoriteiten doorzocht kunnen worden. Lonnie Maes bewijsmateriaal zou worden gevonden en in beslag worden genomen. En daarna zou het maar al te gemakkelijk kunnen verdwijnen.

Ik weet best hoe dat klinkt: paranoïde. Maar zo was ik nu eenmaal gaan denken.

Uiteindelijk had ik het kleine Allegra-blikje meegenomen naar Thornberry, voor het geval de Vijf zouden inbreken in het huis van mijn ouders en het zouden doorzoeken terwijl ik weg was. Hier had ik het tegen de onderkant van een bureaula geplakt. Niet de slimste verstopplaats, maar aan de andere kant, redeneerde ik, waarom zou iemand op dit afgelegen eilandje ernaar op zoek zijn? Ik was nog niet zo ver heen, dat ik iedereen hier serieus verdacht.

Terwijl ik de ravage in mijn huisje verder doorzocht, was ik daar echter niet meer zo zeker van. Zelfs de vellen papier met mijn manuscript schenen verdwenen te zijn.

Aanvankelijk had ik er niet aan gedacht naar mijn manuscript te zoeken. Er hadden die ochtend overal zo veel papieren rondgeslingerd. Ik had aangenomen dat het gewoon een kwestie was van oprapen en op volgorde leggen wanneer ik meer tijd had. Nu zag ik dat de vellen die op de grond lagen blanco waren: nieuw, wit papier, waar nog niets op stond.

Wekenlang had mijn manuscript in een steeds hogere stapel naast mijn computer thuis gelegen. Daarna, de afgelopen week, was die stapel verder gegroeid in een doos naast mijn laptop, hier op Thornberry. Elke dag was de stapel een beetje hoger geworden, en met elke centimeter die hij was gegroeid, was mijn humeur beter geworden. Elke dag was ik dichter bij mijn doel gekomen: mijn verhaal bekendmaken. Niet alleen de Vijf van Seattle aan de kaak stellen, maar corrupte agenten van New York tot Los Angeles, tot Chicago en nog verder. Mijn onderzoek had meer opgeleverd dan waar ik op gerekend had: nieuwe details over het Rampart-district in L.A., het neerschieten van ongewapende zwarten door de politie in New York, en meer van zulk misbruik van gezag door politiemensen overal in het land.

Dat ik nu zelfs niet een van die bladen van mijn manuscript kon vinden – en ook het Allegra-blikje niet – maakte dat ik nog meer in paniek raakte. Het manuscript had in een doos gelegen van zo'n twaalf centimeter hoog. Erbovenop had ik een zware, met korstmos bedekte steen gelegd die ik in het bos had opgeraapt om als presse-papier te gebruiken. Brein had ik die steen genoemd, omdat de structuur van het grijze korstmos me deed denken aan die talloze verbindingslijntjes in de hersenen. Ik had gehoopt dat die steen me zou inspireren.

En daar lag Brein: tegen een plint, naast mijn op de grond gevallen laptop. Die laptop lag onder een zware balk, kapot. Het beeldscherm was aan scherven.

Maar geen manuscript. En geen doos.

Opeens dacht ik aan mijn back-up. Het schijfje waar die op stond, legde ik aan het eind van de werkdag altijd boven op mijn manuscript. JUST REWARDS had ik er in dikke zwarte letters op geschreven, naast het Mickey Mouse-logo. Het doosje diskettes was eigenlijk voor kinderen bedoeld, maar het waren de goedkoopste die ik destijds had kunnen vinden. Wat een geluk dat ik altijd een back-up maak, dacht ik.

Maar ook het schijfje was nergens te vinden. Ik zocht overal waar het maar terechtgekomen kon zijn, en vervloekte mezelf ten slotte omdat ik het niet op een veilige plek had verstopt. Weer borrelde die misselijkheid op. Wie was het? Wie op Thornberry zou zoiets doen?

Nee, hou op. Er is hier niemand. Niemand kent je of weet ook maar iets van je af.

Alleen Timmy natuurlijk. Voor ik haar uitnodiging had aangenomen, had ik haar in het kort over mijn arrestatie verteld. Ik vond dat zij op de hoogte moest zijn, en ik wist niet goed of ze dan nog wel zou willen dat ik kwam. Ze was echter vol begrip geweest voor mijn moeilijkheden en had niets dan medegevoel laten blijken. Ze had er sterk op aangedrongen dat ik dat alles zou vergeten en naar Thornberry zou komen om me een maand lang te ontspannen.

Bovendien had Timmy geen enkele reden om iets uit mijn huisje weg te halen. Zeker zulke dingen niet.

Al was ze natuurlijk wel de hele dag hier geweest, terwijl wij weg waren. Ze kon alleen naar mijn huisje zijn gegaan. Ze kon –

Goeie hemel, Sarah! Je wordt al net zo erg als Grace!

Ik was moe, gespannen. Er was de afgelopen vierentwintig uur te veel gebeurd, en ik zag spoken onder het bed – onder die berg troep die vroeger mijn bed was geweest. Er was nog één mogelijkheid over. Het kleine fornuisje dat in de keuken van het huisje had gestaan lag nu halverwege de kamer, op zijn zijkant naast het bureau. Ik kon het niet in mijn eentje optillen; daar had ik hulp bij nodig. Maar het schijfje kon daar best door de aardbeving heen zijn geworpen, net als het manuscript, met het fornuis erbovenop. Het Allegra-blikje zou er ook bij kunnen liggen.

Ik klampte me aan strohalmen vast, dat wist ik heel goed, maar alles was beter dan geloven dat een van de vrouwen op Thornberry hierheen was gekomen om Lonnie Maes bewijsmateriaal in handen te krijgen – en mijn werk. Dat gebeurde alleen maar in mijn hoofd, in mijn idiote gedachten.

En het was niet de eerste keer. In Seattle was er in februari een nacht geweest waarin ik had gemeend iemand in huis te horen, beneden. Ik was zo paranoïde geworden, dat ik serieus had overwogen een wapen aan te schaffen om mezelf te kunnen beschermen. Toen was gebleken dat het geluid van takken kwam die tegen een raam krasten, en ik had het daarna nooit meer gehoord.

Ik ging op een omgekiepte boekenkast zitten om de rommel in mijn huisje te overzien. Ik kon er niet zeker van zijn dat die spullen niet hier ergens lagen. Er was veel te veel puin; het zou een volle dag kosten om alles grondig te doorzoeken. Dus al die zorgen waren overbodig, toch? En bovendien waren ze belachelijk. Ik zou vanavond met de anderen naar Ransford gaan en de volgende ochtend terugkomen om verder te zoeken. Misschien kon ik zelfs Luke wel zover krijgen dat hij met me meeging, om me te helpen dat fornuis op te tillen.

Toen ik in de boerderij terug kwam, hoorde ik dat Dana twee rugzakken had gevonden in haar huisje, en ook allerlei vitaminen en kruiden. Grace had een reservepaar wandelschoenen opgegraven dat Kim paste, en Kim had nog zo'n joggingbroek gevonden als het exemplaar dat ze al sinds de vorige dag aanhad. Amelia's bijdrage bestond uit een grote fles handlotion met aloë, wat eerst nogal wuft leek, maar bij nader inzien een zegen bleek: iedereen had ruwe, ontstoken handen na al dat wroeten tussen het puin, de afgelopen vierentwintig uur.

Ik legde mijn eigen buit bij dat allegaartje: twee pennen, een schrijfblok, een rugzak en een boek met de titel Hoe overleef je de kleine rampen van het leven.

Daar moest iedereen om lachen, en om die reden had ik het ook meegebracht. Kim pikte het meteen in met de woorden dat ze wel behoefte had aan iets leuks om voor het slapen te lezen.

Toen we onze vondsten daar op de keukentafel uitgestald zagen, moesten we allemaal toegeven dat we er ooit onze neus voor opgetrokken zouden hebben – temeer daar alles nat was van de regen. Nu waren we er zo blij mee alsof ze van puur goud waren. Alles zou wel opdrogen, zelfs de schoenen.

Toen ze er door Grace aan werd herinnerd dat Ransford volledig van linnengoed voorzien was, voerde Amelia aan dat er zonder verwarming 's nachts misschien wel extra dekens nodig waren. Ze stelde voor dat we de rommel buiten zouden doorzoeken, waar de spullen van de hogere verdiepingen terecht waren gekomen.

Luke zei dat dat niet nodig was: we zouden wel verwarming hebben op Ransford. Hij was erin geslaagd het slot van de brandstoftank van Thornberry eraf te krijgen en had wat brandstof afgetapt om mee te nemen.

Iedereen had zijn eigen ideeën over wat we naar Ransford moesten meenemen, en Timmy leek op instorten te staan toen ze in tranen zei: 'Ik kan mijn spullen niet achterlaten. Dat kan ik echt niet.'

'Nou, meenemen kun je ze ook niet,' wierp Grace tegen. 'Hoe wou je dat verdorie doen? Dacht je dat we een huifkar hadden?' Het was te ver lopen naar Ransford, zei ze, om alle sentimentele ditjes en datjes mee te dragen die Timmy niet achter wilde laten.

Ze bleven er maar met hun tweeën over discussiëren, tot ik dacht dat ik zou gaan gillen. Ik kon me er nog net van weerhouden te roepen dat ze allebei hun mond moesten houden, maar vroeg me wel hardop af waarom ik niet op een rustiger plek was uitgenodigd om mijn boek te schrijven, een derdewereldland op het randje van oorlog of zo.

Dat had een klein beetje effect – in elk geval zo veel, dat Timmy wat concessies deed over wat ze meenam. Grace raapte haar eigen spullen bij elkaar en verklaarde dat zij tenminste klaarstond om te vertrekken, al was ze dan de enige.

Timmy had een oude kaart van het eiland gevonden, waarop een weg door het bos stond, vierenhalve kilometer lang, naar de andere kant van het eiland. De kaart was echter zo oud, dat ze niet zeker wist of die weg er nog was, en als hij er nog was, of hij niet dichtgegroeid was. We stemden erover en gingen ermee akkoord hem te proberen, in de hoop tijd te besparen. Voor we vertrokken, spijkerden we een briefje op een boom, voor eventuele reddingswerkers.

Luke en ik hadden geen moment kans gehad onder vier ogen te praten, en weer vroeg ik me af of ik me alleen maar verbeeldde dat hij me ontliep.

Hij ging voorop over het smalle half overgroeide pad, boomtakken opzij duwend met een lange wandelstok en ons waarschuwend voor kuilen. In zijn andere hand droeg hij een benzineblik vol dieselolie.

Grace en ik droegen ook allebei een blik. Die hadden we in een voorraadschuur op het terrein van Thornberry gevonden – oud en roestig maar bruikbaar. Een wonder, vonden we, omdat deze heel wat handiger zouden zijn dan de plastic melkflessen die we hadden willen gebruiken.

Grace, Dana en ik liepen achter elkaar achter Luke aan, met ongeveer een meter tussenruimte, terwijl Kim, Timmy en Amelia de achterhoede vormden. Ieder van ons droeg een rugzak of een lunchmand, gevuld met alles wat we de volgende dagen dachten te kunnen gebruiken. Drie van ons droegen een zaklantaarn, die in het donkere bos maar minimale verlichting gaf.

Boven ons hoofd floot de wind door de hoge bomen. Het klonk alsof de bosgeesten ons uitlachten omdat we zo dom waren te denken dat we dit alles misschien wel konden overleven.

Op een gegeven moment ging Grace naast Luke lopen en zei ze iets wat ik niet kon verstaan. Ik zag hem kwaad zijn hoofd schudden en weer voor haar gaan lopen.

Toen Grace achterbleef, haalde Dana haar in. 'Waar sloeg dat op?' vroeg ze.

'Niks,' antwoordde Grace hatelijk. 'Hij is een idioot, zoals alle mannen.'

Dana hield in tot ze naast mij liep. Ze pakte haar volgeladen lunchmand anders vast en zei: 'Ik voel me net Roodkapje.'

'Nou, kijk dan maar uit voor Grace,' mompelde ik. 'Volgens mij is zij de grote boze wolf.'

Dana lachte zacht. 'En dan mag Amelia de grootmoeder zijn, hè?'

Ik glimlachte. 'Alleen als ik Goudlokje mag zijn. Ik zou op dit moment best een kom lekkere warme pap kunnen gebruiken.'

'Maar dat is een heel ander sprookje,' protesteerde Dana.

'Ha! Jij denkt dat dit een sprookje is? Eerder een nachtmerrie. En nou we het er toch over hebben, waar is dat spoor van broodkruimels gebleven?'

Dana giechelde. 'Zijn we er al bijna, mama?' riep ze naar Grace.

Grace gaf geen antwoord en bleef achter Luke aan lopen. Als twee kwade reuzen baanden ze zich een weg tussen boomtakken en struiken door.

We moesten een kleine drie kilometer hebben gelopen toen Luke stopte en snoof.

Grace deed hetzelfde.

'Wat is er?' riep ik.

'Ik ruik iets,' zei Luke toen we hen ingehaald hadden.

'Ik ruik het ook,' zei Grace. 'Het lijkt wel... een open haard. Rook van een houtvuur.'

'Misschien is het Jane gelukt een vuurtje te stoken?' opperde Dana hoopvol.

Lukes blik ging naar het noorden, naar de bomen voor ons. De hemel erboven was gekleurd door een rozige gloed.

'Wat is dat, verdomme?' vroeg Grace.

'Noorderlicht?' zei Kim, die haar blik volgde.

'Dat denk ik niet,' antwoordde Timmy nerveus. 'Dat is meestal niet rood. Meer groen, of blauw. En trouwens, dit... dit licht flakkert.'

'O, lieve hemel,' zei Luke zacht. 'Shit!' Hij begon te rennen. Ik kon het vuur nu ruiken, en bovendien dwarrelde er fijne as op mijn gezicht en mijn haar.

'Het is Lukes huis!' riep Dana. 'Jane is daarbinnen!' We stormden door het struikgewas achter Luke aan en renden allemaal zo hard als we konden over het moeilijk begaanbare pad.

Klimplanten grepen me bij mijn enkels, hielden me tegen en wierpen me bijna voorover tegen een boom aan. Mijn adem kwam met horten en stoten, en er ging een pijnscheut door mijn borst. Op een bepaald moment moest ik wel vaart minderen om op adem te komen.

Timmy bleef naast me staan om hetzelfde te doen, maar Amelia rende langs ons heen.

Vóór mijn arrestatie had ik bijna elke dag hardgelopen, maar daarna had ik te veel een zittend leven geleid, door al die lange uren dat ik op mijn computer aan mijn boek had zitten werken. Nu deden mijn longen zo'n pijn, dat ik bang was dat ze uit elkaar zouden springen. Maar toen de anderen verder voor kwamen, dreigden we hun licht kwijt te raken. Ik greep Timmy bij de hand en sleepte haar zo ongeveer mee. Ik baande me een weg tussen de dichte planten door, duwde laaghangende takken opzij en ontweek stenen en kuilen, waarbij mijn zaklantaarn me slechts vaag de weg wees. Geulen werden valstrikken, en boomtakken sloegen in mijn gezicht, krabden als klauwen naar mijn ogen.

Ik wist al dat we bijna bij het huis waren voor ik het kon zien. De vlammen kwamen nu boven de bomen uit en likten met donderend geraas aan de avondhemel. Ik voelde de hitte, en toen ik omlaag keek, zag ik dat mijn mouwen bedekt waren met een laagje grijze as.

Binnen enkele ogenblikken hadden Timmy en ik de andere vrouwen ingehaald. Ze stonden tussen de bomen die aan het gazon voor Ransford grensden naar het huis te staren. Het verdween helemaal in de vlammen, en de vrouwen leken wel geesten in het vage licht, onder de as en met in hun ogen de weerspiegeling van de rode gloed van het vuur.

Rook en as vulden onze longen, en we begonnen te hoesten. 'Hou iets voor je mond! Wat je maar hebt!' riep Timmy, haar zijden sjaal pakkend. Ze duwde hem voor haar mond en bond hem achter haar hoofd vast.

Ik had de kraag van mijn jack al voor mijn mond getrokken. Ik tuurde eroverheen, maar kon Luke nergens ontdekken. 'Waar is Luke gebleven?' schreeuwde ik.

Het geraas en geknal van het vuur overstemden mijn woorden bijna.

Dana en Kim wezen naar het huis. Ik liep erheen, legde die laatste meters over het gazon in een paar seconden af en bad ondertussen dat hij Jane al veilig had aangetroffen.

Hoe dichterbij ik kwam, hoe intenser de hitte werd. Grote roodgloeiende wolken as vlogen de donkere lucht in en verspreidden zich boven de omringende bomen. Het was één grote vuurzee, en het was wel duidelijk dat we niet meer op tijd waren om Ransford te redden, als we daar water voor hadden gehad – wat niet het geval was. Alle drie de verdiepingen stonden in vuur en vlam.

Eén lang wanhopig ogenblik dacht ik dat Jane met geen mogelijkheid ontsnapt kon zijn, maar toen zag ik haar. Ze was niet dichter bij het huis dan ik, maar meer naar rechts, bij de rand van het bos. Ze stond toe te kijken hoe de brand Lukes huis verteerde. Haar gezicht was vuurrood en kletsnat van het zweet.

Ik rende op haar af en stak mijn armen naar haar uit. 'De hemel zij dank! O, gelukkig, je bent ongedeerd.'

Ze draaide zich langzaam om en keek me aan. Haar ogen stonden leeg, maar er speelde een vage glimlach om haar lippen. Dat zag er zo griezelig uit, dat ik huiverde, ondanks de hitte van het vuur. Ik liet mijn armen langs mijn lichaam vallen.

'Jij zei dat ze niet zouden komen,' zei ze monotoon.

'Wat?' Verward schudde ik mijn hoofd.

'Jij zei dat ze niet zouden weten dat we hier waren.'

'Ik heb niet... Heb je het over de reddingsteams?'

'Jij zei dat ze niet zouden weten dat we hier waren,' herhaalde ze met diezelfde vlakke stem. 'Maar nu weten ze het wel.'

Mijn ogen werden groot toen tot me doordrong wat ze bedoelde. Ik draaide me om naar de anderen, die naar ons toe waren gekomen en achter me stonden. Ook zij hadden allemaal een verbijsterde uitdrukking op hun gezicht.

'Jane... O, Jane, nee toch!' riep Dana zacht.

'Idioot dat je bent!' schreeuwde Grace. Ze greep Jane bij haar armen en schudde haar door elkaar. 'Wat heb je gedaan? Besef je wel wat je hebt gedaan?'

'Hou op!' riep ik, haar naar achteren trekkend. 'Laat haar met rust!'

Grace keek om en deed een uitval naar mij. Ze raakte mijn schouder. 'Zij heeft verdomme het huis in brand gestoken! Ze heeft de enige plek op dit rottige eiland vernietigd waar we genoeg beschutting hadden om te kunnen overleven!'

'Het was de enige manier,' zei Jane op zachte, redelijke toon, alsof ze iets uitlegde wat zelfs een kind duidelijk moest zijn. 'Snap je dat niet? We hadden geen vuurpijlen, geen enkele manier om om hulp te vragen, en daarom moest ik daarvoor zorgen. Voor een vuurpijl, bedoel ik. Ik moest iets doen wat ze kilometers en kilometers ver zouden kunnen zien. Daarom heb ik de kerosine uit de lamp gegoten en een fakkel gemaakt, en toen heb ik de gordijnen in de kamers beneden in brand gestoken. Toen ik zeker wist dat ze allemaal vlam hadden gevat, ben ik naar buiten gerend.' Weer die griezelige glimlach. 'Nu sta ik te wachten tot ze komen.'

'Ben je gék geworden?' schreeuwde Grace. Ze hief haar hand of ze Jane wilde slaan, maar liet hem toen vallen. 'Hierdoor snappen ze heus niet dat er hier mensen zijn! Ze denken alleen maar dat de aardbeving die brand op de een of andere manier heeft veroorzaakt!'

'Nee, dat heb je mis,' hield Jane vol, hoewel er een zekere aarzeling in haar stem kwam. 'Ze komen omdat dit huis het eigendom is van een belangrijk iemand. Ze zorgen toch altijd eerst voor de belangrijke mensen? Dat heb jij gezegd, Grace. Jij hebt gezegd dat de rijken de wereld regeren.'

Grace opende haar mond, alsof ze verbijsterd was, maar voor één keer stond ze met haar mond vol tanden.

Dana sloeg haar arm om Jane heen en begon haar zachte, sussende woorden toe te fluisteren.

Timmy en Amelia gingen er ook bij staan, terwijl Kim op een paar passen afstand, met haar handen diep in haar zakken, naar het vuur bleef staan kijken.

Grace nam me terzijde. 'Je weet toch wat dit betekent, hè? Van nu af aan moet ze elke seconde door iemand in de gaten worden gehouden.'

'Dat weet ik,' antwoordde ik vermoeid, de as uit mijn ogen wrijvend. 'Wat ze heeft gedaan is gestoord, maar weet je – als ik even advocaat van de duivel mag spelen – hoe afschuwelijk ook, ze zou nog wel eens gelijk kunnen hebben. Orcas ligt zo dicht-bij, dat de gloed van een brand van deze afmetingen daar te zien moet zijn, en iemand moet dat toch op zijn minst rapporteren. Zeker als hij weet dat Thornberry hier ligt. Als dit nu een onbewoond eiland was...'

'En als het gemeld wordt, wat dan nog? Je hebt toch gehoord wat ze op de radio zeiden? Op het ogenblik heeft iedereen in de stad zijn handen vol. Het kan dagen duren voor reddingsheli-kopters of zelfs boten zo ver deze kant op komen. Shit, mis-schien wel weken, weten wij veel.'

'Nou, ik weiger om zo te denken,' zei ik geïrriteerd. 'En ik moet gewoon geloven dat er bij ons zevenen – achten nu, met Luke erbij – genoeg mensen zijn met het verstand en het lef om ons hierdoor te slepen.'

Vol afkeer keek Grace me aan. 'Je snapt het nog steeds niet, hè? We zitten ernstig in moeilijkheden –' Ze brak af en draaide zich haastig om toen Kim vroeg: 'Waar is Luke?'

Dat wist niemand. Zijn huis stond in brand, en de laatste die hem gezien had, was Amelia, die hem in het bos aan de oostzij-de van het huis had zien verdwijnen.

Grace wierp haar handen in de lucht en beende weg. Ze liep dichter naar het vuur dan mij veilig zou hebben geleken en bleef toen met haar handen op haar heupen staan, alsof ze het uit-daagde haar te verbranden.

Kim kwam naast me staan en zei: 'Als je het mij vraagt, is zij degene die in de gaten gehouden moet worden.'

'Hoezo?'

Ze bedekte haar mond en kuchte om de rook uit haar keel te

krijgen. 'Volgens mij is ze meer in jouw vroegere vriendje geïnteresseerd dan ze laat merken.'

'Grace? In Luke geïnteresseerd?' Ik wreef in mijn prikkende ogen. 'Ik vond het er meer uitzien of ze elkaar niet kunnen luchten of zien. Trouwens, ik denk dat ze bang is.'

'Bang? Geintje zeker? Die vrouw zou niet weten hoe dat moest, bang zijn.'

'Dat zou je wel zeggen, hè? Maar ze is veel te gespannen, en ik heb het gevoel dat ze zichzelf niet is.'

'En dat baseer je op...' vroeg Kim.

'Ik weet niet, intuïtie misschien. Ik denk dat Grace als ze in haar normale doen is, alles kan wat ze zich voorneemt. Eigenlijk zie ik haar als zo iemand die op survivaltocht gaat, bergen beklimt, in leven weet te blijven met wat de natuur haar geeft.'

'Goeie genade.' Kim huiverde. 'Als je gelijk hebt, is het nog erger dan ik dacht. Toch moet ik toegeven dat ik het wel min of meer met je eens ben. Je moet het me maar niet kwalijk nemen dat ik het zeg, maar ik dacht dat zij van ons allen wel degene zou zijn die de leiding zou nemen na de aardbeving. In plaats daarvan was jij dat. Er zijn momenten waarop Grace –'

'– veel te ver weg lijkt om zich erom te bekommeren hoe we het moeten redden tot er hulp arriveert?' maakte ik haar zin af.

'Precies. Het grootste deel van de tijd doet ze of ze het meer dan zat is om met ons opgescheept te zitten. En even later krijg ik dan weer het gevoel dat haar gedachten heel ergens anders mee bezig zijn.'

'Iets waar wij niets vanaf weten,' zei ik instemmend. 'En dat maakt haar nog banger dan die hele aardbeving. Weet je, ik zeg het niet graag, maar je zou weleens gelijk kunnen hebben. Misschien hebben we inderdaad twee mensen die in de gaten gehouden moeten worden in plaats van één.'

Peinzend zei Kim: 'Je denkt toch niet dat ze een van ons echt kwaad zou doen, hè?'

Verbaasd keek ik haar aan. 'Grace? Nee, dat dacht ik helemaal niet. Ik dacht eigenlijk meer aan wat Jane heeft gedaan, en of Grace zo kwaad zou worden dat ze zich niet meer kan beheersen en iets doet wat net zoveel schade aanricht. Het is die woede van haar die me zorgen baart, het feit dat die voortdurend aanwezig is.'

'Sst,' waarschuwde Kim. 'Ze komt eraan.'

We keken toe terwijl Grace over het gazon in onze richting kwam lopen. Ze had haar handen diep in de zakken van haar anorak en schopte met haar wandelschoenen roodgloeiende as opzij. Het was de eerste keer dat ze er moe en verslagen uitzag.

'Het verbaast me dat die bomen nog niet in brand staan,' zei ze somber.

Kim knikte. 'Ik heb een paar branden gezien in Malibu, en ik zou hebben gedacht dat het hele eiland intussen wel vlam zou hebben gevat.'

'L.A. is een kruitvat vergeleken bij Esme,' zei Timmy, die ook naar ons toe kwam lopen. 'Deze winter is de regen hier bij bakken uit de lucht komen vallen, en de bomen zijn nog groen. Verder hebben we geluk dat Lukes familie zo verstandig is geweest zo'n grote open ruimte om het huis te houden.'

Ik liep naar Dana en Jane toe, die een paar meter bij ons vandaan stonden.

Amelia stond daar ook nog, maar een stukje verderop.

Toen ik dichterbij kwam, zei Dana bezorgd: 'Je denkt toch niet dat het vuur zich over het hele eiland zal verspreiden, hè?'

'Dat weet ik niet. We zitten hier een kilometer of vier van Thornberry, wat gunstig kan zijn als de wind niet weer opsteekt. Timmy lijkt te denken dat het wel goed zit.' Ik keek naar Jane, die mijn blik ontweek. 'Je weet best wat je hebt gedaan, hè?' kon ik niet nalaten te zeggen, alsof ik een stout kind een standje gaf.

Ze wendde zich af, en ik hield niet aan. Aan de ene kant wilde ik haar door elkaar schudden, zoals Grace had willen doen, haar dwingen de verantwoordelijkheid te accepteren voor de situatie waarin we ons nu bevonden. Aan de andere kant voelde ik medelijden met haar en begreep ik onder hoeveel spanning ze had gestaan, in haar bezorgdheid voor haar kinderen.

Al had Jane, nu ik erover nadacht, eigenlijk nooit echt stabiel geleken. Zelfs vóór de aardbeving waren er al tekenen geweest dat ze zou kunnen instorten, al was het maar door het gepest van Grace. Ik vroeg me af wat ze had meegemaakt dat aan deze... deze waanzin had bijgedragen.

'Ik vind het zo erg voor Luke,' zei Dana zacht. 'Waar is hij trouwens?'

'Dat weten we niet. Hij is verdwenen. Alweer.'

Hulpeloos keken we toe terwijl het huis waarin Luke en zijn ouders elke zomer hadden doorgebracht, tot de grond toe afbrandde.

Toen Luke een poosje later terugkwam, zei hij alleen maar dat hij het niet had kunnen aanzien. Hij was het bos in gegaan om een tijdje alleen te zijn. Hij leek er kapot van, en we zeiden allemaal tegen hem dat hij zich nergens voor hoefde te verontschuldigen. We konden maar al te goed begrijpen hoe hij zich voelde.

6

Het bleek die avond moeilijk om in de keuken op Thornberry in slaap te vallen. Aangezien het weer hard was gaan regenen, hadden we besloten erop te vertrouwen dat wat nog overeind stond, wel tegen de voortdurende naschokken bestand zou zijn. Maar zelfs binnen waren we slechts gedeeltelijk beschermd tegen de elementen. We installeerden ons zo ver mogelijk van de gaten in het dak en wikkelden ons in dezelfde dekens die we de vorige nacht hadden gebruikt. Vanwege het weer hadden ze niet kunnen drogen, waardoor ze nog klam waren.

Timmy, Amelia, Jane, Dana en Kim lagen dicht bij de oude potkachel in de keuken.

Luke zei dat hij te warmbloedig was; hij ging bij de achterdeur liggen.

'Eén voordeel,' zei Dana. 'Met al dat puin hebben we volop hout voor de kachel. Daar hebben we tenminste geluk mee.'

Daar moesten we allemaal even droefgeestig om lachen – dat was tenminste iets.

Ik ging een meter of wat bij Luke vandaan met mijn rug tegen de muur zitten, omdat ik me zo dicht bij een kachel niet op mijn gemak voelde na de brand in zijn huis. Idioot, maar zo was het nu eenmaal. De warmte van die oude potkachel riep akelige beelden op van vlammen die hongerig aan hout likten, het afschuwelijke geraas en ten slotte die donderende klap toen Ransford instortte.

Lukes huis: van het ene op het andere moment verdwenen in een enorme pluim van as en vlammen. Míjn huis, zoals ik me ooit – in mijn allergeheimste dromen – had voorgesteld. Als ik onder die boom in het bos had zitten toekijken terwijl Lukes ouders hun feesten op het gazon gaven, had ik me voorgesteld dat ik op een dag zelf op Ransford zou wonen. Niet omdat ik hen had benijd om hun huis en hun feesten, maar omdat ik bij Luke had willen zijn.

Op een dag trouw ik met de jongen van wie ik hou... Een van die romantische dromen die de meeste meisjes van zeventien hebben. We schrijven zijn achternaam achter onze voornaam, keer op keer. In het winkelcentrum lopen we de juweliersetalages af en kiezen we de ring uit die we van hem hopen te krijgen. We bladeren de bruidstijdschriften door op zoek naar de trouwjurk die we zo dolgraag aan willen. Puberdromen, maar wel echte dromen. Ze blijven in ons achterhoofd hangen tot ze op een dag vervangen worden door een andere, nog mooiere droom.

Ik moest toegeven dat ik die mooiere droom op mijn veertigste nog steeds niet had gevonden. En die droom over Luke had ik ook niet meer. Ergens onderweg moest ik mijn vermogen tot dromen zijn kwijtgeraakt.

Toch had ik het afschuwelijk gevonden Ransford zo in te zien storten.

Huiverend in mijn parka, keerde ik naar het heden terug, naar de vraag of we ooit levend van dit eiland af zouden komen. We waren niet zulke beste kampeerders, net zomin als we gewend waren zelf ons voedsel te zoeken. Bijna iedereen zou in onze huisjes of op de boerderij meer nuttige spullen hebben gevonden. We hadden het er niet best afgebracht.

Toch weet ik dat maar gedeeltelijk aan onze tekortkomingen op dat gebied. Sinds de aardbeving had plaatsgevonden, waren de meesten van ons in shock geweest. Ze leken nu weer helemaal bij de tijd, maar deden en zeiden dingen die in het gunstigste geval dom, en in het ongunstigste geval gevaarlijk waren – voor henzelf of voor anderen. Niemand leek helemaal zichzelf; tenminste zoals ik dacht dat ze eigenlijk waren. In het gedrag van sommige vrouwen bleef ik maar dingen opmerken die verdacht schenen, al had ik geen flauw idee waarom.

Wat Luke aanging, het feit dat hij ten tonele was verschenen, leek een goed voorteken. Ik vermoedde dat iedereen stiekem opgelucht was er een man bij te hebben. Zelfs Grace was wat aardiger tegen hem sinds zijn huis was afgebrand. Misschien was het iets genetisch, stammend uit de tijd dat we in holen leefden. Als er een man in de buurt is, tenminste als het een goede is, schijnt dat vrouwen een gevoel van veiligheid te bezorgen. We hebben bewezen dat we zelf de kost kunnen verdienen, dat we in ons eentje kinderen kunnen grootbrengen, een fatsoenlijk leven kunnen opbouwen en best zonder hartjes en bloemen op Valentijnsdag kunnen, maar af en toe willen we best toegeven dat het prettig is een man de brontosaurusbiefstuk naar huis te laten slepen.

We waren van Ransford vertrokken toen het weer harder was gaan te regenen. Het vuur had nog nagesmeuld, en hoewel we hadden gedacht dat de regen wel zou verhinderen dat het weer oplaaide, waren we het er allemaal over eens geweest dat er de hele nacht door iemand wakker moest blijven om de wacht te houden. Als er vanaf Thornberry een gloed aan de hemel zichtbaar zou worden, zouden we opstaan en onze kleine voorraad spullen naar de kust brengen.

Ik nam de eerste wacht op me, omdat ik voelde aankomen dat ik toch niet zou kunnen slapen. Zo konden de anderen tenminste wat rust krijgen.

Als er de volgende ochtend nog geen hulp kwam, stond ons een zware klus te wachten: Thornberry wat beter bewoonbaar maken.

Rond middernacht ging de regen over in een stortbui en nam de wind toe tot stormkracht. Die loeide door de gaten in de boerderij en blies de troep in de woonkamer in het rond. Ik kon daarbinnen papier horen ritselen: ongetwijfeld Amelia's manuscript, van de vorige avond, toen ze ons eruit aan het voorlezen was op het moment dat de aardbeving begon. Ze was vast vergeten dat het daar lag. De kranten die de veerboot elke week meebracht, zouden ook wel rondwaaien, net als de boeken.

Naarmate de uren verstreken, begon ik slaperig te worden –

zo slaperig, dat ik bang was tijdens mijn wacht in te dutten. Een paar keer stond ik op en liep naar de ramen, alleen maar om wakker te blijven. Er was geen gloed aan de hemel, en ik nam aan dat de stortbui zijn werk had gedaan en het vuur had gedoofd.

Het liep tegen zonsopgang toen ik, ondanks al mijn pogingen het te voorkomen, in slaap gevallen moest zijn. Ik weet niet hoelang het duurde voor ik met een schok wakker schrok van een geluid. Voetstappen, dacht ik slaapdronken. Voetstappen buiten. Ik verroerde me niet, maar spitste mijn oren om over het geloei van de wind heen te luisteren.

Opeens was ik niet meer zo zeker van die voetstappen. Misschien was het wel een klapperend luik geweest.

Maar toen het geluid duidelijker en ik wakkerder werd, wist ik dat mijn eerste gedachte juist was geweest: er liep iemand over het flagstoneterras bij de achterdeur.

We hadden de deur niet op slot gedaan. Dat had een belachelijk idee geleken, gezien het feit dat we op een paar plaatsen geen muur meer hadden. Bovendien was er, voorzover we wisten, buiten ons niemand op het eiland.

Nu wenste ik dat we wel hadden afgesloten. De voetstappen werden luider, en ik wist bijna zeker dat dit geen reddingsploeg was. De nachtelijke hemel achter de ramen was pikzwart, en mensen van een reddingsploeg zouden lampen bij zich hebben. Die zouden niet in het donker rondlopen.

Ik draaide me om om Luke wakker te maken. Toen pas drong tot me door dat hij, terwijl ik sliep, was verdwenen.

Ik sprong overeind en gooide mijn deken van me af. Mijn blik vloog van het ene raam naar het volgende, toen er een vage gestalte verscheen – niet meer dan een donker, bewegend silhouet, dat dichter en dichter bij de achterdeur kwam.

Ik rende naar de deur, waar Lucy een dikke wandelstok had staan die ze ergens langs de kust had gevonden. Die greep ik beet. Ik hield hem omhoog en ging naast de deur staan. 'Luke?' riep ik zachtjes. 'Ben jij dat?'

Geen antwoord.

'Luke?' riep ik weer, wat luider nu.

Nog steeds geen antwoord.

Een ogenblik later ging de deur open.

In een fractie van een seconde zag ik dat het niet Luke was, maar een volslagen vreemde. Ik hief de wandelstok hoog in de lucht en sloeg de indringer met alle kracht die ik kon opbrengen tegen zijn middel.

Zijn ogen vlogen wijd open van schrik, en gingen meteen daarna dicht toen hij in elkaar zakte.

7

Iedereen was nu wakker, en ze kwamen allemaal om de man heen staan.

Hij was bij bewustzijn, maar zat nog steeds op de grond naar adem te happen. Zijn spijkerbroek en flanellen overhemd waren doorweekt, net als het camouflagejack dat hij eroverheen droeg. Donker haar plakte tegen zijn voorhoofd, boven ogen die al net zo donker leken – het was niet goed te zien bij het vage licht van de kachel en mijn zwakker wordende zaklamp.

Mijn eerste indruk was: een huurling, een plunderaar.

Maar toen grinnikte hij. Hij wreef over zijn maag en zei: 'Allemachtig, dame, wat heb jij een kracht.'

'Wie ben je?' vroeg ik.

'En waar kom je in vredesnaam vandaan?' vroeg Grace, die naast me opdook. 'Hoe ben je op het eiland gekomen?'

'Ik ben er niet "op gekomen", ik woon hier,' wist hij uit te brengen. Zijn gezicht vertrok van pijn toen hij opstond.

'Waar dan?' vroeg ik vol twijfel, met de wandelstok nog steeds in de aanslag. 'We hebben alle andere huizen op het eiland gecontroleerd, en die waren geen van alle bewoond.'

'Ik woon – misschien moet ik zeggen: woonde – in een van de blokhutten aan de westkust. Ik ben Gabe Rossi. En mag ik nu vragen wie jullie zijn, behalve een stelletje knappe maar behoorlijk gevaarlijke dames?'

'Ben jij eigenaar van een van die blokhutten?' vroeg ik, zowel zijn vraag als zijn poging tot charme negerend.

'Dat klopt,' antwoordde hij. Weer wreef hij over zijn maag. 'Tenminste, dat was ik voor het gisteravond door die aardbeving verpulverd werd. Nee, wacht even... twee avonden geleden al, hè? Ik ben, geloof ik, alle gevoel voor tijd kwijt.'

'Je was niet bij die hut toen wij hem gisteren controleerden,' zei Grace. Haar toon was kortaf en openlijk achterdochtig. 'Waar zat je toen?'

Hij haalde zijn schouders op. 'Dat weet ik echt niet. Ik kan in het bos zijn geweest toen jullie langskwamen. Ik heb geen water meer en moest een latrine maken.'

We wisten allemaal dat dat heel goed kon kloppen; dat hadden we zelf ook moeten doen.

'In geen van beide hutten lag ook maar iets aan voorraden,' vervolgde Grace op diezelfde toon. 'Geen eten, geen zaklampen, geen flessen met water. Allebei die hutten waren leeg. Ze zagen er verlaten uit.'

'Tja, ik heb hem pas een paar maanden geleden gekocht. Hij stond al jaren leeg. Ik had nog geen kans gehad om iets in te slaan, en ik ben vrijdagmiddag laat met de veerboot gekomen, net voor de aardbeving. Ik wilde eens rondkijken om te zien wat ik nodig had en dan maandag teruggaan om inkopen te doen.'

'Dus je was van plan het hele weekend door te komen zonder eten?' vroeg Grace met een opgetrokken wenkbrauw.

'Eh... nee, ik had wel een paar dingen bij me, maar...' Hij stopte. 'Hoor eens, ik heb het gevoel dat ik hier een derdegraadsverhoor krijg of zoiets. Hoelang moet ik hier nog blijven staan om mezelf te verdedigen? Het is een zware nacht geweest.'

Dana kwam een stapje naar voren en zei: 'Hij heeft gelijk. Als iemand ons gisteren zo had behandeld, toen we op zoek waren naar hulp of wat dan ook...' Ze trok een van de keukenstoelen bij. 'Hier, ga zitten. Heb je honger? We hebben niet veel, maar we kunnen wel met je delen.' Ze liep naar een laag kastje, waarin we onze voorraden hadden opgeborgen, en haalde een paar blikjes te voorschijn.

De nieuwkomer ging zitten.

Ik keek Kim aan, die, zo leek me, wel ervaring zou hebben met dit soort dingen: vreemden die na een aardbeving op zoek waren naar beschutting.

Ze haalde haar schouders op, als om te zeggen: zou kunnen. Ik ging tegenover hem aan tafel zitten. 'Heb je buiten nog iemand gezien?' vroeg ik. 'Nog een man?'

'Nee, helemaal niemand. Ik schrok al zo toen ik jullie hier ontdekte.'

Grace ging aan een uiteinde van de tafel zitten en bleef achterdochtig toekijken.

Timmy had nog steeds geen woord gezegd en bleef een beetje op de achtergrond. Ze kwam niet bij ons aan tafel zitten.

'Timmy,' zei ik, 'ken jij deze man?'

Ze schudde haar hoofd, maar keek me niet recht aan. 'Nee... Nee, ik ken hem niet.'

'Sorry, maar ik heb nog geen kans gehad om met mijn buren kennis te maken,' zei hij tegen haar. 'Ik heb de blokhut van de Arnolds net pas gekocht. Kent u Dave Arnold?'

Timmy knikte even. 'Ja... Ja, Dave ken ik wel.'

'Wist je dat hij zijn hut verkocht had?' vroeg ik haar.

Ze schudde haar hoofd. 'Dat weet ik niet zeker. Ik kan het me niet herinneren.' Ze liep weg en hield haar handen boven de potkachel als om ze te warmen.

Ik keek naar haar en toen weer naar de man die zichzelf had voorgesteld als Gabe Rossi. 'Waarom was je op dit uur over het eiland aan het zwerven?' vroeg ik.

'Nou, ik zag dat er brand was aan de noordkant en ging erheen om te zien wat er aan de hand was. Tegen de tijd dat ik daar kwam, was het aan het smeulen, dus het was te laat om nog iets te doen. Maar wat een puinhoop. Dat moet een behoorlijk groot huis zijn geweest.'

'Klopt. Het was eigendom van een vriend van me.'

Hij haalde iets uit zijn zak. 'Nou, misschien wil je vriend dit dan wel hebben. Ik heb het er vlakbij op de grond gevonden.' Hij stak zijn hand uit. In de palm lag een gouden medaillon in de vorm van een hart.

Ik pakte het.

'Kijk er maar eens in,' zei hij.

Maar ik wist al wat erin zat. Ik had dat medaillon elke dag sinds we hier waren om Janes hals zien hangen. Op een avond, toen we op weg waren geweest naar het eten, had ze me de foto's erin laten zien: links een klein meisje, rechts een jongetje. Ik keek om naar Jane, maar die was naar buiten – naar de latrine, zei Grace. Dana was met haar mee. Daarom liet ik het medaillon in mijn zak glijden, met de bedoeling het haar later te geven. Amelia kwam aan tafel zitten en vroeg Gabe Rossi of hij een radio had. Het apparaat dat we bij Jane op Ransford hadden achtergelaten – onze enige bron voor informatie uit de buitenwereld – was met het huis in vlammen opgegaan.

'Ik heb vrijdag een walkman meegebracht,' zei Rossi, 'omdat ik op de veerboot graag naar muziek wilde luisteren. Hij zat nog aan mijn riem toen de aardbeving begon, dus toen ben ik hem niet kwijtgeraakt, maar toen ik eerder vanavond brandhout hakte, had ik hem op de reling van mijn veranda gezet. Stom van me. Hij is eraf gevallen, met een ton hout erbovenop. Hij lag helemaal aan diggelen.'

'Maar tot een paar uur geleden had je hem dus nog?' vroeg Jane, die weer was binnengekomen en nu naast hem ging zitten. Het waren de eerste woorden die ze tegen iemand zei sinds we op Thornberry terug waren. Ze hing aan Rossi's lippen.

'Klopt,' antwoordde hij, 'en ik vertel niet graag slecht nieuws, maar naar wat ik gisteravond hoorde, mogen wij nog blij zijn dat we hier zitten. In Seattle is het een puinhoop. Niet alleen in de stad, maar ook kilometers in de omtrek. In de straten wordt geplunderd, en er worden mensen neergeschoten.' Hij schudde zijn hoofd. 'Afschuwelijke toestand. Op iets als dit was Seattle gewoon niet voorbereid, ben ik bang.'

'Heb je een mobiele telefoon bij je?' vroeg Jane verlangend, met haar vingers om zijn arm.

'Die had ik wel,' zei hij, 'maar ik vrees dat die ook kapot is. Op het moment van de aardbeving lag hij in mijn hut op tafel, en het halve plafond is erop terechtgekomen.' Toen hij haar verslagen gezicht zag, voegde hij eraan toe: 'Maar weet je, ik heb al vaker aardbevingen meegemaakt. Ik was zelfs in Japan tijdens die beving in Kobe. Misschien kan ik jullie ergens mee helpen.'

'Of misschien ben je alleen een extra mond die gevoed moet worden,' mompelde Grace.

'Dat zou kunnen,' gaf hij glimlachend toe. 'Maar zo te zien kunnen jullie hier wel wat extra hulp gebruiken. Ik kan dingen repareren, en volgens mij hebben jullie hier niet genoeg verwarming.'

'De leidingen van de brandstoftank naar het huis zijn kapot,' zei ik. 'En de haard is er niet meer. We gebruiken nu de houtkachel, maar daar is de ruimte eigenlijk te groot voor, en er zijn veel te veel openingen waardoor de wind naar binnen kan.'

'Zal ik je eens wat vertellen,' zei hij, en zijn grijns kwam terug. 'Heel toevallig kan ik brandstofleidingen repareren. Ik kan van alles repareren.'

'Geweldig. We vragen om een reddingsploeg en we krijgen Hendrik-Jan de timmerman,' mopperde Grace.

'Pardon?' vroeg Rossi met een scherpe blik in haar richting.

'Niks.' Ze sloeg haar armen over elkaar en draaide zich om. Dat moest je Grace nageven: ze viel zelden uit haar rol – de rol van botterik, lomperd, kreng.

Hoewel ze, bedacht ik toen, wel degelijk luisterde naar alles wat Gabe Rossi zei.

'We nemen je aanbod om ons te helpen aan,' zei Jane. Voor de eerste keer sinds de aardbeving keek ze wat vrolijker. Ze legde haar hand even op die van Rossi. 'We accepteren alle hulp die je ons kunt geven. We hebben geluk dat je hier bent.'

'Dat is inderdaad een geluk,' voegde Amelia eraan toe.

Ik vroeg me af of ze gelijk hadden. Hadden we geluk gehad dat Gabe Rossi was komen opdagen? Of zou hij, zoals Grace scheen te denken, een last blijken te zijn?

Dana gaf hem al te eten, hoewel we niet veel konden missen. En Jane zat hem aan te kijken alsof zijn komst met trompetgeschal vergezeld was gegaan, ondanks het feit dat hij geen radio en geen telefoon bezat en hooguit wat vaardigheden als klusjesman te bieden had.

Het zat me niet lekker, zoals die man opeens bij ons op de stoep had gestaan, en zo gemakkelijk als de vrouwen – op Grace en mij na – hem verwelkomden.

Amelia giechelde toen Rossi haar vertelde hoeveel hij van haar poëzie hield. Hij had verschillende bundels van haar gelezen, zei hij, en hij citeerde een paar regels uit een van haar gedichten. Ze bloosde zowaar.

Toen Rossi mij aankeek, meende ik iets in zijn ogen te zien, een lichte aarzeling. 'Ik vermoed,' zei hij, 'dat jij degene bent die hier de leiding heeft.'

'Ik geloof niet dat iemand van ons de leiding heeft,' zei ik. 'We doen gewoon allemaal wat we kunnen.'

'Je hoeft niet zo bescheiden te zijn,' kwam Dana er glimlachend tussen. 'Sarah is advocaat. Ze kan beter logisch denken dan de meesten van ons. Daarom laten we de leiding aan haar over.'

'Echt waar, ben je advocaat?' vroeg Rossi. 'Waar werk je?'

Ik rekte me uit en gaapte, zonder op zijn vraag in te gaan. 'Hebben jullie wel door dat het bijna ochtend is? Waarom proberen we niet nog wat te slapen voor de zon opkomt? We kunnen straks wel verder praten.'

'Goed idee,' zei Grace. Veelbetekenend keek ze me aan. 'Ik neem de volgende wacht wel.'

'Wacht?' vroeg Rossi.

'Als uitkijkpost,' zei Grace nadrukkelijk. 'Voor het geval er soms nog iemand langs komt wandelen.'

'Dat lijkt me niet erg waarschijnlijk,' zei Rossi glimlachend, 'maar kwaad zal het ook niet kunnen. Waarom laat je mij geen wacht houden voor jullie?'

'Nee, dank je. Ik ben nu toch wakker.'

'Maar jij moet toch een zware dag achter de rug hebben,' hield hij aan. 'Laat mij nou helpen, dan kun jij uitrusten.'

'Nééé,' zei Grace met klem. Ze keek naar mij. 'Waar is Luke trouwens?'

'Weet ik niet,' zei ik. 'Dat vroeg ik me ook al af.' Waar kon hij midden in de nacht naartoe zijn? En waarom was hij nog niet terug?

'Misschien moeten we hem gaan zoeken,' opperde Grace.

Ik was het half met haar eens. Hij was al veel te lang weg. Aan de andere kant was ik er vrij zeker van dat Luke wel op zichzelf kon passen. En sinds wanneer maakte Grace zich druk om hem?

'Hij kan naar zijn huis terug zijn, om te kijken hoe het daar is,' zei ik. 'Hoe langer ik erover nadenk, hoe logischer dat me lijkt. Laten we hem tot de ochtend geven. Als hij bij zonsopgang nog niet terug is, kunnen we hem gaan zoeken.'

'Luke?' vroeg Rossi. 'Is dat nog iemand van jullie groep hier?'

'Dat is een vriend van Sarah,' legde Dana uit. 'Hij is hier gisteren op de kust gestrand. Dat was zijn huis, dat afgebrand is.'

'Dana,' zei Grace.

'Wat?'

'Je hoeft niet meteen alles over ons te vertellen aan iemand die we helemaal niet kennen.'

'Dat doe ik ook niet! Ik zei alleen maar tegen Gabe –'

'En mag ik je erop wijzen dat je Gabe helemaal niet kent?'

'Jij kent hem anders ook niet, Grace,' zei Dana.

'Ik weet alles van mannen,' wierp Grace tegen.

'Grace!' zei Amelia.

'Ik ben gewoon eerlijk. We weten helemaal niets van deze man af. Hij zégt dat hij de eigenaar van die hut is. Hij zégt dat hij vrijdag met de veerboot is gekomen.'

'Maar jij gelooft hem niet?' vroeg ik. 'Wat geeft jou de indruk dat hij niet de waarheid spreekt?'

Terwijl wij over hem discussieerden, keek Rossi slechts toe.

'Niets, behalve mijn stuitje,' snauwde Grace, 'dat altijd pijn doet als er een dier in de buurt is dat me in me rug zou kunnen bijten.'

Rossi grinnikte. 'Ik beloof je dat ik niet in je rug zal bijten, Grace. Al moet ik zeggen dat het een prachtige rug is.'

Tot ieders verbijstering werd Grace' gezicht donkerrood. We keken haar allemaal stomverbaasd aan. Nog geen seconde had iemand van ons ooit aan Grace' rug gedacht, of dat die aantrekkelijk zou kunnen zijn, laat staan 'prachtig'.

'Oké,' zei ik resoluut, 'we doen het als volgt. Grace houdt de wacht – niet vanwege jou, Gabe, maar omdat we het zo hebben afgesproken. Er is geen reden dat nu te veranderen. Intussen kun jij zorgen dat je wat slaap krijgt, zodat je opgewassen bent tegen al die reparaties waar je het over had.'

Hij knikte. 'Dat lijkt me wel een goed idee. Wijs me maar waar ik kan slapen.'

Ik overwoog hem bij ons in de keuken te leggen, maar dat vond ik toch geen prettig idee. Als Luke er nu was geweest... Maar Luke was er niet.

Ik nam Rossi mee de hal in, waar Timmy en Amelia een klein maar bruikbaar pad hadden vrijgemaakt tussen de brokstukken van de trap. Ik bracht hem naar de hoek van de hal, waar ik hem een van mijn eigen dekens gaf en mijn zaklamp zo hield, dat hij genoeg kon zien om op de grond een soort bed voor zichzelf te maken.

'Erg comfortabel zal het wel niet zijn, ben ik bang,' zei ik tegen hem, 'maar je bent warm gekleed. Je zult zo wel kunnen slapen.'

'Als ik eerlijk ben, mijn kleren zijn doorweekt,' zei hij terwijl hij zijn jack uittrok en zijn overhemd losknoopte. 'Zou je het erg vinden...'

Voor ik ook maar iets kon zeggen, had hij zijn overhemd al open. Zoals hij daar stond, met zijn ontblote borst, zag hij eruit als iemand die vierentwintig uur per dag op de sportschool bezig is. Ik kon mijn ogen niet van hem af houden, en een paar tellen lang stond ik alleen maar te staren. Hij is, dacht ik, de mooiste man die ik in lange tijd heb gezien. En in elk geval de naaktste.

Toen hij naar de rits van zijn broek reikte, knipperde ik met mijn ogen en trok de mist in mijn hoofd op.

'Vind je het erg?' vroeg hij grinnikend.

'Erg?'

'Om je om te draaien? Ik ben een tikje verlegen.'

Ik bloosde. 'Nee, nee, natuurlijk niet, ik kan... Ik bedoel, nee, ik ging net weg.'

'O, ja?' Zijn grijns werd breder. 'Ik dacht dat je stond te wachten.'

'Waarop?'

'Op mijn kleren.' Hij hield zijn natte overhemd omhoog. 'Ik dacht dat je ze misschien voor me over een stoel zou kunnen hangen, bij de kachel. Zodat ze kunnen drogen.'

Ik geneerde me dood, en dat wist hij.

Nadat ik het overhemd van hem had aangepakt, draaide ik me om terwijl hij zijn broek uittrok. Eerst was er het geluid van de rits en toen van Rossi die op zijn ene been en daarna op zijn andere been ging staan om uit de broekspijpen te stappen. Ik deed mijn best me niet voor te stellen hoe dat er allemaal uit moest zien, maar ik moest mezelf bekennen dat ik me die afgelopen minuten ten minste minder een vermoeide veertigjarige had gevoeld en weer meer de vrouw die ik vroeger was geweest.

Tegen de tijd dat hij zei dat ik weer mocht kijken, had ik mezelf weer onder controle. Ik draaide me om en zag dat hij mijn deken om zich heen had gewikkeld. Zijn spijkerbroek aanpakkend, zei ik 'Slaap lekker', en ik liep naar de deur.

'Dat zal best lukken,' zei hij. 'En ik stel het heel erg op prijs dat jullie me zo ontvangen hebben. Vooral omdat ik zo duidelijk een desperado ben.'

'Dat zou ik niet willen zeggen,' zei ik, omkijkend. 'Maar wel dat we allemaal erg moe en gespannen zijn, dus als je soms niet helemaal te vertrouwen bent, stel ik voor dat je niks uithaalt.'

'Yes, ma'am!' Hij grinnikte. 'Wordt morgenochtend vervolgd, zullen we dan maar zeggen?'

Omdat ik niet wist wat ik daarop moest antwoorden, draaide ik me weer om en liep weg.

Ik hing Rossi's kleren over twee stoelen en zette die bij de kachel.

Grace was bij de achterdeur heen en weer aan het lopen, duidelijk geagiteerd.

'Wat is er aan de hand?' vroeg ik.

'Niks. Ik heb het alleen niet zo op al die vreemden die opeens opduiken.'

'Ik denk dat deze kerel wel in de haak is,' zei ik.

'O ja, denk je dat? Zegt je instinct dat? Nou, ik heb geen vertrouwen in jouw instinct. Niet als het om mannen gaat.'

Ik vroeg me af waarom ze dat zei. Grace kende me niet eens, en van mijn relaties met mannen wist ze niets af. Toch?

Toen Luke een halfuur na zonsopgang nog niet terug was, besloten we naar hem op zoek te gaan. Niet dat we erg ongerust waren. Hoewel... Er kon van alles gebeurd zijn, meenden we, met die aanhoudende naschokken en die storm.

Timmy besloot op Thornberry achter te blijven om toezicht te houden op alles wat Gabe Rossi mogelijk zou repareren. Hij was als eerste opgestaan en had zijn droge kleren al weer aan toen wij onze ogen opendeden. Hij was met de brandstoftank bezig.

'Ik kon niet slapen,' legde hij uit. 'Te veel afleiding.'

Zijn toon en de twinkeling in zijn ogen impliceerden dat wij die afleiding vormden, en dat die niet onwelkom was. Eerst ergerde ik me daaraan, maar toen het de anderen niet leek te storen, bedacht ik dat ik misschien overdreven reageerde.

Grace, die de wacht had gehouden terwijl wij sliepen, had een manier bedacht om koffie te zetten. Ze had een kleine vuurkuil gemaakt achter het keukenterras en daarboven water aan de kook gebracht, in een steelpan. Dat water goot ze door een zeef vol koffie, met keukenpapier als filter.

Drie dagen geleden zouden we stuk voor stuk onze neus hebben opgehaald voor het dikke troebele brouwsel dat dit opleverde, maar nu slurpten we het gretig op, dankbaar voor de warmte, de geur en de cafeïnestoot.

Gewapend met die kunstmatige energie, gingen we op pad om Luke te zoeken – Jane, Dana, Kim, Grace en ik.

Amelia bleef weer bij Timmy, en onwillekeurig vroeg ik me af of ze dat deed om Timmy te helpen of om in de buurt van onze nieuwkomer te kunnen blijven. Rossi's charme had al behoorlijk wat effect op haar, en de andere vrouwen hadden hem voor we vertrokken ook al bemoedigend toegesproken en succes met de brandstofleidingen gewenst. Verder had ik Dana aan haar haar zien frutselen; iets wat ze sinds de eerste schok niet meer had gedaan.

Ik was erin geslaagd druk aan het opruimen te blijven tot we weggingen, waardoor ik niet veel tijd overhield om iets tegen Rossi te zeggen. Het kon me niet schelen als ik daardoor niet bepaald gastvrij leek. Die man had niets wat me vertrouwen inboezemde, hoeveel charme hij ook bezat. Ik wachtte liever af. Ik zou wel zien hoe het verderging.

Jane had erop gestaan met ons mee te komen. 'Ik kan er niet tegen hier alleen maar te zitten piekeren,' zei ze.

Toen Dana beloofde een oogje op haar te houden, stemden wij er ten slotte mee in haar mee te laten gaan, maar niet van harte. Niemand vertrouwde Jane nog.

Toch maakte ze een heel normale indruk toen Dana en zij langs de kust naar het westen gingen, terwijl Grace en Kim in oostelijke richting om het eiland liepen – de route die Kim en ik de vorige keer hadden gelopen.

Ik nam het pad midden over het eiland, in mijn eentje, hun verzekerend dat ik het best zou redden nu mijn geheugen weer was opgefrist wat het eiland betrof. Bovendien, voegde ik eraan toe, moesten we in minstens drie richtingen gaan om tijd te besparen. We konden elkaar weer treffen op Ransford, waar we Luke ongetwijfeld zouden aantreffen. Hij zou wel in de as aan het wroeten zijn. En als we hem daar niet vonden, konden we ons er in elk geval van overtuigen dat het vuur helemaal gedoofd was en geen gevaar meer vormde.

Eerlijk gezegd snakte ik ernaar alleen te zijn. De afgelopen dagen had ik te veel mensen om me heen gehad, terwijl ik al mijn hele volwassen leven alleen woonde. Omdat ik geen broertjes of zusjes heb, was ik daaraan gewend en had ik er geen moeite mee. Eigenlijk verlangde ik zelfs onder de beste omstandigheden naar afzondering.

Ook geloofde ik niet echt dat er iets met Luke was gebeurd. Wat hij ook in zijn schild voerde, hij was niet in gevaar, dacht ik. Dat zou ik hebben geweten. Dan zou ik dat pijnlijke gevoel in mijn sleutelbeen hebben gehad, dat aangaf dat Luke in de problemen zat.

Zo was het vroeger tussen ons geweest, al die jaren geleden. Toen we allebei vijftien waren, was Luke een keer door de vloed van een rots af gespoeld en in het water gevallen, een kilometer of drie van huis. Ik zat op dat moment in de bibliotheek op Ransford te lezen en te wachten tot hij thuiskwam. Hij was een stuk gaan lopen, had zijn moeder gezegd, en kon elk moment thuiskomen.

Ook Luke was graag alleen. Van het ene moment op het andere kon hij verdwijnen om een stuk in zijn eentje te gaan lopen, en we wisten allemaal dat hij wel terugkwam als hij daaraan toe was. Dat deed hij al sinds zijn achtste, volgens zijn moeder. Die dag echter wilde de gedachte me maar niet loslaten dat er iets mis was met hem. Het was geen logische redenering. Het was een dag als alle andere. Een mooie warme zomermiddag – geen regen, geen wind, geen onheil. Alleen maar dat pijnlijke gevoel in mijn sleutelbeen, het gevoel dat Luke in gevaar was.

Ik legde mijn boek weg en liep naar het raam om naar buiten te kijken. Daarna begon ik te ijsberen. Na een poosje ging ik naar buiten, het pad op, in de hoop dat ik hem vandaar zou zien. Voor ik het in de gaten had, was ik op het strand en liep ik in de richting van een natuurlijke zeewering waar hij me een paar keer mee naartoe had genomen. Ik wist dat hij het heerlijk vond daar alleen op die golfbreker te staan en de opkomende golven aan zijn blote voeten te voelen likken. Ik wist ook dat zijn ouders hem hadden gewaarschuwd die golfbreker niet op te gaan bij hoogtij, omdat hij maar al te gemakkelijk meegespoeld kon worden.

Toen ik er aankwam, zag ik hem eerst niet. Even later wel; hij lag inderdaad in het water en deed pogingen een rots vast te grijpen. Zijn handen gleden telkens weer weg. Steeds kwam hij tot vlak bij de rots, en dan voerden de golven hem weer mee. Hij liet zich door de volgende golf terug dragen, en dan gebeurde er weer hetzelfde.

Ik rende langs de golfbreker, zonder een seconde te denken aan de golven die tegen mijn benen sloegen en ook mij mee dreigden te trekken. Het enige waar ik aan kon denken, was dat ik bij Luke moest zien te komen. Als ik maar bij hem kon komen, kwam alles wel goed.

Toen ik hem bereikte, stak ik allebei mijn handen uit om hem te grijpen, zonder meteen te beseffen hoe dom dat was. De rubberzolen van mijn tennisschoenen glipten weg op de rotsen, en nu snapte ik ook waarom Lukes handen steeds weer weg waren gegleden. Op deze plek waren de rotsen bedekt met een laag algen die centimeters dik was. Ik kwam bijna bij hem in het water terecht.

'Terug!' schreeuwde hij. 'Ga terug, Sarah! Ga hulp halen!'
Dat wilde ik ook. Ik was zo vreselijk bang, dat mijn hele lichaam wel een stalen stang leek, onbuigzaam en pijnlijk. Mijn
tanden klapperden, en mijn handen trilden.
Maar ik kon het niet. Ik kon hem daar niet achterlaten. Ik
zocht een rots die wat kleiner was, en schoon in vergelijking met
de andere. Toen trok ik mijn T-shirt uit en scheurde het armsgat
zo ver uit als nodig was om het om de rots te kunnen haken. De
rest van het T-shirt gebruikte ik om me aan vast te klampen terwijl ik me zo ver mogelijk uitrekte, naar Luke toe.
'Hierheen!' gilde ik. 'Hier, deze kant op!'
Hij zag wat ik deed, en toen de volgende golf hem naar de
kant droeg, greep hij mijn hand.
En miste.
Na drie mislukte pogingen hadden we elkaar ten slotte vast.
Zodra ik zijn hand in de mijne had, gaf ik een ruk met alle
kracht die ik in me had. Met hulp van de inkomende golf kreeg
ik hem halverwege op de rotsen. Hij begon weg te glijden, maar
nu ik hem eenmaal had, liet ik niet meer los. Ik kon voelen dat
het T-shirt uitrekte, en boven het geluid van de golven hoorde ik
het scheuren. Ik wist dat het elk ogenblik gedaan kon zijn.
Ik liet het los, greep Luke met twee handen bij zijn schouders
en sleepte hem verder in veiligheid, terwijl mijn eigen voeten
onder me vandaan gleden op het natte graniet. De terugtrekken-
de golf begon me mee te trekken, maar Luke had inmiddels een
goede greep op de rotsen en trok me tegen zich aan, heel stevig.
Toen pas realiseerde ik me dat ik door mijn T-shirt te gebruiken mijn bovenlichaam ontbloot had. Mijn borsten drukten
hard tegen Lukes naakte borstkas.
Een paar seconden lang dachten we, geloof ik, geen van beiden aan het gevaar waarin we nog steeds verkeerden. Mijn blik
kruiste die van Luke, en in zijn ogen zag ik de hartstocht die
twee zomers later eindelijk naar buiten zou komen.
Toen we weer tot bezinning kwamen, kropen we omhoog
naar het 'pad' boven op de golfbreker en renden eroverheen,
Luke voorop, tot we op droge grond kwamen. Daar rende Luke
naar een struik, waar hij zijn T-shirt over een paar takken had ge-

hangen. Onder de struik stonden zijn schoenen.

'Hier, trek dit maar aan,' zei hij terwijl hij me zonder me aan te kijken zijn T-shirt aangaf. Hij bukte en trok zijn schoenen aan, waarbij hij zo lang met zijn veters bezig was, dat er geen eind aan leek te komen.

Op dat moment dacht ik dat hij zich geneerde omdat hij zich door mij had moeten laten redden. Later besefte ik dat hij bestormd was door allerlei gevoelens en het niet had aangedurfd me nog eens naakt te zien.

Daarna zag ik hem drie dagen lang niet. Toen we elkaar weer tegenkwamen, spraken we niet meer over dat moment. In plaats daarvan deden we lacherig over ons hachelijke avontuur, alsof het een lolletje was geweest en meer niet. Luke bedankte me wel een keer dat ik 'zijn leven had gered', maar zelfs dat klonk als een grapje, en dat vond ik best. Ik geloof dat we ons er geen van tweeën in wilden verdiepen hoe dichtbij we die dag waren gekomen. Dicht bij de dood, maar ook, op een vreemde manier, bij het leven.

Hoe zou het zijn geweest, vroeg ik me nu af, als we die dag hadden gevrijd, allebei vijftien jaar oud. Zou ik zwanger zijn geworden? Zou hij me de volgende ochtend hebben gehaat?

Weer die weg die ik niet was ingeslagen. Ik zou nooit te weten komen hoe mijn leven eruit zou hebben gezien als Luke en ik alles anders hadden gedaan. Misschien zou die meisjesdroom dan werkelijkheid zijn geworden en zou ik Mrs. Ford zijn geworden. Misschien zou ik op Ransford hebben gewoond en huisvrouw en moeder zijn geworden in plaats van advocaat.

En misschien was ik dan wel gek geworden, net als Jane.

Zuchtend bedacht ik nu hoeveel pijn mijn hoofd deed en hoe moe ik was. Toen ik bij een kleine open plek in het bos kwam, besloot ik een paar minuten te gaan zitten om uit te rusten. Ransford kon wel wachten.

Met mijn rug tegen de stam van een hoge dennenboom luisterde ik naar het gezang van de vogels. Sinds de aardbeving waren ze verdwenen, en een tijdlang was het stil geweest in de lucht. Het leek een goed voorteken dat ze terug waren. Misschien brachten ze, net als de duif na de zondvloed, goed nieuws

– in dit geval het nieuws dat er hulp onderweg was.

Ik voelde aan mijn sleutelbeen. Ik kon rustig aan doen, dacht ik, het was oké. Dat pijnlijke gevoel had ik nu niet. Er was niets met Luke aan de hand, dat wist ik zeker.

Een paar minuten later rekte ik me uit, met mijn ogen nog steeds gesloten. Een psychotherapeut bij wie ik kort na mijn arrestatie was geweest, had me geleerd spanning los te laten door diep adem te halen. Dat was ik vergeten, maar nu deed ik het. Ik ademde diep en lang in, vanuit mijn middenrif, en ademde toen weer uit, in en uit.

Nu en dan voelde ik een kleine naschok, gevolgd door een schok die groter was dan de andere. Over het geheel genomen leken ze echter in sterkte af te nemen, en de meeste deden de grond nauwelijks trillen. Ze hadden eerder wat van een oude reumatische man die elke ochtend mopperend en klagend zijn bed uit komt. De aardkorst was in zijn slaap gestoord. Nu had hij tijd nodig om weer in zijn gewone doen te komen.

'Je bent veranderd, Sarah.'

Mijn ogen vlogen open.

Luke stond een meter of wat van me vandaan. Zijn spijkerbroek en zijn overhemd waren zwart van het roet, net als zijn handen, en er zat een veeg op zijn wang.

Ik ging rechtop zitten. 'Je bent naar het huis geweest, zie ik.'

Hij knikte.

'We zijn je allemaal aan het zoeken,' zei ik.

Glimlachend keek hij naar mijn verwarde haar, mijn slaapogen en mijn blouse, die uit mijn broek hing. 'Dat zal wel moeilijk zijn, iemand zoeken als je diep in slaap bent.'

'Klopt, maar ik had het idee dat er niks met je aan de hand was.'

'Zijn we paranormaal geworden of zo?'

'Nee, Dana is de paranormale hier. Ik dacht alleen dat ik het wel zou voelen als er iets met je aan de hand was.'

Hij liet zich neerzakken op de stam van een omgevallen boom, tegenover me. 'Ah. Het sleutelbeentje. Dat herinner ik me.'

Ik glimlachte. 'Het schijnt nog steeds te werken.'

'Ik kon niet slapen,' zei hij. 'Toen ben ik maar naar Ransford gegaan, om te kijken of ik nog iets kon vinden. Foto's, oude brieven... wat dan ook.'

'En, heb je iets gevonden?'

'Niet veel. Toen ik daar kwam, was het nog donker, en de as smeulde nog, ondanks de regen. Maar de brand had zich niet uitgebreid naar het bos. De hemel zij dank voor "de groenste heuvels die je ooit hebt gezien".'

Ik glimlachte toen hij dat oude liedje citeerde. 'Je wilt me toch niet vertellen dat je nog weet hoe gek ik op Bobby Sherman was, hè?'

'Ik weet nog een heleboel dingen over jou,' zei hij. 'En wat ik niet meer wist, komt allemaal weer terug.'

Onze blikken kruisten elkaar.

Luke wendde de zijne als eerste af. Hij keek omlaag en plukte aan zijn hand alsof hij een splinter weg wilde halen. 'Verdomme! Alles zit onder het kapotte glas. Maar goed, ik was vermoeider dan ik dacht en ben op het strand in slaap gevallen, bij de steiger. Toen ik wakker werd, scheen de zon. Ik keek op naar het huis, was even vergeten dat het er niet meer was.' Hij wreef over zijn gezicht en zag er moe en verslagen uit. 'Ik ben bang dat je vriendin Jane het grondig heeft aangepakt.'

'Ik vind het zo erg voor je, Luke,' zei ik. 'Jane is gek geworden, letterlijk gek, na de aardbeving. Ze maakt zich zorgen om haar kinderen.'

'Dat ze ongerust is, kan ik begrijpen,' zei hij een tikje gespannen. 'Maar wat ik niet kan begrijpen, is waarom ze het hele huis in brand moest steken. Lieve hemel, ze had toch een groot vuur aan de kust kunnen aanleggen! Waarom moest ze in vredesnaam...' Hij zweeg en schudde zijn hoofd.

Het drong tot me door dat hij de vorige avond, toen we de brand net hadden ontdekt, in shock was geweest. Die shock was nu aan het verdwijnen, en er kwam woede voor in de plaats.

'Ze wist niet meer wat ze deed,' zei ik. 'Waarom weet ik ook niet. Ik kende Jane niet voor we hierheen kwamen, en we zijn hier pas een week. Maar ik denk dat er daarvóór al iets mis met

haar moet zijn geweest. Iets in haar huwelijk misschien.'
'Waar is ze nu?'
'Dana en zij zijn bij de kust op zoek naar jou. Grace en Kim ook, maar die gaan langs de andere kant.'
Er verscheen een gespannen glimlach om zijn mond. 'En jij had behoefte om alleen te zijn. Daarom zat je hier, waar ik je vond, toch? Jij was op een van die uitstapjes die je soms maakt.'
'Uitstapjes?'
'Naar het verleden. De toekomst. Waar je ook maar heen gaat.'
'Zoiets, ja. Het verleden, in dit geval.'
'Je lijkt echt veranderd, Sarah. Wat is er met je gebeurd?'
'Sinds we elkaar voor het laatst hebben gezien, bedoel je?'
'Of sinds je eruitziet alsof je constant op je hoede bent.'
'Ik weet niet, Luke. Misschien ben ik gewoon volwassen geworden.'
'Volgens mij is het meer dan volwassen worden. Je lijkt hard.'
Ik haalde mijn schouders op. 'Zelf noem ik het liever voorzichtig.'
'Niet doen. Geen spelletjes spelen, niet met mij. Wat is er met je gebeurd, Sarah?'
'Dat weet ik niet. Mijn vader misschien.' Liever die kant op gaan dan hem het gênante verhaal van Ian vertellen.
'Je vader?' vroeg hij. 'Ik heb van mijn vader gehoord dat James aan een hartaanval is gestorven, maar veel meer heeft hij niet gezegd. Wat heeft hij gedaan?'
'Zich tegen me gekeerd toen ik gearresteerd werd. Me afgeschreven.'
'Echt waar? Dat kan ik haast niet geloven.'
'Jij was er niet bij.'
'Nee, maar toch kan ik het nauwelijks geloven. Je was altijd zijn oogappel.'
'Ja hoor, maar voor hij stierf, vertelde hij me dat ik hem ontzettend teleurgesteld had.'
'Heeft hij dat echt met die woorden gezegd?'
'En op zijn sterfbed nog wel. Het rare is dat ik eigenlijk nooit te weten ben gekomen of hij in me teleurgesteld was omdat ik – volgens de politie tenminste – de wet had overtreden, of omdat ik betrapt was.'

Luke glimlachte. 'Voorzover ik je vader ken, zou ik zeggen dat het dat laatste was. Maar hoe dan ook, Sarah, ik ben ervan overtuigd dat hij het niet meende. Hij hield heel veel van je.'

'Misschien had hij dat beter niet kunnen doen,' zei ik. 'Te veel van mensen houden kan tot een vroege dood leiden.'

'Jij hebt je vaders hartaanval niet veroorzaakt, Sarah,' zei Luke resoluut. 'Zo werkt dat niet.'

'Jawel, hoor. Waar denk je dat de uitdrukking "een gebroken hart" vandaan komt? Mijn vader stierf twee weken nadat ik gearresteerd was. Op de dag af twee weken.'

Hij aarzelde, alsof hij niet goed wist hoe hij moest reageren. Ten slotte zei hij: 'Als James een gebroken hart had, kwam dat niet door jou.'

Ik kneep mijn ogen tot spleetjes. 'O, nee? Wat wil je daarmee zeggen?'

Weer scheen hij te aarzelen. 'Weet je het echt niet?'

'Nee, ik weet het niet. Waar heb je het over?'

'Je vaders hart was al jaren daarvoor gebroken, toen jij en ik nog kinderen waren. Sorry, maar ik dacht dat je het wist.'

Ik werd koud over mijn hele lichaam. Ik trok mijn knieën op en sloeg mijn armen om mijn benen om het weer warm te krijgen. 'Dat ik wat wist? Kom op, Luke, laat horen.'

'Je moeder, Sarah. Ze was verliefd op iemand anders. Al jaren.'

Ik leunde achterover, half lachend. 'Doe niet zo idioot! Hoe kom je daarbij?'

'Van mijn moeder, heel lang geleden. En het is niet idioot. Het is de waarheid.'

Mijn mond werd droog. Ik likte mijn lippen en vocht terug om mijn vader te verdedigen, hoewel iets in me fluisterde dat Luke niet loog. 'Nou, ik begrijp niet waarom je moeder zoiets zou zeggen,' zei ik onzeker. 'Mijn vader en moeder waren, eh... misschien niet altijd even gelukkig, maar er is beslist nooit iemand anders geweest.'

Luke schudde zijn hoofd. 'Ik kan niet geloven dat je het nooit hebt gemerkt.'

'Wat gemerkt? Verdorie, Luke!'

'Je moeder, Sarah. Je moeder... en mijn vader.'

'Mijn moe–' Dat was wel het laatste wat ik had verwacht. Van schrik kon ik geen woord meer uitbrengen.

Toch kwam er tegelijk met zijn woorden een herinnering boven: mijn moeder, die naakt aan het zwemmen was in een grot hier vlakbij, en daarbij door Lukes vader werd betrapt. Luke en ik vonden hen vlak nadat Lukes vader mijn moeder verrast had. Tenminste, dat dacht ik toen, dat hij haar had verrast. Ik herinnerde me dat ze bloosde en naar haar handdoek greep. Toen ze ons zag, werd ze nog nerveuzer. Achter een struik trok ze haastig haar kleren aan, maar niet voordat we hadden gezien dat haar huid donkerroze was en haar lippen vol en opgezwollen, alsof... Alsof ze, dacht ik nu geschrokken, net hartstochtelijk hadden gezoend. Nooit eerder was die gedachte bij me opgekomen. Mijn moeder... en Lukes vader?

Natuurlijk. Wat dom van me. Natuurlijk was het waar! Er waren signalen geweest: de manier waarop ze naar elkaar keken, hoe ze samen dansten. Maar of ik had geweigerd die te zien, of ik had er als tiener nooit bij stilgestaan dat mijn ouders ook een liefdesleven hadden.

Had mijn moeder haar 'ware liefde' gevonden, zoals ze het had uitgedrukt die keer dat ze Thornberry 'romantisch' had genoemd? Of was haar affaire met Lukes vader alleen maar een zomerromance geweest, net zoals die van mij met Luke was gebleken?

Versuft schudde ik mijn hoofd.

'Wat?' vroeg Luke.

'Ik vraag me alleen maar af of ik dom geboren ben of dat ik op de een of andere manier zo geworden ben.'

'Je bent niet dom, Sarah. Je wilt alleen graag in mensen geloven. Je schrikt ervan als je merkt dat je dat beter niet kunt doen, en je schrikt nog erger als mensen niet in jou geloven.'

Oplettend keek ik hem aan. 'Hoe komt het dat jij zoveel over me weet, terwijl we elkaar in geen jaren gezien hebben?'

'Wat ik daarnet ook over je heb gezegd, mensen veranderen niet zoveel. Ze houden dezelfde eigenschappen die ze al hadden, maar dan misschien sterker, of juist minder uitgesproken. Maar in wezen blijven ze hetzelfde. Daarom wist ik ook dat jij niet schuldig was aan die aanklacht toen ik erover hoorde.'

'Wist je daar dan van?'

'Natuurlijk. Maar ik kan wel begrijpen waarom je niet geloofd werd. Een vriend van me werkt bij de politie van New York, en met hem heb ik het over die recente golf van beschuldigingen tegen agenten gehad. Er zijn op het moment een heleboel mensen die het op agenten voorzien hebben, vooral sinds dat schandaal in het Rampart-district in L.A. De meeste mensen die vals beschuldigd waren, zijn meteen vrijgelaten toen bleek dat ze onschuldig waren. En dat was juist; ze hoorden te worden vrijgelaten. Maar alle aandacht die de media eraan hebben besteed, leidde ertoe dat ik weet niet hoeveel echte criminelen gingen beweren dat zij er ook in geluisd waren. Daarnaast krijgen een heleboel goede agenten in andere steden met beschuldigingen te maken terwijl ze alleen maar hun werk deden.'

'Degenen die mij erin geluisd hebben, waren geen goede agenten,' zei ik scherp.

'Nee, en dat beweer ik ook niet. Alleen maar dat agenten soms het voordeel van de twijfel moeten krijgen.'

Ik lachte schamper. 'Dat klinkt of jij ook veranderd bent.'

'In welk opzicht?'

'Ik kan me niet herinneren dat je vroeger ook al zo conservatief was.'

'Ik ben gewoon volwassen genoeg geworden om de zaken van alle kanten te bekijken, Sarah. Als jurist doe jij hetzelfde. Dat moet je wel doen om bij een zaak de waarheid te ontdekken.'

'Ik niet,' zei ik bitter. 'Het is mijn werk om mijn cliënten vrij te krijgen. De waarheid doet er zelden toe.'

'Nou, misschien is deze beschuldiging tegen je dan wel je karma dat zich tegen je keert.'

'Mijn karma? Lieve help, je klinkt net als Dana.'

'Ik denk alleen maar dat het waar is dat boontje om zijn loontje komt.'

'En wat zou jij dan doen als je advocaat was? Niet proberen cliënten die schuldig zijn vrij te krijgen?'

'Nee. Ik zou nooit advocaat worden.'

Even keek ik hem verontwaardigd aan. Toen lachte ik, waardoor de spanning wegviel.

Hij lachte ook.

'Net als vroeger, als we zo aan het ruziën zijn,' zei hij.

'Alleen zou je toen aan mijn kant hebben gestaan.'

'Ik sta nog steeds aan jouw kant, Sarah. Ik wil je graag helpen.'

'Geweldig. Heb je een toverstokje?'

'Nee, maar misschien zou ik er een kunnen vinden, als ik wist wat jij had. Wat is je verdediging? Heb je bewijzen? Iets waarmee je kunt aantonen dat die agenten die vrouw echt hebben aangedaan wat jij beweert dat ze hebben gedaan? Heb je ook maar iets concreets?'

Ik aarzelde, plotseling alert. 'Nu ik erover nadenk: hoe weet jij zoveel van mijn zaak af?'

'Van mijn vader, voor een deel tenminste. Jouw zaak is niet bepaald onopgemerkt gebleven. Toen het net bekend werd, stonden de kranten er vol van.'

Dat was maar al te waar. Toch schoot door me heen dat Lukes vader als rechter veel contact had met de politie van Seattle – vriendschappelijk contact, al jarenlang. Zelfs al probeerde Luke me misschien niet iets te ontfutselen, dan nog was het de vraag of zijn vader hem wellicht, om minder aangename redenen, hierheen had gestuurd om informatie uit me los te peuteren. Was Luke misschien uit Seattle gekomen – en niet van Orcas – toen hij bij de steiger van Ransford was aangespoeld?

Hij scheen mijn gedachten te lezen. 'Vertel me nou niet dat je mijn vader van corruptie verdenkt.'

'Niet direct van corruptie. Ik vroeg me alleen maar af met wie hij het erover zou kunnen hebben gehad. De rechtspraak is maar een klein wereldje.'

'Laat mijn vader erbuiten, Sarah. Je kunt me vertrouwen, of niet. Als je me vertrouwt, kan ik je misschien helpen. Je hoeft me alleen maar te vertellen of je bewijzen hebt om die beschuldigingen van verkrachting te ondersteunen.'

Toen ik een ogenblik nadacht, realiseerde ik me dat ik niet goed wist of ik Luke wel volledig kon vertrouwen. Ook realiseerde ik me dat mijn gebrek aan vertrouwen niet gebaseerd was op wat ik van hem wist, maar eerder op wat me door andere mensen was aangedaan.

Ten slotte zei ik: 'Ik heb bewijs.'

Zijn ogen werden groot. 'Echt waar? Dat is geweldig. Wat is het?'

'Ik... Dat zeg ik liever niet.'

Hij fronste zijn wenkbrauwen. 'Zelfs niet tegen mij?'

'Nee. Sorry, maar zelfs niet tegen jou.'

Hij maakte een geërgerd geluid. 'Heb je dat bewijs aan de politie overgedragen?'

'Ben je gek? Wie zou ik daar in vredesnaam moeten vertrouwen? Vroeger werd bewijsmateriaal in een speciale ruimte opgeborgen en veilig bewaard. Tegenwoordig wordt het gestolen. Of er wordt mee gerommeld.'

'Kom nou, Sarah, nou gedraag je je wel heel paranoïde. Tegenover elke foute agent in Seattle staan wel honderd goede, daar ben ik van overtuigd.'

'Zou kunnen. Maar het staat niet op hun voorhoofd geschreven, dus wie ziet het verschil?'

'Vertrouw míj dan. Vertel mij waar dat bewijsmateriaal is, dan zorg ik dat het veilig blijft.'

'Ik... Nee. Dat kan ik niet doen,' zei ik.

'Je bent niet bereid het aan mij toe te vertrouwen?'

'Nee.'

Toen ik zijn gekwetste gezicht zag, voegde ik eraan toe: 'Het gaat niet om jou persoonlijk. Ik kan helemaal niemand in vertrouwen nemen. Niet meer.'

'Dat is het dus,' zei hij.

'Wat?'

'Dat harde dat ik in je zag. Je hebt wel een ontzettend sterk bolwerk opgetrokken, Sarah.'

'Daar heb ik dan ook goede redenen voor. En ik zie het niet als hard, eerder als intelligent gebruik van mijn verstandelijke vermogens.'

'Hoe verstandig is het,' vroeg hij, 'om bewijzen achter te houden? Daar kun je voor geroyeerd worden, in de cel worden gezet.'

'Daar kom ik op de een of andere manier wel onderuit. Of niet. Op het moment is het enige wat ertoe doet, mezelf beschermen.'

'Er staat je een proces te wachten, hè? Heb je een advocaat? Als jij bewijzen hebt waarmee iemand anders beschuldigd kan worden, kan je advocaat jou vrij krijgen.'

'Misschien. Of het kost ons allebei ons leven.'

'Je leven? Ben je bedreigd?'

'Niet rechtstreeks, maar het was niet zo moeilijk om uit te puzzelen dat als ze hun slachtoffer de mond snoerden, ik de volgende op de lijst was. Je dacht toch niet dat ze er tevreden mee zouden zijn als ik gearresteerd werd en mijn naam werd zwartgemaakt, hè? Nee, hoor. Hun volgende stap zou zijn geweest me in de Sound te laten verdrinken en het eruit te laten zien als zelfmoord. Dat zouden de mensen immers meteen geloven. Ze zouden denken dat ik niet tegen het schandaal opgewassen was.'

'Dat slaat toch nergens op, Sarah. Je bent niet dood, je bent springlevend. Als ze je zouden hebben willen vermoorden, waarom hebben ze dat dan nog niet gedaan?'

Ik keek hem alleen maar aan.

'Sarah?'

'Ze hebben me nog niet vermoord omdat ik ze heb verteld wat ik in handen heb. En dat is voldoende om ze voorgoed achter de tralies te krijgen.'

Hij sperde zijn ogen wijd open. 'Heb je ze dat verteld? De Vijf van Seattle? En ze zijn het nog niet komen halen? Ze hebben je nog niet vermoord om te voorkomen dat je er iets mee doet?'

'Doe toch niet zo naïef, Luke! Ik heb ze verteld dat het op een veilige plek ligt waar zij het nooit kunnen vinden, en als er iets met mij gebeurt, gaat het naar iemand die in staat is de Vijf achter de tralies te krijgen.'

'Wie?' vroeg hij kortaf, naar voren leunend. 'Wie heeft het bewijs, Sarah?'

Ik lachte – een korte lach. 'Waar zie je me voor aan, voor een idioot? Ik vertel het aan jou, jij let even niet op en vertelt het aan je vader, hij vertelt het aan de verkeerde persoon – al dan niet opzettelijk – en dan is het afgelopen met me.' Ik werd steeds kwader, en een ogenblik lang dacht ik dat Luke zou blijven aandringen en dat we echt ruzie zouden krijgen. Dat zou niet voor het eerst zijn – hoewel we als tieners meer ruzie hadden gemaakt om het discussiëren op zich, en niet over iets als dit.

Hij hield echter niet aan. Glimlachend zei hij: 'Hoor eens, we moeten niet bekvechten. Daarvoor zijn we al veel te lang vrienden. Wat vind je van een wapenstilstand? Oké? Zolang je maar belooft dat je een beroep op me doet als je hulp nodig hebt.'

Ik voelde een lichte naschok door de grond gaan. Die deed me er weer aan denken dat het maar weinig had gescheeld of ik had Luke – of wie dan ook – nooit teruggezien.

Ik bezweek en zei: 'Een wapenstilstand. En ja, dat zal ik onthouden. Ik wil echt niet klinken alsof ik je niet vertrouw, maar ik heb de laatste tijd nu eenmaal geleerd achterdochtig te zijn. Kun je daar in komen?'

'Eigenlijk wel, ja. Maar tegenover mij...' Hij zweeg toen hij me zag verstijven. 'Laat maar. De hemel weet dat we hier al genoeg aan ons hoofd hebben. Ik kan me er zelfs geen voorstelling van maken wat we zullen aantreffen als we van dit eiland af komen en terugkomen in Seattle.'

We leunden allebei achterover.

Ik vroeg me af wat mijn moeder dacht en voelde bij het nieuws over de aardbeving. Maakte ze zich ook maar enige zorgen om me? Ik had haar verteld dat ik naar Esme ging en dat het huis een maand leeg zou staan. Omdat ze mij erin had laten wonen, had het me het beste geleken haar ervan op de hoogte te stellen dat ik zo lang weg zou zijn.

Luke zweeg ook.

Vroeg hij zich af hoe zijn vader het maakte? Ik had eigenlijk aangenomen dat hij en zijn vader elkaar sinds de aardbeving nog gesproken hadden, aangezien hij niet ongerust leek.

'Hoe is het met de rechter?' vroeg ik. 'Heb je hem gesproken? Maakt hij het goed?'

'Dat denk ik wel. Hij is erin geslaagd contact met me op te nemen via een vriend die zendamateur is, een paar uur na de aardbeving. We konden niet lang praten. Alle beschikbare amateurzenders zijn nodig voor het reddingswerk. Hij zei dat hij het goed maakte, maar in Seattle is het een puinhoop.'

'Dat hebben we gehoord. Maar het is fijn dat je weet dat je vader ongedeerd is.'

'Ja.'

'Is er, eh... nog iemand anders om wie je je zorgen maakt?'

Hij grinnikte. 'Een vrouw, bedoel je?'

'Zoiets.'

'Op het moment niet. Ik ben getrouwd geweest, maar daar hebben we al lang geleden een punt achter gezet.'

'Wat ging er mis?'

'We pasten gewoon niet bij elkaar, denk ik. Ik was nog maar een broekie, net afgestudeerd. We zijn in Londen getrouwd; daar had zij haar carrière. Ik wilde terug naar de Verenigde Staten, en zij niet. Na een poosje zijn we uit elkaar gegaan – vriendschappelijk, voorzover dat tenminste mogelijk is.'

'Hebben jullie nog contact?'

'Al jaren niet meer.'

'Wat doe je tegenwoordig? Waar woon je?'

Hij glimlachte. 'Dat geloof je vast niet.'

'Natuurlijk wel. Eens denken... Je had het over een vriend in New York. Woon je daar? Ben je acteur op Broadway? Of een ster op het toneel of op de tv?'

Hij lachte. 'Heb je me ooit op het toneel of op de tv gezien?'

'Nee, maar al die toneelstukjes die je als kind opvoerde... Wat zou je anders kunnen zijn?'

'Ik ben detective, zou je kunnen zeggen.'

'Detective?'

Weer lachte hij. 'Zo noem ik het zelf graag. Ik werk voor een adviesbureau dat KMK heet. Zij zenden me uit naar bedrijven overal ter wereld. De afgelopen maanden heb ik op een eiland in de Bahama's gezeten. Daar had ik als taak uit te zoeken wat de veiligste plek was voor steigers voor nieuwe veerboten die naar de omringende eilanden varen. Over drie maanden zit ik misschien wel in Ottawa. Of in Parijs. Dat weet ik nooit van tevoren.'

'Heel passend,' zei ik.

'Wat?'

'Dat je veel reist. Na dat jaar dat wij, eh... samen waren, hoorde ik dat je door Europa trok, daar studeerde. Dana zegt dat mannelijke boogschutters niet stil kunnen zitten. Ze zijn gek op reizen.'

'O?' Hij grinnikte. 'En jij had het met Dana over mij?'

'Nee.' Ik wendde mijn blik af. 'Alleen maar over sterrenbeelden in het algemeen. Daardoor moest ik aan jou denken.'

'En, heeft Dana je ook verteld dat mannelijke boogschutters erg trouw zijn?'

'Nee, eerlijk gezegd zei ze dat ze elke twee weken achter een andere vrouw aan zitten. Ze hebben steeds behoefte aan een nieuw gezicht, dat zei ze. Zoals ze ook behoefte hebben aan steeds een ander uitzicht. Als minnaars zijn ze ook niet erg betrouwbaar. Ze kunnen zelfs jarenlang verdwijnen, zei ze, en dan opeens komen opdagen alsof er niets veranderd is.'

'Au.'

'Ja. Zoiets zei ik ook.'

'Maar misschien sta ik op een keerpunt of zo.'

'Ha ha.'

'Sarah... het spijt me echt dat we zo lang geen contact hebben gehad. Het is heerlijk dat ik je nu weer tegen het lijf ben gelopen.'

'Eigenaardig, dat was uit je gedrag niet op te maken.'

'Ik wist niet wat je verwachtte. Ik dacht dat ik beter een tijdje afstand kon houden.'

'Maar niet van Grace, hè?'

'Grace?' Hij leek perplex. 'Wat is er met Grace? Ik kan helemaal niet met haar overweg.'

'Ach, kom nou. Sinds wanneer is dat geen aanwijzing meer voor een bepaalde seksuele spanning?'

'Seksueel?' Hij lachte. 'Nou, ik moet toegeven dat ik Grace inderdaad nogal... apart vind.'

'Apart?'

'Wie is er hier nou naïef, Sarah? Geloof je ook niet dat Grace meer van vrouwen houdt dan van mannen?'

Daar moest ik om lachen. 'Denk je dat ze lesbisch is? Waarom? Omdat ze zich van niemand iets aantrekt? Of misschien omdat ze geen doetje is en heel goed voor zichzelf kan zorgen?'

'Dat niet, nee. Je zou me toch beter moeten kennen. Ik dacht alleen... Mannen lijken haar weinig te doen.'

Ik schaterde. 'Je bedoelt dat jíj haar weinig lijkt te doen, of niet soms? Grace flirt niet met jou, en daarom neem je maar automatisch aan dat ze lesbisch is. Welke vrouw wordt er nu níét opgewonden van jou?' Lachend haalde ik mijn hand door mijn haar.

'Goeie hemel, het is zo lang geleden dat ik een man in de buurt heb gehad, dat ik was vergeten hoe het mannelijke ego werkt.'

Hij kon erom lachen. 'Ik geef toe dat ik altijd het idee heb dat ik alle vrouwen kan betoveren.'

'Echt iets voor jou, Luke. Een echte tovenaar.' Ik werd weer ernstig. 'Dat wil zeggen, tot je, zoals Dana zegt, je belangstelling verliest en achter het volgende nieuwe gezicht aan gaat.'

Hij fronste zijn voorhoofd. 'Je verdraait de zaken opzettelijk. Toen we achttien waren, was het niet meer dan natuurlijk dat onze wegen zich scheidden. Waarom laat je het klinken alsof ik je heb laten zitten?'

Ik stond op en sloeg de bladeren en takjes van mijn achterwerk. 'Ach, ik weet niet. Misschien om er zeker van te zijn dat ik je nu in het juiste licht zie, en niet door die roze bril van tweeëntwintig jaar geleden.'

Hij kwam ook overeind, met zijn armen gespreid. 'Hier sta ik, Sarah. Ik ben het. Gewoon ik, in welk licht je me ook wilt zien, ik blijf dezelfde.'

'We zullen zien.' Ik kroop weer achter mijn beschermende muur.

Het zachte zingen van de vogels in de verte ging plotseling over in luide kreten, gekras. Met mijn hand boven mijn ogen tuurde ik naar de hemel. 'Er is iets aan de hand met ze. Wat denk jij dat het kan zijn?'

'Of ze hebben een vreemde vogel ontdekt, of ze waarschuwen elkaar dat daar ergens een hongerig dier rondloopt.'

Terwijl we toekeken, kwamen er gieren rondcirkelen.

Ik huiverde. 'Ik denk dat je gelijk hebt. Misschien hebben ze een dood dier gevonden.'

Het volgende moment hoorde ik mijn naam roepen. De paniekerige stemmen van Kim en Dana waren van verre te horen.

Luke en ik liepen in de richting waar ze vandaan kwamen. Ik kon horen dat het geroep dichterbij kwam, en toen ik langs een paar oude boomstronken liep, herkende ik die als oriëntatiepunten van jaren geleden.

We renden in de richting van Adams Ravijn, een diepe kloof die heel lang geleden door een aardbeving was ontstaan. Als kind hadden Luke en ik ons voorgesteld dat er een brug over het ravijn was, die we de Brug van San Luis Rey noemden. We hadden gefantaseerd dat we er heel voorzichtig overheen liepen en vijfenzeventig meter de diepte in keken, dat de touwbrug heen en weer zwaaide en dreigde ons in het gapende ravijn te kieperen.

Maar dit was iets heel anders dan die denkbeeldige avonturen van vroeger. Dana, Kim en Grace stonden aan de rand van Adams Ravijn naar beneden te kijken. Dana's gezicht was een en al ontzetting.

Ik rende naar de plek waar ze stonden en keek waar Dana wees, met een trillende vinger.

Halverwege in de diepte, op een richel van ruim één meter breed, lag een lichaam. De korte spijkerbroek en de roze blouse kwamen me maar al te bekend voor.

'Jane,' bracht ik uit. 'O, hemel, nee toch.'

Ze was boven op de lange, dunne stam van een afgebroken boom gevallen. Die was ongeveer anderhalve meter hoog, en de scherpe punt had haar helemaal doorboord. Plassen bloed lagen om haar heen.

Boven ons cirkelden de gieren, ongeduldig afwachtend tot de menselijke indringers zouden verdwijnen. Het was hun hongerige gegil dat Luke en ik hadden gehoord.

Het leek overduidelijk, zelfs van zo ver weg, dat Jane dood was.

'Ik ga wel naar beneden,' zei Luke. 'Als ze nog leeft...' Hij maakte zijn zin niet af, en we wisten allemaal dat we, zelfs als Jane nog zou leven, niet veel konden doen. Met zo veel bloedverlies zou ze transfusies nodig hebben, een operatie – dingen die op dat moment onbereikbaar voor ons waren.

Luke liet zich zakken aan de uitsteeksels van struiken en wortels. Op sommige plaatsen kon hij de neuzen van zijn laarzen in de aarde duwen, maar die was nog nat van de regen, en glibberig. Daardoor en door de naschokken vorderde hij maar langzaam. Hij daalde een stukje en moest dan weer stoppen en zich vastklampen.

Eén keer dacht ik echt dat de bevende grond hem los zou schudden en ook hij in het ravijn zou storten. Ik wilde omlaag gaan naar Jane, en Grace had het ook aangeboden, maar Luke hield vol dat het veiliger was als hij alleen ging.

Nu zag ik dat hij gelijk had. Het grootste deel van het ravijn om hem heen was kaal, zonder bomen of struiken. Er was één natuurlijk pad, van wortels die uit de wanden van de kloof puilden. Het liep in een min of meer rechte lijn van ons naar de plek waar Jane lag. Als we achter Luke aan zouden gaan en zouden vallen, zouden we hem mee omlaag sleuren.

Ik liep naar Dana, die zich huilend aan mijn arm vastklampte. 'Wat is er gebeurd?' vroeg ik, haar bij haar schouders pakkend. Ze trilde zo hevig, dat ik mijn greep automatisch verstrakte, alsof ik wilde voorkomen dat ze los zou trillen. 'Dana! Vertel eens wat er gebeurd is!'

Er kwamen tranen in haar ogen. 'Ik... Ik ben haar kwijtgeraakt. Het spijt me zo. Ik weet niet hoe ze hier is gekomen.'

'Je bent haar kwijtgeraakt?'

'Ik weet niet wat er gebeurd is, bedoel ik! Ze ging een van die blokhutten in, die waarvan we dachten dat hij van Gabe Rossi zou kunnen zijn. Ze zei dat ze vond dat we hem nog een keer moesten controleren. Ik weet ook niet waarom ze dat wou. Waarom moest ze dat nou toch doen?' Met vochtige bange ogen keek ze me aan. 'Toen ze daarbinnen was, kreeg ik opeens het afschuwelijke gevoel dat ze het in brand wilde steken, net zoals ze met Lukes huis heeft gedaan. Maar die gedachte kwam later pas. Eerst dacht ik alleen maar dat ze nieuwsgierig was.'

Ik schudde mijn hoofd. Ik kon mijn oren nauwelijks geloven. 'Heb je haar alleen naar die hut laten gaan, na wat er op Ransford gebeurd is? Maar, Dana, je zou haar toch voortdurend in de gaten houden?'

'Ik heb toch al gezegd dat het me spijt! Maar je weet niet...' Ze hapte naar adem en wachtte even tot ze wat rustiger kon praten. 'Ik ben beneden aan de kust gebleven omdat ik me verstapt had en mijn enkel had verstuikt. Het pad naar de hut was zo steil, dat ik dacht dat ik het maar beter niet kon proberen. Maar toen Jane niet terugkwam, ben ik haar ten slotte toch achternagegaan om haar te halen.' Ze schudde haar hoofd, met een versufte en ongelovige uitdrukking op haar gezicht. 'Ze was nergens meer te vinden. Het leek wel of ze in rook was opgegaan.'

Toen ik omlaag keek naar Dana's enkel, viel me tegelijkertijd vanuit mijn ooghoek iets op aan de grond bij de rand van het ravijn.

Grace zei echter iets, waardoor ze me afleidde.

'Waar heb je gezocht?' wilde ze van Dana weten. Tegen mij zei ze: 'Kim en ik kwamen Dana bij Lukes huis tegen.'

'Bij Lukes huis?'

'Ik had het gevoel,' legde Dana zacht uit, waarbij ze duidelijk haar best deed haar stem kalm te houden, 'dat Jane daar weer heen was om te zien of de brand soms de aandacht van een reddingsploeg had getrokken. Dat leek me de enige logische verklaring. Alleen, waarom heeft ze mij dan niet gehaald? Dan hadden we samen kunnen gaan?' Ze begon weer te huilen. 'Ik ben zo'n sufferd. Ik blijf maar denken dat ik dingen wéét, maar de waarheid is dat ik verdomme helemaal niks meer weet! Anders zou ik haar wel op tijd hebben gevonden om haar te kunnen redden.'

Kim, die in de kloof had staan turen, keek mij aan. 'Ik weet niet wat ze voor reden had om Dana alleen te laten, maar we zagen meteen dat ze niet bij Lukes huis was. We hebben eerst in het bos gezocht, en toen een pad gevonden dat van het huis weg liep, bijna helemaal dichtgegroeid. Daarlangs zijn we hier gekomen.' Haar ogen werden wazig van de tranen. 'Grace zag Jane het eerst. Ze wilde al naar beneden gaan, maar dat hebben wij haar uit het hoofd gepraat.'

'We dachten niet dat we nog iets voor haar konden doen,' zei Dana. Haar kin trilde nog steeds. 'En we waren bang dat Grace zou vallen en dat we haar ook kwijt zouden raken. Toen zijn we jou gaan roepen, Sarah, om je te laten weten wat er gebeurd was, zodat je hierheen zou komen in plaats van naar het huis te gaan.'

Ze keek me aan en veegde met de rug van haar hand haar ogen droog. 'Eerlijk gezegd, toen ik eraan dacht dat jij daar helemaal in je eentje door het bos liep, werd ik... werd ik bang dat er met jou misschien ook iets gebeurd was.'

Ik kreeg het gevoel dat Dana me iets probeerde te vertellen. Dacht ze soms dat Janes dood geen ongeluk was geweest? Waarom kwam die gedachte eigenlijk bij me op?

Ik wilde haar al vragen of dat inderdaad was wat ze bedoelde, maar Luke had Jane intussen bereikt en probeerde een hartslag te vinden, eerst bij haar pols en toen in haar hals. Ik zag hem vooroverleunen en zijn oor vlak boven haar mond houden. Ten slotte keek hij naar ons omhoog en schudde zijn hoofd.

Ik voelde tranen in mijn ogen prikken. Jane hoefde eindelijk niet meer ongerust te zijn. Voor het eerst hoopte ik bijna dat Janes kinderen de aardbeving niet overleefd hadden. Dan zouden ze nu tenminste bij elkaar zijn.

8

꩜

Zelfs al waren we allemaal goed uitgerust en er lichamelijk toe in staat geweest, dan nog zou het moeilijk zijn geweest Jane uit het ravijn te halen. Zoals het er nu voorstond, met die voortdurende naschokken, en wij, allemaal doodmoe door slaapgebrek en te weinig eten, was het onmogelijk.

Luke stelde voor Jane te laten liggen waar ze gevallen was en haar te bedekken met stukken rots uit de ravijnwand, tot er reddingsteams kwamen.

Dat bedekken met rotsblokken – vanwege de roofvogels – leek een eeuwigheid te duren. Ik keek toe terwijl Luke voorzichtig langs de rand van de steile afgrond schoof, de rotsblokken stuk voor stuk beetpakte en ze voorzichtig over Janes lichaam legde, tot elke centimeter ervan bedekt was – dat wil zeggen, elke centimeter behalve het afschuwelijke gat waar de speer door haar borst was gedrongen. Aan zijn moeizame bewegingen was te zien hoe uitgeput hij was – en uit zijn lijkbleke gezicht.

We wilden hem allemaal helpen, maar weer stond hij erop dat we boven bleven. 'Als een van jullie zou vallen...' riep hij naar boven. Hij schudde zijn hoofd. 'Ik geloof niet dat ik dit nog een keer zou kunnen.'

We pakten elkaars handen vast en keken zwijgend toe terwijl Jane – een vrouw die we nauwelijks hadden gekend, maar nu al misten – onder het ene na het andere rotsblok verdween.

Dana bad hardop, en ik denk dat dat het moment was waarop we beseften dat het elk van ons had kunnen zijn. We hadden meer geluk gehad dan de mensen die bij de aardbeving waren omgekomen – duizenden mensen waarschijnlijk. We hadden meer geluk gehad dan Lucy of Jane. Maar we leefden in geleende tijd. Hoelang kon dat duren? Later zaten we elkaar in de keuken van Thornberry zwijgend aan te kijken. Niemand voelde ervoor als eerste iets te zeggen.

Bij aankomst had ik Timmy apart genomen en haar over Jane verteld. Ze was bleek geworden en naar buiten gegaan. Sindsdien zat ze bij Lucy's graf, voorovergebogen. Haar lippen bewogen in wat naar ik aannam een gebed was.

Gabe Rossi, de nieuwkomer, was buiten het geitenhok aan het repareren, voor het geval de geiten terugkwamen. We waren door de voordeur binnengekomen en hadden hem nog niet gesproken.

Ten slotte bracht ik onder woorden wat al door mijn hoofd speelde vanaf het ogenblik dat we Jane hadden gevonden. 'We moeten er op zijn minst rekening mee houden dat Janes val geen ongeluk was.' Ik telde de verbijsterde blikken die mijn kant op werden geworpen, op zoek naar minstens één die minder verbijsterd leek dan de rest. Die was er niet. Niet voorzover ik kon zien, althans.

'Maar dat... dat is toch belachelijk?' vroeg Dana. 'Wie zou Jane nu kwaad willen doen?'

'Dat weet ik niet, maar in al die jaren als advocaat ben ik op heel wat plekken geweest waar een misdaad begaan was. Ik heb geleerd op bepaalde dingen te letten.'

'En?' vroeg Luke.

'En er was iets met de rand van het ravijn wat me opviel, iets wat ik jaren geleden eens bij een zaak ben tegengekomen. Ik had alleen geen tijd om er verder bij stil te staan toen we daar waren.'

'Wat was dat dan?' vroeg Kim.

'De grond langs de rand. Die was omgewoeld, alsof er gevochten was. Als Jane gewoon over de rand was gevallen – doordat ze haar evenwicht verloor tijdens een naschok of zo – zou de grond er anders hebben uitgezien.'

'Maar Grace, Kim en ik waren daar al voor jij en Luke kwamen,' zei Dana. 'Waarschijnlijk hebben wij dat gedaan toen we over de rand keken om Jane te zien.'

'Dat denk ik niet. De rand was zo'n beetje afgerond, geen plat vlak. Als jullie zo dicht bij de rand zo veel aarde zouden hebben losgemaakt, zouden jullie vermoedelijk zijn weggegleden en ook zijn gevallen. Nee... de grond op die plek kan alleen maar zo omgewoeld zijn doordat daar gevochten is.'

'Ze heeft gelijk,' zei Kim. 'Ik weet nog dat ik wat verder van de rand ben gaan staan omdat hij zo rond afliep. Ik kon zien dat ik er heel makkelijk af zou kunnen glijden als ik niet uitkeek.'

Timmy's stem kwam vanuit de open keukendeur, iel en onvast. 'Wil je zeggen dat je denkt dat Jane eroverheen geduwd is? Door iemand van ons?'

Daar schrok ik van, want ik had er nog niet serieus bij stilgestaan dat iemand met wie ik aan tafel zat, Jane vermoord zou kunnen hebben.

'Ik... Nee,' zei ik. 'Ik geloof dat ik dacht dat er nog iemand anders op het eiland moest zijn.'

'Ten Little Indians,' mompelde Kim.

'Wat?'

'Dat boek van Agatha Christie, Ten Little Indians. Alleen is het hier net andersom. In plaats van te verdwijnen, komen er steeds nieuwe mensen opdagen.'

'Het lijkt verdomme meer op zo'n kinderspelletje,' zei Grace. 'Waarbij ze allemaal in een kring staan en elkaars handen vasthouden en een versje opzeggen. Heel gezellig, al die kinderen die zo ronddansen, tot er zo'n arme drommel wordt aangewezen die de kring uit moet.'

'Ik wed dat jij degene was die er altijd uit moest,' zei Kim, hoewel het eerder plagend dan grof klonk.

Grace reageerde niet met een snauw, en voor het eerst sinds het ravijn glimlachte Dana zowaar.

'Is het jullie weleens opgevallen in hoeveel kinderversjes en verhaaltjes het over eten gaat? Denk maar aan Holle bolle Gijs, en Luilekkerland...'

'Wat dacht je van Tafeltje-dek-je, of het snoephuisje van Hans en Grietje?' vroeg Kim.

Dana sloeg haar handen voor haar gezicht. 'O, hemel! Ik zou een moord doen voor een taco!'

Om de een of andere reden vonden we dat allemaal grappig – zelfs Grace, die net als iedereen in de lach schoot. Ik neem aan dat we op dat moment op het randje van hysterie zaten. Het hielp om wat van het verdriet en de spanning kwijt te raken, waarmee we van het ravijn waren teruggekomen.

'Oké,' zei ik toen we eindelijk uitgelachen waren. 'Het eerste wat we ons moeten afvragen is: wie was er niet met iemand samen toen het gebeurde? Wie was ergens alleen?'

'Ik,' zei Luke. 'Een poosje tenminste.'

'Ik ook,' voegde ik eraan toe. 'Een poosje.'

We keken elkaar aan.

Grace richtte haar scherpe blik op ons. 'Dus jullie tweeën zijn elkaar in het bos tegengekomen? Bij toeval, zeg maar?'

'Ja, bij toeval,' antwoordde ik nadrukkelijk. Ik was op dat moment niet in de stemming voor haar stekelige opmerkingen.

'Gabe Rossi is daar ook een poosje alleen geweest,' zei Kim.

'Wie is Gabe Rossi?' vroeg Luke.

'Dat was ik vergeten,' zei ik. 'Die heb jij nog niet ontmoet. Hij kwam vannacht opdagen toen jij al weg was. Hij is eigenaar van een van de blokhutten langs de kust.'

'En je weet niet waar hij was op het moment dat Jane in het ravijn gevallen moet zijn?'

'Amelia zei dat hij hier even weg was geweest om iets uit zijn hut te halen. Zo was het toch?'

Amelia, die bezig was Dana met haar opgezette enkel in een pan water te helpen die ze buiten boven het vuur had verwarmd, knikte. 'Hij ging naar zijn hut om wat gereedschap te halen.'

'Ik dacht dat hij zei dat er niets in lag,' zei ik.

'Nou,' zei Dana, 'misschien bedoelde hij eten en dat soort dingen. Ik kan me niet herinneren dat ik er gereedschap heb zien liggen, maar we waren ons aan het haasten omdat we jou en Kim op Ransford zouden treffen. We hebben niet in alle laden gekeken, alleen maar in die waarvan we dachten dat er eten zou kunnen liggen, of een zaklamp of een radio. En het kan ook zijn dat hij buiten nog opslagruimte had die we niet hebben gezien, net als bij Lukes huis.'

'Ik zeg het niet graag...' begon Kim. Toen zweeg ze.

'Wat?'

'Nou, als Gabe een tijdje weg is geweest, zijn Timmy en Amelia ook alleen geweest. Heeft een van jullie tweeën... Heeft een van jullie tweeën de ander alleen gelaten?'

Eerst gaf geen van beide vrouwen antwoord, en ik geloof dat de rest van ons helemaal overdonderd was, zo absurd was dat idee.

'Je wilt toch niet echt suggereren dat Timmy of Amelia Jane vermoord zou kunnen hebben?' vroeg ik uiteindelijk.

Kim schudde haar hoofd. 'Nee, dat niet. Niet echt. Maar je hebt zelf gezegd dat we niemand mogen uitsluiten.'

Ik vond het helemaal niet prettig die twee vrouwen tot verdachten te maken. Ik wist niet of dat door hun leeftijd kwam of doordat ik hen allebei oprecht graag mocht. Toch moest ik toegeven dat het niet eerlijk, of verstandig, was een van beiden uit te sluiten. Ik keek Timmy aan en zei: 'Ik weet dat dit belachelijk is, maar heeft een van jullie tweeën de ander vanmiddag alleen gelaten?'

'Alleen maar om de tuin in te gaan,' zei Timmy.

'We zijn het erf niet af geweest,' voegde Amelia er vlug aan toe.

Te vlug? Amelia's antwoord riep twijfels op, maar ik besloot daar nu niet op in te gaan. 'Goed dan. Hoe laat was het ongeveer toen Gabe Rossi naar zijn hut vertrok?'

Amelia keek naar Timmy, die haar hoofd schudde en zich omdraaide. 'Vlak nadat jullie allemaal vertrokken waren,' zei Amelia. 'En hij kwam een poosje voor jullie terug.'

'Dus hij zou het gedaan kunnen hebben,' zei Grace. 'Hij zou een of ander achterafpaadje genomen kunnen hebben en in zijn hut zijn geweest toen Jane daarheen ging om het te controleren. Hij kan haar aan de achterkant mee naar buiten hebben genomen, waar Dana het niet kon zien, en met haar naar het ravijn zijn gegaan om haar erin te gooien.'

'Maar waarom?' vroeg Dana. 'Waarom zou hij Jane in vredesnaam hebben vermoord? Ik kan me absoluut niet voorstellen dat die vrouw voor iemand een bedreiging vormde.'

'Misschien zag ze iets wat ze niet mocht zien,' opperde ik.

Het was even stil.

'En misschien is Gabe Rossi helemaal niet wie hij beweert te zijn,' bracht Grace naar voren.

'Gelijk hebben jullie, dames,' zei een stem vanuit de deuropening. 'Ik ben helemaal niet wie ik beweer te zijn. Ik ben een moordenaar. Een koelbloedige moordenaar.' Hij stond met zijn ene hand achter zijn rug en zwaaide die nu naar voren.

Ik geloof dat we allemaal een meter de lucht in sprongen, omdat we dachten dat hij er een wapen in had.

Wat Rossi in zijn hand hield, was echter een enorme vrolijke bos seringen.

Op zijn gezicht verscheen een brede grijns. 'Maar voor ik jullie een kopje kleiner maak, ben ik van plan jullie te begraven onder bloemen. Is dat niet leuker?' Hij liet ze op tafel vallen, en hun zoete, opwekkende geur vulde de keuken.

Ik geloof niet dat een van ons die man nog voor een koelbloedige moordenaar aanzag toen we opkeken en die grijns zagen, die pretlichtjes in zijn ogen.

'Jij moet Luke zijn,' zei hij terwijl hij in de borstzak van zijn overhemd voelde. 'Timmy heeft me alles over je verteld.' Toen hij zijn hand uit zijn zak haalde en hem opende, kwam er een volmaakt hemelsblauw vogeleitje te voorschijn.

'Is dat voor mij?' Luke trok een wenkbrauw op en keek ernaar. Toen wierp hij een scherpe blik op Rossi. 'Hoe dat zo?'

'Nou, de dames schijnen jou als hun beschermer te hebben gekozen,' antwoordde Rossi. 'En daarom leek jij me de aangewezen persoon om het leven van dit vogeltje te redden.'

Luke schudde zijn hoofd alsof hij verbijsterd was, maar pakte toch het eitje van Rossi aan. Hij legde het in zijn handpalm en blies er een beetje warme adem op.

Ik herinnerde me iets wat ik na al die jaren vergeten was: Luke met een pasgeboren vogeltje in een schoenendoos, dat hij voedde met een pipetje, zoals kinderen dat doen. Hij was toen dertien en wilde later dierenarts worden. Uiteindelijk was het vogeltje zover dat het kon vliegen, en Luke en ik maakten er een hele plechtigheid van toen we het vrijlieten.

Rossi en Luke keken elkaar aan. Er was iets tussen hen, een zekere uitdaging. Maar misschien was het gewoon een kwestie van twee mannelijke ego's die een potje knokten te midden van al dat oestrogeen.

Ik merkte dat Dana en Kim, en zelfs Grace, naar Luke keken alsof hij hun redder was. Geef een vrouw een man die lief is voor huisdieren – of vogels – en ze kunnen niet van hem afblijven. Niet dat ik ze dat kwalijk nam. Luke had ons beslist laten zien wat hij waard was, niet alleen door Jane te begraven, maar ook door ons op allerlei andere manieren te helpen sinds hij op het eiland was gearriveerd. Daarnaast had hij het soort persoonlijkheid waar vrouwen gek op zijn. Hij was rustig maar vriendelijk, resoluut maar ook bereid naar andermans mening te luisteren.

Rossi was echter een knappe man – echt knap – en ik zou er mijn laatste cent om hebben verwed dat de andere vrouwen eerder zouden bezwijken voor zijn openheid en charme.

'Toen jij binnenkwam,' legde ik aan Rossi uit, 'waren we de mogelijkheden aan het bekijken. We vroegen ons net af wie van ons een moordenaar zou kunnen zijn, hoe lachwekkend dat ook klinkt. We konden jou niet uitsluiten, net zomin als Timmy of Amelia.'

Hij trok zijn jack uit en kwam tegenover Grace, Kim en mij zitten. 'Maar, dames, ik heb geen flauw idee waar jullie het over hebben. Wie zou ik dan hebben vermoord? Wie is er dood?'

Ik bedacht dat niemand hem nog van Jane had verteld.

'Een van ons,' zei ik. 'Ze heette Jane Parrish. We hebben haar in een ravijn gevonden, dood.'

'En jullie denken dat ik haar daarin heb geduwd? Goeie genade! Waarom zou ik in vredesnaam zoiets doen? Ik ken die vrouw niet eens!'

'Je hebt haar vannacht ontmoet,' merkte Grace op.

'Ja, natuurlijk, maar neem me niet kwalijk dat ik het zeg, maar ik was vannacht niet helemaal helder. Iemand had me een mep met een wandelstok verkocht, weet je wel?' Hij wierp me een bezorgde blik toe. 'En nu denk je dat ik je vriendin van kant heb gemaakt? Haar in dat ravijn heb geduwd of zo?'

'Zoals ik al zei,' antwoordde ik, 'waren we de mogelijkheden langs aan het lopen. Daar was jij er een van. Het was niet persoonlijk bedoeld.'

'Ah, gelukkig! Niet persoonlijk bedoeld? Ik wil wedden dat jullie vannacht allemaal met je wandelstok naast je gaan slapen!' Hij ging opeens op een vet Iers accent over, zo plotseling dat ik ervan schrok.

'Dat bedenk ik nu opeens: we hebben je nog helemaal niet gevraagd wat je doet,' zei ik peinzend. 'Op het vasteland, bedoel ik. Wat voor soort werk doe je?'

Hij grinnikte en liet het accent weer varen. 'Je zou kunnen zeggen dat ik een van die snelle IT-jongens ben van wie je tegenwoordig zoveel hoort. Al neem ik aan dat "jongen" niet meer op mij van toepassing is, aangezien ik de vijfendertig al heb bereikt. Maar het geldt nog wel voor de jonkies die voor me werken. Ik ben eigenaar van een softwarebedrijf.'

'Serieus?' vroeg Kim. 'Welk dan?'

'Dark Kingdom. Daar zul je wel nooit van gehoord hebben. We zijn begonnen met iets wat wel een beetje op Loom leek, maar dan beter qua grafische vormgeving. Dat was een groot succes, en nu doe ik de stemmen in een aantal van onze spelletjes, gewoon voor de lol. Een van onze vier grootste hits speelt zich in Ierland af. Dat heb ik Bloody Mist genoemd.'

Dana huiverde. 'Klinkt vreselijk. Sorry, maar ik zou niet graag willen dat mijn kinderen zulke spelletjes speelden.'

'Heb je kinderen?' vroeg Rossi.

'Nee, maar ik weet gewoon dat ik niet zou willen dat ze daarmee zouden opgroeien. Jane dacht er net zo over. Daar hadden we het laatst...' Ze zweeg en keek omlaag naar haar handen.

'Gabe,' zei ik, 'Jane is vanmiddag naar jouw blokhut gegaan om die te controleren. Zo te horen was jij daar ook. Heb je haar gezien?'

'Nee, ik ben bang van niet,' zei hij. 'En voor alle duidelijkheid: ik vind het heel erg van jullie vriendin. Maar jullie denken toch niet serieus dat iemand haar geduwd heeft, hè? Ik bedoel, als ze daar ergens alleen door het bos liep, is ze vermoedelijk gewoon uitgegleden en gevallen. De grond is zo verraderlijk na die aardbeving en al die regen.'

'Het zou makkelijker zijn als iemand haar had zíén uitglijden en vallen,' merkte Grace op.

Hij haalde zijn schouders op. 'Daar kan ik je niet mee helpen, vrees ik. Ik heb je vriendin niet gezien. Aan de andere kant...' Hij zweeg even en keek Luke aan. 'Jou heb ik wel gezien.'

Luke staarde hem aan. 'Heb je mij gezien? Dan moet je op Ransford zijn geweest. Wat deed je daar?'

'Ik ben niet bij Ransford in de buurt geweest. Ik liep van mijn blokhut naar Thornberry terug, door het bos. En toen zag ik jou. Je stond aan de rand van het ravijn naar beneden te kijken.'

In verwarring keek ik Rossi aan. 'Dan moet je ons allemaal bij het ravijn hebben gezien. We waren daar allemaal tegelijk met Luke.'

'Niet toen ik hem zag, hoor. Hij was alleen.'

Luke schoof zijn stoel naar achteren en kwam met een ruk overeind. 'Je liegt! Wat is hier verdomme aan de hand?'

'Ik lieg niet,' zei Gabe kalm. 'Ik heb jou aan de rand van een afgrond zien staan, en je stond naar beneden te kijken. Je handen zaten onder de modder. Je veegde ze aan je broek af en stond naar iets te turen. Ik heb een poosje naar je staan kijken.'

Luke werd bleek en keek ons allemaal hoofdschuddend aan. 'Hij liegt. Ik ben rechtstreeks van Ransford komen lopen langs een pad dat absoluut niet in de buurt van dat ravijn loopt. In het bos kwam ik Sarah tegen, en we zijn pas van die plek weggegaan toen we jullie hoorden roepen. Ik kan absoluut niet bij dat ravijn zijn geweest toen Jane viel.'

'Maar wat deed je er dan?' hield Rossi aan. 'Want je was er wel. Ik heb je met mijn eigen ogen gezien.'

'Dat slaat nergens op!' protesteerde ik. 'Luke zou Jane nooit kwaad doen. Hij zou niemand kwaad doen.'

'Sarah...' begon Grace.

'Nee, ik zeg toch dat het nergens op slaat! Ik ken Luke al jaren.'

'Mag ik je erop wijzen dat je hem in geen jaren hebt gezien?'

zei ze nuchter. 'En mag ik je er ook op wijzen dat die "vriend"
van je al heel wat keren opeens verdwenen is sinds hij bij ons is?
Wie kan zeggen wat hij allemaal heeft uitgespookt?'
Kwaad sprak ik haar tegen. 'Ik kan niet geloven dat je daar in-
trapt, na alles wat Luke heeft gedaan om ons te helpen. Kom
nou, Grace, waarom geloof je iemand die hier midden in de
nacht opeens komt binnenvallen en die we geen van allen kennen?'
'Waarom zou Gabe liegen?' bracht ze daartegen in.
'Dat weet ik niet, maar als Luke zegt dat Gabe liegt, dan is dat
zo. Bovendien heb ik jullie al verteld dat Luke en ik bij elkaar waren in het bos.'
'Nou, dan kan ik alleen maar zeggen dat jullie wel ontzettende
mazzel hebben dat jullie elkaar als alibi hebben. Komt dat even
goed uit, dat hij jou tegenkwam in het bos. En jij hem.'
'Dus nu denk je dat ík Jane heb vermoord?'
Ze sloeg haar armen over elkaar. 'Wat dacht je van jullie
tweeën samen?'
'Allemachtig, Grace!'
'Het enige wat ik wil zeggen, is dat we het niet kunnen weten.
Niemand van ons kent een van de anderen hier. We weten niet
eens waarom we hier zijn, niet echt.'
'Ze heeft gelijk,' zei Dana aarzelend. 'Dat heb ik me ook al afgevraagd. Van mij is er bijvoorbeeld nog nooit een boek versche-
nen, en er heeft nog nooit iemand van me gehoord.' Ze keek
naar Timmy. 'Ik bedoel het niet onaardig, maar ik zou graag willen weten waarom je me hier hebt uitgenodigd.'
Timmy scheen niet goed te weten wat ze moest zeggen, en
Amelia nam het van haar over. 'In de eerste plaats is het niet
waar dat er nog nooit iemand van je heeft gehoord, Dana. Er zijn
heel wat mensen die je artikelen in Prevention hebben gelezen.
Iemand heeft je gewoon aanbevolen.'
'Serieus? Ben ik door iemand aanbevolen? Door wie dan?'
'Dat weet ik niet precies meer, maar Timmy en ik hebben een
hele lijst van aanbevelingen doorgenomen, en daar kwam jij het
positiefst uit.'
'Ik snap het niet,' drong Dana aan. 'Wie heeft die aanbevelingen dan geschreven?'

Amelia haalde even haar schouders op. 'Mensen die door de jaren heen met Thornberry verbonden zijn geweest.'

'Schrijvers die hier hebben gelogeerd, bedoel je?'

'Sommigen, ja, en anderen zijn gewoon mensen die Timmy hebben gesteund toen ze van haar pension een schrijverskolonie maakte. De meesten zijn oude vrienden.'

Kim kwam ertussen. 'En de rest van ons?'

'Jullie zijn allemaal op dezelfde manier uitgekozen,' antwoordde Amelia. 'We zijn heel nauwkeurig te werk gegaan en hebben steeds meer namen geschrapt, tot we de besten overhielden. Timmy wilde vrouwen met het grootste potentieel, die op wat voor manier dan ook over vrouwenonderwerpen schrijven. Ook moesten ze enige levenservaring hebben, zodat ze uit eigen ervaring weten waar ze over schrijven. Vrouwen met een overtuiging, die opkomen voor datgene waar ze in geloven.'

Zo ging Amelia nog even door. Ze legde het selectieproces uitvoerig uit, en op een gegeven moment begon ik aan haar verklaring te twijfelen. Ik moest aan dat oude gezegde denken: als je ergens over wilt liegen, kun je het maar beter kort houden. Onhandige leugenaars vertellen vaak veel te veel details, omdat ze denken dat hun leugen pas wordt geloofd als ze er alle bijzonderheden bij vertellen. Het leek me dat Amelia een beetje te ver was gegaan toen ze het over dat grote potentieel van ons had gehad.

Ik was in alle bescheidenheid best bereid toe te geven dat Timmy mij zo gezien zou kunnen hebben, omdat ze getuige was geweest van mijn eerste stappen op het schrijverspad. Feitelijk was ze er zelfs verantwoordelijk voor geweest.

Ook kon ik er wel in komen dat ze over Kim net zo dacht. Als filmster bezat Kim een zekere status in de wereld, die aan het succes van haar boek kon bijdragen. Bovendien mocht je aannemen dat ze wel enige levenservaring had die de moeite waard was om over te lezen – ook al waren we er nog geen van allen achter wat die inhield.

Maar Grace? Hoe kon Amelia haar nu beschrijven als iemand met een groot potentieel? Ik had zelfs nog geen enkel bewijs gezien dat Grace een boek aan het schrijven was. Om eerlijk te zijn, was ik al bijna tot de conclusie gekomen dat Grace onder valse voorwendsels op het eiland zat – zo iemand die het mooi weet te brengen, maar nooit aan het eigenlijke schrijven toekomt. Ze had ons verteld dat ze sinds haar afstuderen van beurzen leefde en het hele jaar door van de ene schrijverskolonie naar de andere ging. Ik wist dat veel mensen die schrijver wilden worden, zo leefden – beroepsstudenten, zou je kunnen zeggen. Het waren vaak van die literaire types die het zo druk hadden met het aanvragen van beurzen, dat ze meestal nauwelijks tijd of energie overhielden om in een boek te stoppen.

En dan had je Jane. Zij had beweerd dat ze romantische boeken schreef, en toch had niemand ooit een manuscript gezien of haar eruit horen voorlezen. Dat hadden we allemaal aan verlegenheid geweten, maar ik had me wel afgevraagd of ze het schrijven zo serieus nam dat ze zich er echt helemaal aan zou kunnen wijden, met al haar zorgen om haar gezin. Niet dat ik me daar druk om maakte, maar op grond van wat ik de afgelopen maanden over schrijven had geleerd, begreep ik nu dat het een fulltime 'baan' was, iets waar je al je aandacht voor nodig had. Ik had biografieën van beroemde auteurs gelezen – degenen die het gemaakt hadden – en was daaruit te weten gekomen dat zij niet per se 'sociale' mensen waren, volgens de heersende normen. Het waren vaak mensen die hun gezin verwaarloosden en zich uren- en urenlang in hun werkkamer opsloten. Dat gold absoluut niet voor Jane.

Dat ik aan die arme vrouw twijfelde, was vermoedelijk mijn dieptepunt van de avond. Als we zo doorgingen, zou het niet lang duren voor we elkaar allemaal naar de keel vlogen, dacht ik.

Amelia bracht mijn gedachten onder woorden. 'Ik denk dat we allemaal moeten proberen ons te beheersen,' zei ze resoluut. 'Dit is niet het moment om elkaar te gaan beschuldigen. We moeten elkaar bijstaan tot er hulp komt. En Sarah, neem me niet kwalijk dat ik het zeg, maar is het niet mogelijk dat de aarde aan de rand van het ravijn op een andere manier los is gewoeld? Doordat Jane probeerde zich vast te grijpen toen ze omlaag dreigde te glijden of zo?'

Daar had ik niet aan gedacht, en ik gaf toe dat het een mogelijkheid was.

'Maar als Gabe de waarheid spreekt en hij Luke echt bij het ravijn heeft gezien...' zei Dana met een ongemakkelijke blik op Luke.

'Als dat zo is,' zei Amelia, 'dan komen we daar vroeg of laat wel achter. Maar tot het zover is, hebben we er niets aan elkaar zo in de haren te zitten.'

'Tot het zover is,' protesteerde Grace, 'moeten we elkaar goed in de gaten houden, voor het geval dat! Ik stel voor dat van nu af aan niemand nog in zijn eentje mag rondlopen.'

De laatste minuten had Luke zwijgend zitten luisteren naar de speculaties dat hij een moordenaar zou kunnen zijn. Nu merkte hij op zakelijke toon op: 'Ik ben het met Grace eens. We kennen elkaar hier eigenlijk geen van allen, behalve Sarah en ik natuurlijk, en wij kennen Timmy allebei. Maar in dit geval moeten we iedereen op dezelfde manier behandelen. Daarom stel ik voor dat ik met jou samen blijf, Grace, omdat jij mij het meest lijkt te wantrouwen – afgezien van Gabe dan, maar eerlijk gezegd vertrouw ik mezelf niet met hem samen op het moment.'

Rossi haalde zijn schouders op. 'Ik geef er zeker de voorkeur aan niet met een moordenaar te hoeven optrekken.'

Lukes mond verstrakte, en Amelia zei: 'Ik ga wel met Gabe samen.'

Luke schudde zijn hoofd. 'Ik geloof niet –'

'Doe maar geen moeite om me tegen te spreken,' zei Amelia. 'Ik verzeker je dat ik heel goed in staat ben mezelf te beschermen.'

Luke sputterde nog wat tegen, maar Amelia hield voet bij stuk.

'Goed dan,' gaf hij met tegenzin toe. 'Dana, jij en Kim lijken wel met elkaar overweg te kunnen. Dan blijven Timmy en Sarah over. Wat vinden jullie ervan, dames, om gezellig bij elkaar te blijven?'

Dat wist ik eigenlijk niet goed. Als ik aan Timmy gekoppeld was, zou ik hier op Thornberry vastzitten, terwijl ik misschien liever de vrijheid had gehad om over het eiland rond te lopen.

Aan de andere kant zou ik zo meer tijd hebben om tussen de resten van mijn huisje naar het Allegra-blikje te zoeken. Als ik aan Timmy gekoppeld was, zou ik de prettigste partner hebben. Tenslotte had ik geen enkele reden om mijn oude vriendin van enig kwaad te verdenken.

9

Die eerste avond nadat we Jane dood hadden gevonden, was denk ik de moeilijkste sinds de aardbeving. Ik kon niet slapen doordat ik haar niet uit mijn hoofd kon zetten, en de andere vrouwen lagen ook de hele nacht te draaien en te woelen. Ik bleef die arme Jane maar voor me zien op die richel, met stenen bedekt. Ze had toch op zijn minst begraven horen te worden, net als Lucy. Ze had bloemen op haar graf horen te krijgen.

Ze had nog in leven horen te zijn.

Dat ze dat niet was, was té afschuwelijk, té ondenkbaar. Stel je voor dat haar man en kinderen het hadden overleefd en naar haar op zoek waren? Stel je voor dat ze naar het eiland kwamen, met de reddingsteams mee die ongetwijfeld ooit zouden komen? Wie moest het hun vertellen? Hoe kon iemand die twee prachtige kinderen onder ogen komen om hun te vertellen dat hun moeder dood was?

Ik dacht aan Janes medaillon en besefte dat ik vergeten was het haar terug te geven nadat ik het van Rossi had gekregen. Ze had het niet bij zich gehad toen ze was gestorven. Een dierbaar medaillon met jonge onschuldige gezichtjes erin. Dat ze moesten opgroeien zonder hun moeder, dat hun leven onherstelbaar veranderd was... Wie zou de brenger van zulk nieuws willen zijn?

Ik lag in mijn deken op de keukenvloer naar het gat in het plafond te staren. De regen die onvermijdelijk weer zou vallen bleef nog uit, en de sterren fonkelden vrolijk, alsof ze zich nergens druk om hoefden te maken. En dat was ook zo, nam ik aan, omdat ze al miljoenen jaren dood waren en wij alleen maar de reflectie van hun licht zagen.

Ik vroeg me af of we allemaal zo zouden eindigen: als een vlekje gereflecteerd licht aan de hemel. Was dat alles wat er van ons, en van het licht dat we in ons leven hadden weten te creëren, over zou blijven?

Donkere gedachten voor een donker tijdstip. En nu ik tijd en rust had om na te denken, kon ik ook niet om de vraag heen of ik echt geloofde wat ik had gezegd, dat het geen ongeluk was geweest wat er bij het ravijn was gebeurd. Of was het alleen maar die oude vertrouwde paranoia die de kop opstak?

Ja, de grond was omgewoeld, en het was waarschijnlijk ook waar dat dat niet het geval zou zijn geweest als Jane tijdens een naschok gewoon over de rand was gevallen. Kon Amelia gelijk hebben? Kon het zo zijn dat Jane, toen ze over de rand was beginnen te glijden, zich in doodsangst vast had proberen te grijpen aan de aarde?

Of konden de anderen de aarde zo hebben omgewoeld, in hun paniek toen ze Jane net hadden gevonden? Dat was natuurlijk de eenvoudigste oplossing, en als ik zou vasthouden aan de regel dat de eenvoudigste oplossing meestal de beste was – zoals me tijdens mijn studie was geleerd – moest ik aan de simpelste van die twee theorieën de voorkeur geven. Om die oude monnik Ockham te citeren: 'Het is zinloos om met meer te doen wat met minder kan worden gedaan.' Of, om het op een andere manier te zeggen: het feit dat er in Seattle – en met mij – slechte dingen gebeurden, hoefde nog niet te betekenen dat ze hier ook gebeurden, met Jane. Dat iemand hier op Esme Jane zou kunnen hebben vermoord, was veel te vergezocht.

Maar stel dat dat toch gebeurd was. Waarom dan? Jane was te gewoon, te onschuldig om op de een of andere manier betrokken te zijn geweest bij de mensen die het in Seattle op mij voorzien hadden. Jane en de Vijf van Seattle? Dat wilde er bij mij niet in.

Al hoefde het natuurlijk niet met mij te maken te hebben. Het kwam door mijn eigen angst – en misschien door het feit dat Lonnie Maes bewijsmateriaal verdwenen leek te zijn – dat ik op dit scenario was gekomen. Misschien had Jane haar eigen geheimen meegebracht vanuit Bellevue, iets wat helemaal niets met mij te maken had.

Een andere mogelijkheid was dat ze, zoals ik al eerder had geopperd, iets had gezien wat ze niet had mogen zien. Dat riep nog lastiger vragen op: wat had ze gezien, en wie? Wie op dit eiland, wie van degenen die op dit moment op Thornberry was, was in staat een vrouw als Jane in koelen bloede te vermoorden? En waarom?

Vergeet Ockham maar. Die oude monnik had een goed idee gehad, maar misschien was het leven in de veertiende eeuw domweg minder gecompliceerd geweest. Geen van mijn theorieën was eenvoudig, en stuk voor stuk leidden ze tot een vraag die nog gecompliceerder was dan de vorige.

Het enige wat ik zeker wist, was dat ik nu heel grondig naar het Allegra-blikje moest gaan zoeken. Als ik het onder het puin in mijn huisje vond, was er niets aan de hand. Als ik het niet vond, had iemand hier het weggenomen.

Wat zou betekenen dat iemand hier een bedreiging voor me vormde.

De volgende ochtend tegen tienen waren alleen Timmy en ik nog in de boerderij. Alle anderen waren in koppels vertrokken, om klussen te doen die varieerden van de horizon afspieden naar passerende schepen – in welk geval vlak aan de kust een vuur zou worden gestookt – tot vissen of oesters en mosselen zoeken op de rotsen langs de kust.

Ik hield me niet aan Lukes plan, maar liet Timmy alleen in de keuken, hopelijk voor hooguit een uur, om op zoek te gaan naar Luke en Grace. Ik had Luke, of een ander sterk iemand, nodig om me te helpen dat fornuis in mijn huisje op te tillen. Grace zou best net zo sterk als Luke kunnen zijn, maar ik had het gevoel dat ik hem meer kon vertrouwen. Als het blikje met het bewijs er lag, wilde ik niet dat iemand anders er vanaf wist – vooral

Grace niet. Ze had iets wat me niet beviel, en ik zou een manier moeten bedenken om Luke bij haar vandaan te krijgen, al was het maar voor een paar minuten.

Toen ik over een pad door het bos vlak bij Thornberry liep, kreeg ik hen tussen de bomen door in het oog. Aan weerszijden van het pad groeiden braamstruiken van wel bijna twee meter hoog, maar ik kon de bomen erachter zien door een opening tussen die struiken. Ze stonden bij een dikke holle boomstronk waar varens uit groeiden. Grace, die met haar rug naar Luke toe stond, liet langzaam, bedachtzaam een varenblad tussen haar vingers door glijden. Luke zei iets tegen haar, en ik ging wat sneller lopen en deed mijn mond al open om te roepen.

Wat er toen gebeurde, maakte echter dat ik als verstijfd bleef staan. Luke pakte Grace bij haar schouder en draaide haar rond, zodat hij haar in zijn armen kon trekken. Zo bleven ze enkele ogenblikken staan. En het vreemdste was dat Grace er broos en hulpeloos uitzag, alsof ze zachter werd in Lukes omarming. Ik kon alleen maar toekijken, niet in staat verder te lopen, in welke richting dan ook.

Toen ik eindelijk weer een beetje tot mezelf kwam, deed ik een stap achteruit, meer van de schrik dan met het idee ervandoor te gaan. Mijn voet belandde op een takje, dat met een luid knák doormidden brak.

Luke liet zijn armen vallen en keek razendsnel om, met een uitdrukking op zijn gezicht die ik nog nooit eerder had gezien. Zijn huid was strak gespannen, als bij een kat die meteen op gevaar verdacht is. Zijn scherpe blik was op het groepje bomen gericht. 'Wie is daar?' riep hij.

Ik was zo geschrokken, dat ik eerst geen antwoord gaf. Toen overwoog ik te proberen achter die muur van braamstruiken te verdwijnen en over het pad naar Thornberry terug te rennen. Maar toen Luke opnieuw riep, kon ik dat niet. Ik kwam naar voren.

'Ik ben het,' zei ik, mijn toegeknepen ogen met mijn hand beschuttend alsof het moeilijk was zo ver te zien. 'Wie is daar? O, Luke. En Grace. Ik had jullie niet gezien.'

'Wat doe jij hier buiten?' vroeg Luke. Zijn stem klonk nog gespannen. 'Jij hoort binnen te zijn, bij Timmy.'

'Ze, eh... heeft me eropuit gestuurd om distels te zoeken. Volgens haar zijn die geneeskrachtig als je er thee van trekt, en ze dacht dat we dat allemaal wel konden gebruiken, al was het maar om ons immuunsysteem te versterken. Dat zegt Dana tenminste, dat het helpt om niet ziek te worden...' Ik kletste maar door, veel te lang – hetzelfde waar ik Amelia eerder op had aangekeken, toen ze had uitgelegd waarom wij allemaal op Thornberry waren uitgenodigd. 'Maar goed,' eindigde ik zwak, 'ik ben pas een paar minuten bij haar weg. Ik weet zeker dat alles in orde is met haar.'

'Daar gaat het niet om, Sarah,' zei Luke kwaad. Hij haalde zijn hand door zijn haar. 'We moeten haar in het oog houden, net als alle anderen. Je had haar niet alleen mogen laten.'

Nijdig sloeg ik mijn armen over elkaar. 'Nou, het spijt me, maar het lukt me echt niet om Timmy als seriemoordenaar te zien. Als jij dat wel kunt, ga je je gang maar. Maar hoe staat het met jou? En met Grace?'

Hij aarzelde en keek me even scherp aan. 'Wat is er met ons?'

'Wat voeren jullie voor nuttigs uit? Horen jullie niet aan de kust te zijn? Ik dacht dat het jullie taak was oesters en mosselen te zoeken, of wat er maar voor eetbaars te vinden is.'

'We zijn op weg daar naartoe,' zei hij geïrriteerd.

'O, en waar wou je al die oesters en mosselen dan wel in meenemen? In je broekzakken?'

Zijn gezicht betrok. 'Waar heb je het in vredesnaam over?'

'Ik zeg alleen maar dat ik geen emmers zie.'

Luke staarde me aan, opende zijn mond en sloot hem weer. Met gefronste wenkbrauwen keek hij Grace aan. 'Ze heeft gelijk,' zei hij. 'Heb je de emmers niet bij je?'

Ze stak haar kin in de lucht. 'Nee, ik heb de emmers niet bij me. Ik dacht dat jij die zou meenemen.'

'Ik weet zeker dat ik heb gezegd dat jij ze mee moest nemen.'

'Nou, ik heb jou anders niks horen zeggen over emmers meenemen.' Ze zette haar handen op haar heupen.

'En wat dacht je dan dat we zonder emmers konden beginnen?' wilde Luke weten.

'Ik zal wel hebben gedacht dat we die klotedingen in onze klotebroekzakken mee zouden nemen!'

Het was even stil terwijl ze als twee kemphanen neus tegen neus stonden.

Toen begon Luke opeens te lachen.

Tot mijn verbazing schoot Grace ook in de lach.

Ze lachten zo hard, dat ze haast niet op hun benen konden blijven staan, en de tranen liepen over hun wangen.

Ik bleef hen een minuut of wat gadeslaan, maar toen ze niet ophielden, begon ik me meer en meer een buitenstaander te voelen. Om de een of andere reden klikte het tussen Luke – een van mijn oudste vrienden, en mijn eerste liefde – en de enige persoon in onze groep die ik niet kon uitstaan. Wat erger was: het klikte tussen hen als man en vrouw. Het zag ernaar uit dat Luke gelogen had over zijn gevoelens voor Grace.

Vol afkeer draaide ik me om en liep weg, in de richting van mijn huisje.

Op weg daarheen dacht ik na over wat ik had gezien. Dat Luke eerst kwaad op me was geworden, kon een reactie zijn geweest omdat Grace en hij betrapt waren bij wat ze dan ook aan het doen waren, nam ik aan.

Maar waarom? Ze waren geen van beiden getrouwd of iets dergelijks, voorzover ik wist.

Al wist ik daar natuurlijk niets van. Dat was het hem juist. Sinds de aardbeving hadden de andere vrouwen en ik elkaar niet veel vragen meer gesteld. Overleven was het belangrijkste gespreksonderwerp geworden.

Ik wist dat Grace tijdens onze eerste gesprekken, toen we pas op Thornberry waren, had beweerd alleenstaand te zijn, maar hoe zat het met Luke? Afgezien van ons eerdere gesprek in het bos, waarin hij me had verteld dat hij getrouwd was geweest maar dat nu niet meer was, wist ik niet veel van zijn huidige leven.

Toen ik eens logisch nadacht – en zo eerlijk tegenover mezelf was als ik maar kon – vroeg ik me af waarom het me zo van streek had gemaakt hem daar zo met Grace te zien. Hield ik me immers niet al maandenlang voor dat ik nooit meer iets met een man wilde hebben? Dat ik daar geen tijd voor had, en alleen nog maar op mezelf vertrouwde?

Ik was gewoon van streek, redeneerde ik, omdat Luke herinneringen had bovengehaald aan een tijd toen we nog jong en onschuldig waren. En wie zou niet terug willen naar die tijd, al was het alleen maar in zijn herinnering? Wie zou er niet door beïnvloed worden?

Ik wist niet waarom ik het woord 'beïnvloed' gebruikte. Het kwam als vanzelf in me op, en zo kwam ik op de vraag of Luke opzettelijk had geprobeerd me te beïnvloeden en me zover te krijgen dat ik weer om hem zou gaan geven – en niet om romantische redenen. Had hij me gemanipuleerd? En als dat zo was, met welk doel dan?

Toen ik mijn huisje, of wat daarvan over was, binnen ging, had ik nog steeds geen antwoorden. Ik wist alleen maar dat ik dat rotfornuis zelf zou optillen, al werd het mijn dood.

Het scheelde echter niet veel, of dat gebeurde daadwerkelijk.

Het fornuis was voorover gevallen. Ik had een korte balk gevonden en slaagde erin die eronder te krijgen. Dat deed ik door eerst een dunne, maar stevig uitziende stok tussen de knoppen door te schuiven. Zo kon ik het fornuis omhoog duwen tot er een paar centimeter ruimte onder kwam. Vlug, voor de stok kon breken, schoof ik de balk eronder. Door die heen en weer te wiebelen en er tegelijkertijd tegen te duwen lukte het me ten slotte hem half onder het fornuis te krijgen.

Dat duurde allemaal veel langer dan ik had verwacht, en toen ik klaar was, was ik moe en bezweet. Mijn armen en benen trilden, wat ik weet aan een gebrek aan proteïnen in mijn voedsel de afgelopen dagen. Ik hoopte dat Rossi en Amelia geluk zouden hebben bij het vissen.

Amelia had gezegd dat ze een doorgewinterde trekker was, en het was inmiddels wel duidelijk dat het niet alleen maar grootspraak was als ze zich zo flink en taai voordeed. Ze bleek zowel lichamelijk als geestelijk sterk, nu de eerste schrik van de aardbeving voorbij was. Ik twijfelde er geen moment aan dat ze

Gabe Rossi tegen de grond zou slaan als hij iets met haar probeerde.

Ik veegde mijn voorhoofd af met een punt van mijn blouse en ging op mijn buik op de grond liggen, zodat ik onder het fornuis kon kijken. Er lag puin onder, en wat papiertjes van mijn bureau – maar geen manuscript en geen schijfje. Ik zag echter wel iets glinsteren, helemaal achteraan. Ik probeerde een lang stuk puin als stok te gebruiken om het naar me toe te schuiven, maar het zat klem onder het fornuis. Om het te pakken te krijgen, zou ik moeten proberen het fornuis nog verder op te tillen.

Het was oud, en nog zwaarder dan ik had verwacht. Ik vroeg me af of het vanbinnen soms van gietijzer was. Thuis kon ik mijn fornuis bij de grote schoonmaak gewoon van de muur af schuiven. Het was niet iets wat ik voor mijn plezier deed, maar ik was er lichamelijk toe in staat. Dit fornuis mocht dan kleiner zijn, maar het woog wel een ton.

Hoewel het lang duurde, slaagde ik erin steeds grotere voorwerpen onder de bovenkant van het fornuis te schuiven. Ten slotte kon ik de balk eronder krijgen en had ik het fornuis zo ver overeind, dat ik er helemaal onder kon kijken.

Een golf van opluchting ging door me heen toen ik het Allegra-blikje herkende. Gelukkig. Eindelijk ging er iets goed. Ik stak voorzichtig mijn hand uit en trok het blikje eronder vandaan.

Snel maakte ik het open om te zien of de kostbare inhoud er nog in zat. Dat was zo. Lonnie Maes panty zat nog steeds in het stevig gesloten plastic zakje. Van pure opluchting viel ik bijna flauw. Het werd me donker voor de ogen, maar dat trok meteen weer op. Mijn handen trilden oncontroleerbaar. Ik sloot het blikje en drukte het tegen mijn borst, diep in- en uitademend om te proberen mijn kracht terug te krijgen.

Plotseling hoorde ik achter me voetstappen. Zo snel ik kon duwde ik het blikje onder mijn blouse. Ik wilde me al omdraaien – in de verwachting Timmy te zien, die, zo dacht ik, inmiddels wel naar me aan het zoeken was – toen er iets op mijn hoofd landde, zwaar en verpletterend. Pijn schoot door me heen, en alles werd zwart. Ik voelde mijn spieren slap worden en merkte dat mijn benen me niet meer hielden en dat ik op de grond viel. Het laatste waarvan ik me bewust was, was dat ik bewoog – ik bewoog over afval en aarde, al kon ik niet zien wie me voortsleepte.

Daarna was er niets meer.

10

Toen ik bijkwam, was ik in de boerderij, in de keuken. Ik lag op de grote eettafel. Mijn hoofd rustte op iets zachts, en iemand had een deken over me heen gelegd. Grace en Luke stonden over me heen gebogen, Timmy stond bij het aanrecht een bebloed doekje uit te spoelen. De pijn in mijn hoofd vertelde me dat dat bloed van mij moest zijn.

'Wat is er gebeurd?' vroeg ik, kreunend van de pijnscheuten die de inspanning van het praten veroorzaakte.

'We hebben je bewusteloos op het pad naar de boerderij gevonden,' antwoordde Luke. Hij streelde mijn voorhoofd. 'Daar moet je heen zijn gekropen. Weet je wat er gebeurd is?'

'Ik weet alleen dat ik daar niet heen gekropen ben. Iemand heeft me erheen gesleept.'

'Gesleept?' Grace en hij keken elkaar aan. 'Waarom zou iemand dat doen?'

'Waarom zou iemand me de hersens inslaan?' snauwde ik. Toen kreunde ik weer.

Bezorgd zei Timmy vanaf het aanrecht: 'Het bevalt me niks. Het bevalt me helemaal niks. Het wordt maar erger en erger...'

Ik keek Luke aan.

'Nu iemand jou heeft aangevallen, bedoelt ze, is het des te waarschijnlijker dat Jane ook is aangevallen,' verduidelijkte hij.

Plotseling moest ik aan het Allegra-blikje denken. Ik hield

mijn hand tegen mijn borst om te voelen of het nog onder mijn blouse zat. Het was weg. In paniek probeerde ik te gaan zitten, maar Luke duwde me weer omlaag.

'Wacht,' zei hij. 'Gun jezelf even tijd.'

'Je snapt het niet. Ik ben iets kwijt. Het moet gevallen zijn, en –'

'Jíj begrijpt het niet,' zei Grace. 'Je hebt daar een joekel van een buil zitten, Sarah, en waarmee je ook geraakt bent, je hoofdhuid ligt ervan open.'

Ik tilde mijn hand op om aan de wond te voelen, die op mijn achterhoofd zat en ongeveer vijf centimeter lang was. Toen ik mijn vingers weghaalde, zaten ze onder het bloed.

Timmy kwam terug en hield er een schone vochtige doek tegen. Daarna duwde ze me voorzichtig omlaag, zodat hij ertegenaan bleef zitten. In haar ogen waren verdriet en bezorgdheid te lezen. Ze maakte een heleboel drukte om me en probeerde me wat water te laten drinken, maar ik verslikte me erin en duwde haar weg.

'Heb je niet gezien wie je heeft geraakt?' vroeg Luke. 'Helemaal niets?'

'Je moet toch iets hebben gezien,' zei Grace.

'Ik heb toch al gezegd van niet!'

Waarom bleven ze er maar over doorzeuren?

Het tafereel in het bos kwam weer in mijn gedachten. Er was iets gaande tussen Grace en Luke, dat was wel duidelijk. Maar had dat iets te maken met wie mij een dreun had verkocht?

'Toe, Sarah, probeer alsjeblieft iets te drinken,' drong Timmy aan terwijl ze de fles weer aan mijn lippen zette. Ze tilde mijn hoofd op, waarbij ze zorgvuldig vermeed de wond aan te raken. 'Ik vind het zo afschuwelijk, kindje.'

Ik dronk een paar slokjes, ging rechtop zitten en zwaaide mijn benen over de rand van de tafel. Mijn gezicht vertrok toen de pijn door mijn hele lichaam schoot. 'Ik moet overeind komen,' zei ik. 'Ik moet iets gaan zoeken.'

'Jij gaat nergens heen,' zei Luke, me de weg versperrend.

'Vertel ons maar wat je kwijt bent,' zei Grace, 'dan gaan wij wel zoeken.'

'Nee. Nee... dat kan niet.'

Ik wist niet wat ik anders moest zeggen. Toen ik Luke eerder had gesproken, had het me al geen goed idee geleken hem te vertellen van het bewijsmateriaal dat ik tegen de Vijf had, of van het feit dat ik het bij me had. Nu het verdwenen was – tenzij het gewoon uit mijn blouse was gevallen en nog ergens lag – leek het me niet veilig er wie dan ook van te vertellen. Zelfs al kon ik Luke vertrouwen, dan nog zou hij het vermoedelijk aan Grace doorvertellen, nu ze zulke dikke vrienden waren geworden. Nee, dat kon ik niet riskeren.

'Ik wil zelf gaan,' zei ik. 'Ik moet lopen om mijn kracht terug te krijgen.'

'Je moet blijven líggen om je kracht terug te krijgen,' zei Luke.

'Wat kan er in vredesnaam zo belangrijk zijn?' vroeg Grace. 'Vertel ons nu maar gewoon hoe het eruitziet. Wij vinden het wel.'

Ik kon niet tegen hen op, en als ik me nog langer verzette, zou ik te veel verraden.

'Het is Janes medaillon,' loog ik. Ik bedacht dat dat nog in de zak van mijn andere blouse moest zitten. 'Dat heeft Gabe gisteren na de brand in jouw huis gevonden, Luke. Dat zou ik graag aan haar kinderen geven, als ik die kan vinden wanneer dit allemaal achter de rug is.'

'Is dat alles?' Hij trok een wenkbrauw op. 'Maar besef je dan niet dat degene die jou heeft neergeslagen, daarbuiten nog ergens kan rondlopen, Sarah? Dat medaillon kan wel wachten tot we erachter zijn wie je dit heeft aangedaan.'

'Nee. Nee, het kan niet wachten. Je snapt het niet.'

Plotseling sloeg Grace om als een blad aan een boom. 'Zal ik je eens wat zeggen? Ze heeft gelijk, het kan niet wachten. Laten we dat stomme ding maar gaan zoeken, Luke. Eerder geeft ze ons toch geen rust.'

'Ik ben het met ze eens,' zei Timmy. 'Ik zal wat verse thee voor je zetten, Sarah. Ik heb een pracht van een oude thermoskan gevonden, en daar heb ik heet water in bewaard van het vuur dat Amelia vanochtend heeft gemaakt. Ik heb zelfs nog een oud blikje crackers gevonden, van die Engelse die in blik verkocht worden. Die moeten nog uit de tijd zijn dat ik mijn pension had, maar of je het gelooft of niet, ze zijn nog steeds goed.'

Ik kon niet voorkomen dat Timmy zo voor me wilde zorgen, en ik kon niet voorkomen dat Luke en Grace vertrokken. Ik moest hen wel aan hun zinloze speurtocht laten beginnen – op zoek naar Janes medaillon – en ik kon alleen maar hopen dat ze, terwijl ze daarmee bezig waren, het Allegra-blikje niet zouden vinden.

Een paar tellen overwoog ik hen te volgen, met het idee dat ik het blikje misschien als eerste zou vinden, maar toen ik opstond, merkte ik hoe slap en willoos mijn benen waren.

Timmy hielp me naar buiten, naar een stoel in de zon. Daarna bracht ze me hete thee, met de crackers, die ze in een wit linnen servet had gevouwen waar het Thornberry Bed & Breakfast-logo op geborduurd was, sierlijk in satijngaren: TB&B.

Die servetten waren voor Timmy een souvenir uit betere tijden, en ik vroeg me af waar ze de kracht vandaan haalde om onder dit alles op de been te blijven. Als Timmy, zoals Amelia had gezegd, op het randje van faillissement had gestaan, moest het wel een wonder hebben geleken toen ze op het nippertje nog een geldschieter vond. Ik kon me voorstellen hoe opgewonden en opgelucht ze moest zijn geweest. En om dan nu Thornberry zo kwijt te raken... Zou ze dat verlies ooit te boven komen?

Ze dekte me toe met een deken en liet me toen alleen, met de opmerking dat ze nog van alles te doen had in de keuken. Ik wilde met haar praten, haar vragen hoe ze zich voelde, maar ze leek zich afgesloten te hebben en ontweek me als ik contact met haar probeerde te krijgen. Zo verwerkt ze het, dacht ik. Door de werkelijkheid zo veel mogelijk buiten te sluiten. Daarom liet ik het maar bij een bedankje, waarna ik van mijn thee dronk.

Ik voelde dat ik langzaam bijkwam. De crackers kreeg ik echter niet door mijn keel. Ik zat naar Lucy's graf te staren en dacht aan Jane. Twee doden. Bijna drie, met mij erbij? De dood van Lucy was uiteraard een ongeluk geweest, maar van Jane wisten we dat nog steeds niet zeker.

En als iemand mij wilde vermoorden, zou hij of zij dan niet meer hebben gedaan dan me een klap op mijn hoofd geven?

Al kon het natuurlijk zijn dat die iemand bezig was geweest

mij naar het bos te slepen om daar zijn werk af te maken, toen Luke en Grace langs waren gekomen. En dat hij of zij me op het pad had laten vallen toen zij waren genaderd, om zich in het bos te verstoppen en te kijken of Luke en Grace me zouden vinden of een andere kant op zouden gaan.

Maar zouden het dan niet twee iemanden geweest moeten zijn, als iedereen bij zijn partner was gebleven, zoals we hadden afgesproken?

Twee moordenaars? Op één klein eiland?

Dat leek me niet erg waarschijnlijk. Maar als het wel zo was... wie waren het dan?

Ik hield me voor dat het een absurd idee was, en toch gingen mijn gedachten meer en meer naar Luke en Grace. Grace was de enige van ons die er nooit echt bij had gehoord, en nu speelde Luke kennelijk met haar onder één hoedje. In dat geval was hij niet meer de Luke die ik had gekend, of meende gekend te hebben.

Mijn gedachten gingen terug naar jaren eerder, naar een hete augustusdag, in het jaar dat Luke en ik zeventien waren. We zaten op het gazon van Ransford, onder een blauwwitte linnen tent die zijn ouders hadden laten opzetten om gasten te ontvangen tijdens het cocktailuur. We zaten op witte houten tuinstoelen over de Sound uit te kijken en frisdrank te drinken, terwijl zijn ouders met de mijne om een ronde tafel zaten te praten.

Lukes vader merkte op dat ze in Seattle een sterkere politiemacht nodig hadden en dat de mensen al sinds de Vietnamrellen steeds moeilijker in de hand te houden waren. Ze hadden niet meer genoeg respect voor de wet, zei hij.

Mijn vader bracht daartegen in dat de politie niet meer in de hand te houden was en dat er in die jaren heel wat arrestaties werden verricht die niet terecht waren. De meesten van die mensen werden zonder aanklacht weer vrijgelaten, zei hij. De arrestatie van onschuldige mensen was niet alleen immoreel, het was ook een ongelooflijke verspilling van de tijd van de politie.

Grappig dat ik me dat gesprek niet meer had herinnerd, tot op dat moment. Mijn vader een liberaal? Maar ja, wat voor advocaat

moest je anders zijn om – al dan niet terecht – witteboordencriminelen te verdedigen alsof ze engelen waren? Dat ik hem nooit
eerder als liberaal had beschouwd, kwam hoogstwaarschijnlijk
doordat ik zijn dochter was, en door het feit dat kinderen zelden
een helder beeld hebben van hun ouders.

Tot mijn verbazing had Luke die dag zijn vaders kant gekozen. Niet dat we aan het gesprek van de volwassenen hadden
deelgenomen, maar we hadden inmiddels over bijna alles wat ze
zeiden fluisterend hatelijke opmerkingen zitten te maken.

Luke lachte spottend om mijn vaders reactie. 'Jouw vader zou
van Hitler nog een positief beeld kunnen schetsen,' zei hij.

Daar werd ik nijdig om. 'Jouw vader zou Jezus nog in de cel
zetten als hij op dit moment verscheen.'

'Mijn vader zou in elk geval Judas opbergen waar hij thuis-
hoorde,' pareerde Luke.

'En mijn vader zou hem vrij weten te krijgen!'

Toen tot me doordrong hoe idioot ik bezig was, begon ik te
giechelen, en Luke lachte mee.

'Wat voeren jullie daar uit, kinderen?' riep zijn moeder in
onze richting.

Kinderen... We waren zeventien.

Toen ik omkeek, zag ik dat ze een zakdoek tegen haar nek en
haar gezicht drukte, om het zweet weg te vegen. Ze droeg die
dag een lange gebloemde jurk en een slappe zonnehoed. Ik
meende me te herinneren dat ze zelfs witte handschoenen aanhad, en ik vroeg me af waarom ze zich altijd zo opdofte. Mijn eigen ouders waren in korte broek en blouse: hetzelfde wat ze
thuis in het weekend aanhadden.

'We zitten gewoon maar wat te praten, moeder,' antwoordde
Luke.

'Ik vind het anders klinken als meer dan praten,' merkte zijn
moeder ondeugend op.

Intussen zat iedereen lachend onze kant op te kijken, naar die
twee tieners die niets beters te doen hadden dan een beetje giechelen en stoeien.

Luke stond op en greep mijn hand. Hij keek me aan, met een
onuitgesproken boodschap in zijn ogen. 'Kom op, dan gaan we
een stuk wandelen,' zei hij.

'Waar gaan jullie heen?' riep zijn moeder.

'Wandelen,' antwoordde hij. Zijn hand brandde om de mijne, zo'n haast had hij om me mee te krijgen.

'Als jullie maar niet te lang wegblijven. Het is al bijna donker.'

'Nee, hoor,' zei ik. Ik was al vochtig van verlangen. 'Maakt u zich maar geen zorgen.'

Het was na middernacht toen Luke me thuisbracht, naar Thornberry. Tegen die tijd waren mijn ouders gek van ongerustheid, maar dat liet ons volkomen koud. Ik had de blaadjes en takjes al uit mijn haar geveegd, maar mijn lippen voelden nog gekneusd van Lukes mond. Het was geen pijnlijke kneuzing – meer zoals bij druiven, wanneer hun zoete geur vrijkomt: een koppig, bedwelmend elixer.

Nu ik daar zo zat, jaren later, moest ik mezelf bekennen dat het hoog tijd was eens uitvoerig stil te staan bij het soort mannen tot wie ik me in de loop der jaren aangetrokken had gevoeld. Luke was niet slecht, maar hij was het type van de kwajongen, het soort dat de meeste jonge meisjes – en vele vrouwen – aantrekkelijk vinden. Hij hield zich zelden aan de regels, luisterde zelden naar zijn ouders en deed zelden wat hem werd opgedragen. Als Luke iets kon doen wat tegen de conventies in ging, deed hij het prompt.

En waar het op vrouwen aankwam, was hij op zijn zachtst gezegd wispelturig. In de tijd dat zijn ouders die tuinfeesten gaven waar ik niet heen mocht, had hij altijd weer een ander meisje om mee te dansen, altijd iemand anders aan zijn arm hangen.

Tot hij en ik die laatste zomer samen waren. Daarna zag ik hem niet meer met andere meisjes, en ik dacht dat hij eindelijk De Ware had gevonden: mij.

Misschien was dat ook wel zo. Of misschien dacht hij dat. Zomerliefde. Waarom denken we altijd dat die eeuwig zal duren? En waarom is die toch altijd zo heerlijk?

Maar nu was Luke kennelijk weer in zijn oude gewoonten teruggevallen. Binnen tweeënzeventig uur met Grace in zijn armen? Misschien was dat voor de volwassen Luke niet eens een record, wist ik veel.

Ik sloot mijn ogen en leunde met mijn hoofd achterover, zodat de magere, bleke aprilzon mijn gezicht kon verwarmen. Er was zo veel meer om over na te denken behalve over Luke, of welke man dan ook. Daar hadden de afgelopen drie maanden wel voor gezorgd. Mijn arrestatie, de dood van mijn vader, mijn moeders vertrek naar Florida.

Ik begreep mijn moeder niet – dat had ik nooit gedaan, hoewel veel van haar me nog helder voor ogen stond. Bijvoorbeeld hoe ze elke zaterdag haar vitrages had gesteven en gestreken. Ik had haar erg stijfjes gevonden omdat ze er zoveel waarde aan hechtte voortdurend smetteloze gordijnen te hebben.

Nu bleek ze helemaal niet zo stijfjes te zijn. Onder die keurige buitenkant leefde een getrouwde vrouw die Lukes vader, een getrouwd man, als minnaar had genomen.

Ik moest een poosje zijn ingedut. Toen ik mijn ogen weer opendeed, was de zon tot laag aan de hemel gezakt en waren Amelia en Rossi terug. De doordringende geur van vis die boven een open vuur werd klaargemaakt, bereikte mijn neusgaten. Ik nam aan dat Rossi daar achter de keuken mee bezig was, omdat de stemmen van Amelia en Timmy door het kapotte raam achter mijn hoofd te horen waren.

'Hij is heel handig om in de buurt te hebben,' zei Amelia net. 'Maar ik vraag me af wat zijn echte verhaal is.'

'Zijn echte verhaal?' herhaalde Timmy.

'Als je het mij vraagt, is er iets raars aan de manier waarop hij hier opdook.'

'Ik weet niet of dat wel zo raar was,' merkte Timmy op. 'Het eerste wat wíj hebben gedaan, was de andere huisjes op het eiland op mensen of voorraden controleren.'

'Dat is zo. Misschien is het dan iets anders aan hem...'

Amelia's stem stierf weg toen er andere stemmen naderden vanaf het pad naar de huisjes. Luke en Grace. Ik wist dat ze Janes medaillon niet gevonden konden hebben, omdat dat nog in mijn andere blouse zat.

Maar hadden ze het Allegra-blikje gevonden?

Mijn maag kromp ineen toen ze in zicht kwamen. Aan de ene kant wilde ik dat ze het gevonden hadden, maar aan de andere kant hoopte ik dat het nog ergens goed verstopt tussen de struiken lag. De enige andere mogelijkheid was dat een derde, onbekende persoon mij bewusteloos had geslagen en het blikje had ingepikt.

Luke en Grace hadden geen van beiden iets in hun handen. Grace liep Luke aan te kijken en ze glimlachte, tot ze mij daar zag zitten. Toen verdween haar glimlach. Ze stak haar handen in haar zakken en kwam op haar gebruikelijke stoere manier naar me toe lopen.

'Geen medaillon te bekennen,' zei ze. 'Sorry. We hebben overal gekeken.'

'Dat klopt,' zei Luke. 'We hebben overal gezocht waar het terechtgekomen zou kunnen zijn, als jij het huisje uit gesleept was. Maar ik snap het niet, Sarah. We hebben geen enkel spoor gezien dat iemand je heeft gesleept. De aarde op het pad zag er helemaal niet uit of er iets was gebeurd.'

'Misschien heeft degene die me heeft aangevallen het pad gladgestreken,' zei ik.

'Dat zou kunnen. Maar weet je zeker dat je het je goed herinnert? Zou je niet gewoon het pad op gewankeld kunnen zijn?'

'Nee. Ik herinner me duidelijk dat ik werd gesleept.'

'Misschien herinner je het je verkeerd door die klap op je hoofd,' opperde Grace.

'Ik herinner het me níét verkeerd, Grace.'

'Al goed, al goed! Je hoeft niet zo op te vliegen! Hoe dan ook, we hebben het niet gevonden. Misschien is een merel ermee vandoor.'

'Een merel?' Met toegeknepen ogen keek ik naar haar op.

'Ja, die zijn toch zo gek op glimmende dingen?'

'Ik dacht dat dat eksters waren.'

'Wat maakt het uit. Zeg, ruik ik vis? De hemel zij dank.' Ze draaide zich om en liep snuivend om de keuken heen.

Ik keek haar na. 'Voor een stadsmens schijnt Grace heel wat van het buitenleven te weten,' merkte ik tegen Luke op.

'O?' Hij kwam in kleermakerszit tegenover me op de grond zitten.

'Ja, ratten, merels, eksters...'

'Ik denk dat ze die in New York City ook wel allemaal zullen hebben,' zei Luke goedmoedig.

'Dus ze heeft je verteld dat ze uit New York City komt?'

'Ja, dat zei ze, meen ik. Hoezo?'

'O, niks, maar jullie schijnen aardig met elkaar op te kunnen schieten. Sinds we hier zijn, heb ik Grace nog tegen niemand aardig zien doen.'

Hij grinnikte. 'Ben je jaloers?'

'Ik? Jaloers op Grace? Laat me niet lachen.'

'Toe, vooruit, zeg het nou maar. Je voelt nog steeds wat voor me.'

'Ja hoor, en we zitten op dit moment op een tropisch eiland, met hoeladanseressen en een varken aan het spit. Droom maar lekker verder.'

'Ik zei niet dat ik wílde dat je nog steeds om me gaf. Ik zei alleen maar dat het zo is.'

'Ha! Dat zou je wel willen. Dan had je nu twee vrouwen aan je voeten.'

'Aan mijn voeten? Denk je dat Grace aan mijn voeten ligt?'

'Natuurlijk, zo is het precies. Allemachtig, jullie mannen ook! Jullie weten precies wat er aan de hand is, maar jullie willen het alleen nooit toegeven, omdat jullie er dan iets mee zouden moeten doen.'

'Die zomer met jou heb ik het wel toegegeven,' zei hij zacht.

'En toen heb ik er ook iets mee gedaan.'

Ik wendde mijn blik af, maar kon niet verhinderen dat mijn gezicht vuurrood werd. 'Dat is heel lang geleden.'

'En we zijn allebei veranderd. Dat weet ik wel, Sarah, maar je kunt me niet wijsmaken dat je niets voelde toen je me halfdood op die steiger zag liggen.'

'Natuurlijk voelde ik iets. Ik was doodsbenauwd dat je dood was! We waren vrienden. Waarom zou ik niet bezorgd zijn?'

'Vrienden?' Hij liet zijn vinger onder mijn broekspijp tot in mijn knieholte gaan.

Met een ruk trok ik mijn been terug. 'Hou op.'

'Aha! Je voelde iets!'

'Gelijk heb je. Ik voelde een slang mijn broek in kruipen.'

Weer grinnikte hij. 'Weet je, nu we het er toch over hebben, volgens mij zag ik jou gisteravond met Gabe Rossi flirten.'

'Met Gabe Rossi? Grapje, zeker?'

'Waarom? Hij is knap, aardig... charmant zelfs, zouden sommige mensen zeggen.'

'Veel te charmant, als je het mij vraagt.'

'Vind je?'

'Dat weet ik wel zeker. Ik heb mijn buik vol van charmante mannen.'

'Inclusief mij?'

'Het was me nog niet opgevallen dat jij zo charmant was de laatste tijd. Maar ja, inclusief jou, op het moment.'

'Wil dat zeggen dat je een moment later weer van gedachten zou kunnen veranderen?'

In de keuken rinkelde Timmy met een belletje om ons te laten weten dat het eten op tafel stond.

'Een moment later zit ik voor het eerst in drie dagen aan een fatsoenlijk maal. Dan herinner ik me jou niet eens meer.'

'Ik kan me een tijd herinneren dat je meer trek had in mij dan in een fatsoenlijk maal.'

'Tieners. Die eten alles.'

Toen tot me doordrong wat ik had gezegd, werd ik nog roder. Ik voelde de hitte tot in mijn haarwortels.

Hij stond op en stak zijn hand uit.

'Waar is dat voor?' vroeg ik.

'Om je overeind te helpen. Allemachtig, dame, wat ben jij kwaadaardig vandaag. Zal wel van die klap op je hoofd komen.'

'Ik ben tegenwoordig voortdurend kwaadaardig,' zei ik. 'En dat wordt met de dag erger. Wacht maar af.'

We sleepten onze stoelen naar het terras buiten en aten om het vuur, met het eten op servetten op onze schoot.

De vis smaakte lekkerder dan de duurste die ooit in een vijf-sterrenrestaurant was geserveerd, en er waren meer dan genoeg oesters voor iedereen.

Het keukenterras keek uit op het bos, en de ondergaande zon glinsterde op de toppen van de bomen. Het grijsachtige paars onder de bomen ging langzaam over in zwart.

Toen het duister dichterbij kwam en de schaduwen dieper werden, verbeeldde ik me dat ik de geesten van de vroegere indianen naar ons zag gluren. Af en toe meende ik er een te zien bewegen.

Zou dit eiland zich ooit van zijn droevige verleden weten te bevrijden? Of zou het altijd de zware last van die tragische gebeurtenissen mee blijven dragen? Werden de daden van die vroege kolonisten eindelijk vergolden, maar dan op ons? Waren wij degenen die ervoor moesten boeten?

Zo voelde het, alsof we allemaal door een of andere kosmische kracht hierheen waren gebracht, om te boeten voor iets wat vroeger was gebeurd.

Of was het voor iets wat pas was gebeurd, maar waar slechts weinigen vanaf wisten?

Hoe dan ook, het eiland Esme was niet meer het paradijs uit mijn jeugd, en de verschillen gingen verder dan Timmy, Luke en mij. Er was hier iets gaande, iets wat als een donkere wolk dichterbij kwam en dan weer verdween.

Maar kon dat mensen zo veranderen? Kon de Luke die ik had gekend – onconventioneel, dat wel, maar wel een goed mens – hier een moordenaar worden? Of was dat ergens in de jaren dat we elkaar niet hadden gezien, gebeurd?

Ik wist het niet. En het was wel gebleken dat mijn oordeel over mannen de laatste tijd niet erg betrouwbaar was. Sinds Luke met me had geflirt, daarstraks, viel het me zelfs met de minuut moeilijker een heldere kijk op hem te houden.

De gedachte kwam bij me op dat dat wel eens het doel van zijn geflirt kon zijn geweest – een doelbewuste handeling om op mijn emoties te werken en mijn blik te vertroebelen.

Ik keek ons kleine groepje rond en probeerde te bedenken welke andere mogelijkheden er waren. Het meest voor de hand liggend, was Rossi. Hij had op het eiland rondgelopen zonder zijn gezicht te laten zien, al die tijd dat wij alles hadden afgezocht naar overlevenden.

'Gabe,' begon ik terwijl ik mijn handen afveegde aan mijn servet en het daarna op de grond legde, 'wie of wat ben jij eigenlijk als je niet hier op Esme bent? Ik weet wel dat je hebt verteld dat je een softwarebedrijf hebt, maar ben je getrouwd? Heb je kinderen? En waar woon je?'

Hij at zijn mond leeg en glimlachte. Toen nam hij een slok water. 'Nou, eens zien... Om te beginnen woon ik ten zuiden van Seattle. In Gig Harbor, om precies te zijn. Ik ben niet getrouwd en ik heb geen kinderen. Ik heb het te druk gehad met het oprichten en van de grond krijgen van mijn bedrijf, ben ik bang. Met trouwen en zo zal ik me later nog eens bezig moeten houden.'

'Heb je iemand over wie je ongerust bent? Een vader of moeder? Een broer?'

'Mijn hele familie woont in het oosten. Ik vermoed dat ze op dit moment eerder ongerust zijn over mij. Daarom had ik ook zo de pest in toen mijn telefoon kapotging. Vlak na de aardbeving heb ik geprobeerd ze te bereiken, maar ik denk dat de torens hier in de buurt niet meer overeind staan. Ik dacht dat ik vroeg of laat wel verbinding zou krijgen als ik het maar bleef proberen. Hoe zit dat met jullie allemaal?'

Amelia en Timmy zeiden allebei dat ze helaas hun familie overleefd hadden, en Kim vertelde dat haar agent en de studio in L.A. wel in zak en as zouden zitten. Dana was vreemd zwijgzaam over haar man in Santa Fe, en Grace nam niet de moeite antwoord te geven.

Net zomin als Luke, merkte ik. Die had Rossi onder het eten de hele tijd nauwlettend in de gaten zitten houden, terwijl hij tegelijkertijd geen centimeter toegaf aan Rossi's pogingen tot een gesprek.

'En jij, Sarah?' vroeg Rossi. 'Heb jij familie?'

'Mijn moeder. Die zit in een andere staat,' antwoordde ik.

'Ergens in de buurt?'

'Dat niet. Hoezo?'

'Ik vroeg me alleen maar af,' antwoordde hij nonchalant, 'of ze ook iets van de aardbeving heeft gemerkt. Voor mijn radio het begaf, hoorde ik dat ze tot helemaal in Montana te voelen was geweest, en in het zuiden tot aan San Francisco.'

'Hoe is je radio eigenlijk kapotgegaan?' wilde Luke weten. 'Ik geloof niet dat ik erbij was toen je dat vertelde.'

Rossi reageerde niet op zijn achterdochtige toon. 'Klopt, jij was er niet toen ik hier aankwam. Maar zoals ik de dames al heb verteld, had ik een walkman bij me voor op de veerboot. Toen die eerste schok kwam, moet ik hem ergens hebben laten vallen. Ik kreeg pas later in de gaten dat hij weg was.'

'Wat jammer,' zei Luke. 'Een radio hadden we heel goed kunnen gebruiken...'

'Wacht eens even,' zeiden Grace en ik bijna tegelijkertijd. Ik keek haar aan, en we wisten allebei dat ons hetzelfde was opgevallen. Ik deed het eerst mijn mond open. 'Die nacht dat je hier aankwam,' zei ik tegen Rossi, 'vertelde je ons dat je hout aan het hakken was toen er een naschok kwam. Je zei dat de radio van de reling van je veranda af was gevallen en door vallend hout was verpletterd.'

Luke richtte zijn scherpe blik weer op Rossi, maar die bleef mij aankijken, met die eeuwige glimlach op zijn gezicht. 'Echt waar? Heb ik dat gezegd? Krijg nou wat! Dan moet het zo gebeurd zijn. Ik denk dat mijn geheugen het niet meer kan bijbenen, na alles wat er gebeurd is. Shock, neem ik aan. Dan krijg je dat.' Hij keek Luke aan. 'Net zoals jij je niet herinnerde dat je in je eentje bij dat ravijn was, weet je nog? Shock. Meer niet.'

Het duurde even voor Luke reageerde. Toen zei hij: 'Ja. Dat zal het wel zijn.'

De spanning hing zo zwaar in de lucht, dat ik er de koude rillingen van kreeg.

Opeens sprong Rossi, de laatste van wie ik dat had verwacht, op en zei vrolijk: 'Ik heb een idee. Laten we eens iets leuks gaan doen. Ik word doodziek van die lange koude avonden die je alleen maar door kunt komen door te proberen te slapen.'

'Iets leuks?' vroeg ik nieuwsgierig. 'Wat was je van plan?'

'Ik weet niet. Spelletjes doen? Spookverhalen vertellen? Wat dan ook!'

'Ik kan drummen,' opperde Dana. 'We zouden om het kampvuur kunnen dansen. Misschien roepen we daarmee ook nog een paar goede geesten op.'

Grace maakte een kreunend geluid.

'Nee, echt,' zei Dana. 'We hebben binnen van die grote oude lege bronwaterflessen, die waarin Timmy water liet komen voor mensen die het water hier niet lustten. Als je die op hun kop zet, heb je prima trommels. En prullenbakken.'

'Ik vind het wel een goed idee,' zei Kim. 'Ik heb eens een indiaan gespeeld in een film, en –'

Grace viel haar in de rede. 'Heb jij een indiaan gespeeld? Hoe heb je dat gedaan? Dat rode haar geverfd?'

'Ja, natuurlijk. Ik kan allerlei rollen spelen. Mijn agent noemt me een kameleon.'

'Een kameleon...' zei Grace peinzend. 'In de zin dat je je overal kunt aanpassen, je als alles kunt voordoen, zonder dat iemand het doorheeft?'

Kim nam de uitdaging aan. 'Ja zeker, en eigenlijk denk ik dat jij dat ook kunt, Grace.'

Er viel een stilte, waarin de twee vrouwen elkaar bleven aanstaren.

Toen sprong Dana op. Ze greep Lukes hand en die van Kim. 'Kom op, dan gaan we een stel trommels bij elkaar zoeken.'

Er kwamen nog meer protesten, maar voor het eerst hield Dana voet bij stuk en weigerde ze toe te geven. 'Wacht maar af,' zei ze. 'Het wordt heus leuk.'

Het bleek tegelijkertijd wel en niet leuk te zijn. Eerst volgden Timmy, Rossi en ik het simpele ritme dat Dana aangaf.

Timmy zat op een rechte stoel die we uit de keuken hadden gehaald. Ze klaagde dat haar artritis opspeelde doordat we geen verwarming of warme baden hadden. Ik had gezien dat ze een beetje strompelde en had me al afgevraagd wat er was.

Rossi en ik zaten op de grond met waterflessen van zo'n twintig liter tussen onze benen.

'Zodra je het ritme te pakken hebt, wordt het hypnotiserend,' zei Dana. 'Je kunt je zelfs in een heel andere wereld wanen.'

'Ze heeft gelijk,' zei Kim. 'Denk maar aan een tropisch eiland, palmbomen, reggae.'

'Denk aan een lekker zacht bed,' mopperde Amelia, 'en laat

die palmbomen maar zitten.' Ze zat op haar hurken bij het vuur voorzichtig de kooltjes van het avondeten in de vlammen te duwen.

Zodra het goed brandde, pakte Dana haar hand vast en leidde ze haar, samen met Kim en Luke, in een kring om het kampvuur. Eerst raakten ze elkaar niet aan, maar lieten ze een meter of wat afstand tussen zichzelf en de anderen. Toen we sneller begonnen te drummen – iets wat haast vanzelf gebeurde – pakten ze echter elkaars handen vast.

Kim slaakte Hollywoodachtige indianenkreten en danste als een indiaan in een oude western. Eerst dacht ik dat ze het authentiekere Dances with Wolves kennelijk niet had gezien, maar toen merkte ik dat ze gewoon lol had en ons aan het lachen probeerde te maken. Dat lukte.

Na een nogal ingehouden begin volgde Luke haar voorbeeld. Na een poosje lag ik dubbel, en ik moest er weer aan denken hoe hij me vroeger altijd aan het lachen had kunnen krijgen.

Toen zag ik zijn hand in Grace' richting gaan. Hun vingertoppen raakten elkaar. Er lag een blik op zijn gezicht die ik niet kon thuisbrengen. Hij was intiem, maar op een oude vertrouwde manier, alsof ze elkaar al jaren kenden.

Mijn glimlach verdween en de pijn in mijn hoofd, die ik bijna vergeten was, nam weer toe.

Luke boog zich naar Grace toe en fluisterde iets in haar oor, waarop ze glimlachend knikte.

Dana sloeg hen ook gade, en haar blik kruiste die van mij. Zonder woorden vroeg ze me: wat is hier gaande?

Ik schudde mijn hoofd: dat weet ik net zomin als jij.

Het duurde een paar minuten. Toen weken Luke en Grace uit elkaar. Luke kwam naar mij toe en pakte mijn hand, terwijl Grace die van Rossi pakte. Allebei drongen ze erop aan dat wij ook overeind kwamen om mee te dansen. Daardoor bleef Timmy alleen over, maar Dana ging bij haar zitten en nam mijn trommel over.

Amelia klaagde dat ze uit vorm en buiten adem was. Ze ging op een omgevallen boomstam zitten, buiten de kring dansende mensen.

Nu Dana mee drumde, werd het ritme anders: langzamer, moderner, als een dansband uit de jaren '40.

Toen ik verbaasd haar kant op keek, zag ik dat ze haar ogen dicht had en sensueel heen en weer wiegde.

Luke trok me steeds dichter tegen zich aan, en voor ik het in de gaten had, waren we aan het slowen, alsof we in een balzaal of op een schoolfeest waren.

Het tempo werd nog langzamer.

Over Lukes schouder zag ik dat Grace en Rossi nu ook dicht tegen elkaar aan dansten. Grace was plakkeriger dan ik haar ooit had gezien. Ze had haar ene arm op Rossi's schouder gedrapeerd, met haar hand achter in zijn nek, zodat ze met zijn haar kon spelen. Rossi lachte zacht en drukte zijn gezicht in haar hals.

De gedachte kwam in me op dat een ramp, net als de politiek, de vreemdste partijen koppelt.

Wij vieren waren de enigen die nog op de 'dansvloer' over waren. De anderen, inclusief Kim, zaten zwijgend naar ons te kijken.

Ik kreeg het gevoel dat Luke en ik alleen op een wolk zaten, dat de afgelopen drie dagen er niet waren geweest, en de afgelopen tweeëntwintig jaar eigenlijk ook niet. Het voelde net als vroeger; Luke en ik die in het bos dansten, zeventien jaar oud, op de muziek van het feest van zijn ouders, die tussen de bomen door naar ons toe dreef. De 'oudjes', zoals we hen laatdunkend hadden genoemd, zaten opgescheept met een houten dansvloer en felle lampen, lawaai en veel te veel dronken mensen. Wij waren de gelukkigen – alleen op de wereld, met zachte plukjes gras die onze blote tenen kietelden, en de geur van pijnbomen om ons heen.

Toen Luke me dichter tegen zich aan trok, kon ik zijn hart tegen het mijne voelen kloppen. Ik kon zijn vertrouwde hartslag bijna in zijn hals horen bonzen toen hij hard begon te worden, dicht tegen me aan, zijn arm steeds strakker om mijn onderrug. Zijn lippen waren warm tegen mijn oor, zijn adem nog warmer. Mijn benen werden slap, en ik leunde tegen hem aan. Ik wilde hem weer net zo voelen als vroeger, wilde nooit meer bij hem weg, wilde dat deze nacht nooit zou eindigen.

Het was bijna of we weer tieners waren, en toen Lukes hand tussen ons in omhoog gleed om mijn borst te voelen, begon ik te trillen. Ik was zo opgewonden, dat ik me aan hem moest vastklampen uit angst waar iedereen bij was mijn zelfbeheersing te verliezen. Een vlugge blik om me heen vertelde me echter dat Grace en Rossi verdwenen waren. Het drummen was gestopt, en de anderen waren allemaal naar binnen. Ik zag hun schaduwen in de keuken bewegen in het kaarslicht, en ik hoorde hun stemmen die door de lucht naar ons toe dreven.

'Kom mee, het bos in,' fluisterde Luke, en niets had me op dat moment nog kunnen tegenhouden. Het was net of we weer naar vroeger teruggevoerd waren en of niets van die afschuwelijke dingen van de laatste maanden, of van enig ander ogenblik in ons leven, echt was gebeurd. Hand in hand renden we het bos in, met alleen het maanlicht om ons de weg te wijzen.

'Hier,' zei Luke met een zachte dringende stem, en toen: 'Nee, hier is het zachter.'

Hij had een tapijt van gras gevonden om op te liggen, net als hij altijd had gedaan. 'Mijn ridder' had ik hem genoemd, die altijd zijn best deed me te beschermen, en niet alleen maar tegen de harde grond. Niet dat het gras zoveel hielp. Ons gevrij ging altijd met zoveel hartstocht gepaard, dat we na afloop onder de schrammen zaten en soms zelfs bloedden. Onze ruggen, schouders, armen en benen verraadden ons, en soms moesten we die dagenlang met kleren bedekken opdat onze ouders niets te weten zouden komen.

Het was nu niet anders. In een paar seconden hadden we elkaars kleren uit, en toen mijn huid na al die jaren de zijne weer raakte, ontvlamde hij, net als vroeger.

'Wat voel je fijn,' fluisterde ik, en hij fluisterde terug: 'Jij ook. Waar hebben we al die jaren gezeten?'

'Dat weet ik niet.'

'Ik heb je gemist,' zei hij. 'Tot op dit moment had ik niet door hoe ik je heb gemist.'

We hadden geen behoefte aan voorspel, en toen hij in me kwam, herkende ik dat gevoel, dat besef met de enige ware samen te zijn, degene voor wie ik 'geschapen' was. Ik wist best dat het dwaas en romantisch was, maar ik moest denken aan de woorden van dat liedje van Frank Sinatra, That Old Black Magic, want zo voelde het: magisch. Alle jaren werden weggevaagd, en alle tranen ook. Ik was bij Luke, en dat was het enige wat telde. De wereld was mooier geworden, en nu was alles mogelijk. Seattle zou herbouwd worden, ik zou mijn proces winnen, ik zou er goed doorheen komen. Luke en ik waren weer samen.

Ik werd zo in beslag genomen door die droom, die fantasie, dat ik er helemaal niet bij stilstond dat ik niet meer aan het Allegra-blikje had gedacht, dat die middag verdwenen was. Of me nog had afgevraagd wie het had meegenomen. Dat alles was nu ver weg, ergens in de verre toekomst. Niets om me hier en nu druk om te maken.

'O, hier zijn jullie!'

We waren in slaap gevallen.

Nu keek ik op en zag ik Grace op ons neerkijken. We waren nog naakt. Ik greep mijn kleren en drukte ze tegen me aan. Mijn hoofd begon weer te bonzen.

'Sorry,' zei Grace, hoewel ze er eerder kwaad dan verontschuldigend uitzag. 'We werden ongerust toen jullie niet terugkwamen.'

Onder Grace' spottende blik voelde ik me naakter dan ik me ooit met Luke of een andere man had gevoeld. Daarom worstelde ik me overeind, dook ik achter een paar struiken en schoot ik haastig mijn kleren aan.

Terwijl ik mijn blouse over mijn hoofd trok, hoorde ik haar zacht vragen: 'Waar ben je in vredesnaam mee bezig? Zo verpest je alles! En dan vinden we nooit –'

Ik kwam uit de struiken te voorschijn, en Luke maakte een geluid.

Grace keek om, zag mij staan en brak haar zin halverwege af.

'Wat?' vroeg ik. 'Wat vinden jullie nooit?'

Ze zwegen allebei, en Luke wendde zijn blik af.

Uiteindelijk zei Grace: 'Een manier om van dit verdomde eiland af te komen, als niemand hier zich weet te beheersen!'

'Ik dacht dat dat ook op jou sloeg,' merkte ik op. 'Heb ik jou niet met Gabe Rossi zien weggaan?'

Haar mond werd een dunne streep. 'We waren aan het praten,' zei ze. 'Dat was alles.'

'Dat moet een boeiend gesprek zijn geweest. Er zitten takjes in je haar.'

Vlug bracht ze haar hand naar haar hoofd, alsof ze alsnog de bewijzen wilde verbergen. Er zaten helemaal geen takjes in. Ik had haar misleid – iets wat ik in de rechtbank vaak deed met een onwillige getuige: 'U zegt dat u mijn cliënt die avond gezien hebt, Mr. Smith? Had u uw bril wel op?' Als zijn hand dan automatisch in de richting van zijn ogen ging, wist ik dat de getuige gewoonlijk een bril droeg, maar niet altijd, omdat hij hem op dat moment in de rechtbank niet op had. Mogelijk had hij hem die avond waarop hij beweerde mijn cliënt een slijterij te hebben zien overvallen, ook niet op gehad. Het was voldoende om een klein beetje twijfel in de hoofden van de juryleden te zaaien. 'Dus u draagt een bril, Mr. Smith. Waarom hebt u die nu niet op? Waarom had u hem de avond van de achtste oktober niet op?'

Grace was erin getrapt, wat me verbaasde. Ik had haar voor slimmer gehouden. Misschien was ze nog in de roes van de hartstocht en daardoor wat minder helder.

'En dan te bedenken,' zei ze giftig, 'dat ik echt mijn best heb gedaan je aardig te vinden.'

'Nou, dat kan ik niet zeggen,' zei ik.

Na die woorden liet ik hen samen in het bos achter. Het was duidelijk dat ze van alles te bespreken hadden – wat ze moesten 'vinden' bijvoorbeeld.

Een klein metalen blikje met een panty erin? Hadden ze het daarover?

Hoe dan ook, het was me weer gelukt: ik was weer voor de verkeerde man gevallen.

Ik wist nu dat ik dubbel op mijn hoede zou moeten zijn. Het was geen prettig idee dat ik achterdochtig moest zijn tegenover Luke, maar ik had daar in het bos niet ál mijn verstand verloren. Alleen maar de helft. Grace en hij spanden samen om een reden die ik niet kende, maar ik mocht niet uit het oog verliezen dat Jane dood was en dat iemand op het eiland mij had aangevallen. Het was beslist niet onmogelijk dat Luke of Grace – of zij samen – daar de hand in had gehad.

Wat nog wel vragen openliet. Waren ze afzonderlijk en zonder het van elkaar te weten naar Esme gekomen, en hadden ze pas besloten een team te vormen toen ze elkaar hier tegen het lijf waren gelopen? Of hadden ze het van het begin af aan zo gepland?

Wat de anderen betrof, ik was wel min of meer bereid Dana, Amelia en Timmy uit te sluiten als schurken. Hoewel ze allemaal wel een paar dingen hadden die vragen bij me opriepen, had ik bij hen niet het gevoel dat er iets sinisters speelde.

Kim was een ander verhaal. Ze had me aardig uitgehoord over mijn bewijzen tegen de Vijf, die dag toen we samen naar Ransford waren gelopen. Dat kon natuurlijk louter uit vriendschap zijn geweest – bezorgdheid van de ene vrouw om de andere. Toch mocht ik het niet zomaar wegstoppen en vergeten.

Grace was natuurlijk weer een heel ander geval. Ik had echt niet het flauwste idee of ze was wie ze beweerde te zijn. Voelde ze echt iets voor Luke? En zo niet, hoe zat het dan?

En dan was Jane er natuurlijk nog. Die arme Jane, die hetzij door een ongeluk was omgekomen, hetzij was omgebracht.

Rossi beweerde dat hij Luke bij het ravijn had gezien, ongeveer op het tijdstip dat Jane erin gevallen of geduwd moest zijn. Sprak hij de waarheid of loog hij? En als hij loog, waarom dan?

Jane was in haar eentje naar Rossi's blokhut gegaan, terwijl Dana aan de kust was blijven wachten. Was ze Rossi daar tegengekomen? Had ze iets gehoord of gezien waardoor ze een bedreiging voor hem was geworden? Of was er iemand anders geweest?

Het probleem was de aardbeving. Onder andere omstandigheden zou er nu een onderzoek naar Janes dood aan de gang zijn. Ze zou niet meer onder een deken van stenen liggen. De aardbeving en de naschokken hadden ons echter alle reserves ontnomen. De afgelopen avond waren we voor het eerst weer eens ontspannen geweest, en zelfs toen was er een onderstroom geweest. We wisten allemaal dat een van ons een moordenaar zou kunnen zijn, al denk ik ook dat we dat diep vanbinnen niet echt geloofden. Of liever gezegd: dat we dat niet wílden geloven. Want als er een moordenaar op Thornberry rondliep, wat konden we daar dan aan doen?

Wat zóúden we eraan doen, als we tot de ontdekking kwamen dat dat echt zo was?

Dat was de vraag die me die avond bezighield. Later kwam ik erachter dat hij ook de anderen had beziggehouden.

11

Vanaf dat moment werd het een gekkenhuis. De spanning nam toe, en ik vroeg me af of dat kwam door de sensualiteit van het dansen, die de mensen er misschien aan had herinnerd dat ze ergens anders hun eigen leven, en misschien ook hun eigen lief-de, hadden.

Iedereen liet op een andere manier blijken hoe ongemakke-lijk hij of zij zich voelde. Amelia en Timmy snauwden tegen el-kaar, Grace snauwde tegen iedereen, en Dana flirtte buitenspo-rig met Gabe Rossi. Dat scheen hij niet erg te vinden; hij flirtte terug, een en al grijns en twinkelende ogen.

Nu ik aan hem gewend raakte, begon ik hem meer te mogen, en hoewel het me verbaasde dat Dana met hem flirtte, keek ik er absoluut niet van op toen Kim daar ook mee begon.

Ik zag haar het pad af lopen naar haar huisje, waar ze, zoals ze zei, wilde gaan kijken of ze nog wat van haar eigen spullen kon vinden. Gabe volgde haar even later; hij liet er zijn werk aan de leidingen van de brandstoftank op het erf voor in de steek.

Tot dusverre waren zijn pogingen de brandstoftank te repare-ren gedwarsboomd door een ontbrekend onderdeel. Hij had de ene oplossing na de andere geprobeerd om het voor elkaar te krijgen, maar niets werkte.

Ik vroeg me af of hij zich verveelde, en of hij dacht dat hij met Kim interessantere dingen zou kunnen doen dan met een brand-stoftank.

Een ander gevolg van het dansavondje was dat we allemaal minder op onze hoede waren voor elkaar. We letten er niet meer voortdurend op dat we met ons tweeën waren en elkaar constant in de gaten hielden – en daar scheen niemand zich druk om te maken of er zelfs maar iets over te zeggen.

Ik weet dat dat achteraf gezien dom lijkt, maar we verkeerden allemaal nog in diverse stadia van shock. Geen van ons dacht zo helder na als hij onder andere omstandigheden gedaan zou hebben.

Luke en ik keken elkaar tijdens het ontbijt nauwelijks aan, na die nacht in het bos. We hielden ons bezig met onze oesters en vis, die ons standaardmaal waren geworden.

Luke en Grace vertelden dat ze de vorige dag zelfs een hinde door het bos hadden zien rennen, waardoor ze wisten dat de dieren terug waren. Ze hadden het echter geen van beiden over hun hart kunnen verkrijgen haar te doden – als ze daar de middelen al toe gehad zouden hebben, wat niet het geval was. Er werden wat grapjes gemaakt over het maken van pijl en boog, en dat het nog wel zover zou kunnen komen als we maar hongerig genoeg werden.

In ons hart hoopten we allemaal dat het niet lang meer zou duren voor er reddingswerkers kwamen, zodat we aan de onprettigste taken van het overleven zouden kunnen ontsnappen. We waren op het punt waar we de eerste stadia van ongeloof en daarna angst achter ons lieten en de wanhoop ons begon te besluipen – de toestand van: stel dat dit de laatste dag van ons leven is, moeten we dan niet uit het leven halen wat er nog in zit?

Dat is tenminste de enige verklaring die ik kan bedenken voor wat er daarna gebeurde.

De vrouwen begonnen elkaar heviger in de haren te zitten. Ze begonnen over alles ruzie te maken, maar vooral over de mannen. Iedereen wilde de aandacht van de mannen, hun hulp, hun gezelschap.

Zelfs Amelia en Timmy streden om Lukes en Gabes aandacht, en hun belangstelling voor de mannen was beslist niet moederlijk. Timmy begon de bodem van een glanzende pot als spiegel te gebruiken en aan haar haar te frunniken, waarbij haar nepdiamanten ringen schitterden in het zonlicht. Amelia benaderde de zaak van een meer intellectuele kant; ze besprak haar poëzie met Gabe, en de techniek van het steigers bouwen voor veerboten met Luke.

Vooral Kim en Grace vlogen elkaar naar de strot. Grace werd steeds botter. Elke keer dat ze een vrouw of met Luke of met Gabe zag, kwam ze ertussen. Kim had een oogje op Gabe – zo leek het tenminste – en de twee vrouwen liepen constant tegen elkaar te snauwen. Ik had verwacht dat Kim, als 'de mooiste in het land', meer zelfvertrouwen zou hebben. In plaats daarvan ging ze er naarmate de dagen voorbijgingen steeds bleker en ongelukkiger uitzien.

Wat Gabe betrof, die verdeelde zijn aandacht eerlijk over ons allemaal – zelfs over mij.

Op een dag trof hij me in de woonkamer van Thornberry aan terwijl ik over het puin kroop, en hij bood aan me te helpen. Ik had het opgegeven naar het Allegra-blikje te zoeken, of naar mijn manuscript of mijn diskette. Ik wist nu wel dat ik die niet zou vinden. Ik wist ook dat iemand ze doelbewust had ingepikt.

Ik wist alleen niet wie.

Tot ik daar achter was, had ik besloten, zou ik net als Gabe doen: iedereen op dezelfde manier behandelen, en de een niet meer aandacht geven dan de ander. En dat gold ook voor Luke. Met een beetje geluk zou de waarheid vroeg of laat komen bovendrijven, als room op de melk.

Het enige wat ik hoefde te doen, was in leven blijven tot het zover was.

Op de dag dat Gabe me hielp met de rommel in de woonkamer, voelde ik me bijzonder kwetsbaar. Ik had me herinnerd dat ik op het moment van de aardbeving een potlood in mijn hand had met een gummetje in de vorm van een oranje poes aan het uiteinde. Dat had Ian me een keer gegeven toen we 's avonds in bed lagen, als grapje. 'Jij bent net een poes,' had hij erbij gezegd. 'Hoe je het doet weet ik niet, maar je komt altijd op je pootjes terecht.' Dat was lang voor de Vijf van Seattle, en voor we uit elkaar waren gegaan. Ian had gedoeld op mijn vermogen een zaak te winnen, hoe moeilijk die ook was en hoe gering mijn kansen ook waren.

Ik had het potlood met die gum sindsdien vaak gebruikt, omdat het me zelfs op de zwartste dagen, wanneer alles tegenzat, eraan herinnerde dat ik écht goed was, en dat ik – zelfs als ik als pro-Deoadvocaat nooit veel zou verdienen – een mooie erfenis zou achterlaten.

Aan wie ik die zou nalaten, was me nog een raadsel, aangezien het er op dat moment niet naar uitzag dat ik ooit kinderen zou krijgen. Ian wilde er geen, en er was beslist niemand anders in beeld. Er had wel iemand kunnen zijn, als ik de tijd of energie gehad zou hebben om ernaar uit te kijken. Ian was niet 'de man van mijn dromen', en ik dacht geregeld dat ik eigenlijk iemand anders zou moeten hebben, iemand die meer van me hield en meer voor me wenste. Iemand die mijn werk respecteerde.

In plaats daarvan nam ik genoegen met Ian, die in elk geval een goede nek-en-schoudermassage gaf. Ian, die duidelijk maakte dat hij te veel had meegemaakt, en dat dit geen wereld was om een kind in neer te zetten.

Ik had weinig keus gehad, en de alternatieven waren weinig aantrekkelijk: ik kon de rest van mijn leven alleen blijven, of ik trouwde op den duur met Ian en bleef kinderloos.

Dat ik het die dag op Thornberry in mijn hoofd kreeg om naar die poezengum te gaan zoeken, was dan ook niet omdat ik zo naar Ian MacDonald verlangde. Het was louter en alleen omdat ik behoefte had aan iets om me aan vast te klampen, iets uit dat oude leven wat me vertelde dat ik het goed had gedaan – dat ik, zelfs al had ik dan niemand om iets aan na te laten, in elk geval bepaalde uitdagingen in het leven had aangedurfd.

De woonkamer was maar voor de helft begraven onder de twee bovenverdiepingen, en ik zocht voorzichtig een weg door de andere helft. Er lagen zo veel boeken over de vloer verspreid, dat het een gigantische taak leek te zoeken naar zoiets kleins als een potlood met een gummetje. Ik zuchtte, nu al moe en uit mijn doen, en begon.

Gabe verscheen toen ik net probeerde een zware eiken boekenkast van de vloer omhoog te tillen. Ik zag hem eerst als een silhouet tegen een zeldzaam felle zon in de deuropening – niet bepaald een juiste benaming, want een deur paste er niet meer in. Het was alleen een enorm, gapend gat in de buitenmuur. Heel even vond ik dat Gabe net een engel leek. Het zonlicht omgaf hem met een vurige stralenkrans. Toen hij verder kwam en ik de grijns op zijn gezicht zag, belandde hij weer met beide voeten op de aarde.

'Wacht,' zei hij. 'Ik help je wel even.'

Ik had de boekenkast al een stukje van de grond, maar ik stond hem met mijn schouder tegen te houden tot ik weer genoeg energie had om hem verder omhoog te duwen.

In een oogwenk stond Gabe naast me.

'Wat een zware jongen is dit,' zei hij terwijl hij de kast aan de andere kant vastpakte en me hielp hem rechtop tegen de wand te krijgen. 'Waarom heb je niet om hulp gevraagd?'

'Zoals iedereen hier doet, bedoel je?' vroeg ik sarcastisch. 'Wij kunnen niks zonder een grote sterke man om ons te helpen?' Ik begon al net zo te klinken als Grace, en ik beet op mijn lip. 'Sorry.'

Maar Gabe lachte alleen maar. 'Ik geloof dat ik wel snap wat je bedoelt. Toch is het niet zo ongewoon dat vrouwen onder omstandigheden als deze een beroep op mannen doen. Daar zijn we tenslotte voor gemaakt: om het zware werk te doen. Ze sturen ons eropuit om in oorlogen te vechten, om bruggen te bouwen, greppels te graven...'

'Er zijn tegenwoordig anders zat vrouwen die dat ook doen,' merkte ik op.

'Zeker, maar lang niet zoveel vrouwen als mannen. Nog niet tenminste. En denk je eens in, wat zouden we voor nut hebben als we onze spieren niet hadden? Vrouwen krijgen nu zelfs al baby's zonder dat er een man aan te pas komt, en ze werken en verdienen zelf de kost. Dat hij het zware lichamelijke werk mag doen, maakt dat een man zich belangrijk voelt.'

'Aha, dus dat is wat je voelt, met al die vrouwen die om je heen hangen,' zei ik. 'Je voelt je belangrijk.'

De blik waarmee hij me aankeek was zo intens, dat ik kippenvel op mijn armen kreeg.

'Je wilt me toch niet vertellen dat je jaloers bent, hè?' vroeg hij.

'Absoluut niet.' Ik draaide me om naar de berg boeken op de vloer en begon ze op te rapen, in de hoop dat het gummetje eronder lag, zodat ik kon maken dat ik wegkwam. Maar ik wist dat mijn gezicht knalrood was.

'Zoek je iets speciaals?' vroeg Gabe. Hij bukte om me te helpen.

'Nee,' loog ik, 'en ik denk trouwens dat je die boeken beter niet zo terug op de plank kunt zetten. Dat ding kan bij de volgende naschok best weer omlaag komen.'

'Goed gezien.' Hij begon ze tegen de muur op te stapelen, net als ik deed. 'Zie je? Dat bedoelde ik nou. Vrouwen, die puzzelen uit hoe je iets het beste kunt doen. Wij mannen, wij tillen en dragen alleen maar, wij stutten en steunen.'

'Dus jullie doen alleen maar het zware sjouwwerk?' Ik lachte.

'Kom nou. Zo vergeet je wel een hele rits wetenschappers, filosofen, architecten, wiskundigen, en eigenlijk ook jezelf. Software schrijven valt nou niet bepaald in de categorie van het zware sjouwwerk.'

'Dat is zo,' gaf hij toe. 'Ik denk dat ik alleen maar probeerde –'

'– mij op mijn gemak te stellen? Ervoor te zorgen dat ik je aardig ga vinden? Me in te palmen?' Ik leunde achterover en keek hem aan. 'Hoor eens, ik wil je niet beledigen, maar ik val nou eenmaal niet voor sprookjesprinsen. De laatste keer dat ik voor een prins ben gevallen, bleek hij de boze tovenaar te zijn.'

Deze keer lachte hij niet. 'Dat vind ik dan heel rot voor je,' zei hij. 'Je bent veel te knap om door een tovenaar belaagd te worden, Sarah. Wat gebeurde er? Kun je me dat vertellen?'

'Kunnen wel,' zei ik, 'maar willen niet. Dat is privé.'

'Natuurlijk, en ik wil me heus niet opdringen. Het is alleen dat ik me af en toe afvraag of we ooit...' Hij zuchtte en zag er moe uit.

Verbaasd maakte ik zijn zin voor hem af. 'Ooit van dit eiland af komen? Dat vraag ik me ook wel eens af.'

'En als dat gebeurt, wat treffen we dan aan?'

Ik zag dunne lijntjes om zijn ogen van de spanning, lijntjes die tot dan toe verborgen waren gebleven door de manier waarop zijn huid rimpelde als hij glimlachte. 'Ik ben niet zoveel anders dan jullie,' zei hij. 'Ik vraag me af of mijn huis er nog staat. En mijn bedrijf. Weet ik veel, heel Gig Harbor kan wel onder water staan. Privé-geheimen lijken op het moment niet meer zo belangrijk, Sarah. Weet je wat? Als jij mij het jouwe vertelt, vertel ik jou het mijne. Misschien helpt het een beetje om erover te praten.'

'Maar ik heb helemaal geen geheimen,' zei ik.

'Natuurlijk wel. Die hebben we allemaal. Heb je dat niet gemerkt? Iedereen hier heeft wel iets waar hij mee rondloopt en wat als een verschrikkelijk zware last op zijn schouders rust.'

'Denk je?' Ik vertelde hem niet dat die gedachte ook al bij mij was opgekomen.

'Dat denk ik niet alleen, dat is overduidelijk. Iedereen is wel ergens bang voor, en dat ligt niet alleen aan die aardbeving.'

'Dat zul jij wel weten, vermoed ik,' zei ik veelbetekenend. 'Jij bent zulke dikke maatjes met iedereen.'

Hij keek me weer zo intens aan, en of ik wilde of niet, ik voelde een rukje onder in mijn buik.

'Jij weet wel hoe je een vrouw moet aanpakken, hè,' zei ik peinzend.

'Al werkt dat bij jou niet, zo te merken.' Zijn grijns was terug. 'Maar je kunt het me niet kwalijk nemen dat ik het probeer.'

'Ik neem het je helemaal niet kwalijk. Ik weet alleen niet goed of ik je wel moet geloven.'

Hij begon weer boeken op te stapelen. 'Dat maakt niet uit. Ik zie mezelf graag als een soort god: ik besta, ook als je niet in me gelooft. Maar goed, ik geloof dat ik even vergat dat jij al iemand hebt om je geheimen mee te delen.'

'O?'

'Luke natuurlijk. Jullie zijn toch oude vrienden?'

'Ja, maar dat wil nog niet zeggen dat we nu nog zo'n hechte band hebben, dat ik mijn geheimen met hem deel – als ik die al zou hebben.'

'Wil je zeggen dat jullie niet álles hebben gedeeld nu jullie weer bij elkaar zijn?' vroeg hij plagend.

'We zijn niet weer bij elkaar, niet in de zin die jij bedoelt. We zijn gewoon vrienden.'

'Hm. Nu je het zegt, ik zie hem regelmatig met de ondoorgrondelijke Grace.'

Ik bleef druk bezig met de boeken. 'Dat zou ik niet weten.'

'Natuurlijk niet.'

Ik leunde weer achterover en veegde het stof van mijn handen. 'Hoor eens, Gabe, bedankt dat je me met de boekenkast hebt geholpen, echt waar, maar verder heb ik op het moment geen hulp meer nodig. Eigenlijk wil ik liever een tijdje alleen zijn.'

Hij aarzelde en kwam toen overeind, zijn stoffige handen aan zijn spijkerbroek afvegend. 'Dat begrijp ik heel goed,' zei hij. 'Ik voel ook behoefte alleen te zijn. Maar, Sarah...'

Ik keek naar hem op.

'Beloof me dat je naar me toe komt als je hulp nodig hebt, op wat voor gebied dan ook. Oké?'

Ik aarzelde. Waarom zou ik naar Gabe Rossi gaan voor hulp? Wat wist ik van hem af? En over wat voor hulp had hij het?

Ten slotte zei ik: 'Oké. Ik zal rooksignalen sturen.'

Hij kreunde. 'Na die brand in Lukes huis zijn rooksignalen misschien niet het geschiktst. Fluit maar even, ja? Ik ben in de buurt.'

Op de een of andere manier twijfelde ik daar niet aan.

Ik was onder een stapel tijdschriften en papieren uit een antiek bureau aan het zoeken, toen ik het fotoalbum tegenkwam. Het was zo'n ouderwets exemplaar, met letters van bladgoud op een versleten, bruin kaft. Dat kaft en de zwarte bladzijden ertussen werden door een zwart koord bijeengehouden. De foto's waren vergeeld, en sommige waren gebarsten of er waren hoekjes af.

Nieuwsgierig ging ik op de grond zitten en begon erin te bladeren.

Op de eerste bladzijden zaten foto's van Thornberry toen Timmy en haar man het net hadden geopend – het soort foto's dat wel genomen zou zijn om aan vrienden te sturen. Zo van: dit is ons prachtige nieuwe huis. Daar links zie je de tuinen, en op de volgende foto is de Sound te zien, die bijna langs onze voordeur stroomt.

Daarna kwamen de kiekjes met gasten erop, en tot mijn verrassing werd ik opeens aangestaard door mezelf op tienjarige leeftijd. Daar stond ik, in een lelijk badpak waarin ik me drie jaar later voor geen goud meer vertoond zou hebben. Mijn haar was nog niet aan het kroezen, en het was in een pagekopje geknipt, recht en met een pony. Ik was vergeten hoe lelijk ik vroeger was.

Plotseling herinnerde ik me weer dat ik een paar jongens op school over me had horen praten. 'Ze heeft een blotebillengezicht,' zei de een. 'Ze denkt dat ze heel wat voorstelt, maar jongens, valt dat even tegen,' voegde de ander eraan toe. 'Sarah is een dikzak, Sarah is een dikzak!'

Ik was geen 'dikzak', dat bleek wel uit deze foto, maar door die woorden was ik me wel zo gaan voelen – jarenlang.

Lieve hemel. Wat moeten er een hoop dingen zijn waardoor we gekwetst worden als we klein zijn, en die we vergeten. Maar hoeveel invloed hebben die nog op ons als we volwassen zijn, zonder dat we dat zelf beseffen?

Opeens wist ik waarom ik toen ik nog als advocaat werkte zo gek op make-up was. Wanneer ik midden in een proces zat, lette ik er altijd op dat ik er op de televisie slank en stijlvol uitzag. De hemel verhoede dat een van die tienjarige jongens, nu volwassen, me in het avondjournaal zou zien en me nog steeds een dikzak zou vinden. En het zou nog leuker zijn als hij nu vond dat ik 'heel wat voorstelde'.

Ik lachte zacht, maar ook een tikje ontsteld over wat ik allemaal wel niet had gedaan om door mannen geaccepteerd te worden. Hoever was ik gegaan voor Luke? En daarna voor Ian? En welke invloed had dat op mijn relatie met hen gehad? Was ik overgekomen als iemand die niet helemaal in de werkelijkheid stond? Of erger, als iemand met zwakke plekken die gebruikt konden worden? Uitgebuit zelfs?

Die gedachte overviel me, en ik voelde me er ongemakkelijk

bij. Ik zette ze voorlopig opzij en keek in plaats daarvan naar de volgende foto: een van mijn vader en moeder. Ze zaten naast elkaar op een omgevallen boomstam in het bos, met hun armen om elkaars schouder. Ze zagen er heel gelukkig uit. Mijn moeder was in korte broek en T-shirt, met dunne sterke armen van het tuinieren dat ze thuis deed. Haar tenen piepten uit witte sandalen, en ze leunde met haar kin op haar handpalm. Haar blonde haar krulde van nature – net als het mijne later – en ze droeg het kort.

Mijn vader was toen al grijs aan het worden, en hij gedroeg zich een beetje stijf omdat hij op de foto moest. Dat kon ik zien aan de manier waarop hij zat: met rechte rug, niet ontspannen op dat ruwe hout. Het had vast in zijn blote bovenbenen geprikt, dacht ik glimlachend. Hij vond het nooit echt prettig om in korte broek te lopen, maar gaf toe aan mijn moeder, die hem zover kreeg door hem te vertellen dat hij mooie benen had. Ik vroeg me vaak af of ze er niet gewoon een hekel aan had zijn lange broeken te wassen en te strijken.

Hun naam stond onder de foto – Anne en James Lansing – en daaronder de datum. Hij was in dezelfde periode genomen als die van mij toen ik tien was.

Ik vroeg me af wat er tussen mijn vader en moeder was voorgevallen tussen die tijd en het jaar dat ik zeventien was en mijn moeder een verhouding met Lukes vader had. Was ze zich te veel alleen gaan voelen, doordat mijn vader zich elke avond als hij van zijn werk kwam in zijn studeerkamer opsloot om daar verder te werken? Wat voor soort leven hadden ze gehad? En hoe had Lukes vader de leemten opgevuld?

Ik bladerde langs de foto's van andere gasten, en van Timmy en haar man aan het werk in hun eigen moestuin en glimlachend voor de haard. Timmy had bossen wilde bloemen in haar armen, en ze had een bontgekleurde Indiase sjaal om.

Arme Timmy, dacht ik, niet voor het eerst. Wat een verliezen had ze geleden: eerst haar man, en toen Thornberry. Wat zou ze nu gaan doen?

Ten slotte kwam ik bij een foto van Lukes vader en moeder op een avond dat ze op Thornberry waren komen eten. Timmy nodigde haar buren vaak uit om haar pensiongasten te ontmoeten. Zo bezorgde ze hun wat sociale contacten op wat toen ook al een geïsoleerd eiland was. Lukes ouders waren meermalen op bezoek geweest, wist ik.

Ik keek naar dat beeld van Charles Randell Ford en probeerde me hem samen met mijn moeder in bed voor te stellen. Hij was heel knap, maar eerlijk gezegd kon ik me, als haar dochter, niemand met mijn moeder in bed voorstellen – zelfs mijn eigen vader niet. Was Lukes vader teder voor haar geweest? Had hij haar dingen verteld waar ze om moest lachen? Hij was attenter dan mijn vader, herinnerde ik me. In dat opzicht leek hij op Luke. Tijdens die lange zomerdagen, wanneer ik op de achtergrond zat te luisteren terwijl mijn vader en hij zaten te praten, betrok Charles Ford me af en toe bij het gesprek. Hij was toen al rechter, en ik voelde me gevleid dat die bekende, zeer gerespecteerde rechter uit Seattle dacht dat ik, veertien of vijftien jaar oud, een mening zou kunnen hebben die het aanhoren waard was. Hij luisterde naar me en daagde me soms zelfs uit, zodat ik gedwongen werd mezelf en mijn meningen te verdedigen. Na een poosje leerde ik dat zonder aarzelen te doen. Waarschijnlijk was het dan ook Charles Ford die de grondslag legde voor de jurist die ik later werd, meer nog dan mijn vader.

Toen ik in januari werd gearresteerd, had ik zelfs heel even overwogen rechter Ford te benaderen, om te zien of hij me op de een of andere manier kon helpen. De enige reden waarom ik daarvan had afgezien, was dat ik wist dat mijn zaak mogelijk aan hem toegewezen zou worden. Als ik er daarvóór al met hem over gesproken had, zou hij mijn zaak moeten weigeren en hem aan iemand anders moeten doorgeven.

Ik wilde niet dat dat gebeurde. Hoewel ik in geen jaren een persoonlijk gesprek met Lukes vader had gevoerd, was ik wel af en toe in een rechtszaak voor hem verschenen, en ik wist dat hij een rechtvaardige rechter was. Streng, maar rechtvaardig. Als mijn zaak aan hem toegewezen werd, zou dat een zegen kunnen zijn.

Ik bladerde verder door de foto's, en plotseling viel me op dat alle vier onze ouders in die periode nog in de dertig of begin veertig moesten zijn geweest. Lukes vader was het oudst, wist ik, maar hij kon geen dag ouder dan tweeënveertig zijn geweest, aangezien hij nu midden zestig was. Wat mijn moeder betrof, ik had er nooit bij stilgestaan dat ze nog zo jong was toen ik een tiener was. Jonger dan ik nu.

Doordat ik mijn ouders en die van Luke nu zo zag, ging er een wereld van begrip voor me open.

Ik sloeg het fotoalbum dicht en bleef zitten nadenken. Lukes moeder en mijn vader waren er inmiddels niet meer. Zouden mijn moeder en zijn vader elkaar weer opzoeken, zoals mensen die op de middelbare school op elkaar verliefd zijn geweest weleens doen, nadat er dertig of veertig jaar en diverse andere liefdes voorbij waren gegaan?

Het was voor mijn moeder waarschijnlijk nog te vroeg om aan zoiets te denken. Mijn vader was pas drie maanden dood, en je komt niet zo makkelijk over het verlies heen van iemand met wie je zoveel jaren getrouwd bent geweest. Ik had mijn moeder zien rouwen en ik wist dat het verlies dat ze voelde echt was, wat er in het verleden ook was gebeurd.

Het was een schok voor me geweest toen mijn moeder kort na mijn arrestatie opeens naar Florida was vertrokken, zonder veel uitleg. Ze had er behoefte aan weg te gaan, zei ze op een avond, en ze zou bij haar zuster gaan logeren, mijn tante Rinna. De volgende ochtend was ze weg. Een koerier bracht me de kleine bruine envelop met alleen de sleutel en een briefje erin: Gebruik het huis zoveel je wilt. Liefs, moeder.

Eerst was ik te kwaad en te zeer gekwetst om dat zelfs maar in overweging te nemen. Ik had mijn vader verloren en was nog aan het rouwen. Hoe kon ze zo opeens vertrekken? Waarom konden we elkaar niet helpen ons verdriet te verwerken?

Maar toen werd Lonnie Mae vermoord en stortte ik me op haar zaak. Ik verborg het bewijsmateriaal bij Angel en trok daarna, voor alle zekerheid, in het huis van mijn ouders, dat tenminste het gemak van een alarmsysteem bezat. Dat had mijn moeder me dus geschonken: een veilige schuilplaats.

En toen de uitnodiging voor Thornberry was gekomen, had

het eiland me een nog veiliger plek geleken om me een maand lang te verstoppen – voor de Vijf, voor verslaggevers, voor het leven zelf.

Ik zuchtte. Helaas had het leven de gewoonte je altijd weer te vinden, hoe ver je ook vluchtte.

Ik kwam overeind, veegde het kalkstof van mijn broek en legde het album op de paar boeken die ik al had opgestapeld. Een ogenblik overwoog ik het aan Luke te laten zien, maar dat idee verwierp ik meteen weer. Te veel herinneringen, te veel momenten die niet meer teruggehaald konden worden. Net als de afgesleten randen van die vergeelde foto's hadden ze hun beste tijd gehad.

Toen ik later die middag in de tuin vroege sla aan het plukken was, moest ik opeens aan Angel denken. Ik had niets meer van J.P. Blakely gehoord sinds de dag waarop ze me het Allegra-blikje had teruggestuurd. Terwijl ik met mijn handen in de donkere vochtige aarde wroette, leek haar gezicht voor me te verschijnen. Niet zo mystiek als een geestverschijning, gewoon een korte scherpe geheugenflits.

Angel was een van de beste privé-detectives die ik ooit had ontmoet, en dat waren er gezien mijn werk heel wat. Toen ik het Allegra-blikje net van haar terughad, zonder briefje erbij, had ik aangenomen dat ze halsoverkop ergens heen had gemoeten. Om de een of andere reden moest ze hebben gedacht dat het bewijsmateriaal zolang zij weg was, bij mij het veiligst zou zijn. Misschien was ze voor haar werk de stad uit. Of met die nieuwe vriend over wie ze me had verteld – de vriend die ze een keer 's avonds bij McCoy's had leren kennen. Beide alternatieven hadden me aanvankelijk wel mogelijk geleken.

Maar nu vroeg ik me af of ze in dat geval zo lang van haar kantoor zou zijn weggebleven zonder mij iets te laten horen. Telefoontjes naar haar secretaresse, tot op de dag dat ik naar Esme vertrok, hadden alleen de mededeling opgeleverd dat Angel 'weg' was en me zou bellen zodra ze terug was.

Voor ze de stad uit ging, had ik elke avond om acht uur bij mijn mobiele telefoon zitten wachten. Dat was het tijdstip waarop ze meestal belde. Soms had ze iets nieuws te vertellen, andere keren praatten we gewoon als vriendinnen. Angel was in die periode degene van wie ik de meeste steun kreeg, en iedere avond verheugde ik me erop haar te spreken. Meer dan wat ook miste ik Angel als vriendin. Die telefoontjes elke avond waren een soort anker voor me geworden, dat me rechthield op de ruwe golven.

Was ze terug in Seattle, vroeg ik me af, toen de aardbeving plaatsvond? Leefde ze nog? Zou ik haar ooit terugzien?

Natuurlijk was de gedachte bij me opgekomen dat de Vijf haar op de een of andere manier te pakken hadden gekregen. Dat ze gewond was, of erger. Ik herinnerde me echter ook dat ze op een avond tegen me had gezegd: 'Maak je maar niet ongerust als je af en toe niks van me hoort. Het kan zijn dat ik een poosje de stad uit moet.'

Angels secretaresse was de enige bij wie ik een telefoonnummer had achtergelaten toen ik naar Thornberry was vertrokken. Omdat ons was verzocht geen mobiele telefoon mee te brengen, had ik het nummer van het kantoor van Thornberry achtergelaten, met de instructie dat Angel me zo snel mogelijk moest bellen.

Dat had ze echter niet gedaan. Niet één keer in de week dat ik hier was, voor de aardbeving was begonnen.

Er was iets mis. Ik voelde in elke vezel van mijn lichaam dat er iets heel erg mis was.

De groene slablaadjes verkreukelden in mijn hand, en dat bracht me terug in de werkelijkheid. Ik had een vuist gemaakt en de sla gekneusd. Timmy zou wel een rolberoerte krijgen, maar er welden zo veel emoties in me op, dat ik het liefst het bos in gerend zou zijn om het uit te schreeuwen, alles van me af te schreeuwen. Alle angst, alle verlies en verraad, van mijn arrestatie in januari tot en met de aardbeving. Vanaf dat eerste begin had ik geen moment tijd gehad om me te ontspannen, er was geen moment geweest dat ik niet had geprobeerd me sterk voor te doen tegenover anderen.

En het zou makkelijker zijn geweest zonder Luke en Gabe hier, dacht ik. Ik was een sterke, onafhankelijke vrouw, die gewend was haar eigen leven te leiden en haar eigen problemen op te lossen. Maar nu had ik opeens behoefte aan de steun van een man – het maakte niet uit welke. Dat was dom van me, dat wist ik, en toch voelde ik die aandrang.

Wat ik het liefst wilde, was Luke vertellen wat me allemaal was overkomen, al zijn vragen beantwoorden. Ik wilde hem over mijn bewijs tegen de Vijf van Seattle vertellen, en over Angel. Ik wilde zijn hulp vragen bij het zoeken en het veilig bewaren van het Allegra-blikje. En ik wilde hem vragen me te helpen erachter te komen wie mijn manuscript en mijn schijfje had weggenomen.

Het feit dat ik hem niet genoeg vertrouwde om me aan hem bloot te geven, maakte dat ik me eenzamer voelde dan wanneer hij helemaal niet was komen opdagen.

En Gabe... Welke vrouw hier zou niet graag voor zijn innemende manier van doen bezwijken? Welke vrouw zou niet graag alle hulp die hij aanbood, willen accepteren en een poosje van zijn steun willen genieten? We hadden allemaal een afschuwelijke, uitputtende ervaring achter de rug, en geen van ons stond zo zelfverzekerd of vol vertrouwen in het leven als daarvoor.

We leden allemaal aan dat syndroom dat mensen treft die een aardbeving hebben overleefd: we waren superwaakzaam, voortdurend alert op het volgende gevaar. De grond hoefde maar weer even te trillen in een naschok, hoe klein ook, of we sprongen al overeind in de richting van de dichtstbijzijnde tafel waar we onder konden kruipen.

's Nachts hadden we moeite om te slapen. We hielden onszelf en elkaar voor dat we alert moesten blijven voor het geval de aardbeving alleen maar een voorschok was geweest en de grootste beving nog moest komen.

Kortom, we waren op van de zenuwen, en de reddingsploegen waarop we hadden gehoopt, waren niet meer dan een vage droom. We wisten inmiddels dat we onszelf hier – met elkaar – misschien nog een aantal dagen langer in leven zouden moeten houden. Misschien wel weken.

Als we ook maar enig nieuws van de buitenwereld hadden gehad, hoe weinig ook, zou het misschien minder moeilijk zijn geweest. Nu we alleen elkaar hadden om mee te praten en van gedachten te wisselen, slaagden we er alleen maar in elkaar verder in de put te helpen.

Dat was nóg een gevolg van de aardbeving: er kwam een diepe depressie over ons. We hadden de eerste fase – die van angst en schrik – achter ons gelaten en waren in de volgende beland: woede. Nu drong tot ons door hoe weinig we aan onze situatie konden doen en verloren we de moed.

Ik denk dat het dat was, meer dan wat ook, wat leidde tot het afschuwelijke dat we deden.

12

Zoals ik al heb verteld, begon het met die avond waarop we dansten en met de emoties die toen bovenkwamen. Het geroddel tussen de vrouwen nam toe toen er een dag voorbijging, en nog een, zonder dat iets erop wees dat redding nabij was. Al gauw waren ze openlijk aan het ruziën, en ik moest mijn uiterste best doen om de kemphanen uit elkaar te houden.

Waarom ik er zelf niet aan meedeed, zou ik niet kunnen zeggen, echt niet. Ik denk weleens dat ik dat aan Ian te danken had, omdat ik gewoon niet meer zo in de mannen geïnteresseerd was. O, ik had ook wel mijn gevoelens, net als de rest, vooral voor Luke – en af en toe voor Gabe, maar mijn hoofd had die gevoelens achter slot en grendel gezet, en ik was in staat voor ogen te houden dat ik gekwetst was, nog maar heel kort geleden. Het was nu niet het juiste moment om weer iets met een man te beginnen. Ik kon nu beter op mijn hoede zijn, mezelf beschermen. En op de een of andere manier lukte het me om me daaraan te houden.

Het maakte het er niet beter op dat er na de eerste dagen niet veel te doen was. Hoewel het tijd kostte te vissen, mosselen te zoeken en oesters van de rotsen los te wrikken, ging dat eigenlijk gemakkelijker en sneller dan naar een supermarkt rijden, je karretje volladen, naar huis rijden en alle boodschappen opbergen.

Wat de was betrof, maakten we er allemaal een gewoonte van

onze kleren een paar dagen achtereen te dragen. Wanneer we onszelf echt niet meer konden verdragen, gingen we naar het strand om één paar kleren te wassen, dat we daarna over de struiken te drogen hingen. Als het regende, haalden we onze was naar binnen en hingen we hem over een lijn die Luke in de hal had gespannen.

Onze eerdere plannen om te beginnen met het opruimen van de troep rondom Thornberry en onze huisjes vervaagden al snel toen honger en zwakte ons steeds meer gingen bezighouden. We deden er wel iets aan, maar lang niet zoveel als we ons aanvankelijk hadden voorgesteld. Het zonder de belangrijkste levensbenodigdheden stellen bleek moeilijker dan we hadden gedacht, en dat had vast voor een groot deel te maken met de relatie tussen geest en lichaam, waar wetenschappers het zo vaak over hebben. Toen de neerslachtigheid eenmaal had toegeslagen, lukte het ons niet meer onszelf er met woorden van te overtuigen dat we het goed maakten terwijl dat duidelijk niet het geval was. We waren niet aan een avontuurlijke kampeertocht bezig, met thuis een comfortabel bed en een volle koelkast die op ons wachtten. Het was zelfs mogelijk – zoals Grace op een avond opmerkte – dat we uiteindelijk op Esme zouden sterven.

Het kwam door het geroddel en geruzie van de andere vrouwen, dat ik op de vijfde avond de boerderij uit liep en het bos in ging om alleen te zijn. De anderen zaten allemaal in de keuken – ook Luke en Gabe. Ze speelden een spelletje dat Dana had bedacht, met steentjes die ze tussen het grind op de oprit had gezocht. Dana probeerde het tenminste.

Maar toen de spelers ruzie kregen over wie de meeste steentjes had en of er iemand vals had gespeeld, werd het zelfs Dana te veel. Ze sprong op en veegde alle steentjes van de tafel op de grond. 'Kunnen jullie je nou in vredesnaam eens een keer als volwassenen gedragen!' schreeuwde ze.

Het was een ogenblik stil, en toen begon iedereen te roepen dat zíj zich als een kleuter aanstelde. Hoe haalde ze het in haar hoofd om al hun steentjes op de vloer te gooien?

Dat was het moment waarop ik mijn handen omhoogstak en

me verontschuldigde, met de woorden dat ik over een paar minuten terug zou zijn. Ik pakte een zaklamp en hoopte maar dat ze zouden aannemen dat ik naar de latrine was, als er al iemand merkte dat ik wegging. Ze zouden me heus niet missen, zo druk hadden ze het met hun gekibbel.

Ik slenterde langs de kust, blij met de volle maan en de regenloze hemel. Het water rimpelde zachtjes en raakte af en toe de neuzen van mijn schoenen. Er was niets geweest wat op een tsunami wees – waar we allemaal dankbaar voor waren geweest – en na de eerste dagen hadden de naschokken geen verdere schade meer aangericht. Tenminste, niet voorzover wij wisten.

Ik raakte alle gevoel voor tijd kwijt en merkte tot mijn verbazing opeens dat ik bij de steiger van Ransford was. Toen ik naar het huis opkeek, zag ik dat het vuur alleen nog maar de kale buitenmuren had overgelaten. Het was de eerste keer sinds die bewuste avond dat ik daar was, en ik had er Luke verder niet naar gevraagd.

Wat ontzettend zonde, dacht ik. Dat prachtige huis, nu voor altijd verdwenen. Ik was er vrij zeker van dat Luke het niet zou herbouwen – niet als hij zoveel reisde. De kans was groter dat hij er een klein huisje zou neerzetten, als weekendonderkomen voor de perioden dat hij vanuit Seattle werkte.

Luke had het altijd al een prettig idee gevonden een ontsnappingsmogelijkheid te hebben, en bij gelegenheid had hij de Amerikaanse schrijver Thoreau geciteerd: 'Eenvoud, eenvoud, eenvoud'. Hij had bewondering voor Thoreau en voor het feit dat de auteur liever de gevangenis in was gegaan dan belasting te betalen aan een land dat, zoals Thoreau het zag, op eigen grondgebied een holocaust aanrichtte tegen de indianen. Luke had zich voorgesteld dat hij later in een klein hutje zou wonen, en niet in zo'n luxueus huis als zijn ouders altijd hadden gehad. In zijn hutje zou net genoeg ruimte zijn om te lezen en na te denken, zei hij dan.

Het had me altijd geïntrigeerd, mannen die een levensstijl kozen waarin geen plaats was voor een vrouw, en die zich dan afvroegen waar het aan lag dat ze geen vrouw hadden.

Ik liep het pad naar het huis op en bleef staan waar het puin begon. Ik probeerde me Jane voor te stellen terwijl ze die brand aanstak. Ik probeerde haar wanhoop te voelen; ze had er zo naar verlangd gered te worden en weer bij haar kinderen te zijn.

Er kwam niets. Ik had Jane niet goed genoeg gekend, en haar kinderen of haar man kende ik al helemaal niet. Ik wist niet eens hoe het voelde om je zorgen te maken over je kind. Er was er nooit een op mijn pad gekomen.

Toen ik tien was, had ik wel een hond gehad. Het was een wit pluizig dier geweest dat Tufts heette, omdat haar vacht bij haar oren in toefjes overeind stond. Tufts was minstens een jaar lang niet van mijn zijde geweken en had de belofte van haar fokster waargemaakt: ze was aanhankelijk en leuk. Om precies te zijn, Tufts schonk me meer genegenheid dan ik van mijn ouders kreeg, al deden die hun best. Ze deden echt wel hun best.

Op een dag wist Tufts het huis uit te komen en werd ze door een auto geraakt. Ik herinnerde me dat ik naast haar knielde en zag hoe ernstig ze gewond was. Toen ik haar hortende adem hoorde, wist ik dat ze nog maar een minuut of wat te leven had. Omdat ik de gedachte dat ze zo veel pijn leed niet kon verdragen, boog ik me tot vlak boven haar oor en fluisterde: 'Laat maar los, Tufts. Ga maar rustig.'

Alsof ze begreep wat ik zei, stierf Tufts in mijn armen, en dat was mijn eerste les over de dood. Wanneer die onvermijdelijk was, zat er niets anders op dan loslaten. Dat gold voor de stervende, maar ook voor degene die achterbleef. Ik had mijn best gedaan, en toch waren er nog steeds momenten waarop ik naar een nieuwe hond in mijn leven verlangde.

Net zoals er nog steeds momenten waren waarop ik naar een nieuwe man verlangde.

Ik weet niet wat me ertoe bracht om om Ransford heen te lopen en het bos in te gaan, in de richting waarin Luke die avond van de brand was verdwenen. Ik vond daar een pad, langs het grasveld achter het huis. Het werd bijna helemaal aan het oog onttrokken door twee grote rotsblokken en een dichte bos struiken. Nieuwsgierig volgde ik het, alleen maar om te zien waarheen het leidde, en om te blijven lopen – om mijn hoofd wat helderder te krijgen.

Het was een smal pad, met bochten en kronkels. Het leidde een stuk bos in dat ik nog nooit had verkend. De bomen werden steeds dichter, en het werd steeds donkerder doordat de maan er niet meer door kwam om me de weg te wijzen. Ik knipte mijn zaklamp aan om te zien waar ik liep, want het pad was helemaal begroeid. Er staken knoestige boomwortels uit de grond, en soms doken midden op het pad stronken van oude dode bomen op. Zelfs met de zaklamp was het een hindernisbaan, en ik moest heel goed uitkijken om niet te struikelen of te vallen. Het begon meer op inspanning dan op ontspanning te lijken, waardoor ik al overwoog om om te keren en langs dezelfde weg terug te gaan.

Nog een paar meter, zei ik tegen mezelf. Nog even kijken wat er voor me ligt.

Ik had het pad een minuut of tien gevolgd, toen ik achter me het geluid van brekende twijgjes hoorde. Een paar keer keek ik om. Was iemand me vanaf Thornberry achterna gekomen? Waren ze me toch aan het zoeken? Ik liet de lichtstraal van de zaklamp over het pad schijnen, maar zag niemand.

'Hallo?' riep ik. 'Wie is daar?'

Geen antwoord.

Waren het misschien alleen maar herten die waren opgeschrikt door mijn aanwezigheid? Die moesten na de aardbeving naar plekken als deze zijn gevlucht om zich te verstoppen, plekken waar niet vaak mensen kwamen.

Ik wist echter dat de herten op Thornberry meestal stokstijf bleven staan als ze een indringer tegenkwamen. Omdat jagen op Esme altijd verboden was geweest, hadden ze geen reden om bang te zijn voor mensen en bleven ze secondelang doodstil staan om de situatie te beoordelen. Als de indringer naar ze toe ging, leek het of ze op hun tenen stilletjes achteruitliepen, alsof ze hoopten niet gezien te worden, tot ze tussen het groen verdwenen.

Dit geluid was steelser dan dat van de herten. Het stopte als ik stopte en begon weer als ik verderliep. Voor het eerst in mijn leven was ik bang voor de bossen op Esme. Na al die jaren dat ik de hoge bomen en de schaduwrijke bosjes als mijn vrienden had beschouwd – mijn gezelschap in eenzaamheid en in liefde – voelde ik me nu door gevaar omringd.

Ik ging sneller lopen, omdat ik dacht dat het pad vast en zeker naar de kust zou leiden, dat het een oud pad was dat vroeger was gebruikt om voorraden vanaf de veerboot naar het huis te dragen. Op een eiland zijn maar weinig plaatsen om heen te gaan, en alle paden leiden uiteindelijk naar het water.

Hoewel het nergens op sloeg, had ik het idee dat ik veilig zou zijn als ik maar eenmaal bij het water was. Waarom ik dat dacht wist ik zelf niet, want de waarheid was dat ik dan in de val zou zitten.

Toen ik mijn tempo verhoogde, deden de geluiden achter me dat ook, en plotseling wist ik volkomen zeker dat ik gevolgd werd.

Ik bleef niet meer staan om om te kijken. Als Luke me tot hier was gevolgd, redeneerde ik, of zelfs Gabe, dan zouden ze me wel hebben geroepen. Zij zouden niet proberen hun aanwezigheid te verbergen.

Of toch wel? Beelden van Jane op die richel verschenen voor mijn geestesoog. Ze zorgden ervoor dat ik buiten adem raakte en dat mijn benen verstijfden van angst. Ik had hier niet alleen moeten komen, we hadden moeten vasthouden aan ons plan altijd met ons tweeën te blijven. Waar was ik mee bezig?

Ik keek uit naar een zijpad, een plek om weg te duiken en me te verstoppen. Mijn achtervolger, wie het ook was, had zijn tempo verhoogd om mij bij te houden, maar als hij me door een bocht niet kon zien, als ik een zijweggetje in kon schieten zonder dat hij het merkte, zou hij misschien denken dat ik rechtdoor gerend was. Misschien zou ik hem zelfs kunnen zien als hij me passeerde.

Er kwam geen zijweggetje, geen plek om me te verschuilen. De dennen en struiken aan weerszijden vormden een dichte muur.

Ik deed mijn zaklamp uit en begon te rennen. Aan de geluiden achter me hoorde ik dat die ander nu ook rende en niet langer probeerde dat te verbergen. Takken sloegen in mijn gezicht, en een paar keer struikelde ik over een omgevallen boom. Als ik viel en niet meteen overeind kon komen, haalde hij me in, dat wist ik. Dan had hij me. Ik rende harder en harder en vloog bijna over de braamstruiken die ik tegenkwam heen.

Er leek geen eind aan het pad te komen, en ineens drong tot me door dat ik parallel aan de kust moest hebben gelopen, in plaats van ernaartoe. Ik was in het binnenland, rende naar het oosten of het zuiden, en niet naar het noorden. En in deze richting was er niets, een hele poos niets, behalve nog meer bos.

Daar was ik zo zeker van, dat ik gewoon schrok toen het pad zich splitste. De linkertak lag zo goed verstopt, dat ik er bijna langs rende. Op het laatste moment sloeg ik af, in de hoop dat de geluiden die ik maakte van het rechterpad zouden lijken te komen.

Het was een nog grotere schok toen er nauwelijks een paar tellen later een open plek voor me lag. Hij werd door de volle maan verlicht, en ik zag dat er in het midden een klein huisje stond. Het was gebouwd van hout dat er betrekkelijk nieuw uitzag, en het leek heel anders dan de andere twee blokhutten op het eiland. Aan weerszijden van de deur zaten ramen. Er scheen geen licht binnen. Ik had er geen idee van dat die hut daar stond en ik was stomverbaasd.

Toen ik bleef staan, besefte ik dat de geluiden achter me waren verstomd nadat ik deze afslag had genomen. Toch mocht ik er niet van uitgaan dat mijn achtervolger niet zou omkeren om alsnog mijn kant op te komen. Ik rende stilletjes over het gras naar de hut, denkend dat ik er misschien in zou kunnen komen en de deur achter me op slot zou kunnen doen. Misschien zou ik daarbinnen zelfs wel iets vinden om me mee te verdedigen. En ooit zou iemand op Thornberry toch wel beseffen dat ik al veel te lang weg was, en me komen zoeken.

Toen ik bij de deur was, pakte ik de knop, maar ineens aarzelde ik en vroeg me af of er soms iemand binnen was. Voorzover wij wisten was er niemand anders op het eiland, maar wat wisten we eigenlijk? Eerst was Luke gekomen, en toen Gabe. Liep er soms nog iemand rond die niet de moeite had genomen zich aan ons bekend te maken? Of iemand die zich hier opzettelijk verborgen hield?

Op dit punt deed dat er nauwelijks meer toe. Ik had een plek nodig om me een poosje te verstoppen, om na te denken.

Ik draaide de knop om en stapte naar binnen. Alles was donker, en ik besefte dat de maan er niet naar binnen scheen. Toen ik achter me naar een slot aan de binnenkant van de deur voelde, kon ik er geen vinden. Paniekerig bedacht ik dat ik dan iets voor de deur moest schuiven, maar wat? Ik durfde mijn zaklamp niet te gebruiken en het risico te lopen dat mijn achtervolger ontdekte dat ik hier was.

Een ogenblik lang bleef ik staan luisteren of ik iets van buiten hoorde.

Niets. Geen voetstappen in het gras, geen ander geluid dan dat van mijn eigen adem – hijgend en zwaar. Ik tastte in het donker naar iets, wat dan ook, om tegen de deur te zetten.

Mijn hand raakte levend vlees aan. Vingers grepen mijn pols vast. Op dat moment drong tot me door dat de adem die ik hoorde niet alleen de mijne was.

Hij had op de een of andere manier vóór mij binnen weten te komen.

Ik deed mijn mond open om te schreeuwen, maar het was al te laat. Er werd een hand overheen gelegd die hem bedekte, pijnlijk hard.

13

'Mond dicht.'

Ik hoorde de stem in mijn oor, gedempt, fluisterend.

'Ik haal nu mijn hand weg. Maak geen geluid, Sarah.'

Nu wist ik wie het was, en toen de hand werd weggehaald, draaide ik me om en haalde uit naar Lukes gezicht. Mijn ogen begonnen al aan het donker te wennen, en ik kon bijna de hand-afdruk zien op de plek waar ik hem had geraakt. Hoewel ik probeerde mijn stem zacht te houden, kookte ik van woede – zo hevig, dat het me verbijsterde. 'Wat voer jij hier in vredesnaam uit? Wat is hier aan de hand?'

Luke hief zijn hand om aan de pijnlijke plek te voelen. Zelfs in het vage licht zag ik dat zijn ogen fonkelden van woede.

'Ik probeer jou uit de problemen te houden, verdomme!'

'O, meen je dat? En hoe wou je dat dan doen? Hoe kun je trouwens al hier zijn? Ik ben eerder uit de boerderij weggegaan dan jij.'

'Jij bent helemaal langs de kust gelopen. Ik heb de korte weg midden over het eiland genomen.'

'Niet waar. Je was mij aan het volgen.'

'Ik volgde je níét, Sarah. Ik ben hier zeker al tien minuten.'

'Ik werd anders wel door íémand gevolgd. Wie kan dat anders –'

'Ik weet niet wie dat anders geweest kan zijn! Maar als ik jou zo hoor, heb je iemand hierheen geleid!'

Hij keerde me zijn rug toe, en ik hoorde hem een lucifer afstrijken. De vlam van een kaars wierp een zwak licht in de kamer.

Nu zag ik dat de ramen met zwart teerpapier bedekt waren. Het zat om de kozijnen gespijkerd, zodat er geen licht kon ontsnappen. Tegen een van de wanden stond een veldbed met een slaapzak erop. Er stond een fles water naast.

Toen viel mijn blik op een lange tafel. Er lagen een paar kartonnen mappen op, een pen en een wit, gelinieerd notitieblok. Daarnaast lagen twee stapels schrijfpapier, de ene dunner dan de andere, wat erop wees dat iemand ze had zitten lezen en de gelezen vellen naast de hoofdstapel had gelegd. Een paar centimeter daarvandaan lag een diskette met een Disney-etiket, waarop in dikke zwarte inkt de woorden JUST REWARDS stonden.

'Dat is mijn boek,' zei ik. Ik voelde me als verdoofd. 'Jíj hebt mijn boek gestolen!'

Hij gaf geen antwoord, en toen ik naar hem keek, kon ik de gedachten zien achter zijn ogen, die als opgeschrikte muizen alle kanten op schoten. Ik had het manuscript en de diskette moeten verstoppen, zeiden die ogen. Ik had de deur op slot moeten doen.

Maar dat had hij vergeten. Of hij was er te zeker van geweest dat hij hier nooit ontdekt zou worden.

'Wat is er allemaal aan de hand?' vroeg ik met een keel die zo droog was, dat mijn stem kraakte.

'Het is niet wat je denkt,' antwoordde hij terwijl hij alsnog naar de deur liep om hem op slot te doen.

'O? En wat denk ik dan wel?'

Hij schoof een stoel bij de tafel vandaan. 'Ga zitten, Sarah. Ik kan alles uitleggen.'

Bijna ging ik inderdaad zitten, maar toen ontdekte ik een kleine propaantank in de hoek. Uit de tank kwam een leiding, die naar een kleine generator liep, en op die generator was een transformator aangesloten. Veel meer was er niet in de kamer, en er was maar heel weinig zichtbare schade.

Mijn blik viel op een flanellen overhemd dat naast mijn manuscript op tafel lag. Ik tilde het op. Er lag een mobiele telefoon onder, met een groen knipperend lichtje. Net zo'n lichtje als op de mijne knipperde als die aanstond en op telefoontjes wachtte. 'Heb je die al die tijd al?' vroeg ik. Mijn keel was nog steeds droog. Ik wist het antwoord al, maar ik wilde het uit Lukes mond horen – dat hij al die tijd een werkende telefoon had gehad en dat hij ons stuk voor stuk had verraden door die voor zichzelf te houden.

'Ik... Ja,' zei hij. 'Die bewaar ik hier altijd.'

'Altijd?'

'Ik, eh... heb deze blokhut tien jaar geleden gebouwd. Ik gebruik hem soms als ik geen zin heb om het grote huis helemaal te verwarmen.'

'En die telefoon, werkt die?'

'Die werkt,' gaf hij toe.

'De torens functioneren weer?'

'Sommige.'

'Al vanaf het begin?'

'Bijna vanaf het begin.'

Het voelde of alle lucht uit mijn longen werd geslagen. Mijn knieën leken van rubber, en ik ging op de stoel zitten die recht voor mijn manuscript stond. Woede vermengde zich met verwarring; ik wist niet wat ik van dit alles moest denken.

'Heb je contact gehad met het vasteland? Met Seattle?'

'Een paar keer. Het was niet makkelijk om erdoor te komen. Maar het antwoord is ja.'

'Heb je om hulp gevraagd? Zijn er reddingsteams onderweg? Het Rode Kruis? Wie dan ook?'

'Ik... Ze weten dat we hier zitten,' antwoordde hij zonder me recht aan te kijken.

'Komen ze ons redden?'

Hij aarzelde. 'Nog niet meteen.'

'Allemachtig, Luke!'

'Ze hebben hun handen vol, Sarah! Het is daar echt een puinhoop!'

'Nou, dat had je ons dan in elk geval kunnen vertellen. Waarom heb je dat niet gedaan?'

'Daar had ik mijn redenen voor.'

'Wat voor redenen? Al die tijd zijn we ongerust geweest over de mensen thuis en hoe we ooit van dit eiland af moeten komen, zelfs of we het wel zullen overleven, en jij hebt een telefoon?'

Hij stond met zijn armen over elkaar, hield op alle mogelijke manieren afstand. 'Het spijt me, maar iedereen zou hem hebben willen gebruiken, en daarvoor was de batterij niet sterk genoeg meer.'

Ik schudde mijn hoofd; het duizelde me nog steeds. 'Laat maar – voorlopig. Je zei dat je het zou uitleggen.'

'Van het boek? Ik heb het weggenomen om te zorgen dat het veilig was, Sarah.'

'Veilig? Het is in handen van iemand die ons allemaal heeft verraden...' Ik stopte, en mijn hart leek een slag over te slaan. 'Je werkt voor de Vijf van Seattle,' zei ik. 'Ze hebben jou hierheen gestuurd voor het boek en...' Ik perste mijn lippen op elkaar om de woorden 'het bewijs' binnen te houden.

'En wat?' vroeg Luke zacht. 'Wat, Sarah?'

'En de diskette,' zei ik vlug. 'Ze willen dat jij uitzoekt hoeveel ik weet.'

'Ach, kom nou. Luister nu eens naar jezelf. Ik ben ingenieur en woon in New York. Op welke manier zou ik nou iets te maken kunnen hebben met een stelletje corrupte agenten in Seattle?'

'Dat weet ik niet... Ik weet het niet, maar er is wel íéts gaande, en verdomme, Luke, reken maar dat ik daarachter kom.'

Hij stond bij een van de verduisterde ramen, alsof hij naar buiten keek.

'Waarom dacht je dat je door iemand gevolgd werd?' vroeg hij na een minuut of wat.

'Omdat ik iemand hoorde.'

'Dat kan een hert zijn geweest.'

'Ja hoor, ik word regelmatig door herten achtervolgd.'

Geërgerd keek hij me aan. 'Was het dan iemand van Thornberry? Heb je gezien dat iemand je daarvandaan volgde?'

'Daar heb ik niet op gelet. Toen ik wegging, waren jullie allemaal – dacht ik – met dat stomme spelletje bezig.' Ik bestudeerde zijn gezicht. 'Waarom zou het niet iemand van Thornberry zijn? Is er nog iemand op het eiland? Iemand van wie we nog steeds niks gemerkt hebben?'

'Nee. Tenminste, dat denk ik niet.'

'Verdorie, Luke!' Ik schoot overeind. 'Je zult me toch een verklaring moeten geven. Als je dat niet doet, ga ik regelrecht naar Thornberry terug om iedereen daar over die telefoon te vertellen, en over het feit dat je die kennelijk niet hebt gebruikt om ons op de een of andere manier te helpen.'

'Dat mag je niet doen, Sarah. Je mag het absoluut niemand vertellen.' Zijn stem was hard.

'O, dacht je dat? Nou, dat heb je dan mooi mis. Ik mag verdomme doen wat ik wil.' Er kwam een onaangename gedachte bij me op. 'Tenzij je natuurlijk van plan bent me tegen te houden.'

Hij wreef met zijn hand over zijn gezicht. 'Allemachtig, Sarah, ik weet echt niet wat ik met je aan moet. Ik moet nadenken.'

'Nou, terwijl jij nadenkt over wat je "met me aan moet" ga ik ervandoor,' zei ik, naar de deur lopend.

'Dat zou ik niet doen als ik jou was.'

Ik reikte naar de knop.

In een oogwenk stond hij naast me en hield mijn hand tegen. 'Je kunt niet naar buiten, niet in je eentje. Wie het ook was die je volgde, hij kan er nog zijn.'

'En wat zou hij – of zij – van me willen, Luke?' Mijn hoofd begon op te klaren, en ik kon maar één antwoord op die vraag bedenken: Lonnie Maes bewijsmateriaal.

Wat me weer aan het vermiste Allegra-blikje deed denken. 'Is dit manuscript alles wat je van me hebt gestolen? Of heb je nog iets anders ook?' Ik hield zijn ogen in de gaten terwijl hij een antwoord bedacht en meende er even iets in te zien flikkeren toen hij vroeg: 'Wat bedoel je met "iets anders"?'

'Wat dan ook,' antwoordde ik. 'Ik weet niet.' Ik liep naar de tafel en raakte de bovenste bladzijde van mijn manuscript aan, dat eruitzag of het nauwelijks van de aardbeving te lijden had gehad. De vellen waren nog wit en schoon, bijna zonder kreukels.

'Ik zie dat je op bladzijde drieënzeventig bent,' merkte ik op.

'Wat vind je ervan, tot zover?'

'Ik ben geen uitgever,' antwoordde Luke, 'maar volgens mij breng je het er prima af.'

'Goh, fijn zeg, dank je. Maar ik vrees dat je het eind niet te lezen zult krijgen. Ik heb nog niet bedacht hoe het afloopt.' Ik pakte het manuscript en het schijfje op. 'Om precies te zijn, je krijgt er helemaal niks meer van te lezen.'

De telefoon ging – een zacht, gedempt geluid.

Luke deed er een stap naartoe, maakte een beweging alsof hij wilde opnemen, maar bedwong zich toen.

'Ga je gang,' zei ik. 'Neem maar op.'

'Het kan wachten.'

'Misschien, maar ik niet. Ik kan niet wachten om te horen wie daar belt en wat hij te zeggen heeft.' Met die woorden greep ik de telefoon en hield hem tegen mijn oor.

Een schrikwekkend vertrouwde stem zei: 'Luke? Ben jij daar, Luke?'

'Móéder?' vroeg ik overdonderd.

Met een klik werd de verbinding verbroken, en Luke greep het toestel uit mijn hand.

Plotseling was ik weer bang. Wat had hij met mijn moeder gedaan? Ik kende Luke niet meer. Ik kon me er zelfs geen voorstelling van maken welke geheimen hij in zich verborg, of waartoe hij bereid was om die te bewaren.

'Kom niet dichterbij,' zei ik, achteruitdeinzend.

Hij stak een hand naar me uit, maar ik sloeg die weg. 'Niet doen!'

Hij fronste zijn voorhoofd. 'Rustig maar, ik doe je niks.'

'Wat je met mij doet, kan me geen moer schelen! Wat heb je met mijn moeder gedaan?'

'Niets! Helemaal niets. Ze maakt het uitstekend, dat verzeker ik je.'

'Ik wil jouw geruststellingen niet! Ik weet niet eens meer wie je bent.'

'Ik ben dezelfde die ik altijd ben geweest, Sarah.'

'Nee. Die zou me in vertrouwen hebben genomen, me hebben verteld wat hij hier uitvoerde. Luke...' Mijn stem trilde. 'Waarom belde mijn moeder jou? Wat heb je in 's hemelsnaam gedaan?'

'Dat zeg ik je toch: niets. Ze heeft contact gezocht met mijn vader, omdat ze na de aardbeving ongerust was over jou. Hij heeft haar dit nummer gegeven, zodat ze mij kon bellen en ik haar gerust kon stellen dat met jou alles in orde was.'

'Waarom hing ze dan op toen ze mijn stem hoorde?'

'Toe nou, Sarah! Waarschijnlijk werd de verbinding verbroken. Dat gebeurt voortdurend sinds de aardbeving. Probeer er nou niet een soort samenzwering van te maken.'

Ik staarde hem aan. Had hij gelijk? Was dat alles?

'Ik wil haar terugbellen,' zei ik.

Hij duwde de telefoon in zijn achterzak. 'Nee. Dat is verspilling van energie, en daar moet ik zo zuinig mogelijk mee zijn, tot we gered worden.'

Met een strak gezicht stond hij me aan te kijken. De afstand tussen ons was zo groot als een oceaan.

'Heb jij Jane vermoord?' vroeg ik met een stem die net zo zacht klonk als de telefoon daarnet.

Hij kneep zijn ogen tot spleetjes. 'Jane vermoord? Nou klink je echt idioot, Sarah. Dacht je dat ik zoiets zou kunnen?'

'Dat weet ik niet. Misschien. En hoe zit het met mij? Ben jij degene die me in mijn huisje heeft overvallen?'

Hij schudde zijn hoofd alsof hij te maken had met een zesjarige met een op hol geslagen fantasie. Ik zou beslist niet raar hebben opgekeken als hij 'sst, stil maar' had gezegd.

'Wees redelijk, Sarah. Grace en ik hebben je op het pad gevonden. We zijn niet bij je huisje in de buurt geweest. En we waren trouwens samen. We zijn elkaars alibi.'

'Interessant woord, Luke, "alibi". Grace en jij hebben dus een alibi nodig?'

'Zo bedoelde ik het niet,' zei hij. 'Ik wil alleen maar dat je er redelijk over nadenkt, het logisch bekijkt. Wat is er met dat juridische brein van je gebeurd?'

'Mijn juridische brein kan de pot op,' zei ik. Mijn stem trilde van woede. 'Weet je wat me aan dit alles nog het meeste dwarszit? Je kende Jane. Je had met haar kennisgemaakt vóór ze Ransford in de fik stak, en je moet toch hebben gezien hoe ze eraan toe was, hoe bang ze was. Hoe kon je voor haar verzwijgen dat je een telefoon had? Waarom heb je haar niet geholpen contact te zoeken met haar kinderen? Verdomme, Luke, als je dat had gedaan, zou ze je huis misschien niet in de fik hebben gestoken!'

'Ik heb je toch al gezegd dat de batterij van die telefoon niet eeuwig meegaat,' zei hij nijdig. 'Bovendien ligt het telefoonsysteem in de stad voor een groot deel plat. Ik zou waarschijnlijk toch niks te weten zijn gekomen. Het zou zonde van de energie zijn geweest het te proberen.'

Mijn tranen werden tranen van woede. 'Zo makkelijk kom je er niet van af. Waarom heb je deze plek geheimgehouden? Je manipuleert ons, Luke. Je bedriegt ons allemaal.'

'Het spijt me dat je er zo over denkt,' zei hij koel. 'Misschien kun je nu beter weggaan. Ga terug naar Thornberry, Sarah.' Hij leunde tegen de tafel, met zijn armen over elkaar, en wachtte tot ik vertrok.

Een zware stilte vulde de kamer.

'Dus nu is het buiten opeens veilig voor me?' vroeg ik. 'Er is niemand meer die achter me aan zit?'

'En wat dan nog?' zei hij. 'Je zorgt altijd het liefst zelf voor je veiligheid. Ik weet zeker dat je niks gebeurt.'

Ik werd zo overdonderd door zijn koelte, dat ik hem het liefst nog een klap had gegeven. Niet uit woede, maar om hem tot zichzelf te brengen. Ik had het gevoel dat dat de enige manier was om de oude Luke terug te vinden: door die stenen muur heen breken.

Tegelijkertijd wist ik dat ik er niets mee zou bereiken, wat ik ook deed. In dat opzicht was Luke nooit gemakkelijk geweest. Wanneer hij zijn besluit eenmaal had genomen, hield hij eraan vast, wat er ook gebeurde. Als je zijn vriend was, betekende dat trouw door dik en dun. Als je dat niet was...

Ik deed de deur open en liep naar buiten. In mijn armen had ik mijn manuscript en mijn diskette. Wat ik achterliet, waren mijn dromen – dromen waarvan ik maar half had geweten dat ik ze had. Luke had ze allemaal weer boven gebracht, en nu had hij ze voor eeuwig kapotgemaakt. Ik zou nooit meer het gevoel hebben dat ik hem kende.

Maar ik was wel van plan erachter te komen wat er met mijn moeder aan de hand was.

'En dat is een belofte, Luke,' zei ik zacht toen ik vanaf de rand van de open plek nog één keer omkeek, bij wijze van afscheid.

'De bossen zijn prachtig, donker en diep,' herinnerde ik me van het gedicht van Frost. Te donker, en helemaal niet prachtig, die avond. Ik vloog zo ongeveer naar het hoofdpad terug – zoals ik me herinnerde in dromen weleens gerend te hebben: alsof mijn voeten nauwelijks de grond raakten. Als iemand me al volgde, merkte ik dat niet, doordat ik niet één keer stopte om te luisteren. Ik rende gewoon door, en als iemand had geprobeerd me vast te grijpen, zou ik hem zo'n klap hebben verkocht, dat hij het niet overleefd had. Zo vol adrenaline zat ik.

Toen ik weer bij Ransford kwam, nam ik het middelste, kortere pad naar Thornberry. Ik rende nog sneller nu ik weer op bekend terrein was.

Halverwege doemde opeens een enorme gedaante voor me op, met zijn armen wijd. Mijn hart bonsde in mijn keel, en mijn armen en benen werden slap. Ik hoorde een kreet en voelde zijn adem op mijn wang.

Die adem was gewoon een windvlaag, en de kreet was de roep van een uil. De gedaante bleek een boom te zijn. Ik was de Spookboom vergeten, zoals Luke en ik hem jaren geleden hadden genoemd. Zoals het donker hem de vorige keer dat ik hier was geweest had verborgen, zo verlichtte de volle maan hem nu. Hij scheen zijn takken naar me uit te strekken, en dat zag ik bijna als een teken – een teken dat tenminste iets op dit eiland zijn best deed me te beschermen.

Ik was zo buiten adem, dat mijn longen pijn deden, en ik bleef even staan om uit te rusten in de holte van de Spookboom – een driehoekige opening in de stam, net groot genoeg om me in te wringen.

Op dat ogenblik hoorde ik het geluid. Het kwam van het gedeelte van het pad dat ik al achter me had, en het was nu heel duidelijk: knappende twijgjes, wat op voetstappen duidde.

Ik kroop dieper weg in de boom en probeerde onhoorbaar te ademen.

Toen de voetstappen dichterbij kwamen, vroeg ik me af of ik te zien zou zijn. Mijn kleding – een grijs T-shirt en een spijkerbroek – was onopvallend. Het rood-zwarte houthakkersjack dat ik bij slecht weer droeg, had ik die avond niet aan. De maan was echter zo vol, dat ik te zien zou zijn als de schaduwen maar iets verkeerd vielen.

Ik moest denken aan een stripboek dat ik als kind had gelezen. De held van dat verhaal deed zijn ogen dicht om te voorkomen dat hij gezien zou worden wanneer hij zich verstopte. Dat was een oude tactiek, maar volgens sommige mensen werkte ze wel: als je je vijand aankijkt, kijkt hij automatisch, door een of andere vreemde energie, jouw kant op.

Ik kneep mijn ogen stijf dicht en hield mijn handen voor mijn gezicht.

Maar toen de voetstappen vlak voor me waren en daar stilhielden, kon ik het niet laten even te gluren.

Het eerste wat ik zag, waren wandelschoenen. Toen ging mijn blik omhoog over een spijkerbroek, een blouse en ten slotte een gezicht.

Het was Grace. Ik zag haar trekken duidelijk in het maanlicht.

Heel even wendde ze haar gezicht in mijn richting, en ik was er zeker van dat ze me zag.

Toen mompelde ze: 'Takkeboom! Je bezorgt me nog een hartverlamming!' Ze gaf hem een mep met haar vuist en liep verder.

Ik voelde mijn zenuwen en mijn spieren verslappen, en ik zou niet uit die holle boom hebben kunnen komen, al had mijn leven ervan afgehangen. Ik bleef daar nog ruim een kwartier staan, lang nadat ik Grace' voetstappen verder en verder weg door het bos had horen gaan, in de richting van Thornberry.

Toen ik erop durfde te vertrouwen dat ik weer kon bewegen zonder al te veel lawaai te maken, kroop ik naar buiten, het pad op. Daar bleef ik een minuut of wat staan nadenken over het manuscript en het schijfje dat ik bij me had. Ik draaide me om en liep naar de boom terug, schoof ze zo ver mogelijk in de holte en bedekte ze met bergen droge bladeren die ik rond de voet van de boom vond. Pas toen ik het gevoel had dat ze zo goed verstopt waren als maar mogelijk was – in elk geval beter dan waar ook op

Thornberry – liep ik de rest van de weg naar de boerderij terug. Ik was te moe om te rennen, en als iemand me te pakken had willen nemen, had hij dat die avond kunnen doen. Ik was een gemakkelijke prooi.

De rest van mijn terugtocht naar Thornberry verliep zonder problemen, en toen ik binnenkwam, zag ik dat iedereen er was – op Luke na. Grace zat met haar armen over elkaar aan tafel naar het gepraat van de anderen te luisteren. De steentjes waren weggeborgen, en met een zo gewoon mogelijke stem informeerde ik wie er gewonnen had.

'Timmy,' antwoordde Dana. 'Waar was jij gebleven, Sarah? We werden al ongerust.'

'Ik had gewoon zin om een stuk te lopen. Er is een prachtige volle maan. Heeft een van jullie hem gezien?' Ik wachtte tot Grace zou zeggen dat ze ook had gewandeld, maar ze zei niets.

'Grapje, zeker?' vroeg Dana. 'Je hoeft alleen maar omhoog te kijken.'

Dat deed ik, en daar was hij. Hij scheen door de opening in het dak naar binnen. De volle maan, nu weer een vriend.

'We hebben zelfs bijna geen lamp nodig vanavond,' zei Dana.

Amelia, die ergens breinaalden en wol had gevonden, was ijverig bezig met iets langs en groens dat eruitzag als een das. Ze was het met Dana eens. 'En het is ook warm genoeg om het zonder vuur te doen, vinden jullie niet?'

'Dat zou hoe dan ook wel eens een goed idee kunnen zijn,' zei Dana. 'Voor het geval er nog een beving komt.'

'Verzoek de goden maar niet,' zei Amelia. 'Eén recht, twee averecht,' mompelde ze erachteraan.

'Maak je maar geen zorgen, dat doe ik niet,' zei Dana, 'maar statistisch gezien vinden er rond volle maan meer aardbevingen plaats. En bij de ene volle maan meer dan bij de andere.'

'O?' zei Kim. 'Hoe komt dat?'

'Dat weet ik niet meer. Ik weet alleen nog dat het zo is.'

'En hoe zit het dan met deze?' vroeg Amelia.

'Dat weet ik niet precies. Ik vind alleen dat we op alles voorbereid moeten zijn. Voor het geval dat.'

Grace zei niets, maar ik merkte dat ze af en toe naar mij keek. Toen ik bleef terugkijken, keek ze ten slotte een andere kant op.

'Waar is Luke?' vroeg ik aan niemand in het bijzonder, hoewel ik vooral benieuwd was naar Grace' antwoord.

'Die is ook een stuk gaan wandelen,' antwoordde Timmy. 'Het verbaast me dat je hem daar buiten niet bent tegengekomen.'

'Ach, het eiland is groot.' Ik zag dat Grace niet meer naar me keek, en ze was kennelijk niet van plan te antwoorden.

'We dachten allemaal dat jullie tweeën hadden afgesproken om op hetzelfde tijdstip te gaan wandelen,' zei Dana.

'Helemaal niet,' antwoordde ik.

'Kom nou toch,' plaagde ze. 'Waren Luke en jij niet meer dan vrienden toen jullie elkaar vroeger kenden?'

Dat lokte wel een blik van Grace uit – zo snel, dat het nauwelijks merkbaar was.

'Ach, tienergedoe,' zei ik. 'Dat is al zo lang geleden.'

'Dit eiland weet anders vreemde emoties op te roepen,' meende Kim.

Ik keek haar aan en vroeg me af of ze het over zichzelf en Gabe had. Opeens besefte ik dat Gabe er niet was. Ik was er nog niet aan gewend hem als lid van de groep te zien en had tot dat moment zijn afwezigheid nog niet opgemerkt.

'Waar is Gabe?' vroeg ik. 'Waar hangt die uit?'

'Die is vroeg naar bed gegaan,' antwoordde Kim. 'Hij zei dat hij nog een poosje wilde lezen.'

'Ligt hij in de hal?'

'Met een lantaarn.' Dana grinnikte. 'Net een stout jongetje dat stiekem in bed ligt te lezen.'

'Ach, ik weet niet of ik Gabe Rossi met een stout jongetje zou willen vergelijken,' zei Amelia spottend.

'Eerder met Peck's Bad Boy,' zei Kim.

'Wie is dat?' vroeg Dana.

'Dat is een oude film met Jackie Coogan. Peck's Bad Boy was een bijnaam voor iemand die anderen in verlegenheid bracht of lastigviel. Een schavuit, zoals ze dat vroeger noemden.'

'Het was eerst een boek, geschreven door George Wilbur Peck,' voegde Amelia eraan toe. 'Peck's Bad Boy and his Pa. En of je het gelooft of niet, dat stamt zelfs nog van voor míjn tijd. Het verbaast me dat jij die film kent, Kim.'

'Ik heb tenslotte op de filmacademie gezeten,' zei Kim.

'Echt waar?' Amelia keek haar aan met een mengeling van verbazing en nieuw respect, leek me. Toen kreeg ze een rood gezicht en zei: 'Sorry, ik geloof dat ik aannam dat je gewoon...' Ze stopte, beet op haar lip en zei niets meer.

'Gewoon... wat?' vroeg Dana, nog steeds plagerig. 'Met alles erop en eraan uit een filmblik was gesprongen?'

Amelia schudde haar hoofd. 'Dat niet eigenlijk.'

Kim leek niet helemaal op haar gemak. Ze begon de servetten op te vouwen die we hadden gewassen en te drogen hadden gehangen.

'Dus jij hebt het spelletje gewonnen, Timmy?' vroeg ik om van onderwerp te veranderen.

'O, geen kunst aan.' Ze haalde haar schouders op. 'Als je zoveel spelletjes hebt gespeeld als ik, weet je nog? Toen jij hier met je ouders kwam, deden we 's avonds na het eten ook altijd spelletjes. Veel anders was er niet te doen.'

'Dat is waar ook, dat was ik vergeten. Jij won altijd met Scrabble, en ook met Monopoly. Als ik me goed herinner, Ms. Timothea Walsh, was jij ons altijd allemaal te slim af.'

Ze bloosde bij het compliment en streek haar haar glad. 'Ach, te slim af, dat weet ik niet, maar na al die zomeravonden, jaar in jaar uit, mag ik toch wel hopen dat ik enige handigheid in bordspelen heb gekregen.'

Ze deed nogal neerbuigend over zichzelf, maar nu mijn geheugen wakker was geschud, wist ik weer dat ik haar altijd als een behoorlijk slimme tante had gezien. Het schoot me te binnen dat mijn moeder dat zelfs met zoveel woorden had gezegd.

'Voor Timothea kun je niks verborgen houden,' had ze een keer gezegd toen ik, in deze zelfde keuken nota bene, per ongeluk een kristallen glas kapot had laten vallen. Mijn moeder had me betrapt toen ik het bewijsmateriaal in de vuilnisbak wilde verstoppen, en me verteld dat ik het beste eerlijk kon bekennen. 'Met Timothea kun je maar beter geen spelletje spelen, op welke manier dan ook. Ze komt er altijd achter.'

Tot ik me dat herinnerde, had ik Timmy een beetje als een leeghoofd beschouwd, een vrouw die het altijd makkelijk had gehad, die altijd over meer dan genoeg geld had beschikt – tot voor kort althans – en die haar schijnbaar prima hersens nauwelijks gebruikte. Nu realiseerde ik me dat ze alleen maar die indruk wekte, met haar beverige stem, haar keurige kapsel, haar diamanten en haar vage persoonlijkheid.

Was dat alleen maar een indruk? Een zorgvuldig geconstrueerd imago?

Als mijn moeder het wat Timmy betrof bij het juiste eind had gehad, als ze echt zo scherpzinnig was, hoe had ze het dan zover kunnen laten komen dat ze in financiële moeilijkheden kwam? En zou ze dan, toen het eenmaal zover was, niet zijn opgestaan om terug te vechten? Op alle mogelijke manieren en met alle middelen?

Ik dacht weer aan wat Amelia had verteld over Timmy's dreigende faillissement, en dat ze een geldschieter had gevonden. Een geldschieter over wie ze Amelia – haar beste vriendin – niets wilde vertellen.

Ik dacht ook aan de manier waarop ik hier was uitgenodigd, via Bill Farley van de Mystery Bookshop in Seattle. Die was altijd wel heel vriendelijk en behulpzaam en wist altijd de juiste boeken te vinden voor mijn research. Had ik hem misschien meer verteld dan verstandig was, door met hem te praten over de onderwerpen waarvoor ik research deed?

Mijn hersenen maakten overuren. Enerzijds geloofde ik wat ik dacht, terwijl ik me anderzijds voorhield dat ik me aan strohalmen vastklampte. Er zou toch geen sinister verband bestaan tussen Timmy en Bill Farley, of – aannemende dat Bill niets van dit alles wist en was gebruikt door iemand met een verborgen agenda – tussen Timmy en de Vijf van Seattle?

Voor Timmy was Thornberry altijd haar lust en haar leven geweest. Zelfs toen haar man nog had geleefd, was ze elke minuut dat ze wakker was door Thornberry in beslag genomen. Ze hield van haar huis, ze hield van haar gasten, ze hield zelfs van het werk dat erbij kwam kijken. Als een kleine tornado had ze overal rondgewaard, alles netjes gehouden, ieders wensen vervuld.

Dat moest ze ook hebben gedaan toen Thornberry een schrijverskolonie was geworden. De eerste week dat wij er waren, had ze inderdaad precies op de Timmy van vroeger geleken, door al die extraatjes als bloemen en kaarsen op tafel en door niet op lekkernijen of andere luxeartikelen te bezuinigen. In het badhuis lagen altijd schone handdoeken, geparfumeerde lotions en er stonden, voor iedereen die 's avonds wilde baden, allerlei geurkaarsen. Er waren zelfs rozenblaadjes om in bad te strooien en verse rozemarijn.

Al die dingen kostten geld, zelfs de dingen die uit de tuinen van Thornberry kwamen. Timmy moest een heel bemiddelde geldschieter hebben gevonden.

Maar welke rente berekende hij voor zijn lening? Wat moest Timmy doen om haar schuld af te betalen?

'Waar ben je naartoe gewandeld?' hoorde ik Dana vragen.

'Hm? O, sorry. Gewoon wat in het bos, om van de avondgeluiden en de maan te genieten. Ik heb zelfs een paar herten gehoord, geloof ik.'

'Maar je bent Luke niet tegengekomen? Ik vraag me af wat hij in zijn schild voert.'

Dat was niet meer dan zomaar een opmerking, daar was ik van overtuigd, maar ik vroeg me af waarom ik me er niet toe kon brengen iemand te vertellen wat ik over Luke had ontdekt. Per slot van rekening hadden ze het volste recht te weten dat hij een telefoon had, en ook het volste recht te weten dat er voorlopig nog geen hulp zou komen.

Het was niet zozeer dat ik ertegen opzag om te vertellen dat hij ons verraden had, hield ik me voor. Ik wilde niet dat iemand hier wist dat ik Luke doorhad tot ik wist wat hij werkelijk in zijn schild voerde. Tenslotte had hij me laten gaan. Hij had me geen kwaad gedaan, terwijl hij dat makkelijk had kunnen doen. Ik vond dat ik mijn verdenkingen veilig nog een poosje voor me kon houden. En op deze manier was ik in het voordeel. Ik kon elk moment zijn dekmantel vernietigen.

Zo ging het uiteindelijk natuurlijk niet. De dingen verlopen zelden zoals we ze hebben gepland. En ze verlopen ook maar zelden zo rampzalig.

Kim en ik bleven aan tafel zitten nadat iedereen was gaan slapen. We praatten zacht om de anderen niet te storen, die zoals elke nacht om de kachel op de vloer lagen. 'Waarom noemde je Gabe Peck's Bad Boy?' vroeg ik. 'Ik dacht dat je hem aardig vond.'

'Dat is ook zo,' antwoordde ze, 'maar hij is gewoon onmogelijk. Elke keer dat ik denk dat ik hem aan de haak heb, weet hij zich weer los te werken.'

'Meen je het dan serieus met hem?'

'Ach... dat niet, geloof ik, maar je gaat je hier zo snel vervelen.' Met een zacht lachje vervolgde ze: 'Ik dacht dat ik een hekel aan L.A. begon te krijgen, maar nu mis ik het zo ontzettend...' Ze haalde haar schouders op.

'Hoor eens,' zei ik, 'ik wil je echt niet kwetsen, maar is het niet bij je opgekomen dat Gabe met ons allemaal een spelletje speelt?'

'Ja, zeker wel. Eigenlijk doet hij me denken aan al die jongens die ik in Hollywood ken: ze liegen en bedriegen om in de buurt te komen van iemand van wie ze iets willen. Maar tot nog toe ben ik er nog niet achter wat Gabe nu precies wil.'

'Nou, hij is een man,' zei ik glimlachend.

'Klopt, maar ik dacht...'

'Dat hij echt iets om jou gaf en niet om de anderen?'

'Ik denk het. Zo gedraagt hij zich, tegenover mij tenminste.'

'En welke man doet dat niet...'

Ze schudde haar hoofd. 'Jij moet wel door een heel giftige slang zijn gebeten, meid. Wie heeft je dat aangedaan?'

'Een ratelslang,' antwoordde ik. 'Het soort dat zich rustig houdt en wacht tot het juiste moment om toe te slaan.'

Ze sperde haar ogen wijd open. 'Heb je het over Luke?'

Ik haalde mijn schouders op. 'Als je me dat gisteren had gevraagd, had ik nee gezegd. Mijn slang zat in Seattle. Maar nu ben ik er niet meer zo zeker van dat ze niet overal zitten.'

'Nou, die vent in Seattle heeft je goed te pakken gehad. Is het voorbij?'

'Dood en begraven,' zei ik zonder nadenken.

Maar terwijl die woorden over mijn lippen rolden, kwamen er

gevoelens boven die me verbaasden. Was Ian dood? Lag hij in Seattle begraven onder bergen beton? De gedachte dat ik hem misschien nooit meer zou zien, bezorgde me een diep pijnlijk gevoel van verlies.

We kunnen bij een minnaar weggaan, schijnt het, en jarenlang geen contact meer met hem hebben, maar hij blijft bestaan. Hij blijft altijd iemand die weer kan opduiken, iemand die we op straat tegen het lijf kunnen lopen, iemand aan de andere kant van de telefoonlijn. We weten altijd dat we de telefoon kunnen pakken om hem te horen, ook al is het nu anders en is er niets meer over van wat er vroeger was. De persoon in wie we zoveel energie en liefde hebben gestoken, is er tenminste nog.

Het kon weken duren voor ik wist hoe het met Ian was. En een wereld zonder hem leek op de een of andere manier minder aantrekkelijk.

Ik trok mijn jack aan en liep naar buiten, waar ik bij Lucy's graf bleef staan.

De maan stond nu lager aan de hemel, en in het westen hingen wolken boven de horizon. Er was een briesje opgekomen, dat mijn haar alle kanten op blies, en ik sloeg rillend mijn armen om mijn lichaam.

Ik had het hun moeten vertellen, dacht ik. Ik had iedereen moeten vertellen wat ik in het bos had aangetroffen en wat ik over Jane vermoedde. Als zij vermoord was vanwege iets wat ze wist, iets waar ze misschien toevallig op was gestuit... dan betekende dat dat iedereen hier hetzelfde kon overkomen en dat we allemaal evenveel gevaar liepen.

Lukes blokhut bijvoorbeeld. Had Jane die gevonden? En zijn telefoon? Dat zou haar een wonder hebben toegeschenen, dat ze zich niet makkelijk zou laten afpakken. Ze zou hebben geëist die telefoon te mogen gebruiken om haar kinderen te bellen.

Stel dat Luke had geweigerd haar er gebruik van te laten maken, zoals hij bij mij had gedaan. Hoe zou ze dan hebben gereageerd?

Ze zou zich verzet hebben, dat zeker. En zoals zij eraan toe was, zou ze een geduchte tegenstander zijn geweest.

Was Luke niet in staat geweest haar af te weren? En zou hij dan zover zijn gegaan dat hij haar had vermoord?

Dat had hij gemakkelijk in de blokhut kunnen doen, en daarna had hij haar naar het ravijn kunnen dragen om de indruk te wekken dat ze verongelukt was. Gabe had gezegd dat hij Luke aarde van zijn handen had zien vegen. En als Jane al dood was toen ze viel...

Dat zou verklaren waarom niemand haar had horen gillen.

Dat was iets waar we nog geen van allen aan hadden gedacht, of waar we het over hadden gehad. Als Jane in de kloof was gevallen – of was geduwd – waarom had niemand haar dan horen gillen?

Nog steeds diep in gedachten, hoorde ik achter me iets knerpen. Al mijn zenuwen sprongen op actief, en het scheelde niet veel of ik haalde al uit om me te verdedigen tegen wie het ook was. Zo gespannen was ik.

'Hé, hé,' zei Gabe, toen ik mijn arm hief. 'Rustig aan, zeg! Ik ben het maar.'

Ik ontspande een beetje. 'Dat stelt me nog niet noodzakelijkerwijs gerust,' zei ik.

'Halleluja,' zei hij grijnzend. 'Dat klinkt alsof ik een van degenen ben die onder verdenking vallen, zoals dat in het nieuws altijd wordt genoemd.'

'Iedereen hier valt onder verdenking,' zei ik, 'sinds Janes dood.'

'Daar kan ik wel in komen.'

Hij stond met zijn gezicht naar de dalende maan toe, en ik zag dat zijn grijns zo goed als verdwenen was.

'Ik dacht alleen maar dat je misschien wat gezelschap zou kunnen gebruiken,' zei hij. 'Is het goed als ik samen met jou onder verdenking kom te staan?'

'Samen met mij?'

'Ja zeker. Je dacht toch niet dat jij immuun was voor verdenking?'

'Daar had ik eigenlijk niet over nagedacht. Goh, reuze aardig van je dat je me er nog wat bij geeft om me druk om te maken. Heeft iemand het over me gehad?'

'Ach, iedereen praat over iedereen. Het zal me verbazen als die dames daarbinnen elkaar niet vermoorden voor ze ooit gered worden.'

'Hoe bedoel je?'

'Nou, eerst vlogen ze elkaar naar de keel om dat stomme spelletje met die steentjes. Toen verzonnen ze de ene na de andere reden om op elkaar te vitten: wie het vuur van het eten had laten branden, wie de beste plaats bij de kachel weet te bemachtigen om te slapen, wie vandaag te veel water gedronken heeft, wie...' Hij zuchtte dramatisch. 'De hemel beware ons voor ruziënde vrouwen tijdens een aardbeving.'

Ik kon mijn glimlach niet bedwingen. 'Om je de waarheid te zeggen, waren ze voor de aardbeving ook al zo.'

Hij keek me aan. 'Meen je dat? Hoe heb je het dan een week lang uitgehouden?'

'Dat was me ook bijna niet gelukt. Ik was al van plan me de rest van de maand in mijn huisje te verbergen, toen ik opeens geen huisje meer had.'

Hij lachte. 'En nu zitten jullie allemaal op elkaars lip en denkt iedereen dat degene die naast haar zit die arme Jane heeft vermoord. Klinkt haast als die oude detective van Agatha Christie. Ten Little Indians, was dat het niet?'

Over dat boek had Kim het ook al gehad. Toeval?

'Trouwens,' ging hij verder, 'vandaag de dag lijkt het haast niet te geloven, maar dat boek verscheen in Engeland oorspronkelijk als Ten Little Niggers. Wist je dat? Ik neem aan dat het woord 'nikker' in de jaren '40 in Engeland nog acceptabel was. Toen het hier in Amerika uitkwam, kreeg het als titel And Then There Were None, wat later veranderd werd in Ten Little Indians...' Hij zweeg. 'Wat eigenlijk ook niet bepaald politiek correct is, nu ik erbij stilsta.'

Het had me een raar gevoel in mijn maag gegeven toen ik hem het woord 'nikker' had horen gebruiken. Dat woord had de afgelopen jaren een zeer onaangename klank gekregen, zeker in de rechtszaal. Nu, sinds Lonnie Mae, kromp ik er letterlijk van in elkaar.

'Nee, dat wist ik niet, van dat boek van Agatha Christie,' zei ik.

'Maar kun jij je dan voorstellen dat het Ten Little North American Natives zou heten? Ik betwijfel of er een uitgever in New York is die daarmee akkoord zou gaan.'

'Gelijk heb je. Dat is langer dan twee woorden, hè? Dat zou de afdeling marketing nooit goedvinden.'

Verbaasd keek ik hem aan. 'Je klinkt of je wel iets van uitgeven af weet.'

'Niet van het uitgeven van boeken, maar ik moet wel geschikte namen bedenken voor mijn software, want anders verkoopt het niet. Dan blijft het op de plank liggen schimmelen.' Hij glimlachte. 'Maar om op Christie terug te komen, zij was niet de enige in die tijd die niet politiek correct was. Tijdens mijn research voor titels ben ik nog iets tegengekomen. Herinner je je het liedje Up a Lazy River nog?'

'...*by the old mill run?* Ja zeker. Ik weet nog dat mijn moeder dat thuis altijd zong.'

'Nou,' zei hij, 'dat heette oorspronkelijk Up a Lazy Nigger.'

'Nee, dat geloof ik niet.' Nu begon ik me nog ongemakkelijker te voelen. 'Dat moet een broodje-aapverhaal zijn.'

'Beslist niet. Wil je het verhaal erachter horen?'

'Niet speciaal.' Ik sloeg mijn armen over elkaar. 'Ik zou er vast geen woord van geloven.'

'Neem maar van mij aan dat je het kunt geloven,' zei hij. 'Volgens mijn onderzoek was Hoagy Carmichael – Je weet wie dat was? Die Stardust heeft geschreven, en Georgia on My Mind?'

'Een van mijn favoriete tekstschrijvers,' zei ik. 'Van ver voor mijn tijd, maar zijn muziek is tijdloos, zoals ze vaak zeggen.' Waar wilde hij naartoe?

'Goed. Nou, aan het eind van de jaren '30 bracht Hoagy een bezoek aan een jazzclub waar een bekende klarinettist speelde: Sidney Arodin Jr. Hoagy was onder de indruk van de muziek van een liedje dat Sidney had geschreven en dat Up a Lazy Nigger heette. Hij zei tegen Sidney dat hij weg was van de melodie en dat hij het nummer wilde uitgeven, maar dat hij de tekst zou moeten veranderen. Dat vond Sidney best, en de rest van het verhaal is bekend.'

'Dat is echt bizar,' zei ik. 'Weet je zeker dat het zo gegaan is?'

'Absoluut. Op de oude bladmuziek staan zelfs de namen van hen allebei. Maar voor je die arme Sidney als racist afdoet, moet je nog iets weten. Sidney Arodin stond onder vooraanstaande jazzmusici bekend als de eerste die interraciale opnamen maakte, met zwarten en blanken. Kennelijk was hij, ondanks zijn teksten, helemaal geen racist. Het was toen alleen nog niet ongebruikelijk om zwarten 'nikkers' te noemen.'

'Ik snap het. En de reden waarom je me dit allemaal vertelt is...'

'Dat racistisch gedrag, of wat als racistisch gedrag wordt gezien, niet altijd is wat het lijkt. Dat is misschien iets om in gedachten te houden wanneer je je inspant om die agenten waar je achteraan zit, te pakken te nemen.'

Alarmbellen begonnen te rinkelen. 'Wacht even. Wat weet jij daarvan?'

'Van je arrestatie? En de verkrachting van die zwarte vrouw? Dat heeft in Seattle wekenlang in alle kranten gestaan, Sarah. En nu ben je er een boek over aan het schrijven, of niet soms?'

'Hoe kom je aan die wijsheid?'

'Kom nou, Sarah, je bent hier in een schrijverskolonie,' zei hij geduldig, alsof hij het tegen een kind had.

'Nou en? Misschien schrijf ik wel gedichten.'

'Niet bepaald. Nee, dat laten we maar aan Amelia over. Het punt is, Sarah, dat de mensen voor wie ik werk, na je arrestatie een grondig onderzoek naar je hebben verricht. Er is niet veel wat we niet over je weten, en daarvoor hoefden we niet de kranten te lezen, of de Publisher's Weekly. Al was daarin wel te lezen dat jou een pracht van een contract is aangeboden, en dat je dat hebt geaccepteerd. Dat weten wij pas sinds kort.'

Ik staarde Gabe Rossi aan, met wiebelige knieën en vlekken voor mijn ogen. Ik kreeg het ijskoud, en toen ik weer kon praten, was mijn stem niet meer dan een gefluister. 'Wie ben jij in vredesnaam?' vroeg ik.

'Ik ben iemand die jou kan helpen,' antwoordde hij. 'Als je dat toelaat.'

'Me helpen?' Ik bleef hem aanstaren. 'Ik... Wie bén je?'

'In elk geval geen softwareontwikkelaar,' antwoordde hij, 'behalve dan in mijn vrije tijd. Ik ben van de politie, Sarah, en ik ben Ian MacDonalds nieuwe partner. Ik ben hierheen gestuurd om jou te beschermen.'

14

Ik was sprakeloos, als verdoofd.

Voor ik me kon herstellen, kwam een donkere gestalte van de boerderij in onze richting. Eerst zag ik niet goed wie het was, doordat hij zich bijna steels leek te bewegen. Toen hij dichterbij kwam, bleef hij opeens staan, alsof hij verbaasd was ons hier te zien.

Toen pas zag ik dat het Grace was.

'Ben jij dat, Sarah?' riep ze.

'Wees op je hoede voor haar,' zei Gabe zacht. 'Ze is geen vriendin van je.'

Toen Grace naar ons toe kwam lopen, zag ik dat ze Gabe doordringend aankeek.

Hij gaf geen centimeter toe, maar bleef dicht bij me staan, beschermend bijna.

'Timmy was ongerust over je,' zei Grace tegen mij. 'Daarom zei ik dat ik wel even zou gaan kijken waar je was.'

Ik hervond mijn stem. 'Ik ben hier.'

'Was je, eh... al van plan om binnen te komen?' Ze wierp een blik in Gabes richting.

'Ja, ik kom zo binnen. Als ik zover ben. Vind je dat goed?'

Ze fronste haar wenkbrauwen en beende mokkend terug naar de boerderij. 'Waarom doe ik eigenlijk moeite...' hoorde ik haar mompelen.

'Charmante vrouw,' zei Gabe. 'En vind je het ook niet interessant dat zij en Luke zulke dikke maatjes zijn?'

Ik keek hem alleen maar aan, waarop hij zijn hoofd schudde.

'Sarah, Sarah, Sarah... Ik had gehoopt dat ik wat minder direct zou hoeven zijn, maar je ogen moeten echt geopend worden. Luke en Grace spelen onder één hoedje, en ze vormen allebei een gevaar voor je.'

Ik kon mijn ogen niet van zijn mond afhouden, alsof ik aan de vorm en beweging daarvan kon zien of wat hij zei een leugen was. 'Minder direct? Waarover?' bracht ik uit.

Hij zuchtte. 'Oké. Recht voor zijn raap dan maar. Luke Ford houdt ons allemaal hier op dit eiland vast. Hij zorgt ook dat we geen contact met het vasteland krijgen. Jij en ik weten allebei waarom hij dat doet.'

Zo vlot als de woorden door mijn hoofd schoten, zo hortend kwamen ze naar buiten. 'Nou, nee. Ik, eh... Ik weet niet waarom... waarom Luke dat zou doen. Als het zo is.' Ik deed een stap naar achteren en zei: 'Raar, ik herinner me niet dat Ian een partner had. Niet de laatste jaren tenminste.'

'We werken sinds een maand samen,' zei Gabe. 'En ik ben undercover geweest, dus je zou niets over me gehoord hebben.'

Ik was nog steeds half in shock en niet erg geneigd ook maar iets van wat hij zei voor zoete koek aan te nemen.

Toch werden zowel mijn benen als mijn stem weer wat vaster, en nu wilde ik de rest ook horen. 'Vertel dan eens waarom je denkt dat Luke ons hier houdt.'

'Is dat niet overduidelijk? Hij wacht tot jij hem vertelt waar het bewijsmateriaal is.'

Ik hield mijn gezicht zorgvuldig neutraal. 'Het bewijsmateriaal?'

'Waarom denk je dat hij hier zo keurig vlak na de aardbeving is komen opdagen? Waarom denk je dat hij Jane heeft vermoord?'

Ik kon geen woord uitbrengen.

Hij pakte me bij mijn schouders. 'Ik heb hem bij dat ravijn gezien, Sarah. Open je ogen. Ik begrijp best dat je het liever niet wilt geloven, maar je zult wel moeten. Zolang je dat niet doet, stel je jezelf bloot aan gevaar.'

'En jouw suggestie is dat ik... Wat?'

'Laat mij dat bewijsmateriaal veilig bewaren, Sarah. Laat mij je helpen de Vijf van Seattle achter slot en grendel te zetten, voorgoed.'

Ik probeerde mijn lippen te likken, maar mijn mond was te droog. 'Ik weet niet over welk bewijsmateriaal je het hebt. En al wist ik dat wel, waarom zou ik jou dan eerder vertrouwen dan Luke?'

'Omdat een man die vijf vrouwen gevangen houdt op een eiland, terwijl hij alleen maar zijn mobiele telefoon hoeft te gebruiken om om hulp te bellen, niet te vertrouwen is.'

'Dus jij denkt dat Luke een telefoon heeft?' vroeg ik, nog steeds onwillig om Luke op te geven.

'Dat denk ik niet, dat weet ik. Hij gebruikt hem om contact te houden met de mensen die achter jou aan zitten, Sarah. Dat is de reden waarom hij hier is: om jou te pakken te krijgen.'

Mijn emoties waren zo'n warboel, dat ik over mijn hele lichaam trilde. Ik wilde naar de boerderij terug lopen, naar veilig terrein, maar Gabe greep me bij mijn arm en trok me op een bank. Ik had me wel kunnen verzetten, maar iets in me wilde nog steeds horen wat hij te zeggen had. We waren nog geen tien meter van de keukendeur. Als hij iets zou proberen, kon ik om hulp gillen.

'Sarah...' begon hij terwijl hij naast me kwam zitten, 'Ian heeft me hierheen gestuurd om je te helpen. Je hebt geen idee hoe graag hij zelf had willen komen. Hij is zo ongerust over je, dat hij er bijna gek van wordt.'

'O, is dat zo? Dat is heel interessant, Gabe. Vooral omdat Ian zelfs niet meer met me gepraat heeft sinds mijn arrestatie in januari. Dat wist je zeker niet?'

'Jawel, dat wist ik wel. En daar was een reden voor. De enige manier waarop Ian je kon helpen, was door afstand te houden. Als ze dachten dat hij partijdig was, zou hij meteen van de zaak af zijn gehaald. Nog steeds kan hij niet laten merken dat hij je helpt. De Vijf van Seattle hebben mensen op hoge posten achter zich. Een hele commissie hebben ze zelfs, en rechter Ford, Lukes vader, staat aan het hoofd daarvan.'

'Lukes vader? Rechter Ford? Is hij het hoofd van een commissie die de Vijf heeft aangesteld? Maar dat is belachelijk! Rechter Ford zou nooit –'

'Hij is niet de enige, Sarah. Er zijn nog anderen. Mensen die vanbuiten heel aardige, doodgewone, gezagsgetrouwe mensen lijken. Alleen geloven ze dat corrupte agenten noodzakelijk werk verrichten wanneer ze "de wereld van tuig bevrijden", zoals zij dat zien. En weet je, Seattle is niet de enige plaats waar dat gebeurt. In elke grote stad waar agenten zijn gearresteerd voor misbruik van hun bevoegdheden, staat iemand aan de top die hun op een gegeven moment, al dan niet vanuit edele motieven, toestemming heeft gegeven "eropuit te gaan en te doen wat nodig is".'

Er zat iets in, in wat hij zei. Tijdens de research voor mijn boek had ik ontdekt dat de burgemeester van New York City in de ogen van velen een atmosfeer voor misbruik had geschapen, met zijn beleid voor een harde aanpak van de misdaad. Niemand zei hardop dat het zijn bedoeling was dat agenten dat beleid als rechtvaardiging zagen voor onterechte schietpartijen of arrestaties op etnische gronden, maar toch werden er in vele steden te snel agenten in dienst genomen. Hun achtergrond werd niet grondig genoeg onderzocht. Van sommigen was bekend dat ze hun echtgenotes hadden mishandeld, terwijl anderen macho's waren die alleen maar de straat op wilden om Dirty Harry te spelen. Het soort agenten dat alleen maar wilde 'dienen en beschermen' werd geïnfiltreerd door die andere soort, en hoewel de goeden nog steeds in de meerderheid waren, waren de andersdenkenden zo talrijk, dat ze heel wat kwaad konden aanrichten.

Maar... waren er echt commissies die achter die macho's stonden? Die hen eropuit stuurden om mensen te arresteren die misschien onschuldig waren, zonder oog voor de regels van de wet?

En rechter Ford aan het hoofd van zo'n commissie? Dat was ondenkbaar.

Toen moest ik opeens aan iets van jaren geleden denken: Lukes vader en de mijne die tegenover elkaar stonden. Lukes vader betoogde dat Seattle een strenger politiekorps nodig had, dat er te weinig respect voor de wet was. Mijn vader bracht daartegenin dat de politie veel te ver ging en dat het arresteren van onschuldige mensen niet alleen immoreel was, maar ook verspilling van politietijd. Ik herinnerde me dat ik tegen Luke zei: 'Jouw vader zou Jezus nog veroordelen.' Waarop hij reageerde met: 'En de jouwe zou hem vrijpleiten.'

Was rechter Ford, mijn mentor van vroeger, buiten de wet getreden om het respect ervoor af te dwingen? Was dat mogelijk? En was Luke in zijn voetspoor getreden?

'Hoe zit het dan met Luke?' vroeg ik aan Gabe. 'Je zei dat hij hierheen was gestuurd om mij "te pakken te krijgen". Wat bedoelde je daarmee?'

'Lukes vader, rechter Ford, heeft zowel Luke als Grace hierheen gestuurd om erachter te komen wat voor bewijzen jij tegen de Vijf hebt, en om je die afhandig te maken. Fords commissie wil niet dat de Vijf de gevangenis in gaan. De Vijf zijn de beste mensen die ze hebben.'

'Kom nou, de Vijf zijn verkrachters en moordenaars! En jij zegt dat zij het béste zijn wat ze hebben?'

'Dat bedoel ik nou juist, Sarah.'

Ik schudde mijn hoofd in een poging wat helderder te worden. 'Ik kan niet geloven dat Luke en Grace daaraan mee zouden doen.'

'Geloof het maar rustig,' zei Gabe. 'Voorzover ik weet is dit de eerste keer dat ze samenwerken, vanwege de connectie tussen Luke en jou. Ze dachten dat hij de beste kans zou hebben jou de bewijzen af te pakken.'

'Waarom denkt die commissie eigenlijk dat ik bewijzen heb?' vroeg ik.

'Denk toch eens na. Je hebt er in de bar van McCoy openlijk over gepraat tegen een van de Vijf, Mike Murty. Dat heeft hij aan rechter Ford gerapporteerd, waarop Ford opdracht heeft gegeven dat bewijs kost wat koste te pakken te krijgen.'

'Koste wat kost?'

'Goeie genade, Sarah, wil je nou eens goed luisteren naar wat ik je vertel? Je leven is in gevaar!'

'En jij bent hier door Ian naartoe gestuurd, zeg je, om mij te beschermen.'

'Precies.'

'Wil je me dan alsjeblieft eens uitleggen hoe ik die klap op mijn hoofd heb kunnen krijgen? Waar zat jij toen? Je was met Amelia aan het vissen, of niet soms? En hoe kan het –' Ik hield nog net op tijd mijn mond, in plaats van te vragen: hoe kan het bewijs dan verdwenen zijn?

'Ik moest undercover blijven,' antwoordde Gabe. 'Ik wist niet of er soms nog iemand hier met Luke en Grace samenspande, en daarom probeerde ik op zo veel mogelijk plaatsen tegelijk te zijn – te veel, zoals op het moment dat jij werd aangevallen. Maar ik heb geprobeerd iedereen te leren kennen, om erachter te komen wie onder valse voorwendsels hier is.'

'Jij denkt dat er hier een heel stel mensen rondloopt die allemaal hopen dat bewijs in handen te krijgen?' Ik lachte zacht. 'En ik maar denken dat ík paranoïde was.'

'Niet als je weet wat er op het spel staat: het leven van vijf agenten uit Seattle, misschien. Om nog maar te zwijgen van maandenlang onafgebroken negatieve publiciteit voor het korps.'

'Goed, moet je horen. Even aangenomen dat ik hier iets van geloof, wie is Grace dan in vredesnaam? Wat doet zij hier?'

Hij haalde zijn schouders op. 'Om eerlijk te zijn, weet ik ook niet wie ze is, alleen dat ze met Luke samenspant. Het is duidelijk dat ze elkaar kennen, en als dat klopt, is het dan niet hoogst onwaarschijnlijk dat zij hier toevallig ook net is?'

'Maar hoe zou rechter Ford hebben kunnen regelen dat zij hier werd uitgenodigd? Als ze niet eens schrijfster is...'

Toen snapte ik het. Timmy. Timmy, die geld nodig had om Thornberry in stand te houden. Timmy, die op het allerlaatste nippertje een geldschieter had gevonden. Timmy, degene die ons allemaal had uitgenodigd.

Rechter Ford en onze gastvrouw waren heel oude vrienden. Zou ze alles voor hem doen? Of voor geld? Hád ze alles gedaan, zelfs mij verraden?

'Weet Timmy van dit alles af?' vroeg ik. 'Weet zij waarom haar is gevraagd Grace uit te nodigen? En wat Luke ermee te maken heeft?'

'We zijn er niet helemaal zeker van wat zij weet,' antwoordde Gabe. 'Maar weet je nog toen Luke iedereen een paar dagen geleden in koppels verdeelde? Vond je het niet raar dat hij jou aan Timmy koppelde? Jij bent een van de bekwaamste mensen hier, en hij sloot jou die dag zo'n beetje op in de boerderij.'

Hij had gelijk. Diezelfde dag had ik Luke en Grace in het bos betrapt, in elkaars armen. Kort daarna was ik in mijn huisje aangevallen en was het Allegra-blikje verdwenen. En bovendien waren het Luke en Grace geweest die me hadden 'gevonden'.

Het klopte allemaal, en als ik het bleef ontkennen, maakte ik het alleen maar gevaarlijker voor mezelf.

Het was niet zo dat Gabe me dingen vertelde die ik diep in mijn hart nog niet wist – dat ik Luke en Grace niet kon vertrouwen. Dat wist ik al sinds het moment waarop ik hen elkaar in het bos had zien omhelzen. Dat wist ik toen ze samen in de lach waren geschoten en mij buiten hadden gesloten. Ik wist het toen Luke een paar uur later naar me toe was gekomen, toen ik in de stoel buiten zat. En later, toen we hadden gedanst.

Hij was me aan het bewerken...

Toen kwam er een andere gedachte in me op. 'Ik kreeg de indruk dat Grace nogal opgewonden van je raakte,' zei ik, 'die avond dat jullie aan het dansen waren.'

'Klopt. Ze wilde weten wie ik "echt" was, waar ik "echt" vandaan kwam. Niet dat ze dat zo rechtstreeks vroeg, maar ik wist dat Luke en zij hun verdenkingen tegen me hadden.'

'Wat heb je haar verteld?'

'Hetzelfde wat ik al eerder had gezegd: dat ik een softwarebedrijf heb en in Gig Harbor woon. Niets geheimzinnigs.'

Ik bleef stil zitten nadenken over wat hij me had verteld.

In de keuken waren de kaarsen en lampen gedoofd. Het werd laat. En donker.

'Hoor eens,' zei Gabe, 'ik heb je boek gezien in die hut van Luke, in het bos. Die keer toen ik ook zijn telefoon vond. Ik heb er wat van gelezen, en het is heel overtuigend. Maar dat roept wel een vraag op: waarom heeft Luke je manuscript weggenomen, denk je?'

'Dat weet ik niet goed. Om erachter te komen hoeveel ik weet, neem ik aan.'

'En misschien om erachter te komen waar je het bewijs tegen de Vijf hebt verstopt?'

'Maar dat staat niet in mijn boek. Dat heb ik nooit aan iemand verteld.'

'Dat kon hij niet weten. Niet voor hij het had gelezen. Ik kan er niet genoeg op wijzen hoe voorzichtig je moet zijn tot we van dit eiland af zijn. Ik zal mijn best doen je te beschermen, maar zoals je al hebt gemerkt, kan ik niet overal tegelijk zijn. En ik zou het mezelf nooit vergeven – net zomin als Ian het me zou vergeven – als er iets met je gebeurde.'

'Ian.' Ik lachte kort. 'Weet je, dit klinkt helemaal niet als de Ian MacDonald die me drie maanden geleden zomaar heeft laten zitten. Welke rol spelen jullie tweeën in dit alles?'

'Ian en ik ontdekten het bestaan van die commissie van rechter Ford, en we slaagden erin daarin te infiltreren. Naast Ian en mij zijn er maar drie andere commissieleden. We komen in het geheim en ondergronds – letterlijk – bij elkaar, in een ruimte die ze de Whale Room noemen, een paar verdiepingen onder een particulier gebouw in Seattle. We hebben nog maar een paar vergaderingen bijgewoond, maar die commissie bestaat al een hele tijd. Al maanden.'

'Maar ze zullen toch wel weten dat Ian en jij bij de politie zijn?'

'Natuurlijk, maar dat is juist het mooie ervan. Ze denken dat we overlopers zijn. Dat bedoelde ik nou, Sarah. Dat hadden we niet kunnen doen als hij jou niet als een baksteen had laten vallen zodra jij publiekelijk aankondigde dat je achter de Vijf aan wilde gaan. Ian en ik deden net of we instemden met Fords opdracht jou te zoeken, het bewijsmateriaal in handen te krijgen en jou tot zwijgen te brengen. In werkelijkheid waren we natuurlijk van plan jou te beschermen. Ik zal eerlijk zijn, Sarah. We doen dit niet alleen om altruïstische redenen. Jij speelt een belangrijke rol in de zaak die we tegen de Vijf van Seattle aan het opbouwen zijn. Om precies te zijn, jouw bewijs tegen de Vijf is de eerste echte doorbraak die we hebben. Jij kunt ons helpen hen en hun bazen voor een hele poos op te bergen, Sarah.'

'Hoe dachten jullie hun bazen te pakken te krijgen?'

'Wat we hopen is dat, zolang jij het bewijs in handen hebt – of wij – en het ergens veilig hebt opgeborgen, een van de Vijf misschien zijn mond open wil doen in ruil voor strafvermindering.'

Ik stond op en liep naar het pad, terwijl ik naar de boerderij keek. Ik herinnerde me hoe fijn het die eerste dag had gevoeld om weer hier te zijn. Hoe veilig.

'Heb je sinds de aardbeving nog contact gehad met Ian?' vroeg ik.

'Alleen de eerste dag of zo. Voor mijn telefoon het opgaf.'

'Hoe is het met hem?'

'Hij en de andere commissieleden zaten helaas onder de grond in hun vergaderruimte vast, te wachten op redding. Ian zei dat ze hadden gehoord dat er in de straten geplunderd werd. En dat niet alleen, er werd ook gemoord – koelbloedige, zinloze moorden. Er worden mensen op straat doodgeschoten, Sarah, zonder enige reden. Het is tragisch om te zien wat er allemaal gebeurt, zei Ian. Seattle lijkt wel een land in oorlog, en als dit achter de rug is, zullen Ian en de anderen wekenlang hun handen vol hebben.'

'En jij? Jij was al hier op het eiland toen de aardbeving begon? Ben je vrijdag aangekomen, zoals je hebt gezegd?'

'Ja. Het enige wat ik heb verzwegen, is dat ik door Ian gestuurd ben. Zodra we hoorden dat jij hier op Esme zat, wilde hij dat ik op de een of andere manier ook hiernaartoe ging, om op jou te passen. Dat plan kwam op het laatste moment op, en ik heb meteen de veerboot genomen, zonder aan eten, kleren of wat dan ook te denken.'

'Hoe zijn jullie erachter gekomen waar ik was?'

'Ik ben dagenlang bezig geweest personeel van veerboten en passagiers uit te horen, tot ik ten slotte de kapitein sprak van de particuliere veerboot die hierheen vaart. Die wist nog dat hij jou hierheen had gebracht.' Hij glimlachte. 'Hij zei dat hij zich jou herinnerde omdat je er zo aantrekkelijk uitzag. Net Sharon Stone, zei hij. Kort blond haar, geweldig figuur...'

Ik negeerde het compliment en overdacht alles in stilte. Hoewel mijn logisch verstand geneigd was hem te geloven, verzette mijn intuïtie zich hevig. Ten slotte zei ik: 'Er is maar één probleem, voorzover ik kan zien.'

'En dat is?'

'Ik heb het bewijs niet bij me, Gabe. Het ligt in Seattle. En zoals het er nu voorstaat, kan het maar zo voor eeuwig onder het puin begraven blijven liggen.' Ik hield zijn gezicht in de gaten, in de hoop iets in zijn uitdrukking te zien wat me wijzer zou maken.

In het zwakke licht zag ik echter niets anders dan een zweem van teleurstelling.

'Allemachtig, Sarah. Daar hebben we geen seconde aan gedacht. We waren er zo zeker van dat je het bij je had – wat het ook is – dat je het niet een maand lang thuis zou laten liggen, waar de Vijf het te pakken kunnen krijgen. Maar als het bij de aardbeving verloren is gegaan...'

'Er is natuurlijk altijd nog een kans dat het er nog is. Dat weet ik pas als ik terug ben.'

Hij pakte mijn handen vast. 'Laat mij helpen, Sarah. Vertel mij waar het is, dan kan ik Ian bellen en hem vragen te kijken of het in veiligheid is.'

'Maar Ian zit onder de grond vast. Dat zei je toch?'

'Eerst wel, maar na een paar dagen zijn ze gered.'

'Dus je hebt hem gesproken nadat hij eruit was gehaald? En alles is goed met hem?'

'Ja. Hij maakt het prima.'

'Komt hij hierheen?'

'Dat weet ik niet. Hij heeft zijn handen vol, maar hij zei dat hij zijn best deed om een reddingsploeg naar ons toe te krijgen.'

'Nou, dat is geweldig. Dat zal dan wel niet lang meer duren. Dan kan het bewijs wel wachten tot we terug zijn, oké?'

Hij liet mijn handen los en streek door zijn haar. 'Hoor eens, Sarah, ik weet niet hoe ik dit moet zeggen zonder dat het verkeerd overkomt, maar wat als er tussen nu en dan iets met jou gebeurt? Wat als Luke of Grace je te pakken krijgt, jou iets doet? Ik bedoel... O hemel, vertel me alsjeblieft waar het bewijs is, Sarah, zodat ik kan zorgen dat het in de juiste handen komt. Zeg me waar ik het kan vinden.'

'Ik wou dat ik dat kon, Gabe, echt, maar ik heb het aan een vriendin gegeven om het veilig voor me te bewaren, en ik weet niet wat zij ermee heeft gedaan. Ik weet niet eens of ze nog leeft.' Ik zag de frustratie op zijn gezicht en haatte mezelf bijna omdat ik loog. Alles wat Gabe had gezegd, klonk geloofwaardig. En het was niet alleen dat ik hém niet vertrouwde, ik vertrouwde mezelf niet. Ik vertrouwde er niet op dat ik het juiste besluit voor alle betrokkenen zou nemen.

Eén ding was in elk geval duidelijk: Gabe had het Allegra-blikje niet gestolen. Zo bleven er nog zes mensen over die het gedaan konden hebben. Ik gokte op Luke. Of Grace.

'Ik weet dat het moeilijk voor je is te accepteren wat ik zeg,' zei Gabe, 'maar wil je dan tenminste één ding voor me doen? Wees voorzichtig. Blijf voortdurend over je schouder kijken zolang we hier nog op dit eiland zitten. Vertrouw niemand.'

'En jou dan?' vroeg ik. 'Moet ik jou ook niet vertrouwen?'

Hij grijnsde, en Gabe de charmeur kwam weer boven. 'Als je dat zou doen, zou ik me pas echt zorgen maken. Maar ik hoop dat er een dag komt waarop je mij gaat vertrouwen, Sarah.'

15

Gabe vroeg me aan niemand te vertellen dat Ian hulp zou sturen. 'We moeten uitkijken dat we niemand tot overhaaste actie dwingen,' zei hij. 'Laten we maar gewoon afwachten tot het zover is.'

Vanaf het moment waarop hij en ik dat gesprek hadden, wist ik wat me te doen stond. Op grond van wat hij me had verteld, en omdat dat allemaal zo logisch klonk, besloot ik Gabes advies – en mijn eigen intuïtie – te volgen en niemand te vertrouwen.

Toch kon ik niet zomaar blijven zitten afwachten om te zien wie van de mensen op Esme achter me aan zat. Misschien waren het Luke en Grace, zoals Gabe had gezegd, maar misschien was het wel iemand anders.

Het punt was dat ik niet kon blijven wachten tot het Allegrablikje boven water kwam. Ik was zo dom geweest te denken dat, als ik maar genoeg geduld had, degene die het had meegenomen zich op de een of andere manier zou blootgeven. En ik was ook zo dom geweest te denken dat ik alle tijd van de wereld had om die kwestie hier op Esme op te lossen.

Nu er hulp onderweg was, leken die eindeloze dagen echter opeens onvoorstelbaar kort. Wat als we gered werden voor ik het blikje had gevonden, voor ik het weer in handen had? Iedereen hier zou zijns weegs gaan. In een oogwenk kon ik het enige waarmee ik kans had de Vijf achter de tralies te krijgen, voor altijd verliezen.

En nu ik erover nadacht: stel dat ik al te lang had gewacht. Stel dat degene die het had meegenomen het had vernietigd, de panty eruit had gehaald en hem in de Sound had gegooid.

En wie behalve Luke en Grace zou daar een reden toe hebben? Ik dacht aan Timmy, met haar dreigende bankroet, en zelfs aan Kim, die meerdere keren op het punt had gestaan iets over haar leven te vertellen en dan was gestopt. Ik dacht aan Dana, die niet over haar leven thuis wilde praten.

Bij haar begon ik, de ochtend na mijn gesprek met Gabe.

'Jij vertelt nooit veel over jezelf,' merkte ik op toen we kleren aan het wassen waren in de Sound.

'Vind je?' vroeg ze. 'Nee, misschien niet.'

Toen ze niet verderging, vervolgde ik: 'Heb je soms problemen thuis? Ik wil heus niet nieuwsgierig zijn, maar we zitten hier allemaal zo in de narigheid. En van zoveel stress wordt iedereen kortaangebonden. Misschien zou het helpen als we wat makkelijker met elkaar praatten.'

Ze zuchtte en ging op haar hurken zitten. Haar broekspijpen waren, net als de mijne, tot de knie opgerold, maar toch waren ze nat geworden terwijl we in het water hurkten en onze kleren boenden met een stuk zeep. Ze begon een t-shirt uit te spoelen en te wringen.

'Het punt is dat ik bij mijn man wegga, Sarah. Als dit achter de rug is, ga ik niet naar Santa Fe terug.'

Dat was niet bepaald wat ik verwacht had te horen. Ik ging op een laag rotsblok zitten en gaf haar mijn volle aandacht.

'Serieus?' vroeg ik. 'Was je dat al die tijd al van plan?'

Ze knikte. 'Ik hou van iemand anders, en we treffen elkaar in Vancouver...' Ze zweeg. 'Dat wil zeggen, we hadden afgesproken elkaar in Vancouver te treffen. Wie kan zeggen hoe de zaken er nu voor staan...' Haar gezicht betrok, en het straalde zoveel verdriet uit, dat ik mijn hand naar haar uitstak. Dat zij er zo vandoor zou gaan, zou ik nooit achter haar hebben gezocht.

'Wil je erover praten?' vroeg ik.

'Ach, onder de huidige omstandigheden kan dat geen kwaad, denk ik. Weet je, mijn man... Al vlak na ons huwelijk, twee jaar geleden, begon hij me te mishandelen. Ik ben bij hem gebleven omdat hij dreigde me te vermoorden als ik wegging, maar een paar maanden geleden had ik eindelijk genoeg moed verzameld om ervandoor te gaan.' Ze veegde het zweet van haar voorhoofd met een hand vol zeep. 'Ik wist niet goed hoe ik het aan moest pakken, maar toen die uitnodiging van Thornberry kwam, heb ik die echt met beide handen aangegrepen. Ik zou niet de volle maand zijn gebleven. Dat was alleen maar wat ik mijn man had verteld. Op een dag zou ik de veerboot naar Seattle nemen, een auto huren en naar Vancouver rijden. Ik zou uitstappen en mijn kleren, creditcards, alles wat ik bezit, in Santa Fe achterlaten. Ik hoopte dat het hem niet zou lukken me op te sporen.'

'Lieve hemel, Dana, daar had ik geen idee van.'

'In het begin durfde ik niemand hier de waarheid te vertellen. En nu...' Ze haalde haar schouders op. 'Als ik iemand hier vertrouw, dan ben jij het wel, Sarah. Maar vertel het alsjeblieft aan niemand anders. Als het me lukt in Vancouver te komen, en als mijn man me weet te vinden...'

'Maak je maar geen zorgen, ik zeg niks. Maar je zei dat je met iemand had afgesproken? Een vriend?'

Ze schonk me een flauwe glimlach. 'Ik weet nog niet of dat iets wordt, maar ik ben verliefd geworden op John − zo heet hij, John − op een *powwow* die vorig jaar in Santa Fe is gehouden. Hij is deels cherokee, en hij is lief en aardig. We merkten dat we veel gemeenschappelijk hadden, en van het een kwam het ander...' Ze doopte haar handen weer in het koude water.

'Woont John in Vancouver?' vroeg ik.

'In een klein plaatsje daar vlakbij. Hij zou de aardbeving goed doorgekomen moeten zijn, als je nagaat hoe weinig schade er in Vancouver is. Dat is het enige wat ervoor heeft gezorgd dat ik hier niet gek werd.'

'Maar hij zal wel doodongerust zijn zolang hij niet weet hoe het met jou is.'

'Dat weet ik. Daarom...' Ze zweeg.

'Wat, Dana?'

'Ach, trek je van mij maar niks aan. Ik wou gewoon dat ik hem een berichtje kon sturen.'

Ik zei niets.

'En jij, Sarah?' vroeg Dana.

'Wat is er met mij?'

'Nou, jij en Luke. Zoals hij soms naar je kijkt...' Ze rolde met haar ogen.

'Dat zie je vast verkeerd,' zei ik met gefronst voorhoofd. 'Luke en ik zijn heel lang geleden vrienden geweest. Maar net als jij en je man hebben we nu niet veel meer gemeen.'

'En hoe zit het dan met Gabe? Volgens Grace waren jullie gisteravond op het pad heel diep in gesprek.'

'O, zei ze dat? Heeft ze dat aan jullie allemaal verteld?'

'Nee, ik hoorde alleen toevallig dat ze het aan Luke vertelde. Ik nam aan dat ze hem waarschuwde dat hij maar beter snel naar buiten kon gaan om je tegen te houden, als hij zijn teruggevonden vriendin niet weer kwijt wilde raken.'

'Dat zei ze toch niet met zoveel woorden, hè?'

'Ik heb niet alles gehoord, alleen maar dat ze zei: "Ik zou maar naar buiten gaan en er een eind aan maken, nu meteen".'

Dus Grace wilde niet dat ik met Gabe praatte. Maar waarom niet? Was ze bang dat hij me zou vertellen wat hij me had verteld over haar en Luke?

'Ik vind het vervelend om te zeggen, maar ik mag Grace nog steeds niet erg,' ging Dana verder. 'Ik wed dat die vrouw op de plek van haar hart een granaat heeft zitten.'

'Een granaat?'

'Die bij het minste of geringste explodeert. Om eerlijk te zijn, als Kim op dat moment niet bij haar was geweest, zou het me niet hebben verbaasd als Grace Jane had vermoord.'

'Maar waarom zou ze?' vroeg ik.

'Wie zal het zeggen? Misschien omdat Jane haar een keertje met een scheef oog heeft aangekeken.'

Of om een andere reden, dacht ik.

Gabe was van mening dat Luke Jane had vermoord, aangezien hij hem bij het ravijn had gezien. Eerst had ik dat niet willen geloven, maar het ging er steeds meer naar uitzien dat Gabe gelijk had.

Dus... stel dat Jane had ontdekt waarom Luke en Grace op het eiland waren. Stel dat ze hen samen had horen praten, of iets tussen hen had gezien, net als ik had gedaan. Dat kon van alles zijn geweest, en het kon net zo goed in Gabes hut zijn gebeurd als ergens anders. Luke kon daar met Grace zijn geweest, en als Jane hen daar had betrapt...

We hadden aangenomen dat Kim en Grace samen langs de kust liepen op het tijdstip dat Jane stierf, maar had Grace Kim soms een poosje alleen gelaten? En als dat zo was, waarom had Kim daar dan niets over gezegd?

Zij was de volgende met wie ik moest praten.

'Weet je,' zei Dana, 'het begint hier steeds griezeliger te worden. Krijg jij ook het gevoel dat er van alles gaande is waar we niks vanaf weten?'

'Ja,' antwoordde ik, 'dat krijg ik zeker.'

In de dagen daarna bleef Gabe de vrouwen inpalmen, met af en toe een zijwaartse blik naar mij alsof hij zeggen wilde: dit is alleen maar mijn werk. Hou vol. Er komt gauw hulp.

Zo keek ik toe, terwijl hij flirtte en glimlachte en iedere vrouw benaderde om erachter te komen wie en wat ze was. Het bezorgde me gemengde gevoelens. Ik hoopte dat hij zou slagen en zou ontdekken of – afgezien van Luke en Grace – iemand hier een gevaar voor mij vormde. Tegelijkertijd bad ik dat hij zou ontdekken dat er verder niemand was.

De achterdocht die ik aanvankelijk tegenover hem had gekoesterd, zette ik langzaam maar zeker van me af. Terwijl ik toekeek hoe hij alle andere vrouwen hielp een vuurtje te bouwen, voedsel te zoeken of de rommel in hun huisjes te doorzoeken naar iets wat sinds de avond van de aardbeving verdwenen was, voelde ik af en toe zelfs een steek van jaloezie.

Gabes manier van helpen bestond er niet uit dat hij de leiding overnam, alsof degene die hij hielp minder handig was dan hij. Liever bood hij zijn diensten aan als vriend, en zijn benadering was naar geen van de vrouwen openlijk seksueel getint. We begonnen allemaal te ontspannen in zijn gezelschap, met het rustige gevoel dat hij achteraf nooit 'betaling' van die aard zou verwachten. Tenminste, niet als die betaling ongewenst was.

Luke, daarentegen, werd tegenover ons allemaal steeds afstandelijker, behalve tegenover Grace. Ze brachten samen lange uren ver van de boerderij door, en niemand wist waar ze waren of wat ze uitvoerden. Elke keer kwamen ze met vis of met oesters terug, en dat was dan hun excuus: ze waren op zoek geweest naar voedsel.

Te midden van dit alles nam Luke me een keer apart en vroeg me ronduit of ik hem eindelijk in vertrouwen wilde nemen, hem wilde vertellen waar ik het bewijs tegen de Vijf had verborgen.

'Als jou iets zou overkomen, Sarah...' zei hij.

'Wat zou mij kunnen overkomen?' wierp ik tegen, met een vleugje angst. Wat ben je met me van plan, was de gedachte die door mijn hoofd ging.

'Dat weet ik niet,' antwoordde hij, 'en dat is het 'm juist. Je hebt die naschok gisteravond gevoeld.'

'Ja.' We hadden hem allemaal gevoeld, en hij had ons bang gemaakt. Het was de ergste geweest sinds de aardbeving.

'Mijn vader zegt dat de geologische dienst denkt dat het geen naschok was, maar een nieuwe aardbeving op een tot nog toe onontdekte breuklijn. Als dat zo is, kunnen er nog meer komen, en ze kunnen heviger zijn. Waar het mij om gaat is dat ik, als er iets met jou gebeurt, in staat wil zijn dat bewijs bij de juiste mensen te krijgen en jouw werk voor je af te maken. Ik zou doen wat ik kon om jouw naam te zuiveren.'

'Dat is heel aardig van je,' zei ik behoedzaam, 'maar neem je nu niet een heleboel zomaar aan? Dat mij iets zou kunnen overkomen, bijvoorbeeld, en jou niet? Stel dat het net andersom is.'

'Tja, dat kan natuurlijk ook,' beaamde hij met gefronst voorhoofd. 'Er kan iedereen hier iets overkomen, en we zouden er eens over moeten nadenken wat we in dat geval moeten doen. We zouden lijstjes moeten maken van familieleden en vrienden die op de hoogte moeten worden gebracht, en...' Hij aarzelde. 'Ik vind het afschuwelijk om te zeggen, maar we moeten iedereen vragen of hij nog laatste wensen heeft.'

Ik moest het wel met hem eens zijn. Dat alles moesten we inderdaad doen.

Ik leidde zijn aandacht af van de vraag waar Lonnie Maes bewijsmateriaal was door te zeggen: 'Dat doet me eraan denken, mag ik nu misschien even mijn moeder bellen op jouw telefoon? Want als de situatie zo ernstig is als jij nu zegt...'

Hij glimlachte. 'Niet nodig. Ik heb mijn vader gevraagd haar te bellen en haar te vertellen dat je het goed maakt. Ze weet het al, Sarah. En ze doet je de lieve groeten.'

'O?' Ik trok een wenkbrauw op. 'Wanneer heb je dat dan gedaan?'

'Gisteravond,' zei hij. 'Jij sliep al toen ik terugkwam.'

'Toen Grace en jij terugkwamen, bedoel je.'

Hij wendde zijn blik af.

'Toch zou ik wel graag zelf even met mijn moeder praten,' drong ik aan.

'Nou, ze is op het ogenblik niet in Miami. Je tante en zij maken een reisje naar Bermuda. Ze zijn gisterochtend vroeg vertrokken.'

'Je meent het.'

'Nee, echt. Ik denk dat je tante vond dat je moeder wel aan een korte vakantie toe was.'

Om de een of andere reden geloofde ik daar geen steek van. Wat ik wel geloofde, was dat Luke niet wilde dat ik mijn moeder belde.

'Mijn agente dan,' zei ik. 'Die wil ik ook graag laten weten dat ik het goed maak.'

'Ik heb je toch al gezegd dat we het beetje energie dat we nog hebben, niet kunnen gebruiken om anderen te laten weten dat we het goed maken? Denk je niet dat iedereen hier dat graag zou doen? Het spijt me, maar je mag niemand bellen tot het reddingsteam er is.'

Ik begon kwaad te worden. 'En wat zegt je vader dan wel over onze redding?'

'Zoals ik al zei, het is een kwestie van coördinatie van de verschillende teams en kijken wie er gemist kan worden, en wanneer. Hij laat het ons weten.'

Een paar uur later liep ik door het bos naar Lukes blokhut. Ik was vast van plan die telefoon te gebruiken, wat hij er ook van vond.

Toen ik bij de hut kwam, zag ik dat er een hangslot op de deur zat. Het was een oud slot, roestig, maar heel sterk. Ik betwijfelde of het zonder speciaal gereedschap open te breken was. Ik probeerde de twee ramen aan de voorkant – de enige in de hele hut. De drie andere wanden waren van massief hout. Ik kwam tot de ontdekking dat de ramen inmiddels van binnenuit met multiplex dicht waren getimmerd.

Diep teleurgesteld was ik, maar ook bang. Vanaf het moment dat ik had gezien dat Luke een telefoon had, had ik nieuwe hoop gekregen. Elke communicatie met de buitenwereld – op welke manier dan ook – was beter dan niets. Maar nu had Luke op effectieve wijze voorkomen dat iemand anders dan hij dat contact kon leggen.

En dat overtuigde me er nog meer van dat Gabe de waarheid had gesproken.

De volgende paar dagen liepen de spanningen tussen ons op tot het kookpunt. Hadden we aanvankelijk geprobeerd samen te werken om dit met ons allen te overleven, nu werd het meer een test waarbij ieders vermogen zichzelf in leven te houden op de proef werd gesteld. We groeiden steeds verder uit elkaar, en er werd hevig geruzied.

En ikzelf was geen uitzondering. Mijn zenuwen hadden het zwaar te verduren, en ik zag overal spoken. Hoe akelig mijn leven in Seattle ook was geworden, het leek een paradijs vergeleken bij het verblijf op Esme in dit gezelschap.

Met name Luke kon ik niet meer rustig onder ogen komen, na alles wat Gabe over hem had verteld. Mijn intuïtie zei me dat Luke vertrouwen wel eens de gevaarlijkste vergissing kon zijn die ik ooit op het gebied van mannen had begaan. Als hij niet zover was gegaan om ons ervan te weerhouden met iemand contact te zoeken, zou ik er mogelijk anders over hebben gedacht. Dat, en zijn sinistere bondgenootschap met Grace, bezegelde zijn lot, wat mij betrof.

En dan was Kim er nog. Zij en ik spraken nauwelijks nog met elkaar. Dat was niets persoonlijks, want ik mocht haar nog steeds het meest van iedereen op Thornberry, afgezien van Dana misschien. Dana en ik konden het nog steeds redelijk met elkaar vinden, maar we lieten geen van allen het achterste van onze tong zien. We hadden ons allemaal in onszelf teruggetrokken, als om dat beetje 'zelf' dat nog over was te beschermen.

Op een avond zaten we te eten, toen er weer een aardbeving plaatsvond. Ze schudde de boerderij door elkaar alsof die een stuk speelgoed was, en het restant van het plafond stortte op ons neer. We doken allemaal onder de tafel.

Toen we weer te voorschijn kwamen, bleek er niemand ernstig gewond.

Dana had echter wel wat stof in haar ogen van het rondvliegende puin. Ze had zich er niet toe kunnen zetten niet te kijken, zei ze. 'Het had de laatste minuut van mijn leven kunnen zijn, dus ik wilde alles zien wat er maar te zien viel.'

Later zei ze onder vier ogen tegen mij: 'Ik denk dat het door mijn schuldgevoel kwam dat ik dacht dat ik dood zou gaan.'

'Schuldgevoel?' vroeg ik.

'Ik... Nou, omdat ik mijn man laat zitten en er zo vandoor ga,' zei ze. 'Eerlijk gezegd voelt die hele afschuwelijke toestand als karma. Net of al mijn zonden me nu betaald worden gezet, in één reuzenklap.'

'Ik geloof niet dat het een zonde is om weg te gaan bij een man die je mishandelt, Dana,' betoogde ik. 'Je moet jezelf beschermen. En als het karma is, moet dat vanwege de zonden van ons allemaal zijn. Waarom zouden wij er anders samen met jou onder moeten lijden?'

'Misschien doen jullie dat helemaal niet, hoor,' zei ze. 'Er was vroeger een tv-programma – ik geloof dat het The Twilight Zone was. Ik weet nog dat ik als kind de herhalingen daarvan heb gezien. Hoe dan ook, waar het om gaat, is dat jullie alleen maar voor mij bestaan omdat ik hier ben. Als ik hier niet zou zijn, zouden jullie helemaal niet bestaan – tenminste niet voor mij en op dit moment en op deze plek.'

'Waar zou ik dan zijn?' vroeg ik. Ik vond het wel grappig.

Ze schudde haar hoofd. 'Dat heb ik eigenlijk nooit precies begrepen. In een parallel universum misschien, waar je het prima naar je zin hebt?'

'Nou zeg, dank je wel dan!'

Ze grinnikte. 'Als ik het kon, zou ik je met mijn gedachten zó van deze afschuwelijke plek vandaan toveren, Sarah, maar zoals ik al zei, ik heb nooit precies gesnapt hoe dat in zijn werk ging.'

Nadat we bij elkaar hadden gecontroleerd of er verder geen verwondingen waren, begonnen we met ons allen op te ruimen, wat we inmiddels bijna automatisch deden.

Gabe was voor het eten weggegaan, en we lieten allemaal blijken dat we ongerust over hem waren. We waren moe en van streek, maar spraken af dat we naar hem op zoek zouden gaan als hij nog niet terug was tegen de tijd dat we klaar waren met opruimen. Hij kon best gewond zijn geraakt bij de aardbeving.

Kim ging naar buiten om te zien of de buitenkant van de boerderij beschadigd was, en Dana raapte gevallen bestek en andere spullen op.

Toen ik met mijn werk – het opvegen van glassplinters, omdat we zo dom waren geweest niet alle glazen meteen na gebruik weer vast te zetten – klaar was, keek ik om me heen en zag dat Gabe er nog steeds niet was.

'Dat lijkt me niet in de haak,' zei Dana. 'Ik vind dat we hem nu moeten gaan zoeken.'

Ze stond echter zichtbaar te trillen van uitputting, en toen ik om me heen keek, zag ik dat Timmy en Amelia allebei heel bleek waren. Luke en Grace waren buiten de brandstoftank op nieuwe schade aan het controleren, in verband met mogelijk brandgevaar. Zij namen geen deel aan de discussie.

'Ik ga wel,' zei ik. 'Het heeft geen zin om met ons allen in het donker door het bos te gaan struinen.'

'Maar je kunt toch niet alleen gaan,' protesteerde Timmy met verrassend krachtige stem. 'Er moet iemand met je mee.'

'Nee, echt niet, het gaat best,' zei ik. 'Ik ben op het moment beter in vorm dan jullie allemaal.'

Ze bleef twijfelen en zei: 'Ik weet zeker dat er niks met Gabe aan de hand is. Tenslotte is het buiten altijd veiliger dan binnen tijdens een aardbeving. Dat is toch zo?'

Ik bevestigde dat dat meestal klopte, maar ik zei ook dat het voor Jane niet was opgegaan – toch?

Timmy wendde haar blik af, alsof ze me niet durfde aan te kijken. 'Ik dacht alleen maar dat we nu het beste allemaal voorzichtig konden doen,' zei ze zacht. 'Ik zou niet graag willen dat nog iemand iets overkwam.'

'Nou, ik denk niet dat mij iets zal gebeuren. Jij wel, Timmy?' Zorgvuldig observeerde ik haar uitdrukking.

Ze schudde haar hoofd, maar keek me nog steeds niet aan, en ik vond dat ze er op dat moment erg oud uitzag. De veerkracht die ze na de eerste aardbeving had getoond, had haar verlaten. Zowel in uiterlijk als in geestkracht was ze gekrompen. Zelfs haar diamanten hadden hun schittering verloren, en hoewel ik me tegelijkertijd afvroeg wat ze werkelijk dacht, had ik medelijden met haar.

Ik vertrok door de voordeur om Luke en Grace te ontlopen, met een lantaarn die op batterijen werkte, en een kleine zaklamp die ik onder mijn riem stak. Op het laatste ogenblik had Dana erop aangedrongen dat ik ook een toeter meenam.

'Je weet maar nooit,' zei ze terwijl ze een kneepje in mijn arm gaf. Haar ogen waren roodomrand en haar stem trilde.

Voor de aardschokken was ik niet zo bang meer, maar het bos en het duister waren iets anders. Ik had de pech dat ik een paar jaar daarvoor die low-budgetfilm had gezien waarin een paar jonge mensen alleen in een bos waren en werden nagezeten. En het probleem was dat ik die film in mijn eentje had gezien, in het donker, in mijn appartement, 's avonds laat. Ik had een week lang geen oog dichtgedaan. Ik kon wel zeggen dat die film een blijvende indruk op mijn zenuwen had gemaakt, en nu ik hier mijn weg langs het strand zocht, vanwege de vloed dicht tegen de buitenrand van het bos, wist ik zeker dat er allerlei demonen tussen de bomen scholen, nog geen meter bij me vandaan.

Ook de herinnering aan mijn tocht door het bos nadat ik uit Lukes blokhut was gekomen, kon ik onmogelijk van me afzetten. Terwijl ik dicht langs de bomen liep om geen natte voeten te krijgen, keek ik steeds maar achterom om me ervan te verzekeren dat Grace me niet volgde, deze keer gewapend met een bijl.

Na een poosje, toen er niemand te voorschijn sprong om me aan mootjes te hakken of van een rots te duwen, werd ik wat rustiger.

Ik had een duidelijke bestemming in gedachten: Gabes blokhut. Daar had ik hem de vorige dag aangetroffen terwijl hij de schade aan het opnemen was, om te kijken wat hij nodig had om hem te herbouwen. Als hij in zijn hut was geweest op het moment dat de beving van die avond plaats had gevonden, kon hij best gewond zijn, dacht ik.

Toen ik de bocht om was en op de plek kwam van waar ik de hut kon zien, zag ik achter de ramen vaag het licht van een lamp of een lantaarn. Ik ging wat sneller lopen en klom het pad naar de veranda op. Dat was het pad dat Dana niet op had willen gaan toen ze met Jane samen was geweest en haar enkel had verstuikt.

Opeens drong tot me door dat ik Dana sindsdien niet meer mank had zien lopen en dat haar enkel wel erg snel genezen was – wat natuurlijk niet per se een reden voor achterdocht hoefde te zijn.

Dus maande ik mezelf me te beheersen. Als je iedereen hier als een mogelijke moordenaar blijft zien, zei ik tegen mezelf, kom je volkomen alleen te staan.

Naast het ruwe pad was een boom omgevallen, zag ik. Zijn reusachtige wortels staken als oude vingers klauwend in de lucht. Die wortels zaten onder de modder, en ik herinnerde me dat die boom de vorige dag nog overeind had gestaan. Kennelijk had de aardbeving hem losgerukt.

Ik huiverde en liep haastig verder.

Toen ik de hut naderde, riep ik: 'Gabe? Ben je daar, Gabe?'

Ik wist dat hij er moest zijn en vroeg me af of hij me gehoord had. Mijn stem had zacht geklonken doordat mijn keel dichtgeknepen zat: het effect van de nervositeit die me aan de kust had opgejaagd. Ik keek naar de deur om te zien of die openging.

Dat gebeurde niet.

Ik liet mijn blik over de ramen gaan – twee aan elke kant van de deur. Dit was een veel grotere hut dan die van Luke.

Weer riep ik. 'Gabe?'

Toen hij nog steeds niet antwoordde, bleef ik onder aan het trapje staan.

Hij is onderweg naar de boerderij. Hij heeft alleen maar vergeten de lamp mee te nemen. Misschien dacht hij er niet bij na, na die laatste schok.

Maar waarom was ik hem onderweg dan niet tegengekomen?

Ik dwong mezelf de laatste drie stappen te doen om op de veranda te komen. De koude smaak van de angst lag op mijn tong, en er liep een rilling over mijn rug. Ik legde één hand op de deurknop en hief de andere om aan te kloppen.

Toen stopte ik, omdat ik een vreemd geluid van binnen hoorde. Het klonk gedempt, als het snikken van een vrouw. Een paar diepe zuchten volgden, en toen gekreun. De haartjes op mijn armen en achter in mijn nek gingen rechtovereind staan, en een ogenblik lang kon ik me niet bewegen, al had mijn leven ervan afgehangen.

Ik hoorde een mannenstem, die op ruwe toon zei: 'Doe wat ik zeg. Doe het gewoon.'

Onwillekeurig draaide mijn hand de knop om, en ik gooide de deur open.

Daar, op het koperen bed in de enige kamer die de hut rijk was, lag Gabe – met Kim. Ze waren allebei naakt, en geen van beiden merkte mijn aanwezigheid op. Kim zat op haar knieën over Gabe heen gebogen, en de tranen liepen over haar wangen. Hij hield haar hoofd aan weerszijden stevig vast en trok haar omlaag, naar zich toe. Haar kastanjebruine haar vormde een gordijn, dat over zijn buik streek. Tegelijkertijd bewoog hij zijn onderlichaam woest op en neer. Bij iedere stoot kreunde hij, en Kim snikte onderdrukt.

Misselijkheid benam me de adem, en mijn maag kromp zo in elkaar, dat ik bijna dubbelsloeg.

Het volgende ogenblik was ik bij hen. Ik rukte Kim naar achteren en gilde: 'Waar ben jij verdomme mee bezig?'

Gabe had zijn ogen dicht gehad, en toen hij ze opende, waren ze glazig, alsof het hem moeite kostte ze te focussen. Toen werd zijn blik helder en zag hij wie ik was. Geschrokken duwde hij Kim weg en schoot overeind tot hij rechtop zat.

'Dit was niet míjn idee, Sarah! Dat zweer ik je. Zij verleidde me –'

'Hou je bek!' zei ik.

Kim bleef zwijgen. Ze zat op haar knieën op het bed, met haar handen voor haar gezicht.

'Kim?' Mijn stem trilde zo, dat ik nauwelijks kon praten.

'Ga weg, Sarah!' riep ze. 'Toe, ga nou maar weg!'

'Wil je zeggen dat dit is wat je wilt? Daar geloof ik niks van! Waarom huil je dan?'

'Dat gaat je niks aan!' zei ze kwaad. Ze haalde haar handen van haar gezicht en keek me aan. Haar gezicht was verhit en vochtig van het zweet. 'Ga terug naar de boerderij! Hou op je neus in andermans zaken te steken.'

Ik wist niet goed waarvan ik het meest van streek was: van het feit dat ik Gabe en Kim zo had gezien, of van Kims gekwelde gezicht.

Maar ze had gelijk: het ging me niet aan.

Ik maakte rechtsomkeert en rende de deur door, het trapje af en het pad op. Van schrik had ik mijn lantaarn laten vallen, en aan de zaklamp dacht ik niet. Ik rende alleen maar – weg, om van die plek vandaan te komen.

Op de een of andere manier raakte ik van het pad af en kwam ik op een open plek terecht. Er was geen maan, en ik was mijn gevoel voor richting volkomen kwijt. Ik wist niet of ik naar de kust liep of juist dieper het bos in.

Mijn schoen stootte ergens tegenaan, waardoor ik struikelde. Ik stortte voorover, en het leek of ik maar bleef vallen, of ik in een diepe kuil viel.

Toen ik mijn handen uitstak, kregen ze iets te pakken dat lang en hard was, maar tegelijkertijd niet hard. Ik liet mijn vingers erover glijden om te voelen wat het was, en het voelde als vlees. Als huid, maar daaronder was het stijf. En haren. En een afschuwelijke, misselijkmakende stank.

Een karkas. Het karkas van een dood dier. O, nee!

Ik trok mijn zaklamp uit mijn riem en klikte hem aan. Toen ik ermee op het karkas scheen, viel ik bijna flauw. Ik zag een voet, toen een been. Met de lichtstraal volgde ik het lijk tot ik bij het gezicht kwam – een vrouwengezicht, bedekt met aarde en wormen. Daar doorheen was een losse pluk blond haar te zien.

O lieve hemel, nee! Nee, o nee, alsjeblieft niet!

Ik wreef de aarde weg, in de hoop dat ik me vergiste. Het kon niet zijn wie ik dacht dat het was, dat kon absoluut –

Maar ik vergiste me niet. Het was Angel. J.P. Blakely, mijn vriendin en privé-detective.

Ik begon te gillen.

Ondanks alles dacht ik aan de toeter. Ik greep om me heen, vond hem en drukte op de knop. De toeter loeide door het bos, met demonisch gekrijs. Het geluid was zo doordringend, dat het me mijn trommelvliezen wel had kunnen kosten. Daar zou ik echter niets van hebben gemerkt. Daarvoor gilde ik te hard.

16

Gabe noch Kim kwam op mijn hulpgeroep af.

Luke, Grace, Dana en Amelia waren het eerst bij me; zij trokken me eruit.

Mijn armen en benen voelden zo slap, dat het me niet lukte er alleen uit te komen.

Timmy kwam wat langzamer achter de anderen aan, met haar hand tegen haar borst gedrukt.

'Wie is dat?' vroeg Luke gespannen terwijl hij in het graf sprong en Angels gezicht bescheen. 'Wie is dat nou weer?'

'Ik heb haar nog nooit eerder gezien,' antwoordde Dana, die haar mond en neus bedekte tegen de opstijgende stank.

'Ze is niet een van ons,' zei Amelia.

Timmy staarde met een gezicht vol afschuw in het graf. Woorden rolden uit haar mond, zo zacht dat we ze niet konden verstaan. Eén keer kokhalsde ze.

Ze hadden zaklampen meegebracht, die we om het provisorische graf legden. Ze schenen niet genoeg omlaag, maar verlichtten wel onze gezichten, die wit en gespannen waren.

'Ik ken haar,' wist ik klappertandend uit te brengen.

Luke keek naar me op. 'Weet jij wie ze is?'

'Ze was privé-detective. Ik had haar in dienst genomen om me te helpen... met mijn rechtszaak.'

Hij schudde zijn hoofd alsof hij er niets van snapte. 'Dat begrijp ik niet. Wat doet ze dan in vredesnaam hier?'

'Ik heb geen idee. De laatste keer dat ik iets van Angel hoorde...' Mijn stem stokte. 'Dat is al een paar weken geleden.'

'Heet ze zo? Angel?'

'J.P. Blakely, maar iedereen noemde haar Angel.' Ondanks mijn pogingen me te beheersen begon ik te huilen. Ik werd overweldigd door wroeging en verdriet. Als ze niet voor mij had gewerkt...

'Waarom zou iemand haar dit hebben aangedaan?' vroeg Grace.

Ik kon alleen maar mijn hoofd schudden.

Dana sloeg haar arm om me heen. 'Ik vind het zo naar voor je,' fluisterde ze. Toen maakte ze een breed gebaar met haar andere arm, keek omhoog naar de lucht en riep: 'O, hemel! Houdt het dan nooit op?'

Timmy begon te jammeren. 'Dit heb ik nooit gewild, dit...' Haar stem stierf weg.

Iedereen keek haar kant op.

'Wat heb je nooit gewild?' vroeg Grace scherp.

'Ik...' Timmy leek wel verdoofd. 'Ik weet niet. Wat zei ik?'

Amelia trok haar tegen zich aan en klopte haar op de schouder. 'Ze bedoelt alleen maar dat ze nooit heeft gewild dat er zulke dingen zouden gebeuren toen ze jullie allemaal hier vroeg. Ze dacht dat jullie een heerlijke maand zouden hebben.'

Luke klom uit het graf. 'Zo te zien is ze ergens mee op haar hoofd geslagen. Ik ben geen deskundige in dit soort dingen, maar volgens mij ligt ze er nog niet zo lang. Een paar dagen of zo.'

'Maar ze kan niet na de aardbeving op het eiland zijn gekomen,' zei ik.

'Nee. Ik denk dat ze er al moet zijn geweest.' Hij scheen met zijn zaklamp in het graf. 'Dit gat is eigenlijk maar ondiep. En zien jullie die hutkoffer? Daar ligt ze nog half in, en ik vind het eruitzien alsof iemand haar daarin heeft gestopt en hem toen met aarde heeft bedekt. Die laatste aardschok moet alles verschoven hebben.'

'Dat zou verklaren waarom we hem niet eerder gevonden

hebben,' zei Dana terwijl ze tussen de bomen door naar Gabes hut keek. 'Maar wat raar dat Gabe niet gemerkt heeft dat er hier iets aan de hand was.'

'Dat is waar ook,' zei Luke. 'Waar is hij eigenlijk?'

'En Kim?' vroeg Dana. 'Heb je ze gevonden, Sarah?'

Ik kon geen woord uitbrengen.

'Je bent hierheen gegaan om Gabe te zoeken, hè?' vroeg Luke.

Ik knikte.

'En was hij er?'

Nog steeds kon ik niets zeggen. Mijn gedachten waren alleen maar bij Angel. Ik vroeg me af wat ze hier had uitgevoerd en hoelang ze al hier was. Vanaf het moment dat ze het Allegrablikje had teruggestuurd omdat ze 'weg' moest? Al voordat ik naar Thornberry was gekomen?

En als dat zo was, waarom dan? Wat voor aanwijzing kon haar in vredesnaam hierheen hebben gebracht?

En wie had haar vermoord en hier begraven?

Een ontzaglijk verdriet overspoelde me. Angel was jarenlang niet alleen mijn vriendin geweest, maar ook iemand op wier hulp ik had gerekend in die toestand met de Vijf van Seattle. Zij was feitelijk de enige die ik na mijn arrestatie in vertrouwen had genomen. Angel was de enige die van alles op de hoogte was. En nu was ze er niet meer, en dat kwam allemaal door mij.

'Sarah?' hoorde ik Luke vragen.

Ik wendde mijn blik van Angels gezicht af en keek hem aan.

'Ik vroeg je iets,' zei hij. 'Heb je Gabe gezien? En Kim?'

Gabe kon me niets meer schelen, maar Kim wel. Het was geen hartstocht wat ik op haar gezicht had gezien, maar angst. En pijn.

Tot ik wist wat er precies aan de hand was, kon ik de anderen niet over haar vertellen.

'Nee,' loog ik. 'Ik heb alleen dit gevonden...' Ik liep naar de rand van de open plek, niet langer in staat de aanblik van Angel in die afschuwelijke kuil te verdragen.

Een paar minuten later merkte ik tot mijn verbazing dat alleen Luke er nog was. De rest was verdwenen.

'Ze zijn Kim en Gabe gaan zoeken,' legde hij uit. 'Ik heb gezegd dat ik hier bij jou blijf wachten, en dat we weer in koppels bij elkaar moeten blijven, vooral na...' Zijn stem stierf weg. 'Hopelijk vinden ze Kim en Gabe samen. Misschien wel gewoon op de boerderij.'

Weinig kans, leek me, en eerlijk gezegd was ik doodongerust over Kim. Ik hoopte maar één ding: dat waar ze ook was, ze niet met Gabe samen was.

17

'Nou, kom op, vertel wat er hier in vredesnaam gebeurd is,' zei Luke even later.

'Ik heb toch al gezegd dat ik dat niet weet. Ik wist niet eens dat Angel hier was.'

'Dat bedoel ik niet. Wat deed jij hier in het bos? Timmy zei dat je Gabes hut ging checken.'

'Dat heb ik ook gedaan.'

'Dan vraag ik het nog maar eens: wat voerde je hier uit? Dit was toch helemaal de verkeerde richting als je naar Thornberry terug wilde?'

'Ik wil er niet over praten!' beet ik hem toe. 'Niet nu. Verdomme, Luke, Angel was mijn vriendin. Ik kan nog maar amper geloven dat zij daar ligt.'

'Laten we daar dan eens even over nadenken. Misschien is ze hierheen gekomen omdat ze met jou wilde praten.'

'Nee. Ze had me kunnen bellen. Tenminste, vóór de aardbeving.'

'Misschien was wat ze je te vertellen had te belangrijk om het telefonisch te doen.'

'Dat zou kunnen. Als haar eigen telefoon werd afgeluisterd misschien, of...'

'Of wat?'

'Als ze vermoedde dat de telefoon op Thornberry werd afgeluisterd.'

Ik keek hem aan. Waarom zou ik dit samen met hem uitzoeken? Waarom zou ik hem nu vertrouwen? Omdat je Gabe daarnet met Kim hebt gezien. Hem kun je nu niet meer vertrouwen. Je kunt zelfs niet meer geloven wat hij je over Luke heeft verteld.

De hele wereld stond op zijn kop. Angel lag in een koud vochtig graf op Esme, en ik wist niet wat ik nu moest beginnen of wie ik nu kon vertrouwen. Ik wilde me bevrijden van het schuldgevoel dat haar dood me bezorgde, maar dat kon ik niet.

'Ik moet haar begraven,' zei ik. 'Ik wil niet dat ze hier zo open en bloot ligt, net als... net als Jane.' Bij die woorden, ik kon er niets aan doen, barstte ik weer in tranen uit.

'O hemel, Sarah,' zei Luke terwijl hij zijn armen om me heen sloeg. 'Ik vind het zo rot voor je.' Hij hield me vast tot ik mezelf weer een beetje onder controle had. Toen klopte hij me op mijn schouder en streek met zijn duim mijn tranen weg.

'Kom op, laten we maar meteen beginnen,' zei hij. 'Het is zo gebeurd.'

Op onze knieën schoven we de losse aarde met onze blote handen weer over Angel heen.

Ik geloof dat dat het moment was waarop ik alle hoop verloor. Tranen stroomden over mijn wangen, en hoewel ik mijn best deed er een gebed bij te mompelen, geloofde ik niet langer dat het verhoord zou worden.

Het kwaad was op dit eiland, er bevond zich een waanzinnige onder ons.

Toen we halverwege waren, ging ik op mijn hurken zitten en keek ik Luke aan. 'Heb jij dit gedaan?' vroeg ik. Mijn stem klonk rauw en onnatuurlijk, en mijn handen hingen slap langs mijn zij. 'Als jij het was, moet je het zeggen. Zég het dan, verdomme! Hou me niet in onzekerheid. En als ik de volgende ben, doe het dan meteen maar. Dan kun je me hier, naast Angel, begraven.' Weer schoten mijn ogen vol tranen, die ik ongehinderd over mijn gezicht liet rollen.

Er was te veel gebeurd. Te veel doden, te veel aardbevingen en naschokken. Zo veel, dat al die schokken – zowel lichamelijke als emotionele – nu samen leken te smelten.

Luke keek me recht in de ogen, en ik deed mijn best om te zien of hij loog, maar het enige wat ik erin las, was medeleven.

'Ik zweer je dat ik je vriendin niet heb vermoord, Sarah. En Jane heb ik ook niet vermoord. Ik weet niet hoe ik ervoor moet zorgen dat je me gelooft.'

'Nou, ik wel,' zei ik kwaad. 'Door me te vertellen waar Grace en jij mee bezig zijn. Hoe kan ik ook maar iets van wat je zegt geloven als je me dat niet wilt vertellen? Ik weet dat je hier bent vanwege mij. Dat is duidelijk. Al die vragen over wat voor bewijs ik tegen de Vijf heb, het feit dat je vader er ook bij betrokken is –' Ik zweeg en vroeg me, een beetje laat, af of ik te veel had gezegd.

Hij zuchtte. 'Oké, je hebt ons door. En je hebt volkomen gelijk. Mijn vader heeft ons hierheen gestuurd. Verder wou ik dat het niet zo was, maar de waarheid is dat het alles met jou te maken heeft.'

'We dachten dat we je beschermden,' zei hij terwijl we naast Angels graf op de grond zaten – hij aan de ene kant, ik aan de andere. 'Het spijt me, Sarah. We dachten dat we deden wat het beste was.'

'Jij en je vader. En Grace. Jullie deden allemaal wat het beste was. Voor mij.' Als er al scepsis in mijn stem doorklonk, werd die overheerst door uitputting. Ik had bijna geen energie meer om nog iets anders te doen dan luisteren, en het gaf wel aan hoe ik eraan toe was, dat het me op dat ogenblik niet meer kon schelen wat er gebeurde.

Angel was dood. Een van de beste vriendinnen die ik ooit had gehad, was dood.

De vele keren dat ik geen moeite had gedaan om haar te zien of met haar te praten gingen door mijn hoofd. Die vrijdagavond een paar maanden geleden, toen ze me had gebeld en me had gesmeekt met haar op kroegentocht te gaan. Ze was eenzaam, had ze gezegd, en hoopte een man te ontmoeten. 'Het is dat verdomde werk van me, Sarah. Dat laat me geen tijd om al die dingen te doen die ze alleenstaande vrouwen aanraden. Je bij een kerk aansluiten en zo, weet je wel? En wie zou míj trouwens als lid van zijn kerk willen hebben?'

Dat had ze verkeerd gezien. Goed, Angel was geen doorsnee vrouw. Ze dronk graag een borrel als het werk erop zat, en onder die lieve buitenkant, dat blonde haar en die blauwe ogen was ze een taaie, kranige vrouw. Als het zo uitkwam, vloekte ze, maakte ze een hoop stampei en liet ze iedereen in de wijde omtrek horen dat ze er was. Maar ze had een goed hart, en iedereen die de tijd nam om haar te leren kennen, hield van haar. Alle kerken zouden dolblij zijn geweest met Angel.

Nee, het probleem school in Angel zelf. Ze zou nooit gelukkig zijn geweest met het soort man dat ze in een kerk zou leren kennen, en dat wist ze. Haar manier van denken zou simpelweg nooit stroken met de zijne.

Ik had dus een betere vriendin kunnen zijn. Ik had die avond met haar mee kunnen gaan. Maar ik hield niet zo van kroegen – in mijn ogen waren die hopeloos als je mannen wilde ontmoeten. En dat niet alleen, het was tegenwoordig ook gevaarlijk mee te gaan met een man die je in een bar had leren kennen.

O, Sarah, dat was niet de enige reden. Geef het nou maar toe.

Goed dan. Eerlijk gezegd was het op dat moment te dik aan geweest met Ian. En Ian vond het niet prettig dat ik vriendinnen had. Hij wilde me helemaal voor zichzelf hebben.

Ik moest aan een boek van Merle Shain denken. Daarin schreef ze dat ze nooit meer haar vriendinnen zou opgeven voor een man, en dat ze haar vriendinnen bij haar volgende huwelijk als bruidsschat zou meenemen.

Waarom had ik Angel niet meer tijd gegund? Ik had haar in dienst genomen, had van haar verwacht dat ze haar uiterste best voor me deed. Ze stond altijd voor me klaar, was altijd bereid me te helpen. En waar was ik?

Ik wist dat Luke tegen me zat te praten, maar ik had moeite mijn aandacht erbij te houden.

Eindelijk begonnen zijn woorden tot me door te dringen.

'Deze zaak gaat veel verder dan mijn vader, mij of Grace,' hoorde ik hem zeggen. 'We zijn in dit land op een punt beland dat er iets gedaan moet worden. Waar je ook kijkt, overal vind je woede. Woede op straat, woede op het werk, mensen worden woedend omdat ze op hun beurt moeten wachten – of dat nu aan het loket is, in de supermarkt, bij de bank of om zich te laten inschrijven op de universiteit. Mensen in steden zien ertegen op om boodschappen te gaan doen. Ze weten dat ze overal in de rij en in de file moeten staan, dat het uren duurt voor ze weer thuis zijn. En dat niet alleen, maar je krijgt ook geen echte mensen meer aan de telefoon. Voor van alles en nog wat moet je nummers intoetsen. Goeie genade, Sarah, dat soort woede ken ik zelf ook. Ik heb een keer bijna mijn telefoon vernield doordat ik hem door de kamer smeet.'

'Wat heeft dat er allemaal mee te maken?' vroeg ik, al kon het me eigenlijk niet veel schelen. Ik vroeg me alleen maar af waarom hij me dat allemaal vertelde. waar hij me van wilde overtuigen.

'Ik zeg alleen maar dat het in een wereld met gewelddadige sporters, gewelddadige presentatoren en gewelddadige rockmuzikanten, in een wereld waarin mensen zonder enige reden andere mensen op straat in elkaar slaan en kinderen elkaar op school neerschieten, dat het niet zo vreemd is als er in zo'n wereld politiemensen zijn die niet veel beter zijn. In een tv-programma werd een keer gezegd dat veertig procent van alle politieagenten zich in zijn eigen huis aan geweld schuldig maakt. Een deel van het probleem is dat de antecedenten van sollicitanten niet altijd even grondig worden onderzocht, vooral niet als ze zitten te springen om extra mensen. Denk maar aan wat er gebeurde toen de World Trade Organization in Seattle bij elkaar kwam. De hel brak los.'

Hij stak zijn hand uit om een steentje op te rapen en veegde er afwezig de natte modder af terwijl hij verder praatte. 'Begrijp me niet verkeerd, er zijn massa's agenten die niet gewelddadig zijn, thuis of op straat. De meesten leiden een keurig leven, maar de rest heeft zich bij de politie naar binnen gewurmd, en dat zijn degenen voor wie we bang moeten zijn. Dat zijn degenen die we moeten zien tegen te houden.'

Hij keek me aan. 'En de slechteriken, waar ze ook zitten, komen uit dezelfde kringen als de Vijf van Seattle. Ze worden in dienst genomen om de misdaad tegen te gaan en ze besluiten zelf dat het niet belangrijk is hóé ze dat doen. Ze toveren bewijsmateriaal uit het niets te voorschijn en verbergen de bewijzen die er wel zijn. Het punt is dat de autoriteiten willen dat de straten schoongeveegd worden, en in sommige gevallen krijgen agenten stilzwijgend toestemming dat op welke manier dan ook te doen.'

'Ik was geen misdadiger,' zei ik kwaad. 'Ze hadden geen enkel recht die drugs in mijn huis neer te leggen.'

'Denk je dat ik dat niet weet? Jij, Sarah, en mensen als jij, zijn de reden waarom mijn vader probeert er iets aan te doen. Hij en de FBI werken nu al een paar maanden samen om de namen van de probleemagenten boven tafel te krijgen. Dus toen jij erin werd geluisd – en hij heeft er nooit een minuut aan getwijfeld dat dat het geval was – sprak het vanzelf dat hij je wilde helpen.'

Dit begon allemaal wel erg bekend te klinken. Was het in de grond niet hetzelfde verhaal als Gabe had opgehangen? Alleen waren in zijn versie Ian en hij de goeien geweest, en Luke, zijn vader en Grace de slechteriken.

'Ik meen me te herinneren dat je vader voor hard optreden tegen de misdaad is,' zei ik. 'Ik zou denken dat hij eerder aan de kant van de agenten zou staan, Luke, en niet aan de mijne.'

'Niet als die agenten misdaden begaan,' wierp hij tegen.

'En eerlijk gezegd,' vervolgde ik, 'heeft Gabe me verteld dat hij van de politie van Seattle is en dat híj hierheen is gestuurd om mij te beschermen. Hij zei ook dat jij en je vader aan de kant van de Vijf staan.'

Luke schudde zijn hoofd. 'En waarom verbaast me dat helemaal niet? Snap je het dan niet? Gabe moet een van hén zijn. Hij is dicht genoeg bij de waarheid gebleven om te kunnen overtuigen, maar als hij is wie hij beweert te zijn, zou ik ervan af weten. Dat zou mijn vader me hebben verteld. Gabe moet op de een of andere manier met de Vijf te maken hebben, Sarah, en ik durf er wat om te verwedden dat hij vanaf het moment dat hij op Thornberry is opgedoken, achter jouw bewijzen tegen hen aan heeft gezeten.'

Ik moest bijna lachen. 'En jij dan, Luke? Dat heb jij toch ook gedaan?'

'Kom nou! Dat is heel iets anders! Mijn vader is ervan overtuigd dat de Vijf jou erin geluisd hebben, en hij heeft me direct gevraagd hierheen te vliegen om je te helpen.'

'Jou en Grace, bedoel je.'

'Ja, mij en Grace. Maar Grace eerst niet. Hij vroeg mij hierheen te gaan om een oogje op je te houden, maar ik kon niet meteen komen. Ik was nog op de Bahama's met de afronding van die klus bezig waarover ik je heb verteld. Als ik had geweten dat je zoveel gevaar liep, zou ik daar wel meteen vertrokken zijn, maar op dat moment wist ik niet dat het zo serieus was.'

Hij zuchtte. 'Oké, goed. Ik zal je alles van het begin af aan vertellen. Grace en ik kenden elkaar al in New York City. We... zijn wel eens met elkaar uit geweest, maar niet meer dan een paar keer. Zij en haar broer zaten allebei bij de politie van New York, en een paar maanden geleden was haar broer op een avond samen met een andere agent aan het patrouilleren. Die ander schoot in Harlem een zwarte man neer – omdat hij dacht dat die een wapen trok, beweerde hij. Toen het slachtoffer ongewapend bleek, legde die agent een revolver bij hem neer om het op zelfverdediging te laten lijken.'

'Dat herinner ik me, geloof ik.'

'Je zult wel iets dergelijks op het nieuws hebben gehoord, maar zulke dingen gebeuren vaker dan de mensen zich realiseren, Sarah. Ze komen niet altijd op het nieuws. In dit geval wist Grace' broer dat die agent had gelogen. Hij had zelfs geprobeerd hem tegen te houden, maar dat was niet gelukt. Ramon, Grace' broer, dreigde uiteindelijk tegen die vent te getuigen als hij zichzelf niet zou aangeven. Vierentwintig uur later werd Ramon vermoord. Ze lieten het eruitzien als een schietpartij op straat, en Grace kon niet bewijzen dat Ramons partner hem of dat slachtoffer in Harlem had vermoord. Maar Ramon had haar verteld hoe die schietpartij in Harlem was gegaan, en zij geloofde hem. Ze bleef verder zoeken, om te kunnen bewijzen dat haar broer onschuldig was. Om die reden begonnen de anderen haar dwars te zitten. Toen het haar niet lukte ook maar iets te bewijzen, heeft ze uit frustratie ontslag genomen.'

'Nou, als dat allemaal waar is, voel ik met haar mee, maar het verklaart niet waarom ze hier is.'

'Ze is hier omdat mijn vader haar gevraagd heeft hierheen te gaan. Hij kende haar uit New York, uit de tijd dat ik met haar uitging. Ze hebben heel wat gesprekken gevoerd over de NYPD en over wat er met haar broer is gebeurd. Hij wist dat ze ontslag had genomen en geld nodig had. Ook dacht hij dat het handig zou zijn iemand bij jou in de buurt te hebben die niemand kende. Iemand van wie hij erop aan kon dat ze jou zou helpen. Toen Grace hoorde wat jou was overkomen, wilde ze meteen helpen. Het leek zo op wat er met haar broer was gebeurd, dat ze geen nee kon zeggen.'

'Grappig, ik zag Grace Lopez nou niet direct als mijn beschermengel.'

'Tja, het is waar dat ze de laatste tijd een humeur heeft om op te schieten, maar neem maar van mij aan dat ze pas zo geworden is sinds ze haar broer heeft verloren. Bovendien hoorde het bij haar dekmantel hier om tegen niemand al te vriendelijk te doen.'

'Nou, ik moet zeggen dat ze daar in elk geval in geslaagd is. Maar hoe heeft je vader Timmy zover gekregen dat ze hieraan meewerkte?'

'Hij is schatrijk, dat weet je. Hij is altijd al erg op haar gesteld geweest en hij vindt het heel goed wat ze hier probeert te doen. Toen hij er kortgeleden achter kwam dat ze in financiële moeilijkheden verkeerde, heeft hij haar genoeg gegeven om de zaak draaiende te houden. Daarvoor heeft hij nooit een tegenprestatie verlangd, tot vorige maand. Hij heeft haar verteld dat jij in gevaar was en uitgelegd dat Grace een undercoveragente is. Hij vroeg haar Grace ook uit te nodigen, zodat die een oogje op jou kon houden en voor jouw veiligheid kon zorgen. Timmy was niet zo over dat plan te spreken. Ze moest er een uitnodiging aan een andere schrijfster, die ze graag had willen ontmoeten, voor afzeggen, maar ze voelde zich verplicht om mee te werken.'

Geen wonder dat Timmy zo prikkelbaar was geweest. Ik kon me niet voorstellen dat ze toeliet dat iemand anders bepaalde wie ze wel of niet op haar dierbare Thornberry liet logeren. Ze zou wel behoorlijk spijt hebben van haar beslissing mij uit te nodigen, met alle ellende die ik had meegebracht.

'Dus jij en Grace zijn hier om mij te beschermen,' zei ik.

'Dat klopt.'

'Jij, je vader en een ex-agente uit New York City – die toevallig ook nog jouw piepjonge ex-vriendinnetje is – waren allemaal bereid om die arme kleine Sarah te helpen.'

'Ja. En het is wel waar dat ze mijn vriendin is geweest, maar dat is al heel lang uit.' Wat ongemakkelijk schoof hij heen en weer. 'Nadat haar broer was vermoord, zei romantiek haar absoluut niks meer.'

'Heeft zij jou aan de kant gezet?'

'Het was... wederzijds,' antwoordde hij. 'Ik reis veel. Ik kon haar niet de steun geven die ze nodig had. Niet dat ze daarom vroeg. Het punt is, ik zie onze relatie dan wel als iets wat al lang voorbij is, maar ik hoop toch dat het haar helpt over de dood van haar broer heen te komen als ze ons kan helpen de Vijf van Seattle achter de tralies te krijgen. Ze is in elk geval zeer gemotiveerd om deze klus af te maken. Grace is dan op het ogenblik misschien niet de hartelijkste persoon van de wereld, maar misschien wel de beste vriendin die je je kunt wensen.' Hij keek in mijn ogen. 'En ik de beste vriend.'

'Oké, dat was een mooi verhaaltje, Luke. Het klopt allemaal prachtig. Maar kom nou maar op met de rest.'

Met een zucht stak hij zijn handen in de lucht. 'Waarom vergeet ik toch steeds dat ik met een jurist te maken heb? Oké, moet je horen, mijn vader kwam in Seattle niet veel verder, tot de Vijf achter jou aan gingen. Toen dat gebeurde, begreep hij dat hij jouw problemen kon gebruiken om een net om hen heen te werpen.'

'Dus waar het op neerkomt, is dat hij mij heeft gebruikt. En jij ook.'

'Als je het zo wilt zien. Persoonlijk had ik meer het idee dat we je hielpen.'

'Ik zou het zelf wel gered hebben,' zei ik, hoewel ik daar eerlijk gezegd aan twijfelde. Toch kon ik het niet laten dat te zeggen. Ik had het niet zo op dingen die achter mijn rug om gebeurden, ook al was het met de beste bedoelingen.

'Misschien had je het zelf wel gered,' zei Luke, 'maar het punt is dat ik je wilde helpen.'

'Waarom?' vroeg ik terwijl ik overeind kwam.

'Kun je dat niet raden?'

'Nee.'

Hij ging ook staan, en we veegden allebei onze handen af aan onze broek.

'Wat ben je toch een koppig wicht, Sarah,' zei hij geprikkeld. 'Altijd al geweest.'

'Ik ben geen wicht.'

'Wel waar, en sterker nog, vroeger was je míjn wicht.'

'Ach ja, vroeger had ik ook nog geen verstandskiezen. We worden allemaal groot, Luke.'

'Toch geef ik echt om je,' zei hij.

'O, ja?'

Hij greep me bij mijn schouders. 'Geloof je me niet? Zelfs nu nog niet?'

Maar ik geloofde hem wel. Na alles wat er was gebeurd, was hij de enige persoon op Esme die ik wel geloofde. En ik wilde het terug, dat gevoel van vroeger, toen hij en ik de enige mensen op de wereld waren, toen wij het enige waren wat ertoe deed.

Toch was er nog ergens een ontbrekende schakel.

'Er zijn nog een paar dingen die niet in het geheel passen,' zei ik. 'Hoe wist je vader dat ik bewijsmateriaal had waarmee ik de Vijf kon bedreigen?'

Gabe had me verteld dat Mike Murty mijn dreigement aan rechter Ford had gerapporteerd – waarop Lukes vader opdracht had gegeven dat bewijs in handen te krijgen, had Gabe gezegd, koste wat kost.

'Mijn vader liet Mike Murty's telefoon afluisteren,' zei Luke, 'al lang voor Lonnie Mae verkracht werd. Hij verdacht de Vijf al van andere misdaden, maar hij was er nog niet in geslaagd concrete bewijzen tegen hen te vinden. Jammer genoeg waren ze zo voorzichtig niets te zeggen waarmee ze zichzelf zouden compromitteren wanneer ze vanuit huis belden. Tenminste, tot die avond waarop jij Mike Murty belde.'

'Dus hij hoorde mij Murty met een bewijsstuk bedreigen en

stuurde toen jou hierheen om daarnaar te zoeken? En wat moest je er dan mee doen, Luke?'

'In de eerste plaats voorkomen dat iemand als Gabe Rossi het in handen kreeg. En verder moest ik het, en jou, veilig naar Seattle terugbrengen, zodat het voor de rechter tegen hen gebruikt kon worden.'

'Waarom heb je me dan niet gewoon verteld wat je hier deed?'

'Nou... we waren bang dat je het aan de verkeerde persoon zou verklappen.'

'Gabe, bedoel je?'

'En anderen met wie hij mogelijk in contact staat.'

Ik zweeg en dacht na. Ten slotte zei ik: 'Weet je wie Gabe in werkelijkheid is?'

'We denken dat hij een corrupte politieman of zo is die door de Vijf is ingehuurd. Of misschien is hij gewoon een misdadiger van wie ze iets weten en doet hij dit om uit de gevangenis te blijven. Het kan van alles zijn. Ik heb mijn vader gevraagd hem na te trekken, maar tot nog toe heeft hij niets kunnen vinden.'

'Maar zou je vader het weten als hij echt Ian MacDonalds partner is?'

'De partner van jouw ex?' Hij glimlachte om het wat minder bot te laten klinken.

'Zoiets.'

Luke en zijn vader hadden behoorlijk in mijn leven zitten wroeten.

'Nou, niemand heeft nog een connectie tussen Gabe en MacDonald kunnen vinden. Als hij tegen jou heeft gezegd dat hij Ian MacDonalds partner is, is dat waarschijnlijk een leugen.'

'Nog één vraag dan: waarom was je er zo op tegen dat ik mijn moeder terugbelde?'

Hij schudde zijn hoofd. 'Er zijn een paar dingen waarbij je me gewoon moet vertrouwen.'

'Vergeet het maar. Wat is er met mijn moeder aan de hand? Is zij op de een of andere manier bij deze toestand betrokken?'

'Dat niet. Tenminste...' Hij stopte. 'Eerst niet.'

'Maar nu wel?'

'Hoor eens –'

Ik greep hem bij zijn revers. 'Als jij en je vader mijn moeder op de een of andere manier in moeilijkheden hebben gebracht, dan vermoord ik jullie allebei, Luke, dat zweer ik je!'

'Ze zit niet in moeilijkheden,' zei hij. Hij greep mijn polsen vast. 'Niet meer.'

'Maar eerst wel? Vertel op, of ik –'

'Oké, goed dan! Ja, ze heeft in moeilijkheden gezeten, een tijdje. Nadat jij Mike Murty die avond had gebeld, hebben hij en zijn vrienden je moeder een bezoekje gebracht. Ze dreigden dat ze haar zouden vermoorden als ze jou niet overhaalde het erbij te laten zitten. Dat moest ze tegen jou zeggen, zodat jij de zaak tegen hen zou laten vallen.'

Ik was ontzet. 'Maar daar heeft ze me geen woord van verteld!'

'Dat weet ik. In plaats daarvan heeft ze met mijn vader gepraat.'

'Heeft ze met je vader gepraat, en niet met mij?'

'Ik heb je toch verteld, Sarah, dat ze nogal op elkaar gesteld waren toen ze nog jong waren. Je moeder wilde jou niet lastigvallen met de dreigementen van de Vijf, omdat ze vond dat jij al genoeg aan je hoofd had. Daarom praatte ze met mijn vader.'

'En toen?'

'Toen heeft hij haar midden in de nacht naar Florida laten brengen. Hij heeft je moeder samen met je tante – zodat je moeder niet alleen was – op een veilige plek in Tampa ondergebracht, ver van Miami. Daar zitten ze nu.'

'Niet in Bermuda, maar in Támpa?' Ik rukte me van hem los en wreef over mijn slapen. 'Waarom heb je me dat verdorie niet verteld? Laat maar, ik snap het al. Je durfde me de waarheid niet te vertellen omdat ik het aan Gabe zou kunnen verklappen. Tjonge jonge!'

Ik kon gewoon niet geloven dat mijn moeder zoiets was overkomen, en dat ze me dat niet eens had verteld. Ze had liever een beroep op iemand anders gedaan.

'Ik weet wat je denkt,' zei Luke zacht, 'maar ze hield te veel van je om naar je toe te komen. Je was al gearresteerd en je was je baan kwijt. Hoe kon ze je daar ook nog mee belasten? Ze is je moeder, Sarah.'

Een moeder van wie ik had gedacht dat ik haar nauwelijks kende. En dat klopte eigenlijk ook wel, want ik zou in geen honderd jaar hebben gedacht dat ze zoiets zou doen om mij te beschermen.

Maar kon ik er echt op vertrouwen dat ze in veiligheid was, zelfs nu? Dat zou inhouden dat ik Luke vertrouwde, en zijn vader. Terwijl het nu niet alleen meer om een verhaaltje ging, maar om mijn moeders leven.

Ik moest zekerheid hebben.

'Ik wil met mijn moeder praten,' zei ik. 'Nu.'

Luke kwam weer met het argument dat we zuinig moesten zijn met het restje energie in de batterijen van de telefoon, maar daar wilde ik niet van horen.

'Ik laat me niet meer afschepen,' zei ik resoluut. 'Jij wilt dat bewijs hebben? Goed, je kunt het krijgen. Je mag het helemaal hebben, Luke. Nadat je me met mijn moeder hebt laten praten.'

Toen we het pad dat over het midden van het eiland liep bereikten, sloegen we af in de richting van Ransford en Lukes blokhut.

Ik moet bekennen dat ik een klein beetje bang was toen ik naast hem door het donkere bos liep. Als ik me voor de zoveelste keer in een man had vergist – als Luke tegen me had gelogen – had hij me daar ter plekke kunnen vermoorden. Dat deed hij echter niet, en toen we bij zijn hut kwamen, haalde hij een sleutel uit de zak van zijn spijkerbroek en opende het slot. Binnen deed hij de deur dicht en weer op slot voor hij een kaars aanstak.

Deze keer had hij de telefoon verstopt. Hij haalde hem onder een losse plank vandaan, onder het veldbed dat tegen de muur stond.

'Als iemand erin zou slagen hier binnen te komen, wilde ik niet dat hij hem zou vinden,' verklaarde hij.

Ik vertelde hem niet dat Gabe van de hut af wist, en van de telefoon. Eerst wilde ik mijn moeder bellen.

Ik mocht zelf bellen van hem. Hij gaf me het nummer, dat ik intoetste. Dat stelde me een beetje gerust, maar ik sloeg het nummer wel stevig in mijn geheugen op voor toekomstig gebruik. Je wist maar nooit.

Aan de andere kant van de lijn klonk een mannenstem.

Ik hield de telefoon een stukje van mijn oor, zodat Luke hem kon horen, en keek hem vragend aan.

'FBI,' zei hij op fluistertoon. 'Hij bewaakt ze. Vertel hem maar wie je bent.'

'Ik... Met Sarah Lansing,' zei ik. 'Ik wil mijn moeder spreken.'

Hij vroeg me om een codenaam.

Weer keek ik Luke aan.

'Zeg maar "Roodborstje".'

'Roodborstje,' zei ik. Ik voelde me een tikje belachelijk.

'Een ogenblikje,' zei de stem.

Meteen kwam mijn moeder aan de lijn. 'Sarah? O, lieverd, wat heerlijk om je stem te horen! Ik was zo ongerust over je.'

'Is alles in orde met je, mam?'

'Ja, ik maak het prima. Is bij jou ook alles in orde?'

'Ja,' antwoordde ik. 'Prima. Weet je zeker dat je het goed maakt?'

'Beter dan ooit, lieverd. Randell heeft dit heerlijke huisje voor ons gevonden, pal aan de baai. En we hebben zulke aardige FBI-mannen bij ons. Het zijn er twee, en ze houden het huis als haviken in de gaten. Ik... O,' zei ze onzeker. 'Je weet intussen zeker wel wat er gebeurd is?'

'Iemand heeft je bedreigd, hè, mam?'

'Ja, liefje. Het spijt me, maar ik wilde niet dat je dat wist. Wie heeft het je verteld?'

'Luke,' antwoordde ik. 'Hij zei dat je mij er niet mee wilde belasten. Ik wou dat je daar anders over had gedacht, mam. Ik zou wel op je hebben gepast.'

Maar al had ik dat nog zo graag gewild, zou ik dat hebben gekund? Eerlijk gezegd betwijfelde ik dat. Als ze Angel te pakken hadden kunnen krijgen, hadden ze mijn moeder net zo goed te pakken kunnen krijgen.

'Nou, je hoeft je over mij geen zorgen te maken, kindje. Ik ben hier met je tante Rinna samen, en we zitten hier zo veilig als een huis.'

Ik glimlachte. 'Is het niet "zo vast als een huis"?'

'Dat ook.' Ze lachte.

Mijn moeder haalde gezegden altijd een beetje door elkaar. Het stelde me gerust haar dat nu ook te horen doen.

'En hoe is het met jou, kindje? En met Luke?'

'Ik zei toch al dat we het goed maakten.'

'Dat geloof ik graag,' zei ze, 'maar dat is niet wat ik bedoel. Jullie zitten samen op Esme. Heb je eindelijk de man van je dromen gevonden?'

Ik glimlachte. 'Hoor eens, mam, als echt alles met je in orde is, moet ik nu ophangen.'

'Dus op die vraag geef je geen antwoord,' zei ze. 'Nou, doe voorzichtig verder. Sarah... Ik zal zo blij zijn als dit allemaal achter de rug is. Ik zit echt over je in. Maar als Luke bij je is, kom je er wel goed doorheen, dat weet ik. Randell zegt dat Luke jou nooit iets zou laten overkomen.'

Ik beëindigde het gesprek en keek Luke aan. 'Ze klinkt goed. Ze klinkt zelfs uitstekend.'

'Geloof je me dan nu?'

'Ik... Ja. Nu geloof ik je. Alleen is er helaas één probleempje. Jíj had míj niet moeten geloven.'

Hij fronste zijn voorhoofd. 'Waar slaat dat op?'

'Het spijt me, Luke, maar ik heb gelogen. Dat ik je het bewijs zou geven, bedoel ik. Ik weet niet waar het is.'

Zijn gezicht klaarde op, en hij glimlachte. 'O, dat. Maak je geen zorgen. Ik heb het al.' Hij knielde, trok nog een vloerplank los, stak zijn hand eronder en hield toen het Allegra-blikje omhoog. 'Ik heb het laatst op het pad gevonden, toen je Grace en mij zogenaamd naar Janes medaillon liet zoeken.'

Ik zette grote ogen op. 'Heb je het al die tijd gehad? En niks tegen me gezegd?'

Hij kwam overeind en keek me aan. 'Dat was ik wel van plan, maar zoals ik al zei, je scheen wel erg dikke maatjes met Gabe te worden. Ik koesterde al verdenking tegen hem, en ik was bang dat hij jou zou overhalen hem te vertrouwen, en dat je hem dan zou vertellen waar het was.'

'Goeie genade, Luke! En jij? Wat was jij er precies mee van plan?'

Hij grinnikte. 'Ik was van plan, mijn achterdochtige wichtje, om het aan jou te geven – op het juiste moment.' Hij legde het blikje in mijn handen. 'Ik neem aan dat dat nu is.'

18

Toen we een uur of wat later op Thornberry terugkwamen, was Kim er ook weer. Ze zat zonder iets te zeggen in elkaar gedoken en met een deken om zich heen bij de kachel, alsof ze probeerde warm te worden. Er zaten zoute sporen op haar gezicht, van de tranen die daar waren opgedroogd.

Timmy en Amelia zaten aan tafel. Ze praatten zacht en zagen er bezorgd uit.

Grace zat zwijgend tegenover hen, haar blik op Kim gericht.

Luke liep naar Grace toe en praatte zo zacht met haar, dat ik hem niet kon verstaan.

Dana nam me terzijde. 'Ik maak me echt zorgen om Kim,' zei ze. 'Ze wil ons niet eens aankijken. Ik weet niet wat er met haar is gebeurd.'

'Ik denk dat ik dat wel weet,' zei ik.

Ik ging naar Kim toe en zei vriendelijk: 'Kom mee naar buiten, dan kunnen we even praten.'

Ze reageerde niet.

Zachtjes trok ik aan haar arm. 'Kim? We moeten erover praten. Ik ga achter Gabe aan. Ik zal het hem betaald zetten voor jou, en voor mezelf.'

Ze bewoog zich. Ze draaide haar bleke gezicht naar me toe en zei met een stem die nauwelijks meer dan een gefluister was: 'Kun je dat?'

'Ja,' antwoordde ik. 'Dat kan ik, en dat zal ik doen ook.'

Als Gabe met de Vijf samenwerkte, betekende dat dat hij medeverantwoordelijk was voor de bedreiging van mijn moeders leven. Ik was er nu ook zo goed als zeker van dat hij verantwoordelijk was voor Angels dood, en voor die aanval op mij in mijn huisje.

Met mijn hulp lukte het Kim overeind te komen. Het leek wel alsof ze een oude reumatische vrouw was geworden, of alsof haar geestkracht zo ver weg was, dat die haar niet meer kon helpen zich te bewegen.

Buiten maakte ik een vuur van de kolen die nog brandden van het avondeten. Nadat ik in een pan water had verwarmd, zette ik voor ons allebei een kop hete thee.

'Hier, drink dit maar op.' Ik trok haar deken strakker om haar heen.

Ze klappertandde en haar lippen waren blauw, alsof ze door en door koud was.

We gingen allebei op een boomstronk zitten, dicht bij het vuur.

Kim legde haar handen om de zware beker – een van de weinige die de aardbeving overleefd hadden. Ze hield hem tegen haar lippen, maar ze dronk niet. In plaats daarvan liet ze zich door de hete damp verwarmen.

Ik nam een slok van mijn eigen thee en vroeg toen: 'Wat was er aan de hand in die blokhut?'

Tranen vulden haar ogen, en ze veegde ze weg. 'Wat maakt het ook uit,' zei ze tussen twee rauwe, ingehouden snikken door. 'Hij gaat het toch aan iedereen vertellen.'

'Wat gaat hij vertellen?' drong ik aan. 'We hebben misschien niet veel tijd, Kim.'

'Over mijn verleden.' Ze wierp een blik in mijn richting. 'Ach, het is het oude verhaal. Jonge actrice zonder werk, blut, die in de Valley aan pornofilms meewerkt om de huur te kunnen betalen. Weet je met hoeveel we destijds waren? Ik zou je namen kunnen geven van mensen die nu allemaal bekende en gerespecteerde acteurs zijn, maar dat doe ik niet. We weten allemaal hoe rampzalig dat voor onze carrière zou kunnen zijn.'

'Maar, Kim, zoals je zelf al zegt, dat is toch niks nieuws? Denk maar aan Marilyn Monroe en die kalender met naaktfoto's – behoorlijk shockerend in die tijd. Dat heeft háár carrière ook geen kwaad gedaan.'

Ze lachte – een bitter, schamper geluid. 'We hebben het hier niet over naaktfoto's, Sarah. We hebben het over harde porno. Met mannen, met vrouwen, met...' Ze huiverde. '...met dieren. Lieve hemel, ik kan nu niet meer geloven dat ik zulke dingen heb gedaan.'

Ik kon er niks aan doen, maar er kwam een kreet van schrik over mijn lippen. America's Sweetheart? Met zo'n verleden? Ze had gelijk. Zelfs in deze zogenaamd verlichte tijd kon iets als dit haar carrière verwoesten.

'Kun je het niet ontkennen?' vroeg ik, zonder veel hoop.

'Hij weet te veel,' antwoordde ze, mijn grootste angst bevestigend. 'Ik vermoed dat hij contacten binnen de LAPD heeft. Sommige van die video's zijn nog steeds te krijgen, Sarah, als je weet waar je moet zoeken. Hij zou niet eens de banden hoeven te hebben. Hij hoeft de roddelbladen alleen maar de titels te geven, en dan kan iedereen ze opsporen. En dat niet alleen, hij gaat er foto's uit op internet zetten. Dat zei hij. Tenzij...'

'Tenzij wat?'

'Tenzij ik hem help iets te krijgen wat hij van jou wil hebben,' zei ze zacht, zonder me aan te kijken.

'Aha.'

De puzzelstukjes begonnen in elkaar te passen.

Ze haalde haar vingers door haar haren, en toen de deken van haar schouders gleed, zag ik blauwe plekken op haar bleke huid: een afdruk van Gabes vingers. Mijn woede nam toe.

'Allemachtig, Sarah,' zei ze, 'hij leek eerst zo aardig. Zulke kerels zijn er niet veel meer. De meesten zijn met hun eigen carrière bezig en moeten er niet aan denken zich op welke manier dan ook te binden...' Ze zweeg, volgde mijn blik en trok de deken weer om zich heen. 'Ik probeer me niet te verontschuldigen. Er zullen heus nog wel een paar goede mannen over zijn. Misschien voelen ze zich wel geïntimideerd door mij. Hoe dan ook, eerst vond ik Gabe echt aardig. Hij leek gewoon zo attent, zo behulpzaam... zo lief eigenlijk, snap je?'

Ik knikte. 'Ja. Dat vonden we allemaal, Kim.'

'Goed, toen wilde hij dat ik... dingen voor hem deed. Hij zei dat dat bij de deal hoorde. Of ik deed alles wat hij wilde en wist dat ding van jou te pakken te krijgen, of hij vertelde de hele wereld over die films.'

'Heeft hij je ook verteld wat dat "ding" was?' vroeg ik.

'Dat was hij van plan, denk ik, maar toen betrapte jij ons van-avond.'

'Weet je waar Gabe is, Kim? Zijn jullie samen uit de blokhut weg gegaan?'

'Nee. Vlak nadat jij weg was, hoorden we een toeter, en Gabe dacht dat jij iedereen optrommelde om naar de blokhut te ko-men, dat je ze wilde vertellen wat je had gezien. Hij ging er in elk geval vandoor. Weet je wat hij zei? "Tot kijk, schatje. Het was erg gezellig".' Ze trok een gezicht. 'Ik ben er ook vandoor ge-gaan, maar een andere kant op dan hij. Ik wilde zo ver mogelijk uit zijn buurt zijn.'

'Nou, je hoeft je over hem niet meer druk te maken,' zei ik ter-wijl ik een kneepje in haar hand gaf. 'Dat ding dat je van hem van mij moest afpakken, ligt op een veilige plek, en ik vertel ab-soluut niemand waar. Als hij terugkomt, zal ik ervoor zorgen dat hij dat weet.'

Haar ogen werden groot. 'Dat kun je niet doen, Sarah! Je weet niet wat hij nog meer heeft gedaan!'

'Waar heb je het over?'

'Hij zei... Hij zei dat hij een vrouw had vermoord omdat ze hem niet wilde vertellen waar dat ding was. Hij zei dat hij haar hier op het eiland had vermoord. Ik denk dat hij het over Jane had.'

Het liefst was ik in tranen uitgebarsten. Niet Jane, al zou hij haar ook weleens vermoord kunnen hebben. Nee, hij had Angel vermoord, omdat ze hem niet wilde vertellen waar het Allegra-blikje was. Angel, die me tot het eind toe trouw was gebleven.

Ik leunde voorover, liet mijn hoofd op mijn knieën rusten en deed mijn ogen dicht. Ik zou Gabe te pakken krijgen, al was het het laatste wat ik deed. En ik zou het niet aan de wet overlaten hem te straffen. Ik wist maar al te goed hoe die werkte, in deze tijd van 'onvoldoende bewijsmateriaal'. Zelfs al werd hij gearresteerd en veroordeeld, dan nog kon hij altijd in hoger beroep gaan. Nee, ik zou zelf met Gabe afrekenen. Zulk tuig mocht niet leven.

Ik had niet in de gaten dat ik dat laatste hardop had gezegd, tot Kim zei: 'Ik wil je helpen. Wat je ook van plan bent, ik wil je helpen met hem af te rekenen, Sarah.'

Ik keek op.

'Ik ook,' zei Dana achter ons. 'Die smerige rotzak.'

Verbaasd keken we om.

'O, ik ben heus niet voor hem bezweken of zo, hoor,' zei Dana. 'Maar ik mocht hem graag. Waarom zou je iemand die zo aardig en charmant is niet mogen? Dus op een dag vertelde ik hem wat ik van plan was, dat ik bij mijn man wegging en had afgesproken een andere man in Vancouver te treffen. Hij vroeg me van alles over die andere man, en ik was zo dom hem alles te vertellen. Wat een kletskous ben ik geworden. Maar goed, toen zei hij dat ik hem moest helpen iets van jou te pakken te krijgen, Sarah. Anders zou hij mijn man vertellen waar hij ons kon vinden, wanneer hij weer op het vasteland was.'

'Wat heb je gezegd?' vroeg Kim.

Dana stak haar kin in de lucht. 'Ik zei dat hij naar de hel kon lopen. Ik zei dat mijn vriend en ik tegen die tijd het land al uit zouden zijn en dat hij ons niet eens meer zou kunnen vinden. En verder heb ik hem verteld dat ik hem zou aangeven als hij ooit met mijn man zou praten. Ik wist niet wat hij van je wilde, Sarah, maar ik wist wel dat het niet in de haak kon zijn. Ik heb hem verteld dat hij jou ook met rust moest laten.'

Allebei de vrouwen keken me aan, met een vragende blik in hun ogen.

'Hij heeft me inderdaad met rust gelaten,' zei ik. 'Dat wil zeggen, hij heeft niet geprobeerd me te dwingen hem iets te vertellen. In plaats daarvan probeerde hij me ertoe te verleiden.'

'Die man verdient een koekje van eigen deeg,' zei Grace kwaad.

Toen pas realiseerden we ons dat zij er ook bij was gekomen en een meter of wat van het licht van het vuur stond.

'Hij moet zich eens volkomen weerloos voelen,' zei ze. 'Hulpeloos. Machteloos. Nou ja, wat hij eigenlijk moet, is doodgaan.' Ik beantwoordde haar woedende blik en dacht aan de broer die ze had verloren. Ik dacht aan Angel, wier leven haar was afgenomen, en aan mijn moeder, die nooit de angst had horen te voelen die ze nu moest voelen. Ik dacht aan Lonnie Mae, die erop had vertrouwd dat ik haar zou beschermen, en aan Jane – die arme Jane, die niet lang genoeg was blijven leven om haar kinderen terug te zien. 'Wat had je in gedachten?' vroeg ik.

'Dat weet ik nog niet precies,' antwoordde Grace. 'Maar we laten hem niet ontkomen. En we dragen hem ook niet simpelweg aan de autoriteiten over. Nog niet.'

'Daar ben ik het mee eens,' zei ik, overeind komend. Dat was een goed gevoel op dat moment, dat ik haar steun had in mijn woede.

Dana kwam naast me staan, en Kim ook. We pakten elkaars handen vast, om het vuur heen, en tuurden in de vlammen als heksen die een vloek over iemand uitspraken.

Ik weet echt niet wat de anderen dachten, maar ikzelf... ik dacht alleen maar aan wraak.

Na enkele ogenblikken hurkten we om het vuur, staken de koppen bij elkaar en bedachten een plan. Het was een afschuwelijk plan – eentje dat alleen maar kon ontspruiten aan breinen die te veel getergd waren en te veel hadden moeten verduren. Maar we waren het er allemaal over eens. We zouden hem niet echt doden, hielden we ons voor, hoe graag we dat misschien ook wilden. We wilden hem alleen maar bang maken, hem een lesje leren.

Het probleem was dat we geen van allen onze eigen motieven volledig doorzagen, of onze razernij. En zo kon het gebeuren dat... we afdaalden in de hel.

19

Geen van ons sliep die nacht veel.

Ik kon de anderen horen woelen en draaien, net zoals ik zelf deed. Eén keer hoorde ik Kim een kreet slaken. Een zachte kreet, maar in mijn oren sprak er een wereld van pijn uit.

Vroeg in de ochtend vertrokken we van de boerderij, elk met een rugzak om.

Luke was in zijn blokhut met zijn vader aan het bellen. Hij had me de avond daarvoor verteld dat onze redding nabij was en binnen achtenveertig uur zou plaatsvinden.

We vertelden hem niet wat we van plan waren, net zomin als we het Timmy en Amelia vertelden. Zij dachten dat we eropuit trokken om meer hout te zoeken voor een groot vuur, voor als er een vliegtuig of een helikopter overvloog.

Brandhout zoeken was een ideaal excuus om er met ons allen zo vroeg op de dag op uit te trekken. We meenden te weten waar Gabe de vorige avond naartoe was gegaan: naar de andere blok-hut, die leegstond, een stukje verder langs de kust dan de zijne. Hij zou een dak boven zijn hoofd willen hebben, namen we aan, voor het geval het ging stormen. Als hij, zoals we vermoedden, Angel had vermoord en wist dat we haar hadden gevonden, had hij zich misschien 's nachts in die hut verborgen. Hij lag bijna anderhalve kilometer van de zijne, meer geïsoleerd, en een paar kilometer van Thornberry. Als we daar vroeg genoeg arriveerden, kregen we hem misschien nog te pakken voor hij ertussenuit kneep.

Van één ding waren we zeker: hij zou niet meer naar Thornberry terugkomen. Niet nu ik hem tijdens zijn intieme rendezvous met Kim had verrast.

Dana, Grace en Kim bleven een stukje van de hut achter de bomen staan, terwijl ik naar de deur liep. Als Gabe er was, zou het me lukken hem er weg te lokken, dat wist ik zeker, had ik hun verteld.

Nadat ze mij naar binnen hadden zien gaan, zouden zij naar een plek in het bos gaan die we van tevoren hadden afgesproken – een kleine open plek bij de Spookboom.

Luke en ik hadden de avond ervoor het Allegra-blikje met de kousen erin in de holle boom verstopt. Het was een ideale plek voor ons plan.

Ik klopte aan, wachtte even en klopte nog eens. Mijn spieren spanden zich. Stel dat niet alles ging zoals wij hoopten? Stel dat hij er helemaal niet was?

Na een volle minuut werd de deur op een kiertje geopend.

Opgelucht liet ik mijn adem ontsnappen, maar slechts een klein beetje.

Toen ging de deur verder open, zodat ik naar binnen kon.

'Sarah!' riep Gabe uit, toen ik de kleine kamer in stapte. 'Ik hoopte al je te zien. Ik wilde het je uitleggen, van gisteren.' Hij glimlachte innemender dan ooit.

'Laat maar, Gabe,' zei ik vermoeid. 'Ik weet al dat je niet bent wie je beweert te zijn.'

Hij keek verbijsterd. 'Wat bedoel je?'

'Hoor eens, laat ik het maar meteen zeggen. Ik heb met Kim gepraat, en ook met Dana. Als jij met dit spelletje door wilt gaan, mij best. Dan ga ik weer. Ik ben alleen maar gekomen om je te geven wat je zoekt.' Ik stak mijn handen in de lucht. 'Maar als je dat niet wilt...' Ik draaide me om naar de deur.

'Wacht even,' zei hij.

Toen ik omkeek, zag ik een besluiteloze uitdrukking op zijn gezicht. Hij wilde niets liever dan me vertrouwen, maar toch kon hij dat niet. Mooi zo.

Hij wreef over zijn kin. 'Heb je het over je bewijs tegen de Vijf van Seattle?'

Ik knikte.

'Waarom zou je me dat nu opeens willen geven?' vroeg hij achterdochtig.

Ik liet mijn schouders plotseling hangen en keek naar de vloer. Na enkele ogenblikken zei ik zacht: 'Omdat ik er niet meer tegen kan. En omdat ik niet wil dat er nog iemand de dupe wordt van de ellende die ik mezelf op de hals heb gehaald.' Ik keek naar hem op, met smekende ogen. 'Toe Gabe, het moet afgelopen zijn. Er mogen niet nog meer mensen het slachtoffer worden. Dat is het me niet waard. Je mag met me doen wat je wilt, zolang je de anderen maar met rust laat.'

Ik wist zeker dat Kim trots zou zijn geweest op mijn acteerprestatie. In werkelijkheid was het niet eens zo moeilijk zo wanhopig te klinken – zo had ik me gevoeld toen ik het lichaam van J.P. had gevonden, alsof het me allemaal niets meer kon schelen. Ik hoefde het alleen maar hardop te zeggen.

Hij nam me een ogenblik op, alsof hij afwoog wat ik had gezegd.

Ten slotte stak hij zijn hand uit. 'Oké. Geef maar hier dan.'

Ik aarzelde. 'Als ik het aan je geef, heb je geen reden meer iemand anders kwaad te doen, hè?'

Hij haalde zijn schouders op. 'Geen enkele.'

Op hoopvolle toon vroeg ik: 'En dan laat je ze met rust? Zelfs Kim?'

Hij lachte. 'Hoor eens, die hoer laat me echt volkomen koud. Ze was alleen maar een stuk gereedschap, en niet eens zo'n best stuk ook. Zodra ik heb wat ik wil, voer ik een gesprekje op die telefoon van je vriendje en ben ik hier weg. Niemand die ooit nog van me hoort.'

Ik knikte en gebaarde naar de deur. 'Oké, het ligt buiten. Ik heb het in een boom verstopt. Ik zal je erheen brengen.'

Triomf straalde uit zijn ogen. 'Jij weet de weg, Sarah. Ga maar voor.'

We liepen de blokhut uit en het pad af naar de Spookboom.

Toen we daar aankwamen, stak ik mijn hand in de holle

boom, trok het Allegra-blikje eruit en overhandigde het aan Gabe.

'Eén ding moet je me nog vertellen, Gabe,' zei ik. 'Voor wie werk je? Het is nu wel duidelijk dat je geen agent uit Seattle bent die door Ian hierheen is gestuurd om mij te beschermen.'

Zonder op mijn vraag te reageren, opende hij het blikje om de inhoud te bekijken. Glimlachend trok hij het zakje met de panty eruit en hield het omhoog in het licht. 'Sperma? Je wilde DNA vergelijken?'

Ik knikte.

'Tjonge jonge. Ik dacht al dat het zoiets was. En één ding heb je mis: ik ben wel een agent uit Seattle. Tenminste, dat was ik. Als ik dit in de juiste handen heb achtergelaten, zal ik de stad wel een poosje moeten verlaten, een tijdje moeten onderduiken.'

'Ben je bij de politie? Dan werk je dus voor de Vijf.'

'De Vijf?' Hij lachte smalend. 'Omdat er toevallig vijf agenten in die ene ploeg zaten, denk jij dat dat de enigen zijn?' Hij stopte de panty terug in het blikje en keek toen naar me op. 'Nou, dat was het dan. Je snapt natuurlijk wel dat ik hier niet zomaar kan weggaan en jou levend kan achterlaten.'

'Ach, dat valt nog te bezien, lijkt me,' zei ik terwijl ik mijn armen over elkaar sloeg.

Hij lachte. 'Dat moet ik je nageven, je hebt wel lef. Maar weet je, je komt er nog makkelijk af. Weet je nog, die dag dat ik je in je huisje buiten westen sloeg? Ik was van plan je mee te nemen en je Angels graf te laten zien. Ik dacht dat ik je daarmee misschien kon overtuigen.'

Het bloed vloog naar mijn hoofd toen Angels naam zo gladjes over zijn lippen kwam.

Toen drong tot me door wat hij had gezegd. Hij had niet eens geweten dat ik het Allegra-blikje in mijn blouse had zitten toen hij me neersloeg. Toen hij me het pad op had gesleept, moest hij halverwege door Luke en Grace zijn gestoord, zonder te merken dat het blikje eruit viel.

'Heb jij Angel vermoord?' vroeg ik. Ik deed mijn best verbaasd te klinken.

'Om precies te zijn: nee. Ze sloeg met haar hoofd...' Hij

zweeg, alsof alleen al de gedachte eraan hem ergerde. 'Het was een ongeluk.'

'Hoezo, een ongeluk?'

'Dat doet er nu niet meer toe. Laten we maar naar de hut terug gaan.'

'Naar de hut?' vroeg ik terwijl ik me afvroeg wat voor afschuwelijks die gestoorde kerel voor me in gedachten had. 'Ik ga nergens heen voor je me hebt verteld wat er met Angel is gebeurd.'

Zijn glimlach was wreed, zijn charme niet meer dan een herinnering. Nu hij me in zijn macht had, was hij vol zelfvertrouwen.

Hij draaide het blikje in zijn handen om en om en zei: 'Ach, tijd genoeg. Het zat zo. Angel en ik gingen met elkaar om. Ik was in een bar in Seattle met haar aan de praat geraakt. In McCoy's. Ze was op jacht, snap je? Op jacht.' Hij lachte. 'Angel was een gemakkelijke prooi. Ze was al een hele poos alleen, denk ik. Zo lang dat ze helemaal verstijfd was. Shit, eerst kreeg ik niet eens haar benen uit elkaar.'

Razernij welde in me op. 'Dus Angel flirtte met je,' wist ik nog net uit te brengen.

'Geloof je me niet?' Zijn stem was bijna tartend. 'Ze liet me gewoon niet meer gaan. Wilde mijn familie leren kennen, mijn vrienden. Stom wijf. Alsof we echt iets samen hadden.'

Ik kon hem wel vermoorden. Mijn handen jeukten, zo graag wilde ik ze om zijn keel leggen, en ik moest mijn uiterste best doen om me te beheersen. 'Hoe wist je dat zij er iets mee te maken had?' vroeg ik.

'Ze was samen met jou in McCoy's toen je Mike Murty en de anderen vertelde dat je iets tegen hen in je bezit had. Het leek me logisch dat je haar meer zou vertellen dan ons. Daarna was het alleen nog maar zaak dat uit haar te krijgen.'

'Hoe ben je er dan achter gekomen dat ik op Thornberry zat?'

'Denk eens na. Je hebt naar Angels kantoor gebeld en een boodschap en het nummer van Thornberry bij haar secretaresse achtergelaten. Toen ik Angel die dag voor de lunch ophaalde, zag ik die boodschap op haar bureau liggen. Ik verzon een reden waarom ik een paar dagen weg moest, zodat ik naar het eiland kon om jou te zoeken. Toen ik hier aankwam, vond ik een blokhut met een bordje TE KOOP erop, en het leek me wel een goede dekmantel om te doen alsof ik hem gekocht had. Maar ik was nog geen tien minuten hier, of Angel stond voor de deur. Ze had mijn excuus om te verdwijnen doorzien en was me hierheen gevolgd. Dat stomme wijf had me al die tijd al door.'

Arme Angel. Ze had haar leven in handen van dit monster gelegd, om mij te helpen. 'Wat gebeurde er? Wat heb je met haar gedaan?' vroeg ik zacht.

'Nu ze toch al wist wie ik was, besloot ik dat ik net zo goed kon proberen om uit haar te krijgen waar dat bewijs was.'

'Maar goeie genade, je hebt haar vermoord! Hoe kon ze je nou iets vertellen als ze dood was?'

'Ik zei toch al dat het een ongeluk was. Ze schopte me, en toen sloeg ik haar. Dat was ik niet van plan, geloof dat maar. Ik had haar levend nodig. Ze zou me voor het einde van de avond wel hebben verteld waar dat klotebewijs lag. Maar toen ik haar sloeg, viel haar stoel om en kwam ze op haar hoofd terecht.'

'Hoezo, viel haar stoel om?'

'Allemachtig, wat ben jij dom, zeg! Ik had haar op een stoel vastgebonden om haar een paar vragen te stellen.'

'Had je Angel op een stoel vastgebonden?' Beelden van mijn vriendin, die dat allemaal had moeten doorstaan, brandden zich in mijn hersenen. 'Hoelang?'

'Dat weet ik niet meer, een paar uur. Een dag misschien.'

'Een dag? En wat heb je al die tijd met haar gedaan?'

'Niks. Ik zei toch al dat ik haar alleen maar...' Hij schudde zijn hoofd. 'Wat ik al zei, dat mens was een stomme hoer.'

'Ze was anders slim genoeg om jou hierheen te volgen,' liet ik me ontvallen. 'Slim genoeg om jou de hele tijd door te hebben, terwijl jij dacht dat je haar voor de gek kon houden. Maar als het niet zo was gegaan, had je haar ook vermoord, hè? Je kon haar niet laten lopen, want dan zou ze je hebben aangegeven zodra ze weer in Seattle was. Net zomin als je mij nu in leven kunt laten.'

Hij haalde zijn schouders op.

'Daarom heb je haar in de buurt van je hut in het bos begraven, omdat je dacht dat ze daar nooit gevonden zou worden.

Maar toen kwam ze door die aardbeving gisteravond boven de grond.'

'Dus je hebt haar gevonden. Ik vermoedde al zoiets.'

'En Jane? Was dat ook een ongeluk?'

'Nee, maar ik was ook niet van plan haar te vermoorden. Ik had die telefoon in Lukes hut gevonden. Omdat de mijne bij de aardbeving kapot was gegaan, had ik niet meer met het vasteland kunnen bellen om me te melden. Ik wilde me nog niet blootgeven, en daarom was ik van plan zijn telefoon te gebruiken en hem daarna terug te leggen. Ik ging ermee het bos in om ervoor te zorgen dat Luke me niet zou betrappen terwijl ik in zijn hut zat te bellen, maar net op het moment dat ik het nummer intoetste, kwam Jane de bocht om. Man, je had haar gezicht moeten zien toen tot haar doordrong dat ik een telefoon had! Dat mens ging echt door het lint. Ze ging me te lijf om hem te pakken te krijgen, maar omdat ik het bewijs nog niet in handen had, kon ik niet toelaten dat ze iemand belde om ons te komen redden.'

'En dus vermoordde je haar.'

'Het was meer een handgemeen.' Hij hield het Allegra-blikje in de lucht, zodat ik het kon zien. 'En over het vinden van het bewijs gesproken, mijn kleine Sarah, ik heb nog het een en ander te doen, van dit klote-eiland af zien te komen bijvoorbeeld.' Hij stak zijn hand naar me uit.

'Dat dacht ik niet,' zei ik. Ik deed een stap achteruit en zei duidelijk: 'Het is tijd.'

Dana en Kim kwamen de open plek op.

Gabe draaide zich om en keek hen met een verbaasd gezicht aan.

Vlug ging Grace achter hem staan, met in haar handen dezelfde wandelstok als die waarmee ik hem die nacht toen hij voor het eerst bij de keukendeur was verschenen, had geraakt. Zonder aarzelen zwaaide ze hem door de lucht, tegen de zijkant van zijn schedel.

Versuft greep hij met zijn handen naar zijn hoofd en viel op zijn knieën.

Razendsnel doken we op hem.

Grace knielde op zijn rug en greep zijn armen vast.

Onze rugzakken waren verstopt in de Spookboom. Ik haalde de mijne eruit en keerde hem om.

Kim trok een stuk staaldraad uit de berg spullen, waarmee ze Gabes polsen vastbond.

Dana en ik pakten hem bij zijn benen, en met ons vieren draaiden we hem op zijn rug.

Kim ging boven op hem zitten en hield een ijspriem tegen zijn hals.

Ik kieperde de andere rugzakken leeg. Uit de inhoud ervan pakten we houten staken en twee hamers. Met die hamers sloegen Grace en ik de staken op een meter van elkaar diep in de grond – twee boven Gabes hoofd voor zijn handen, en twee bij zijn voeten.

Terwijl we hem met ons allen tegen de grond hielden, maakte Grace zijn polsen los. Vervolgens bond ze ze elk aan een van de staken vast, terwijl ik zijn enkels aan de andere twee vastmaakte.

Het kostte ons nog geen twee minuten om hem wijduit en stevig vastgebonden op de grond te hebben.

Grace had het bedacht, maar Dana had de details ingevuld. Een oude indianentruc, zei ze – hardop, nu, zodat Gabe het ook hoorde. 'Alleen bonden zij hun vijand in de felle zon in de woestijn vast, waar ze hem achterlieten, zodat de mieren en de haviken zich aan hem te goed konden doen. Bij jou gaat het anders, Gabe. Na verloop van tijd vreet de honger je binnenste weg, en je keel gaat zo dicht zitten van de dorst, dat je niet eens meer kunt praten.' Ze lachte. 'Stel je voor: Gabe zonder die gladde tong van hem. En die charmante glimlach zou je ook wel eens kwijt kunnen raken.'

'Het zou vandaag een mooie dag worden,' merkte Kim op alsof ze het met een vriendin over het weer had. 'Zonnig en heet. Dat zal wel helpen.'

De eerste ogenblikken was Gabe te verbijsterd geweest om zich tegen ons te verzetten, en daardoor waren wij in het voordeel geweest. Nu echter tot hem doordrong wat er gebeurde, begon hij te worstelen om los te komen.

'Verdomme!' schreeuwde hij. 'Maak me los! Zijn jullie gek geworden?'

Hij zat waarschijnlijk dichter bij de waarheid dan hij zelf besefte.

Zo had ik het liefst een van die staken door zijn hart geslagen, en toen ik naar Grace keek, joeg de uitdrukking op haar gezicht zelfs mij de stuipen op het lijf. Ik gaf Gabe geen schijn van kans dat hij hier levend uit zou komen, en dat wist hij.

Des te beter. We wilden dat hij doodsbang was, zich machteloos voelde. Dat hij dezelfde kwellingen doormaakte die Angel en Jane moesten hebben doorgemaakt – en Ramon, Grace' broer.

Daar kwam nog bij dat hij ons had gebruikt. Hij had ons gemanipuleerd, ons ertoe verleid hem te vertrouwen. We voelden ons voor gek gezet en waren woedend. We wilden wraak.

Maar dan wel een betrekkelijk onschuldige wraak. Een volle dag in het bos, terwijl hij geen vin kon verroeren, terwijl hij daar zo kwetsbaar lag, met alle tijd om over zijn zonden na te denken. Terwijl de kalkoengieren boven hem rondcirkelden.

De volgende ochtend zouden we hem losmaken en hem in Lukes hut gevangen houden tot er een reddingsteam arriveerde. Dan zouden we hem aan de autoriteiten overdragen.

Maar nu waren we nog niet klaar met hem.

Grace begon het ritueel. Ze pakte een scherpe glimmende keukenschaar van de berg spullen die we bij ons hadden, knielde weer naast Gabes borst en hield de schaar voor zijn gezicht, om hem ervan te doordringen dat ze ermee kon doen wat ze wilde. Toen hief ze hem in een snelle, plotselinge zwaai omhoog en weer omlaag naar zijn borst.

Zijn gegil bezorgde me de koude rillingen, en tegelijkertijd een koele, heldere voldoening hem zo doodsbang te zien. Het enige wat me er niet aan beviel, was dat het niet lang genoeg duurde.

Toen Gabe merkte dat de schaar een centimeter of wat boven zijn borst was gestopt, keek hij omlaag om te zien wat Grace aan het doen was.

Ze lachte hem in zijn gezicht uit. 'Je dacht toch niet dat je er zo makkelijk af kwam, hè? Kom nou, we willen je levend.' Ze begon zijn overhemd weg te knippen.

Dana schoof het opzij, zodat zijn hele borst naakt was.

Zijn gezicht was leeg, uitdrukkingsloos, terwijl zijn huid onder haar vingers zwoegde en schokte van angst.

Dana zag er net zo uit als op die avond toen ze aan het trommelen was geweest: alsof ze in een andere dimensie verkeerde.

Grace knipte de mouwen van Gabes overhemd open, en Dana schoof ook die opzij. Daarna gaf Grace de schaar aan mij, en ik begon aan zijn broek. Toen zijn onderlichaam onbedekt was, stopte ik en overhandigde de schaar aan Kim, die hem een ogenblik lang boven Gabes penis hield.

Ik had het gevoel dat ze hem er misschien afgeknipt zou hebben als wij er niet allemaal bij waren geweest.

Gabe dacht dat ze dat echt ging doen. De spieren van zijn maag verkrampten, en zijn gezicht werd spierwit. 'Nee, nee, alsjeblieft niet! Niet doen,' jammerde hij.

Zijn gejammer bezorgde me nog meer voldoening dan die gil. Ik wenste alleen maar dat ik het zelf veroorzaakt had.

Kim lachte. 'Grappig,' zei ze tegen hem, 'dat is precies hetzelfde als wat ik tegen jou zei toen je me gisteren in de hut beetpakte, weet je nog?' Ze hield de schaar wat dichterbij, zodat de bladen hem raakten.

'Vooruit,' zei Grace. 'Dóé het.'

Kim keek haar aan. 'Zal ik het echt doen?'

Grace knikte. 'Dóé het! Anders doe ik het.' Ze greep naar de schaar.

'Nee!' schreeuwde Gabe.

Grace lachte, en Kim ook.

Intussen waren al zijn kleren tot de laatste draad weggeknipt.

Gabe had bijna geen kracht meer over, en het laatste restje waarmee hij nog worstelde om vrij te komen, verdween bij de aanblik van zijn verschrompelde mannelijkheid.

Ik wenste dat ik het lef had hem te doden. Ik wilde het, maar toen ik er eens goed over nadacht, scheen hij het gewoon niet waard. In plaats daarvan raapte ik het Allegra-blikje van de grond op en stopte het onder de riem van mijn broek, waarna ik zijn weerzinwekkende gezicht de rug toekeerde.

We lieten hem daar achter, aan de grond vastgepind. We wens-

ten hem een prettige nacht – als hij de nacht tenminste overleef-
de, voegden we eraan toe.

Gestoorde heksen, dat waren we, om een borrelende kookpot
vol haat. Als ik ons vieren voor de rechtbank zou verdedigen,
dacht ik op een gegeven moment, zou ik waarschijnlijk gemakkelijk winnen op grond van verminderde toerekeningsvatbaar-
heid.

20

Later die nacht werd ik wakker doordat ik iets meende te horen – een knal, ergens in de verte. Ik dacht zelfs slaperig dat het als een schot klonk, maar omdat we geen van allen een vuurwapen hadden – althans, dat dacht ik op dat moment – deed ik het af als onweer en sliep ik verder.

Er waren de hele avond al bliksemschichten te zien geweest, en voor we waren gaan slapen, had ik het er met Grace, Dana en Kim over gehad wat dat voor Gabe kon betekenen. Kim had met een bitter lachje gezegd dat hij misschien wel door de bliksem getroffen zou worden, maar dat hadden we geen van allen geloofd. Niet echt.

Aan die gedachte klamp ik me vast, zelfs nu nog.

Diep in ons hart geloofden we dat echter geen van allen. Hoewel het tegenover de koude, harde regels van de wet misschien geen stand houdt, troostten we ons met de gedachte dat wat we deden niet écht verkeerd was. Dat het alleen maar wat emotionele vergelding was, en dat we Gabe de volgende ochtend zouden losmaken, hem zouden opsluiten tot de gezagsdragers kwamen, en dat alles goed zou aflopen.

Het was nog een poosje voor zonsopgang toen ik wakker werd en hoorde dat iemand de keukendeur opende en stilletjes naar binnen glipte. Ik verroerde me niet – alleen trok ik mijn deken net ver genoeg omlaag om te zien wie het was.

Grace stond bij de houtkachel. De sintels waren voor een deel gedoofd, maar er was nog voldoende rode gloed over om te zien dat haar gezicht bleek en ontdaan was. Toen ze haar handen uitstrekte naar de warmte, zag ik dat ze beefden.

'Grace?' fluisterde ik. 'Wat is er aan de hand?'

Ze keek me aan met ogen die groot en zwart in hun kassen stonden, net kooltjes.

Ik vroeg nog een keer wat er aan de hand was, maar ze reageerde niet.

In plaats daarvan liep ze naar haar deken aan de andere kant van de kachel. Zonder iets te zeggen kroop ze erin en trok hem over haar hoofd.

Toen we de volgende ochtend vertrokken om Gabe los te maken, ging Grace niet mee. Ze had nog steeds geen mond opengedaan en zich feitelijk helemaal van ons teruggetrokken. We drongen niet aan. We zeiden dat het niet gaf, dat we wel alleen gingen. We begrepen het wel.

Toch begreep niemand van ons het echt. We hadden gedacht dat van ons vieren Grace degene was die Gabe het meest wilde kwellen, als vergelding voor wat er met haar broer was gebeurd.

Terwijl we onderweg waren, zagen we boven ons helikopters rondcirkelen. Ze waren op zoek naar de beste plek waar boten konden aanleggen, namen we aan. Met een beetje geluk zouden we tegen de middag hier weg zijn.

Luke was al naar de kust gegaan om een open plek aan te kunnen wijzen die geschikt was om te landen.

Timmy en Amelia waren al aan het pakken.

Toen we op de plek kwamen waar we Gabe hadden achtergelaten, bleven we als aan de grond genageld staan. De schok die door ons heen ging, was bijna net zo heftig als die van de aardbeving.

Gabe was dood. Hij had een kogelgat in zijn hoofd.

Na de eerste ogenblikken van ongeloof waren we het erover eens dat Grace dat gedaan moest hebben. Waar ze een vuurwapen vandaan had, wisten we niet, maar als ex-agente kon ze er best al die tijd een bij zich hebben gehad.

Toen we daar uit waren, hadden we verder geen woorden meer nodig. We begonnen elk spoor te verwijderen van alles waar ook maar iets van vingerafdrukken of DNA op kon zitten. Het was mijn idee om dat te doen, en niemand maakte bezwaar.

Zo beschermden we Grace, de enige vrouw die we geen van allen hadden gemogen. We beschermden haar omdat we allemaal wisten dat wij net zoveel schuld aan Gabes dood hadden als zij. We hadden hem met ons allen in een positie gebracht die het hem onmogelijk maakte zich in die laatste ogenblikken te verdedigen.

Hoewel we niets over Gabe zeiden toen de redders arriveerden, vonden ze hem al snel.

Het bureau van de sheriff van San Juan werd gebeld, en de sheriff kwam zelf naar het eiland. Hij ondervroeg ons, maar we hadden geen van allen iets te zeggen.

De plek van de misdaad werd helemaal afgezocht, maar er werd geen moordwapen gevonden.

Jane vonden ze wel. En Angel.

Er werd overwogen ons allemaal in te rekenen, zelfs Timmy en Amelia. We zouden verhoord worden en er zouden vingerafdrukken worden afgenomen. Iedere millimeter van de plaats delict zou grondig worden onderzocht, en er zou een uitgebreid onderzoek worden verricht naar ons allemaal – inclusief Dana en Kim, die allebei geheimen hadden die hun leven kapot konden maken als ze bekend werden.

Dat kon ik niet toelaten, net zomin als ik Timmy en Amelia zoiets kon laten doormaken terwijl ze hier door míj in verzeild waren geraakt. Daarom deed ik wat ik moest doen.

Ik 'bekende'.

Ik zei dat ik Gabe in een vlaag van woede had gedood toen ik erachter was gekomen dat hij onder één hoedje speelde met dezelfde agenten die mij vals hadden beschuldigd van drugsbezit, en die daarna zowel Jane als Angel hadden vermoord.

De sheriff van San Juan was sceptisch. Hij vroeg zich af hoe ik in mijn eentje een man van Gabes formaat aan had gekund.

'Ik heb hem verrast,' zei ik, 'en hem bewusteloos geslagen. Hij zei dat hij dat met Jane ook had gedaan. Dus dat leek me wel passend.'

Ze konden me niet van mijn verhaal afbrengen, en de anderen hielden allemaal hun mond, zoals ik hun had gevraagd. 'Ik bedenk wel wat,' had ik gezegd. 'Maak je maar niet ongerust, het komt wel goed met me.'

Of dat zo was, stond nog te bezien, maar ik moest hen overtuigen. Ik kon niet toelaten dat er nóg iemand in moeilijkheden kwam vanwege mij.

Uiteindelijk liet de sheriff de andere vrouwen gaan, in afwachting van verder onderzoek.

Ian, die met de reddingsploeg mee was gekomen, nam me in bescherming. Hij praatte met de sheriff en vroeg hem het me niet te lastig te maken. Hij was bezorgd, leek wel de oude Ian, zoals hij om me heen hing en tussen mij en de anderen probeerde te staan. Hij had zelfs liever niet dat ik met de andere vrouwen praatte toen ik eenmaal gearresteerd was. Hij bracht me mijn rechten in herinnering en zei: 'Praat met helemaal niemand. Je weet maar nooit wie er later in de rechtbank opduikt en een getuigenis aflegt die in jouw nadeel werkt.'

Hij had gelijk. Dat wist ik, en ik volgde zijn advies.

Toen de sheriff me in de helikopter hielp om me naar Friday Harbor en de gevangenis van San Juan te brengen, keek ik om en zag Luke staan. Hij had zijn telefoon in zijn hand en stond te praten met iemand die met het reddingsteam mee was gekomen. Ik had hem niet veel meer gezien sinds het reddingsteam was aangekomen.

Hij wierp één blik omhoog terwijl de heli opsteeg. Ik probeerde zijn uitdrukking te zien, maar zijn gezicht stond neutraal. Even leek het of hij op zijn mobiele telefoon wees, maar daar was ik niet zeker van. Ik wist niet of hij mij iets duidelijk wilde maken, of iemand anders.

De vrouwen stonden me allemaal na te kijken: Timmy, Amelia, Dana, Grace en Kim. Hand in hand stonden ze bij elkaar om afscheid te nemen.

Er kwamen tranen in mijn ogen. Als ik eraan dacht dat ik ooit afstand van hen had willen houden, niets meer met hen te maken had willen hebben... De ramp had ons wel heel dicht bij elkaar gebracht.

21

Sarah Lansing
Seattle, WA
5 mei

Ik zit aan mijn vaders bureau, in het huis van mijn ouders, de laatste losse eindjes van dit verslag aan elkaar te knopen. Dat gaat me niet makkelijk af, want ik ben afgepeigerd doordat ik eerst urenlang glas- en porseleinscherven op de vloeren hier in huis bij elkaar heb moeten vegen.

Een paar grote meubelen staan niet meer op dezelfde plek als vroeger – alsof de aardbeving ze pootjes heeft gegeven, zodat ze een nieuwe plaats konden kiezen. Toch staat het huis zelf voor het grootste deel nog stevig overeind. Sommige stukken van Seattle zijn erger getroffen dan andere, en ik was opgelucht toen ik merkte dat onze buurt niet zo heel veel te lijden heeft gehad.

Een generator die mijn vader tijdens de millenniumhype heeft laten installeren, levert voldoende elektriciteit voor de hoogstnoodzakelijke dingen, waartoe ik ook mijn computer reken.

Ik moet nog steeds een boek schrijven, en dit verslag van de gebeurtenissen op Thornberry afronden.

De woorden die me steeds weer in gedachten komen zijn: verzamelen, verzameling, verzameld.

Voor mijn eigen gemoedsrust – en vooral ook om alles op een rijtje te krijgen – schrijf ik over de manier waarop we allemaal bij elkaar kwamen, over wat we deden. En elke avond wis ik weer uit wat ik heb geschreven, uit angst dat mijn werk door de politie in beslag wordt genomen. Overdag zweven mijn vingers boven het toetsenbord, voortdurend bereid de delete-toets in te drukken, voor het geval dat wat voor de wet doorgaat, onverwacht voor de deur staat.

Wat wij vrouwen op Thornberry hebben gedaan, mag nooit aan het licht komen.

Er zijn twee weken verstreken sinds die laatste dag op Thornberry, en we hebben het keer op keer doorgepraat – Dana, Kim, Grace en ik. We hebben ons zo veel dingen voorgehouden: we dachten niet dat Gabe iets zou gebeuren, we wilden hem alleen maar bang maken, hem een lesje leren. Daarna zouden we hem aan de autoriteiten overdragen.

We hebben ook toegegeven dat we diep in ons hart geen van allen geloofden dat hij streng genoeg gestraft zou worden. Hij zou het nooit echt zwaar krijgen. Niet zo zwaar als wij wilden.

Daarom hebben we gedaan wat we hebben gedaan. We waren allemaal schuldig in intentie, zeiden de vrouwen steeds – waarop ik alleen maar kon antwoorden dat mij de meeste blaam trof. Ik was de enige die haar hele leven al met de toepassing van de wet bezig was, met het streven naar rechtvaardigheid. Om die reden – meer dan om enige andere – stond ik erop dat geen van de anderen haar mond opendeed.

Waarom zou je een blik wormen opentrekken en anderen in een schuldig daglicht stellen? En afgezien van al het andere moesten we Timmy en Amelia beschermen. Zij hadden geen deel gehad aan onze misdaad, maar de verdenking zou onherroepelijk ook op hen vallen.

Een paar dagen geleden heb ik Grace gevraagd me de waarheid te vertellen, alleen maar aan mij.

Ze bleef bij hoog en bij laag volhouden dat zij Gabe niet had vermoord. Ze had hem daar dood aangetroffen, zei ze. Ze was 's nachts wakker geworden, door een schot, had ze gemeend. Omdat ze de anderen niet wakker had willen maken, was ze in haar eentje op onderzoek uit gegaan. Eerlijk gezegd, voegde ze eraan toe, had ze gedacht dat ik het had gedaan. Zíj had niets gezegd om míj te beschermen. 'Dat leek me wel het minste wat ik kon doen, omdat ik je daarginds verder niet erg goed heb beschermd.'

Gek genoeg geloofde ik haar uiteindelijk, en dat was het moment waarop de harde, koude werkelijkheid tot me doordrong: ik wist dat iemand anders Gabe had vermoord, maar wie had een motief en wie had de gelegenheid daartoe gehad? Wie op het eiland had een vuurwapen gehad?

Een van de vrouwen, dat zou kunnen. Alleen geloofde ik dat gewoon niet.

Luke dan? Ik had hem maar een paar keer gesproken sinds die dag waarop ik in de helikopter was geklommen. Ik wist dat hij ergens in Seattle zat en dat hij nog steeds met Grace optrok. Dat had zij me verteld, waarbij ze me had verzekerd dat er niets meer tussen hen was.

Ook op dat punt geloofde ik haar.

Grace was wat zachter geworden sinds Thornberry, maar het enige wat haar scheen te interesseren, was haar oude baan in New York terugkrijgen. Ze zou over een week of wat naar huis gaan, zei ze.

Zodra ik in Grace' onschuld geloofde, begon ik alles wat er gebeurd was op te schrijven – in mijn dagboek, 's avonds, terwijl ik overdag aan mijn boek werkte. Ik dacht dat het me misschien zou lukken tot een logische conclusie te komen als ik alles precies zo opschreef als ik met aantekeningen voor de rechtbank zou doen.

Verbazingwekkend genoeg werkte het. Doordat ik alle dingen zo bij elkaar op papier had gezet, was me de afgelopen week een heleboel duidelijk geworden. Aanwijzingen waar ik anders geen seconde aandacht aan zou hebben besteed, kwamen zo bovendrijven – aanwijzingen die verloren waren gegaan in de zorgen en de angst over de aardbeving, en alles wat daar op Thornberry op volgde.

Ik wist eindelijk – of dacht dat ik wist – wie Gabe had vermoord.

Ik zat hieraan te werken toen Ian gisteravond belde. Of hij naar me toe kon komen om met me te praten, wilde hij weten. Het was belangrijk, zei hij.

Ik zei dat dat goed was, maar vroeg of het tot vanavond kon wachten omdat ik nog zoveel te doen had.

Met tegenzin stemde hij toe.

Daarna voerde ik een paar telefoongesprekken.

Het is nu vierentwintig uur later, en ik verwacht Ian vanavond om negen uur. Het is tien over half negen, en terwijl ik op hem wacht, lees ik mijn aantekeningen nog eens door.

Ik herinner me dat ik, voor we Gabe die dag op de grond vastgepind achterlieten, het Allegra-blikje had opgeraapt op de plek waar hij het had laten vallen. Die avond had ik de panty eruit gehaald en hem, met plastic zakje en al, tussen de vuile was gestopt die ik mee naar huis zou nemen.

Toen ik de volgende dag besloot een bekentenis af te leggen, had ik hem daartussen laten zitten. Hoewel mijn bagage was doorzocht in de hoop het moordwapen te vinden, moest die panty de hulpsheriff die het onderzoek had uitgevoerd, volkomen onschuldig hebben geleken. Hij had er niet meer dan een vluchtige blik op geworpen.

Ik beleefde nog een paar ongemakkelijke ogenblikken toen me in de gevangenis mijn bezittingen werden afgenomen, maar ik kreeg mijn koffer terug toen me huisarrest werd opgelegd.

Nu lag de panty weer zorgvuldig verstopt onder de punt van het vloerkleed, waar ik hem ook had verborgen voor ik naar Thornberry was vertrokken.

Ik leef voortdurend met de angst dat de Vijf, die nog steeds niet aangeklaagd zijn, op een dag met een bevel tot huiszoeking hierheen komen en de panty dan vinden en meenemen. Het enige wat me enigszins geruststelt, is dat het DNA-rapport nog in een laboratorium in het oosten in een dossier zit. Ook zonder de panty zelf kan Ivy hen nog steeds in staat van beschuldiging stellen – áls ze hen tenminste ooit nog in staat van beschuldiging stelt.

De laatste tijd begin ik te denken dat ze een zetje nodig heeft.

Ik kijk op de klok op de schoorsteenmantel boven de haard die tussen de twee mahoniehouten boekenkasten van mijn vader staat. Hij vertelt me dat het tien voor negen is. De enkelband schuurt tegen mijn huid en herinnert me zo aan mijn gebrek aan vrijheid, en hoe ik die vrijheid voor altijd kwijt kan raken als alles vanavond niet precies verloopt zoals ik het heb gepland.

Ik neem een slokje water en doe mijn ogen even dicht, om kracht te verzamelen.

De bel gaat, en het dringt tot me door dat er tien minuten verstreken zijn. Ik loop de hal in, open de deur en laat Ian binnen. Ik neem hem mee naar de woonkamer, uit de buurt van mijn werk, uit de buurt van mijn aantekeningen, uit de buurt van Lonnie Maes bewijsmateriaal. Ik wil dat niets hem er vanavond aan herinnert dat ik alles zelf aan het uitzoeken ben.

Maar Ian is slim. Als we langs mijn vaders studeerkamer komen, werpt hij er een blik naar binnen, ziet de brandende lamp op het bureau en raadt naar wat ik aan het doen was.

'Hard aan het werk?' vraagt hij.

'Ach, zo'n beetje. Ik moet nog steeds een boek schrijven, weet je.' Ik glimlach.

'Heb je nog iets kunnen bedenken over die moord op het eiland? Een manier om je naam te zuiveren, bedoel ik?'

'Ik heb er wel over nagedacht,' antwoord ik vaag.

'Tot nog toe heb je maar weinig losgelaten over wat er daar in het bos nou echt gebeurd is,' zegt hij terwijl hij op de bank gaat zitten en ontspannen achteroverleunt. 'Zou het je niet helpen om erover te praten?'

'Zou kunnen.' Ik ga op een stoel tegenover hem zitten. 'Maar ik weet gewoon niet waar ik zou moeten beginnen.'

'Nou, waarom begin je niet gewoon met hoeveel van jullie er nu echt aan hebben meegedaan?'

'Ik heb je toch al gezegd – dat heb ik iedereen verteld – dat ik de enige was.'

Hij schudt zijn hoofd. 'Kom nou, Sarah. Dat gelooft toch geen mens. Ze hebben alleen geen enkel bewijs dat je hulp hebt gehad. Maar dat had je wel, of niet soms? Je kunt het onmogelijk allemaal in je eentje gedaan hebben.'

'Als een vrouw tot het uiterste getergd is, kan ze een heleboel,' zeg ik. 'Zodra de adrenaline begint te stromen, neemt een bijna bovenmenselijke kracht bezit van haar.'

'Er stonden voetafdrukken in het gras, daar in het bos,' zegt hij. 'Meer dan één paar. De sheriff van San Juan is ervan over-tuigd dat jullie minstens met jullie tweeën waren.'

'Dat weet ik. Dat heb ik gisteren gehoord. Dat is ook de reden waarom ik wel dacht dat ik iets van jou zou horen, Ian. Wat wil je precies van me?'

Hij buigt zich naar voren en leunt met zijn ellebogen op zijn knieën. 'Ik heb opdracht gekregen uit te zoeken wat er nu echt op dat eiland is gebeurd, Sarah, en wat dat met de Vijf te maken heeft. Ik moet weten of een van de andere vrouwen iets van de Vijf af weet. Of Gabe Rossi iemand iets verteld heeft, bedoel ik. Het is mogelijk dat hij iets heeft losgelaten wat ons kan helpen hen achter de tralies te krijgen. En verder... heb ik begrepen dat jij een bewijsstuk hebt dat de Vijf de das om kan doen.'

'Heeft Ivy je dat verteld?' vraag ik.

Het glimpje verbazing op zijn gezicht vertelt me dat dat niet het geval is.

'Ivy? Ivy O'Day bedoel je? Nee. Waarom, Sarah? Heb je met haar gepraat?'

Ik wuif met mijn hand als om een helder hoofd te krijgen. 'O, er zijn zo veel mensen met wie ik heb gepraat. Die kan ik me echt niet allemaal herinneren.'

Hij kijkt wat ongemakkelijk. 'Je hebt dat bewijs toch niet aan iemand anders gegeven, hè? Wat heb je ermee gedaan?'

'Aan iemand anders gegeven? Goeie hemel, nee. Ik heb het in een boom verstopt, vlak bij de plek waar Gabe gestorven is,' zeg ik. 'Maak je maar geen zorgen, het ligt er nog.'

'Een bóóm? Je hebt het in een bóóm verstopt?' Hij kamt met zijn vingers door zijn haar. 'Verdomme, Sarah, er staan ik weet niet hoeveel bomen bij die plek waar Gabe gestorven is!'

'Die zien er heel anders uit dan deze. Hij wordt de Spook-boom genoemd. Hij is heel groot en hol. Zo groot, dat er een mens in kan zitten. Zo groot, dat je er zo ongeveer alles – ook een bewijsstuk – in kunt verstoppen zonder dat het de eerste paar honderd jaar gevonden wordt.'

Ian bestudeert mijn gezicht alsof hij eraan wil aflezen dat ik lieg. 'Weet je honderd procent zeker dat je het daar hebt verstopt, Sarah?'

'Natuurlijk weet ik dat zeker,' zeg ik. 'Zoiets belangrijks zou ik toch echt niet vergeten.'

'En je weet ook volkomen zeker dat het een deugdelijk bewijsstuk is? Iets waarmee de Vijf veroordeeld kunnen worden?'

'Hou toch op, Ian! Het is een kledingstuk van Lonnie Mae Brown. Een netpanty. Het was ze nog te veel moeite om die bij haar uit te trekken voor ze haar verkrachtten. Hij zit onder het DNA van de Vijf.'

Met een geïrriteerde zwaai van zijn armen staat hij op. 'Dat geeft de doorslag. Ik ga terug naar dat eiland.'

'Nu?'

'Ja, nu.'

'Waarom al die moeite?' vraag ik. 'Het is al laat, Ian. Laten we gewoon de sheriff van San Juan bellen. Als je het hem uitlegt, wil die de panty vast met alle plezier gaan halen en tot morgenochtend voor je vasthouden. Die loopt heus niet weg.'

Hij aarzelt. 'Dat is zo. Maar we wachten er al zo lang op. Hoe eerder het bewijs in veilige handen is, hoe beter we ervoor staan.'

Ik besluit een eind te maken aan het spelletje. 'Wie bedoel je met "we", Ian? Jij en de Vijf van Seattle? O, wacht, dat vergat ik, met Gabe erbij wordt het de Zes van Seattle, en als je dan ook jou nog meetelt... Wat is het nou echt, Ian, de Zeven van Seattle? Of zijn jullie met nog meer?'

Hij staart me aan. 'Waar heb je het over? Ik heb je toch verteld dat ik bezig ben om de Vijf op te bergen? Ik hoor bij de goeien, niet bij de slechteriken.'

Ik lach een beetje. 'Weet je, schát, dat zou ik dolgraag geloven. Maar raad eens? Op Lukes mobiele telefoon kun je de tien laatst gebelde nummers zien, en die dag waarop het reddingsteam naar Esme kwam, had hij een ingeving en bekeek hij die nummers eens. Jouw privé-nummer stond erbij. Luke heeft me gisteren verteld dat híj je niet heeft gebeld. De enige andere persoon – behalve ikzelf – die van die telefoon af wist, was Gabe.'

'Dat is belachelijk! Goeie genade, als Luke dat gezegd heeft, liegt hij. Hij dekt zichzelf in, Sarah. Gebruik je hersens. Ik ben nooit door Gabe Rossi gebeld. Ik kende die vent niet eens.'

'Sorry, Ian. Leuk geprobeerd, maar die vlieger gaat niet op. Luke heeft het bij zijn telefoonmaatschappij nagevraagd, en er is naar jou gebeld op hetzelfde tijdstip waarop Gabe de telefoon heeft gebruikt om zich "te melden", zoals hij het uitdrukte. En op dat moment was Luke bij mij.'

'Er kan best naar mijn nummer zijn gebeld, Sarah, maar ik heb beslist met niemand gepraat. Ik weet niet eens waarom Gabe Rossi mij gebeld zou hebben.'

Ik ga tegenover hem staan en sla mijn armen over elkaar. 'Geef het toch op, Ian. Het is alleen maar een kwestie van tijd voor ze over alle bewijzen beschikken die ze nodig hebben. Weet je, we hebben al een aardig idee van wat er op Esme is gebeurd. Jij hebt Gabe vermoord, hè? Hij was inderdaad je partner, maar dan in de misdaad, en niet als agent. Jij wist op de een of andere manier vóór de anderen op het eiland te komen, midden in de nacht, en toen heb je hem doodgeschoten.'

Wanneer hij begint te protesteren, snoer ik hem de mond. 'Jij moet het wel zijn. Jij was de enige van alle mensen die hier ook maar enigszins bij betrokken zijn, die een wapen had – een wapen waarover de volgende ochtend niet eens vragen werden gesteld, omdat je bij de politie bent. Jij hebt Gabe vermoord, en daarna heb je je bij het reddingsteam gevoegd en net gedaan of je toen pas voor het eerst op Esme was. Ik kan alleen niet bedenken waarom je op hem geschoten hebt. Waarom moest Gabe dood?'

Ian begint te praten en stopt dan weer. Hij doet een paar stappen in de richting van het grote raam in de erker, dat gebarsten is en gerepareerd wordt. Op een paar plekken is het met bruin papier dichtgeplakt. Ian stopt zijn handen in zijn zakken en wiegt op zijn hakken heen en weer.

'Wie is er nog meer op de hoogte van dat theorietje van je?' vraagt hij zacht.

'Alleen Luke en ik,' antwoord ik. 'Toe, maak het nou niet moeilijker dan het is. Dwing me nou niet je aan te geven.'

Hij draait zich om en glimlacht wrang. 'Het gaat niet om mij, Sarah. Er speelt nog meer. Ik was er niet bij toen ze die vrouw verkrachtten, maar ik heb jarenlang met die mannen samengewerkt. Er zijn... dingen die aan het licht zouden kunnen komen als ik ze niet help eronderuit te komen.'

'Het spijt me,' zeg ik.

Hij sluit even zijn ogen. 'Oké, Sarah. Waar is het bewijs?'

'Ik heb je al verteld waar het ligt.'

Een ogenblik lang lijkt hij bijna bedroefd, maar dan haalt hij diep adem en loopt naar de gordijnen. Hij haalt een mes uit zijn binnenzak, klapt het open en begint een stuk gordijnkoord af te snijden.

'Wat doe je?' vraag ik.

'Ik moet dat bewijs te pakken krijgen, maar ik kan niet zomaar aannemen dat je me echt hebt verteld waar het ligt. Sorry, Sarah, ik moet ervoor zorgen dat je met niemand praat terwijl ik ga kijken.' Hij klapt het mes weer dicht, stopt het in zijn zak terug en komt met een lang stuk koord in zijn handen op me af.

'Dat is nergens voor nodig.' Ik deins achteruit. 'Je kunt me toch gewoon meenemen.'

'Dat lijkt me niet. Door die band om je enkel gaat het alarm af zodra we een voet over de drempel zetten. Toch slim van je om daaraan te denken.' Hij steekt zijn hand naar me uit.

'Dat kun je niet doen,' zeg ik, achteruit naar de deur lopend. 'Luke weet alles van je af. In een mum van tijd weet hij wat je hebt gedaan, en dan komt hij achter je aan.'

Ian schudt zijn hoofd. 'Nou en? Er luistert toch niemand naar hem. Niet als ze de revolver waarmee Gabe is vermoord in Lukes hotelkamer vinden.'

Mijn ogen worden groot. 'Wil je beweren dat je dat hebt gedaan? Heb je de revolver in Lukes kamer verstopt?'

'Dat leek me wel passend,' zegt hij.

'Passend. Omdat je toen ook die drugs in mijn appartement hebt verstopt, bedoel je?'

Hij kijkt me aan. 'Omdat, laten we zeggen, bepaalde vrienden van mij toen ook die drugs in jouw appartement hebben verstopt.'

'Dus jij bent degene die opdracht heeft gegeven mij erin te luizen. Grappig, dat had ik eerst niet eens door. Ik denk dat ik eerst het bos uit moest voor ik de bomen kon zien.'

'Je was niet meer in de hand te houden, Sarah. Je had nooit achter zulke goede agenten als de Vijf aan moeten gaan. Die deden alleen maar hun werk.'

'Hun werk! Noem jij iemand verkrachten "hun werk"? En Gabe dan? Deed die ook alleen maar "zijn werk"? Waarom heb je hem dan vermoord?'

Hij glimlacht. 'Ah ja, Gabe. Ja, wat dat betreft heb je gelijk. Ik ben inderdaad midden in de nacht op Esme aangekomen. Zodra ik hoorde dat ze een reddingsteam voor jullie aan het samenstellen waren, ben ik naar Orcas gevlogen en heb ik een visser daar betaald om me in zijn boot naar Esme te brengen. Ik was van plan Gabe daar onder vier ogen te treffen, maar toen ik de kust op liep, hoorde ik een man schreeuwen. Ik ging op het geluid af en vond hem waar jullie, lieve vrouwtjes, hem als een vlinder op een muur hadden vastgepind. Hij zag er niet uit, met insecten in zijn neus en in zijn oren. Eerlijk gezegd...' Ian glimlacht. '...was het bijna om te lachen.'

Ik glimlach ook, om hem te laten merken dat ik zijn gevoel deel.

'Maar goed, hij bekende dat hij jou alles had verteld, Sarah. Dat wil zeggen, alles behalve mijn rol in het geheel. Hij zei dat jullie de volgende ochtend terug zouden komen om hem los te maken. Toen durfde ik er niet meer op te vertrouwen dat hij zijn mond dicht zou houden over mij.'

Ik doe langzaam een stap naar opzij, naar de deur toe. 'Dus wat je eigenlijk zegt, is dat je er geen enkele moeite mee hebt iemand te vermoorden alleen maar om zelf niet ontdekt te worden, en toch verwacht je van mij dat ik hier netjes blijf staan, zodat je me kunt vastbinden?'

'Sarah...' zegt hij, en zijn stem klinkt moe en gespannen. 'Het kan me niet schelen of je staat, zit of gaat liggen, maar vastgebonden word je. Werk nou maar mee, dan zal ik proberen voorzichtig te doen. Maar als je je verzet, doe ik je pijn. Je mag kiezen, het is mij om het even.'

Deze keer doet hij een uitval naar me, en ik draai me razendsnel om en ren naar de deur.

Omdat ik al van plan was de kamer uit te rennen, heb ik de

deur op een kiertje opengelaten, zodat ik hem makkelijk open kan trekken en er meteen door kan. Halverwege de kamer blijf ik echter met mijn enkelband achter een bijzettafeltje haken, waardoor ik niet verder kan.

Ian is als eerste bij de deur. Hij smijt hem dicht, doet hem op slot en verspert me de weg.

Ik weet dat ik het niet red als ik om hem heen wil, en daarom draai ik me om en ren ik de woonkamer weer in, in het wilde weg een andere ontsnappingsroute zoekend.

De openslaande deuren naar de tuin worden echter gerepareerd en zijn dichtgetimmerd met multiplex.

Ian is groot – groot genoeg om mij met één hand doormidden te breken, en ik besef dat ik in de val zit, zonder ook maar iets wat ik als wapen kan gebruiken, en dat ik niet goed in staat ben me tegen hem te verweren.

Er zit maar één ding op, en dat doe ik. Ik ren in volle vaart door het erkerraam heen, dwars door papier en glas, met mijn armen beschermend voor mijn gezicht. Ik beland op de grond, en mijn ellebogen, gezicht en knieën doen pijn.

Achter me hoor ik Ian door het raam komen. Ik krabbel overeind en ren het grasveld over.

Voor ik bij de straat kan komen, grijpt hij me van achteren vast. Met zijn andere hand windt hij het gordijnkoord om mijn hals. Hij begint het aan te trekken, zodat ik geen lucht meer krijg. Mijn longen proberen zwoegend, maar vergeefs de zuurstof aan te vullen die ik tijdens het rennen heb verbruikt.

'Verdomme, Sarah,' zegt Ian woest in mijn oor. 'Nou heb je het voor mekaar. Door het signaal van die enkelband van je krioelt het hier zo meteen van de agenten.' Hij rukt harder aan het koord. 'Ik geloof dat ik je toch niet ga vastbinden, liefje. En nou maar hopen dat dat bewijs ook ligt waar jij zei.' Hij trekt het scherpe dunne koord nog strakker, alsof hij zijn woorden wil benadrukken.

Dan zie ik Grace vanuit mijn ooghoeken. Ze is zo'n anderhalve meter weg, links van ons, met haar benen iets wijder dan schouderbreedte, beide armen naar ons uitgestrekt en haar handen bij elkaar. Het volgende ogenblik zie ik een vuurflits en hoor ik een luid 'pang'. Ik voel Ians lichaam met geweld tegen me aan schokken wanneer de kogel hem neerhaalt.

Opeens staat Luke naast me, en hij slaat zijn armen om me heen. 'De hemel zij dank dat jij er goed af bent gekomen,' zegt hij. Hij strijkt met zijn vingers mijn haar naar achteren en trekt me tegen zich aan.

Grace komt dichterbij. Ze houdt haar hand tegen Ians keel, om te voelen of er nog een hartslag is. 'Hij leeft nog,' zegt ze.

Er komen politieauto's aanrijden, waar agenten uitstappen, met getrokken revolver.

Wanneer ze Ian op de grond zien liggen, ben ik bang dat ze ons allemaal ter plekke zullen neerschieten, maar dan arriveert Joe Pinkowski, Ians baas, die schreeuwt dat ze achteruit moeten.

Pinkowski, zo heb ik gisteren gehoord, heeft al maanden geduld geoefend en Interne Zaken geholpen bewijzen tegen Ian te verzamelen.

'Heb je het?' vraag ik hem.

'Het staat er allemaal op, dankzij jou.' Hij knikt naar een onopvallend busje verderop in de straat. 'Alles staat op de band, en we hadden zelfs verbinding met het kantoor van de aanklager. Ivy O'Day en de aanklager hebben hem horen bekennen. Ze hebben alles gehoord.'

Luke plukt de glassplinters uit mijn haar. 'Verdorie, Sarah, ik wist wel dat we ons ergens binnen hadden moeten verstoppen in plaats van om de hoek. Stel je voor dat we niet op tijd bij je waren geweest...'

'Dan zou het nooit zijn gelukt,' zeg ik hoofdschuddend. 'Hij zou hebben geweten dat jullie er waren.'

'Ze heeft gelijk,' zegt Pinkowski. 'Het busje was al riskant genoeg.'

'Maar toch...' Voorzichtig veegt Luke met zijn zakdoek het bloed van mijn wang, en dan van mijn armen.

Met een beverig lachje voel ik aan de sneden in mijn gezicht. 'Ik had geen seconde gedacht dat ik misschien door het raam naar buiten zou moeten, geloof ik.'

'Daarginds is iemand die graag even met je wil praten,' zegt Pinkowski. Hij maakt het slot van mijn enkelband los en doet hem af.

Ik kijk naar de zwarte personenwagen die bij de stoeprand is blijven stilstaan. Rechter Ford, Lukes vader, staat ernaast, met zijn duimen in een geruststellend gebaar omhoog.

Luke slaat zijn arm om mijn schouders. 'Ik loop met je mee,' zegt hij.

Terwijl we naar de auto lopen, glijdt het raampje omlaag. Daar zit mijn moeder, met een beverig lachje om haar mond. 'Wat heerlijk dat het allemaal voorbij is,' zegt ze. Dan trekt ze me omlaag om me te omhelzen.

Epiloog

Sarah Lansing
Seattle, WA
30 december

Als aanvulling op mijn voorgaande aantekeningen moet ik tot mijn verdriet toegeven dat in de zaak van de Vijf van Seattle het eigenlijke slachtoffer – Lonnie Mae Brown – uit het oog is verloren. In de kranten werd ze beschreven als zomaar een arme zwarte vrouw, die het kleine beetje geld dat ze bezat als hoer verdiende. In de stad lopen tientallen vrouwen als Lonnie Mae op straat rond, was tussen de regels door te lezen. Ze verlenen allemaal dezelfde diensten en zijn in veel opzichten inwisselbaar.

Zo zou het kunnen lijken... tot je wat dieper graaft.

Dat heb ik gedaan. Ik ben op zoek gegaan naar Lonnie Maes kinderen, en ik heb hen gevonden, bij pleeggezinnen. Daar wonen ze al vijf jaar. De kinderbescherming, die ze bij hun moeder heeft weggehaald, is er nooit in geslaagd een permanent thuis voor hen te vinden.

En zijn ze zo beter af dan als ze bij hun moeder zouden zijn gebleven? Daar is niet achter te komen, maar ze zijn wel onder behandeling bij een psychiater. Ik heb een gesprek met hem gehad, waarin hij me vertelde dat ze niet veel vooruit zijn gegaan sinds hij hen voor het eerst heeft gezien. Ze missen hun moeder, zei hij.

Ik heb hun verteld dat ik hun moeder heb gekend en dat ze van al haar kinderen hield. Ik weet niet of dat veel uithaalde, maar misschien denken ze er ooit nog eens aan terug, op een moment dat ze het moeilijk hebben.

In mijn vrije tijd ben ik nu CASA: Court Appointed Special Advocate, oftewel een advocaat die door de rechtbank is aangesteld ten behoeve van mishandelde en verwaarloosde kinderen. Het is vrijwilligerswerk, maar ik heb het voor elkaar gekregen dat ik aan Lonnie Maes kinderen ben toegewezen, en dat maakt al die onbetaalde uren meer dan waard. Het is mijn taak een vriendin voor hen te zijn en bij de rechter voor hen op te komen. Te vertellen hoezeer ze het verdienen definitief geplaatst te worden, of met een familielid herenigd te worden.

Op een dag is Lonnie Maes moeder langsgekomen. Ze zei dat zij de kinderen wel in huis wil nemen, en ze schijnt een goede oma te zijn – een oma die haar kleinkinderen zelfs opzoekt nu ze in pleeggezinnen zitten, en die altijd contact heeft gehouden. Er zijn nog wel een paar problemen, maar als ik die kan oplossen, komt het met die kinderen wel goed, denk ik.

Als 'echte' baan werk ik nu voor een commissie die rechter Ford heeft ingesteld – een groep die toeziet op het gedrag van de politie. Een deel van mijn werk bestaat uit de verdediging van onschuldige agenten. Voor de rest is het mijn taak ervoor te zorgen dat de schuldigen in de gevangenis terechtkomen.

Met Janes kinderen is het minder goed afgelopen dan met die van Lonnie Mae. Toen ik naar hen en hun vader op zoek ging, hoorde ik dat hun huis in Bellevue bij de aardbeving was ingestort en van een heuvel af was gegleden. De lichamen van Janes man en kinderen waren tussen het puin gevonden.

Janes lichaam is naar huis gebracht, en toen alles wat tot rust was gekomen, ben ik naar het kerkhof gegaan waar ze alle vier begraven liggen. Daar heb ik Janes medaillon op haar graf gelegd. Hoewel ik diepe wroeging over haar dood voel, kan ik alleen maar hopen dat zij en haar kinderen, waar ze zich ook bevinden, nu eindelijk weer bij elkaar zijn.

Een poosje geleden heb ik een ansicht van Dana ontvangen, van ergens uit Canada vandaan. Het poststempel is vlekkerig, waardoor ik niet precies weet waar ze zit. Ze schrijft alleen maar 'alles in orde' en ze heeft er een *smiley* bij getekend, waaruit ik opmaak dat ze samen is met de man van wie ze houdt en dat haar echtgenoot hen niet heeft kunnen vinden.

Kim Stratton is aan een nieuwe film bezig, en verliefd, volgens Entertainment Tonight. Zo nu en dan spreek ik haar, en ze heeft me verteld dat die verliefdheid alleen maar een Hollywood-roddel is. Ik betwijfel of ze Gabe ooit zal vergeten, of wat er op Thornberry is gebeurd, hoewel ze zegt dat ze haar best doet dat achter zich te laten – zoals ieder van ons doet.

Toch zullen we ons allemaal min of meer schuldig blijven voelen over ons aandeel in Gabes dood.

Timmy en Amelia beginnen samen een nieuwe schrijversko-lonie op het eiland Camano, dat er – hoewel het dichter bij Seattle ligt – beter af is gekomen dan de San Juan Eilanden. De financie-ring komt, vermoed ik, van rechter Ford, al praat hij daar niet over.

Grace, mijn oude tegenstandster, is terug bij de politie van New York City en schijnt het daar naar haar zin te hebben. Haar e-mails aan mij zijn kort maar krachtig, maar haar toon is wat zachter geworden. Ze lijkt over de dood van haar broer heen te komen en werkt nu in een speciale eenheid aan de opsporing van corrupte agenten binnen de New Yorkse politie.

Wat Ian betreft, die is hersteld van de kogel in zijn long en met een eigen proces beloond. Zijn misdaden als aanvoerder van de corrupte agenten in Seattle – en vooral de moord op Gabe Rossi – waren nog veel zwaarder dan die van hen. Hij heeft le-venslang gekregen, zonder kans op vervroegde vrijlating.

Voor de Grote Aardbeving was Seattle net klaar met de ver-sterking van alle bruggen, zodat ze tegen een aardbeving met een kracht van 9.0 bestand zouden zijn. De beving die we nu achter de rug hebben, was maar een tiende sterker, maar op dat niveau is een tiende een heleboel. De meeste bruggen hebben het begeven. Het enige waarvoor we dankbaar mogen zijn, is dat de door de aardbeving veroorzaakte tsunami in zuidelijke rich-ting is gegaan en zijn kracht al bijna kwijt was tegen de tijd dat hij de kust van Californië bereikte.

Seattle is nog steeds aan het bijkomen, maar het gaat de goede kant op. Niemand kan om de geestkracht van de mensen uit

Seattle heen, en van de bestuurders van de stad, van de reddingsteams die in die eerste dagen na de ramp zulk dapper werk hebben verricht, en ja, ook van de agenten.

Toch zal het nooit meer hetzelfde zijn. Niemand van degenen die de ramp hebben meegemaakt, zal ooit nog gaan slapen zonder zich af te vragen of de grond hem die nacht niet door de kamer zal gooien, zoals sommigen ook nooit meer in de lift van de herbouwde Space Needle zullen stappen zonder zich af te vragen of ze het noodlot tarten. Naar Phantom of the Opera gaan we echt niet meer. Niemand voelt ervoor een kroonluchter op zijn hoofd te krijgen, al dan niet echt.

Ivy O'Day is als aanklager opgetreden in de zaak tegen de Vijf, en heeft prima werk geleverd. Ze heeft een uiteenzetting over DNA gegeven, met vereenvoudigde grafieken, zodat de juryleden het verhaal konden volgen, en ze heeft zelfs Barry Scheck als deskundige erbij gehaald.

Hij was geweldig. Als medeoprichter van het Project Onschuld besteedt hij, samen met andere juristen, een groot deel van zijn vrije tijd aan het bewijzen – met behulp van DNA – van de onschuld van mensen die ergens van beschuldigd zijn. In deze zaak werkte hij mee aan de vervolging van de schuldigen.

Het enige wat ik hoefde te doen, was toekijken hoe het net om de Vijf werd aangehaald. Dat was maar goed ook. Het was helemaal niet zo lang geleden dat ik aan een DNA-zaak had gewerkt, maar je hoeft als advocaat maar even een andere kant op te kijken, of er is al weer nieuwe informatie. Ik had het afgelopen jaar niet bepaald tijd gehad om bij te blijven.

Het hielp dat het bewijs waterdicht was. Niemand anders dan die vijf mannen kon dat sperma op Lonnie Maes panty hebben achtergelaten, en haar eigen DNA bewees dat de panty van haar was. Toen duidelijk werd dat een veroordeling niet lang meer op zich zou laten wachten, was een van de Vijf bereid te getuigen in de hoop op strafvermindering. Hij bekende dat de Vijf een brandstichter hadden ingehuurd om Lonnie Maes flat in vlammen te laten opgaan. Hij hoopte op een minder zware aanklacht, en die beloofde Ivy hem om hem aan het praten te krijgen.

De rechter die hem veroordeelde, was echter minder inschikkelijk. Elk van de Vijf van Seattle kreeg levenslang, net als Ian.

Dat was een zwaardere straf dan elk van hen had verwacht. Niet veel mensen zijn kwaad genoeg om agenten te vervolgen voor het verkrachten en vermoorden van een arme zwarte prostituee die – zoals sommige mensen misschien zouden zeggen – 'haar verdiende loon had gekregen'.

Ik dacht aan de oorspronkelijke tekst van Up a Lazy River, het liedje waarover Gabe me had verteld. Zeventig jaar geleden, toen die oude jazzklarinettist de tekst bij die melodie schreef, had de verdediging van een vermoorde zwarte vrouw – of ze nu prostituee was of niet – in dit land maar heel weinig prioriteit. En al ben ik het wel eens met de deskundigen die zeggen dat Arodin geen racist was en dat het in die tijd heel normaal was om zwarten 'nikkers' te noemen, toch ben ik blij dat Hoagy Carmichael die tekst herschreven heeft. Weer een scheldnaam minder. Ook vind ik het heel toepasselijk dat Hoagy Carmichael jurist was voor hij fulltime de muziek in ging. Ik zal eens een keer een paar zaken die hij heeft afgehandeld, inkijken.

Beetje bij beetje, langzaam maar zeker, veranderen de dingen hier in Amerika. Misschien dat er een hele groep kwezels rondloopt die net als de neonazi's alle rottigheid terug willen halen, maar ik durf er wat om te verwedden dat mensen die om vrijheid in de ware zin van het woord geven, dat niet zullen toelaten. Er zijn tegenwoordig overal nieuwe wetten, en naarmate er meer en meer wandaden aan het licht komen, komt ook de wet er steeds vaker tussen om de daders op hun plek te zetten.

Wat me tijdens het proces nog het meest verheugde, was dat de rechtbank boordevol zat met politiemensen uit Seattle. Toen de jury de Vijf schuldig verklaarde, stonden al die politiemensen als één man op om te juichen. Niemand houdt van rotte appels in de mand, en de politie van Seattle heeft de afgelopen jaren heel wat voor haar kiezen gekregen: de rellen rond de World Trade Organization, het schandaal rond de Vijf, en de aardbeving. Iedereen was strijdlustig. Iedereen wilde grote schoonmaak houden.

Mijn boek is een paar weken geleden uitgekomen en het is, geheel in overeenstemming met de voorspellingen van de uitgever, op de bestsellerlijst van de New York Times beland. Nu denkt iedereen dat ik alle antwoorden heb. Ik word in alle talkshows gevraagd om de mensen te vertellen hoe ze een ommekeer kunnen bewerkstelligen.

Kom nou, ik heb helemaal geen antwoorden. Ik hoop alleen maar dat mijn boek de mensen wat bewuster maakt, zodat de mensen die in een positie zitten waarin ze iets kunnen veranderen, misschien met elkaar gaan praten.

Daar heb ik het uitvoerig over gehad met Bill Farley van de Mystery Bookshop. Hij bleek absoluut niets met de Vijf te maken te hebben en had alleen maar Timothea's uitnodiging om naar Thornberry te komen doorgegeven.

Wat mij persoonlijk betreft, een week geleden zijn Luke en ik getrouwd, op eerste kerstdag. Op dat moment trokken we al maanden samen op, en ik kon me niet meer voorstellen dat ik ooit aan zijn loyaliteit had getwijfeld. Met Luke trouwen was uiteindelijk het enige zinnige, logische besluit. Hij en ik hebben altijd voor elkaar gezorgd – eerst toen we nog kinderen waren, en daarna op Thornberry. Een man voor wie zij op de eerste plaats komt, die altijd voor haar zorgt: meer kan een vrouw zich in haar leven niet wensen, denk ik.

Maar het feit dat ik zo ontzettend gek op hem ben – als een meisje van zeventien eigenlijk – had ook wel iets met mijn jawoord te maken.

Mijn moeder en rechter Ford kwamen als stel naar ons huwelijk. Geen van beiden schijnt ervoor te voelen voor de tweede keer in het huwelijksbootje te stappen, maar sinds die avond waarop Ian werd gearresteerd en mijn moeder naar huis kwam, zijn ze vaak samen.

Daar moeten Luke en ik wel eens om lachen, omdat we ons herinneren dat we het vroeger wel eens over oudere mensen hadden die hun man of vrouw hebben verloren en dan hun eerste liefde terugvinden, door een of andere wending van het lot. Ik geloof niet dat ik het zo erg vind in dit geval het instrument van het lot te zijn geweest.

Luke en ik hebben het ook over onszelf gehad. We weten allebei dat ons leven weleens gecompliceerd zou kunnen worden.

Hij is voor zijn werk veel op reis, en ik heb het druk met CASA en mijn werk voor de commissie. Maar in dit tijdperk van tornado's, orkanen, aardbevingen, schietpartijen op scholen en wie weet wat ons allemaal nog meer te wachten staat, hebben wij elkaar, en we zijn van plan dat zo te houden. Tenslotte is liefde het enige blijvende, is liefde – zoals de dichters zeggen – het enige wat telt.

Ook verschenen bij MIRA BOOKS:

Heather Graham – Teken de dood

Wanneer in de Everglades het verminkte lijk van een jonge vrouw wordt gevonden, is de gelijkenis met een reeks vijf jaar eerder gepleegde moorden onmiskenbaar. Is destijds de verkeerde achter de tralies gezet?

'Graham hanteert niet alleen een strakke plot, ze weet de spanning perfect te doseren.' Publishers Weekly

ISBN 90 8550 014 1 – 416 pagina's – € 9,95

Charlotte Vale Allen – Wisselmoeder

Op haar sterfbed doet Anne Cooke een bekentenis die het leven van haar dochter Snow totaal ontwricht: Snow is als baby door haar gestolen. De schokkende onthulling roept tal van vragen op bij Snow. Zoals: wie is haar echte moeder? En: wat brengt iemand ertoe zoiets afschuwelijks te doen?

'Een bijzonder verhaal dat – helaas – waar gebeurd zou kunnen zijn.' Amazon.com

ISBN 90 8550 020 6 – 304 pagina's – € 9,95

Alex Kava – Blinde razernij

In een verlaten steengroeve wordt een vat ontdekt met daarin het verminkte lichaam van een jonge vrouw. Het blijkt niet het enige vat. Iemand gebruikt de groeve om gruweldaden te verbergen.

'Angstaanjagende thriller met onvergetelijke ontknoping...' Bookreporter

ISBN 90 8550 001 x – 288 pagina's – € 14,95

Erica Spindler – Voor het oog van de duivel

Een vermiste vrouw, een vermoorde tiener, een rijke bankier die van zijn balkon springt... Op het zonnige Key West lijken duistere krachten ongestoord hun werk te kunnen doen.

'Geloofwaardige personages, prima setting, sterke plot...' Globe and Mail

ISBN 90 8550 002 8 – 400 pagina's – € 15,95

Taylor Smith – Dood door schuld

Op een koude winternacht wordt oorlogsweduwe Grace Meade mishandeld, vermoord en achtergelaten in een brandend huis. Haar op het nippertje geredde dochter verdwijnt spoorloos.

'Uitstekende politieke thriller, spannend en intelligent...' Booklist

ISBN 90 8550 003 6 – 448 pagina's – € 16,95